영화, 길섶에서 만나다

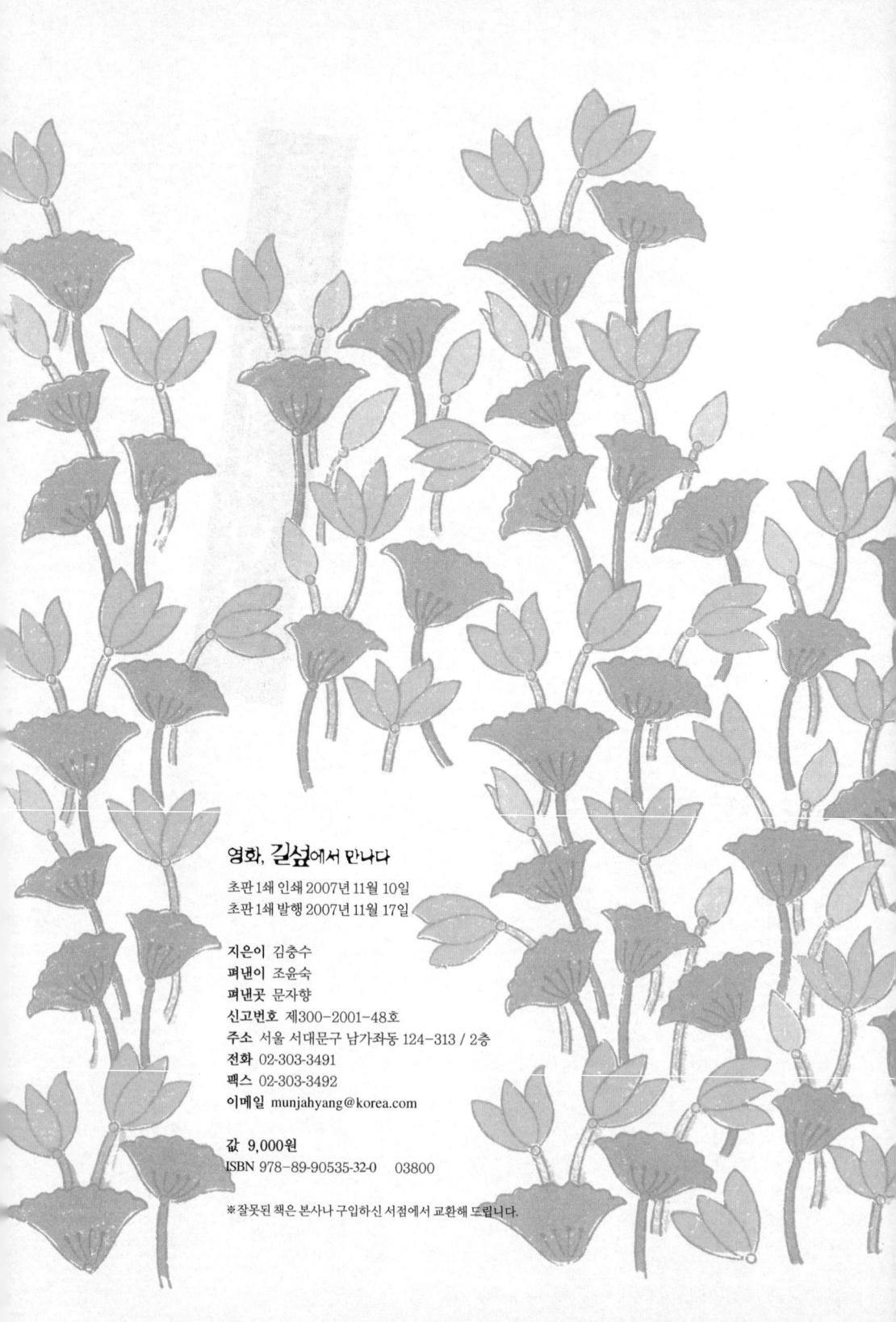

영화, 길섶에서 만나다

초판 1쇄 인쇄 2007년 11월 10일
초판 1쇄 발행 2007년 11월 17일

지은이 김충수
펴낸이 조윤숙
펴낸곳 문자향
신고번호 제300-2001-48호
주소 서울 서대문구 남가좌동 124-313 / 2층
전화 02-303-3491
팩스 02-303-3492
이메일 munjahyang@korea.com

값 9,000원
ISBN 978-89-90535-32-0   03800

김·충·수·의·영·화·에·세·이

영화, 길섶에서 만나다

문자향

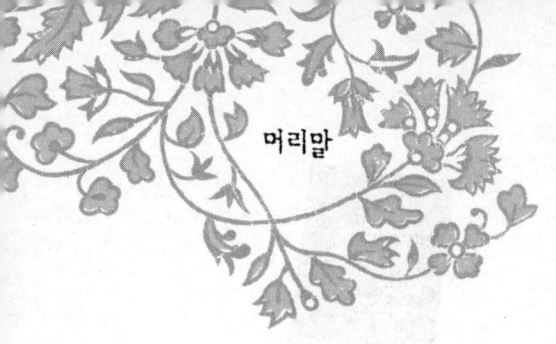

머리말

처음 글을 묶어 내고 여섯 해가 지났습니다. 처음 책을 냈을 땐 몹시 조마
조마했습니다. 그런데 뜻밖에도 많은 격려와 도움의 말씀은 머뭇거림을 저만
치 흘려두고 성큼 내딛을 수 있는 힘이 되었습니다.

저는 문학을 공부하는 사람입니다. 굳이 말한다면 고전문학이 제가 어정거
리는 공간입니다. 조선시대의 문인들은 많은 책을 읽고 글을 쓰고 논쟁하고
품평하고, 이 과정을 정리해서 책으로 엮었습니다. 조선의 문화가 한층 아름
답게 성숙하게 된 하나의 요인이겠지요. 공부하면서 이런 세계를 들여다보는
제겐, 그러한 삶이 동경의 대상이 아닐 수 없습니다. 책을 읽고 영화를 보고
그림을 감상하고 낯선 공간을 둘러보는 일은, 제가 세상을 이해하는 텍스트
이며 세상을 바라보는 창입니다. 그 텍스트와 창은 혼자만의 세계에서 만들
어진 것이므로 그것의 곡직曲直을 판단하는 일은 쉽지 않습니다. 글쓰기는 곡
직을 판별하고, 나아가서 세상과 소통하기 위한 방편입니다.

조선의 문장가 장유張維는, '항아리 덮개에나 쓸 글이라고 비난받을까봐
문집 만들기를 두려워하는 것은 공부하는 이의 지닐 태도가 아니(『계곡집谿谷
集』의 「초고자서草稿自敍」)'라고 하였습니다. 독선과 아집에 빠지지 않기 위해
서는 끊임없이 소통해야 한다는 뜻일 테지요. 세상을 향하여 창을 활짝 열 때

더욱 풍성하고 아름다운 삶을 살 수 있습니다.

장유의 말에 기대어, 보잘것없는 글들을 묶어 내놓습니다. 일천만이 넘는 관객이 몰린 영화가 네 편이나 있는 시대, 저마다 식견을 갖추고 영화를 이야기하는 시대입니다. 영화 이야기는 넘치고 넘쳐서 식상할 수도 있습니다. 툭툭 털고 일어나 성큼 내딛지만 그만큼 두려움도 여전합니다. 2002년부터 2005년까지 웹진 「시네라인」에 연재되었던 글 중에서 간추렸습니다. 시사성을 잃은 글도 있고, 사라진 장소도 있습니다. 맞춤법 정도 외엔 거의 손질하지 않았습니다. 당시의 제 모습이 고스란하기 때문입니다.

묵묵히 맏이의 길을 바라보시는 부모님, 함께 지내지 못해도 웃음을 잃지 않는 아내와 아이들, 삼십 년 가까이 한잔의 차로 길을 밝혀주는 벗은 커다란 힘입니다.

2005년과 2007년에는 한 편의 글만 올렸음에도 여전히 자리를 남겨둔 「시네라인」이 고맙습니다. 이젠 단란한 가정을 이룬 '문자향' 가족들도 고맙습니다. 이 책을 기다리는 많은 지인知人들에게도 고마움을 전합니다.

2007년 8월 춘천 퇴계동 산목재散木齋에서
김충수

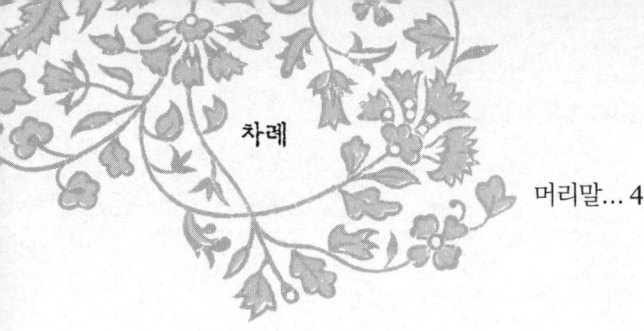

차례

|제2부| 누구냐고 묻는다면

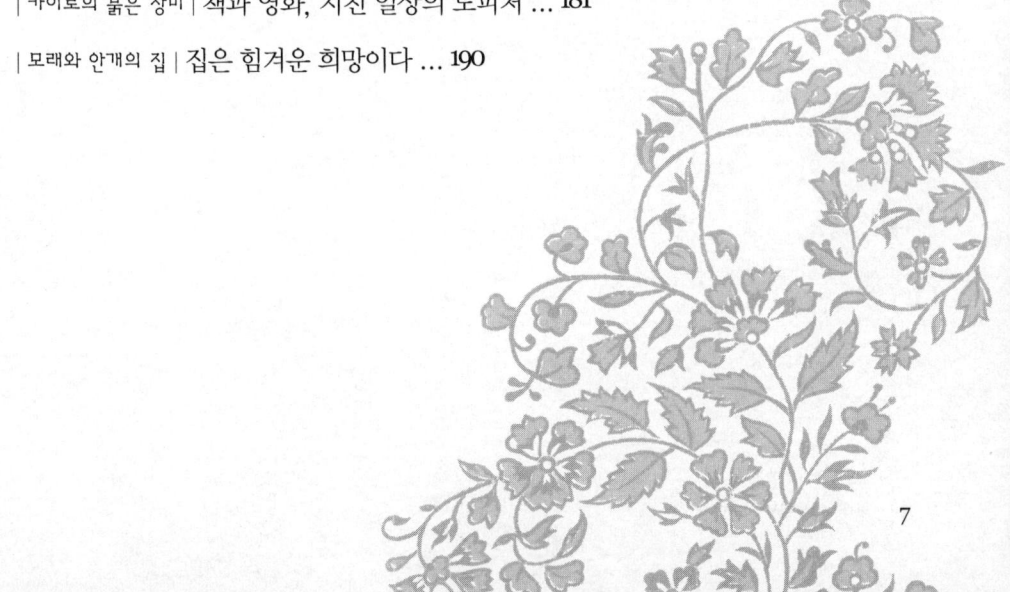

|제3부| 허세 뒤에 숨은 그림자

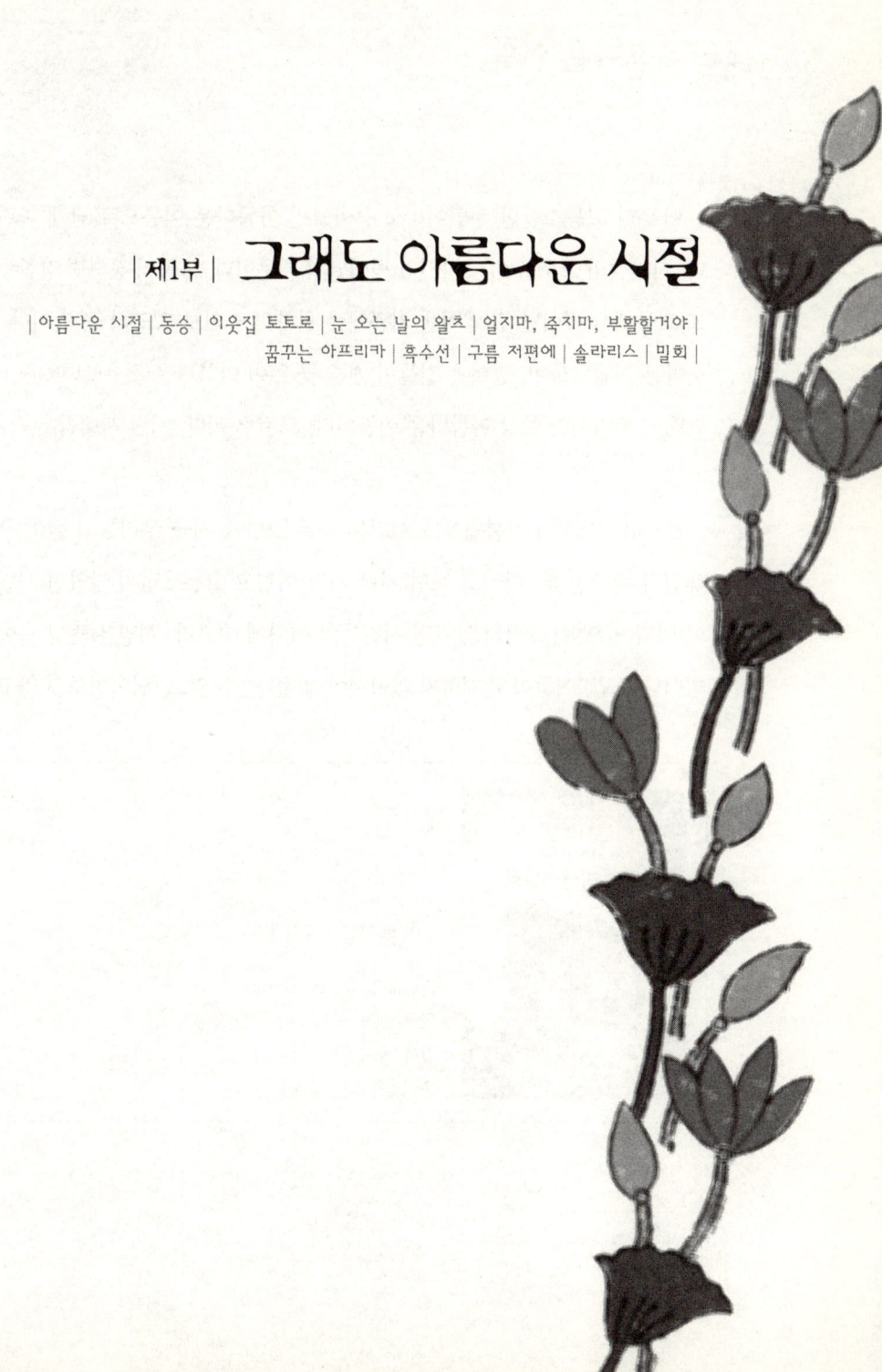

|제1부| 그래도 아름다운 시절

그래도 아름다운 시절

　아무리 고통스럽던 추억이라도 돌아보면 아름다운 이름으로 남게 마련이다. 지난날의 고통을 어느 사인가 벗어났기 때문이다. 고통이 강하면 강할수록 그 고통에서 벗어난 뒤 얻어낸 기쁨이란 천하의 크기보다도 더 큰 것이다. 뒤돌아본 지난날들이, 걸어온 길들이 견줄 곳 없이 아름다운 것은 그 때문이다. 그래서 추억이란 항상 아름다운 이름이다. 그런 것이다. 지난 시절들은.

　또 지난 시절이 아름답게 느껴지는 것은 그만큼 지금 우리들의 삶이 풍요해졌기 때문일 터. 따지고 보면 지난 시절 어렵고 고통스럽지 않았던 사람들이 어디 있으며, 그렇지 않았던 시간들이 어디에 있으랴. 희망은 절망 속에서 피어나는 법. 어둠이 존재하지 않고서야 빛을 볼 수 없고, 넘어져보지 않고서

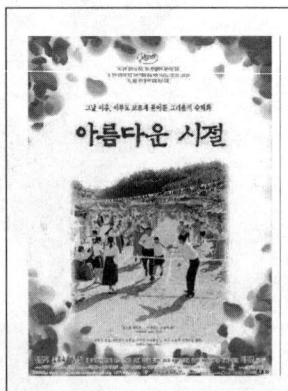

| 아름다운 시절 |

Spring In My Hometown
한국/1998
감독 : 이광모
출연 : 안성기, 배유정, 송옥숙

는 일어날 수 없다.

이광모의 〈아름다운 시절〉(1998)은 사실 아름다운 시절이 아니다. 그것은 이제 와서 생각해보니 '그래도 아름다웠던 시절'인 게다. 그 아름다움은 희망을 늘 간직하고 있었기 때문에 가능했으리라. 내일이 오면, 몇 년만 참고 견디면, 지금보다는 더 풍성하게 살 수 있을 것이라는, 더 행복하게 살 수 있으리라는, 그토록 가슴 저미는 아름다운 사랑을 이룰 수 있으리라는….

성민의 희망도 창희가 이 세상 어디인가 살아 있을 것이라는 믿음에서 온 것이다.

찬찬히 살펴보면, 우리들의 어린 시절도 '나의 살던 고향은 꽃피는 산골…'로부터 시작되었다. 그러나 언제부터인지 점차 복숭아꽃과 살구꽃과 아기 진달래꽃이 피는 들녘이나 산이나 언덕을 볼 수가 없다. 나는 비교적 산촌山村에서 근무했던 편이라, 출퇴근길은 항상 산협길이나 강변길이거나, 도심에서 벗어난 호젓한 길인 경우가 대부분이었다. 이제 그 시절의 봄은 노랫말과 가락에만 담겨 있을 뿐이다.

영하 20도를 오르내리는 추위가 춘천春川의 추위였다. 방안에서도 걸레가 꽁꽁 얼고, 물기 있는 손으로 방문 고리를 잡으면 손이 쩍쩍 달라붙는 겨울이 춘천의 겨울이었다. 그 혹심한 추위가 호수와 강물을 꽝꽝 얼려놓았다. 그래도 '안질뱅이 썰매'를 끌고 나오거나 스케이트를 갖고 나와 얼음을 지치느라고 하루해가 저무는 것을 잊곤 하였다. '낚시를 못하거나 스케이트를 못 타면 춘천 사람이 아니'라는 말이 있을 정도였다.

여전히 추위를 거론할 적이면 춘천이 빠지지는 않지만, 어느 샌가 혹심했

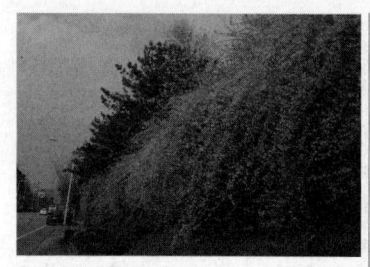
춘천 개나리꽃. ©김충수

던 겨울은 없어졌다. 아파트라는 곳에 살면서, 겨울에도 러닝셔츠 차림으로 생활이 가능하다는 것은 상상도 못할 일이었다. 이따금 영하 5도에서 10도 정도만 기온이 내려가도 강추위니 혹한이니 하면서 호들갑을 떠는 뉴스앵커들이나 기상캐스터들을 보면 마음이 씁쓸해진다. 겨울이란 혹독하게 추워야 하지 않을까. 그래야 겨울이니까. 그 겨울에 따뜻한 봄을 꿈꾸는 것은 미래에 대한 희망이며, 그래서 혹독한 한 시절을 인내할 수 있는 힘을 기를 수 있지 않았던가. 도대체 봄날씨 같은 겨울을 겨울이라고 방긋 웃으며 이야기하는 그들은 무엇을 생각하고 있을까.

춘천에는 도심 한가운데에 캠프페이지Camp Page라 불리는 미군기지가 있었다. 그 일대 영문으로 간판을 표기한 술집과 클럽과 소위 '양공주'라 불리는 여성들이 눈에 많이 띄었었다. 안정효의 「갈쌈」 – 뒷날 〈은마는 오지 않는다〉(장길수 감독, 1991)라는 이름으로 영화화된 – 이라는 소설은 바로 전쟁 직후 춘천의 기지촌과 미군에 의탁해서 삶을 연명할 수밖에 없었던 여인들의 삶을 그리고 있다. 춘천에 연고를 둔 소설가 한수산의 「유민流民」은 전쟁 직후 춘천 사람들의 삶을 가장 잘 보여준 작품이라 하겠다. 〈아름다운 시절〉을 보면서, 나는 「갈쌈」과 「유민」에서 그려낸 지난 시절 나의 고향을 계속 떠올리고 있었다.

미군기지 주변 사람들의 삶을 다룬 소설로 최근에 읽은 것은 복거일의 「캠프 세네카의 기지촌」이다. 「갈쌈」과 「캠프 세네카의 기지촌」은 어쩌면 지금 우리 사회의 축소판일지도 모르겠다. 철없던 시절이야 미군들과 어울리는 여인들에게 돌멩이를 던졌지만, 나이 들고 역사라는 것을 배우고 나니 그것이 스스로에게 던지는 돌임을 알겠다. 주둔군이라는 특권으로 이 땅의 사람들을 유린하며, '전쟁'을 '평화 수호'라는 이름으로 바꿀 수 있는, 그래서 그 종주국을 자처하며 동참을 강요하는 그들의 힘은 견고하다. 우리나라 말보다 더 유창하게 외국어를 해야 하고, 그렇게 하지 못하면 직장도 얻지 못하는 현실을 보면 내가 지금 어느 나라에 살고 있는가 의심스럽다. 어쩌면 나도, 먼저 앞장서서 외국어를 상용시키려는 부모들 중의 하나는 아닐까. 가끔은 나의 국적도 의심스러워질 때가 있다.

〈아름다운 시절〉에도 그 삶의 편린片鱗은 깊숙한 자국을 남기고 있다. 마을에서 외따로 떨어진 방앗간은 미군에게 몸을 팔 수밖에 없을 정도로 궁핍했던 여인네들의 비밀스런 장소이다. 성민은 창희 엄마(배유정)에게 미군을 주선해주곤 망을 보는 아버지(안성기)를 증오하고, 현장을 목격한 창희는 방앗간을 불태워버린다. 그렇다고 주둔군인 이방인에게 몸을 팔지 않으면 살아갈 방도가 막막했던, 그 치욕스럽고 절망적이었던 한 시절의 상처가 치유될 수 있는 것은 아니다. 산줄기를 타고 아득히 사라지는 황톳길과 초록의 수풀은 그래서 더욱 가슴 시리다. 그 상처는 송병수의 단편소설 「쑈리 킴」이 잘 그려내고 있다. 전쟁고아인 쑈리 킴, 생존을 위하여 미군에게 몸을 파는 따링 누나, 그리고 주변의 기생충 같은 사람들과 미군들이 거기에 있다. 쑈리 킴의 시각으로 전개되어 상당히 서정적인 문체를 지니고 있지만, 그 서정성의 너머에는 가슴 저미는 이 땅의 슬픈 역사가 차곡차곡 개켜져 있는 것이다.

그래도 그 〈아름다운 시절〉은 푸른 숲과 촉촉한 황톳길, 햇살을 받아 반짝이며 흐르는 강물, 벌레 우는 맑은 밤하늘과 함께 있다. 살아가려고 애쓰는 사람들의 꿈틀거림이 그곳에 있다. 개울에서 고기를 잡으며 노는 아이들의 천진한 삶이, 어른들과 아이들이 함께하는 운동회가 그곳에 있다. 천막 안에서도 쉬지 않는 학교 수업, 밥을 나누어 먹는 아이들, 생존을 위한 매춘도 한낱 호기심일 뿐인 아이들의 순박함이 그곳에 있다. 가슴 시린 아픔을 고스란히 드러내놓으면서 한편으로는 별스러울 것도 없는 이런저런 사람살이들이 '그래도 아름다웠던 시절'임을 보여준다. 지금은 자꾸 사라져가는 '정情'이 깊숙이 존재했기 때문일 것이다.

강물과 황톳길과 푸른 숲을 보니 문득 어린 시절 성묘 가던 일이 생각난다. 나는 춘천 퇴계동退溪洞의 외가에서 태어났다. 외할아버님을 뒤이어 큰외숙이 과수원을 하고 계셨는데, 지금은 택지 조성으로 과수원의 상당 부분이 아파트 단지가 되었다. 지금 나의 집이 외가의 대문쯤 되었던 곳이니 태어난 곳으로 다시 돌아온 셈이다. 우리 아파트 담장 너머에 조그만 과수원이 아직 있으니 곧 외가이다. 내 어린 시절의 대부분은 사촌 형제들과 이 과수원에서 보냈다.

고향은 춘천시 남면 서천리西川里이다. 북한강변이다. 경춘선 열차를 타고 춘천으로 오다가 보면 경기도와 강원도의 접경에 '경강京江'이라는 조그만 역이 있다. 근처의 기차역을 춘천 쪽에서 서울 가는 방향으로 놓고 보면 '강촌→백양리→경강→가평'의 순이 된다. '산타페'라는 그런 대로 알려진 카페가

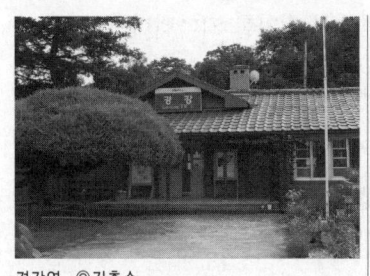

경강역. ⓒ김충수

최근 강변에 터를 잡고 있고, 경춘국도가 강을 가로질러 교각으로 놓여 있다. 경강역은 박신양과 최진실이 주연했던 〈편지〉(이정국 감독, 1997)를 촬영했던 곳이기도 하다. 강촌은 너무나도 잘 알려져 많은 사람들이 주말이나 휴가철에는 꼭 찾는 곳이다. 그러나 이곳은 70년대 초·중반까지도 전기가 들어오지 않았던 오지였다. 지금은 그래도 승용차가 보편화되었지만, 몇 년 전까지만 해도 춘천 시내로 나오는 일이 힘들었던 곳이다. 하긴 지금도 강촌까지는 시내버스가 자주 다녀도 서천까지는 하루에 서너 번도 채 다니지 않지만.

다리가 놓이기 전에 서천 가는 길은, 지금은 사라진 비둘기호 열차를 타고 가던가, 서울 가는 완행버스를 타고 가다가 내려서 나룻배를 타고 강을 건너가야 했다. 강 이편에서 강 저편에 있는 사공을 목이 터져라 소리쳐 불러야 한다. 강을 가로질러 건너온 나룻배를 올라타면 사공은 아버지께 대처의 삶을 묻고 아버지는 고향 사람들의 삶에 대해 묻곤 하셨다. 삐꺽거리는 노질을 바라보며 흔들리는 뱃전에 앉아 있노라면, 배 밑창의 널판 틈새로 물이 새어 오른다. 무료한 나는 양재기로 연신 물을 퍼내었다. 살이 오른 달팽이(다슬기)가 많아서 비닐 봉지에 가득 잡아오던 것도 생각난다.

할머님 묘소에 오르는 길은 넝쿨과 풀이 우거져 만만치 않은 길이었다. 뱀이 무척 많았다. 예닐곱 해 전, 골프장이 들어선다고 해서 할머님의 묘소를 옮겼다. 이제 서천에는 형제들도 친척들도 없어 굳이 갈 일이 없게 되었다.

그때에는 별이 하나 둘 돋을 때까지 경강역에서 열차를 기다리다가, 어둠 속에 비치는 마을들과 차창에 어리는 내 모습을 보면서 돌아오곤 했다. 강촌이 아직 '강촌'이었을 때에는 잠자리도 나비도 참으로 많았던, 말 그대로 한가로운 강마을이었다. 한여름이면 산빛과 물빛이 온통 푸른빛을 뿜어내고 있었다. 강 건너 삼악산三岳山도 오롯하였다.

맑은 강물 한 굽이 마을을 안아 흐르고
긴 여름 강마을엔 일마다 그윽하네
서로서로 오가는 건 들보 위의 제비요
서로 친하여 가까운 건 물 위의 갈매기로세
늙은 아내는 종이 위에 바둑판을 그려 만들고
어린 아들은 바늘을 두드려 고기잡이 낚시를 만드네
병이 많아 바라는 건 오직 약물뿐이니
보잘것없는 이 몸으로 다시 무엇을 구하려오
　清江一曲抱村流　長夏江村事事幽
　自去自來梁上燕　相親相近水中鷗
　老妻畵紙爲碁局　稚子敲針作釣鉤
　多病所須唯藥物　微軀此身更何求

두보杜甫(712~770)의 시 「강촌江村」을 읽을 때마다 떠오르는 것은 그때의 강촌이다. 그 즈음 강촌역의 역장은 나의 집안 형님이었다. 기차가 플랫폼으로 들어올 때 녹색 깃발과 붉은 깃발을 들고 신호를 하면, 기관사가 커다란 쇠

굴레를 둥근 말뚝에 걸던 모습이 지금도 눈에 선하다. 후루하타 야스오의 〈철도원〉(Poppoya, 1999)에서 오토(다카쿠라 켄)의 모습을 보며 나는 그 장면이 떠올랐다.

　이렇게 써놓고 보니, 내 어린 시절도 온통 낭만적이고 서정적인 그림으로만 그려지고 있다. 어린 시절이 그렇게 기억에 남아 있는 것은 이미 그것이 옛것이 되었기 때문일 게다. '아름다운 시절'의 일들은 지금은 사라진 것들이다. 풍성하지는 않았지만 웃음이 묻어나는 정이 있었다. 아이들을 볼 때마다 옛것에 대한 향수는 더욱 짙어지고 있다. 우리는 지금 무엇이든 '과학적'인 시대에 살고 있다. 계수나무가 있고 그 아래에서 떡방아를 찧는 토끼가 있는 달보다는, 자유자재로 변신하는 로봇들이 한바탕 전쟁을 하는 우주 공간이 요즘 아이들의 어린 시절이다.

　아이들에게는 인간적인 동화가 존재하지 않는 듯하다. 아이들의 삶에는 '사람'이 없는 듯하다. '생성生成'과 '공존共存'과 '조화調和'의 개념이 비집고 들어올 틈새가 점점 좁아지는 듯하다. 흙냄새를 맡질 못하니 땅이 지니는 의미를 모를 것이다. 푸른 하늘을 바라보질 못하니 하늘에 담긴 뜻을 모를 것이다. 땅과 하늘이 어우러져 펼쳐내는 무한한 자연의 섭리를 알지 못할 것이다. 생산生産보다는 소비消費가, 견지堅持보다는 파괴破壞가 아이들의 삶에 먼저 성큼 다가서는 듯하다.

　'아름다운 시절'은 아련한 추억으로만 존재할 일이 아니다. '온고이지신溫故而知新'이란 말이 있듯이, 지난 시절의 바탕 위에서 현재가, 그리고 현재의 바탕 위에서 미래가 설계되고 실천되었을 때 사회는 진보하게 마련이다. 우리 사회에 있어서 지난 시절은 다만 이야기 속의 동화이거나, 지금 우리의 모습을 자화자찬하기 위한 상대적 궁핍이나 우둔함이거나, 낭만주의자들의 추억일 뿐이다. 우리 근대사를 살펴보았을 때, 서구 문명에 대한 동경과 서구화에 대한 강박관념은 기층문화基層文化와 상층문화上層文化를 무차별 난도질하였다. 지금도 그 습성이 망령처럼 강하게 살아 있는 것이어서 섬뜩하다.

영재 양산에 대한 집착, 외국어 교육에 대한 열풍, 학교보다 진도를 앞질러 나가야 살아남을 수 있다는 이상한 생존 법칙…. 그러한 현실을 만들어가는 우리들이, 사실은 '인간' 과 '흙' 을 잃어버린 아이들보다 더 끔찍스럽다. 아이들을 탓할 일이 아니라, 조급하게 앞으로만 돌진하는 우리들이 사실은 더욱 가증스러운 것이다. 급히 해서는 아무것도 될 일이 없다는 것을 '삼풍백화점' 은 잘도 보여주지 않았는가. '세계의 십 년은 우리의 일 년' 이라는 캐치프레이즈는 얼마나 많은 영역에서 촘촘함보다는 성김을 보여주었는가.

'아름다운 시절' 이 아련히 남아 있다면 이제는 한번쯤 숨도 고를 겸 뒤돌아볼 일이다. 그리고 지금 내가 어디에 어떻게 서 있는지 직시直視할 일이다. 내가 가려는 길이 어떤 길인지 헤아릴 일이다.

아, 사라진 날들의 그리움이여! 아름다움이여!

그래도 누군가 '다시 옛날로 돌아갈 수 있다면…?' 하고 묻는다면 나의 대답은 아직 단호하다. 돌아가고 싶지 않다고. 나는 절대로 지난 시절로 돌아가고 싶지 않다. 그 참담하고 혹독했던 고통을 다시 한번 더 맛본다는 것은 생각만 해도 끔찍하기 때문이다. 벌써 편한 생활에 젖어서일까, 한겨울에도 따뜻하게 보낼 수 있는 지금이 추웠던 그때보다 확실히 편하고 행복한 것은 누가 무엇이라고 하든 진실이다.

이 지독한 모순矛盾, 이중성二重性, 간교奸巧함….

지난 시절에 대한 집착도 병이지만, 쉽게 잊고 한낱 옛이야기로만 치부하는 것도 병이다.

그래도 여전히 우리들의 지난 시절은 아름답다.

그래서 우리들의 남은 시절도 아름다울 것이다.

조정에서 돌아오면 날마다 봄옷을 저당잡혀
매일 강가에 나가 싫도록 취하여 돌아오네
가는 곳마다 술빚이야 으레히 있는데
인생 칠십이야 예로부터 드물었다지
호랑나빈 꽃 속을 뚫어져라 들여다보고
잠자린 물을 툭 차더니 서서히 날아오르네
내 말하지. 풍광은 세월과 함께 흘러다니는 것
잠시나마 서로 즐거워하며 외면하진 말자고

朝回日日典春衣　每日江頭盡醉歸
酒債尋常行處有　人生七十古來稀
穿花蛺蝶深深見　點水蜻蜓款款飛
傳語風光共流轉　暫時相賞莫相違

－두보,「곡강曲江」

2002. 2

새벽같이 편지함을 열어보네

> 도념 : 기다리는데 끝까지 안 오는 것도 있어?
>
> 정심 : 그럼, 내 것이 아닌 것은 아무리 기다려도 오지 않는 법이야.
>
> —박혜수, 『동승』(샘터, 2003)

　내 것이 아니면 아무리 기다려도 오지 않는다? 내 것과 내 것이 아닌 것을 어찌 판별할 수 있으랴. 내 것이라고 생각했는데 내 것이 아니었고, 내 것이 아니라고 생각했는데 내 것이었던 것을…. 그러니 기다릴밖에. 그러니 그리울밖에….

　봄은 길다. 내게 봄은 언제나 길다. 올봄은 더욱 길었다. 새봄이 되면…, 새봄이 되면…, 바라지만 그것은 바람으로 끝날 뿐, 기다리는 건 오지 않는

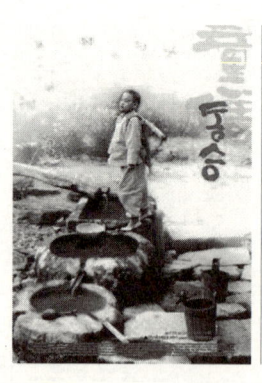

| 동승 | A Little Monk

한국/2002

감독 : 주경중

출연 : 김태진, 김예령, 김민교, 오영수, 전무송

다. 올봄에도 망연히 볕자락에 몸을 맡기고는, 창망滄茫한 하늘만 바라보고 있었다.

항용 봄은 기다림과 그리움으로 시작된다. 기다림에 더께가 앉으면 그리움이 되어 가슴 한가운데를 커다랗게 차지하는 것이다. 그리움이라는 것은 질기기 이를 데 없어, 시간이 흘러도 좀처럼 물러서질 않는다.

새벽 다섯 시, 어김없이 자리에서 일어나 창을 연다. 아침이 저 아래 마을에서 산자락을 타고 올라오면서 한바탕 맑은 공기를 차려놓는다. 흠뻑 공기를 들이켜면서, 멀리 안개에 가려진 산의 그림자를 어림잡아 볼 즈음이면 온갖 새들이 부지런히 아침을 시작한다. 새소리가 유난히 명랑한 날이면 '오늘은 혹시…' 하고 조바심이 인다. 어른들의 말씀으론 아침에 까치가 울면 반가운 손님이 온단다. 까치란 놈은 사람 사는 마을에 집을 짓는데, 본래 경계심이 많은 게 탈이라. 낯선 이가 마을에 들어서면 제 집이 침탈될까 저어해서, 물렀거라고 그토록 외쳐대는 것이라고, 귀동냥해서 알고 있다. 예전에 사람의 왕래가 뜸할 적에는 낯선 이는 바깥 사람일 테니, 그가 아니면 어찌 세상사를 소상히 알 수 있으랴. 바깥 사람이 황아 장수나 보부상이라면 그 또한 가사에 필요한 이요, 사당패라도 된다면 한바탕 울울한 마음이라도 풀어볼 수 있을 것이니, 기다리던 이가 아닐지라도 반가운 손임에는 어긋남이 없는 게다. 아무리 과학적으로 까치의 생태를 분석해서 알고 있다 해도, 속신俗信에 마냥 기대는 것을 보면, 인정人情이란 알다가도 모를 일이다.

이 아침을 시작하는 새들에 까치가 있는 것은 아니다. 그럼에도 새소리가 유난히 맑은 날이면 왠지 설레는 마음을 어떻게 붙잡지 못하는 것이다. 휴대폰을 켜놓은들 전화 올 곳도, 전화 걸어줄 이도 어디 없다. 게다가 썩 통화가 매끈하게 되는 곳도 아니어서 거의 꺼두고는 있지만, 혹여 메시지라도 남겼을까 확인하는 것은 하나의 습관이 되었다.

세상을 그물로 얽어매면서 저마다 책상 위에 우편함을 갖게 되었다. 기다림 또한 출렁이는 물결이요, 일렁이는 바람결이 되었다. 얼굴을 씻고 숙소를 나와서는 부리나케 연구실로 향한다. 밤 열한 시를 훨씬 넘겨서 숙소로 들어가는 것이니, 기껏 한밤중 대여섯 시간만 자리를 비우는 게다. 그 적에야 너도나도 잠자리를 찾아드는 것이니, 밤새 편지함이 찼을 리 없겠지마는, 혹여 하는 마음에 앉자마자 컴퓨터를 켜고 보는 것이니, 이제 나도 어지간히 컴중독자임을 알겠다.

편지함을 훑어본들 밤새 온 편지가 있겠느냐. 하릴없이 읽다가 그만둔 책을 펼쳐서 들여다보지만, 글이 눈이 들겠느냐. 조바심에 바장이다가 식당으로 발걸음하는 것이다. 몇 술 밥을 떠 넣으면서, 그런데 나만큼이나 내 편지를 기다리는 사람이 있을까, 하고는 슬몃 웃는다. 그러고 보니 지난밤에도 아내에게 전화 한 통 하지 않은 거였다. 어쩌다 궁금해하지나 말라고 전화를 넣어선 '별일 없지? 끊을게', 이것이 모두이니 나도 어지간히 무뚝뚝하고 무정한 사람이렷다. 중매결혼이요, 서로 직장 일에 정신없이 쫓기다가, 얼김에 치른 혼사여서 기실 데이트 한번 해본 적이 없구나. 그래서인가, 마음속으로는 만 가지 말이 꿈틀거리는데, 입 밖으로 나오는 것은 한마디 말뿐이니, 이런 조화가 어디 있겠느냐. 그러나 살붙이고 사는 삶이란 내 몸과 한가지여서, 아내의 편지나 전화가 안달일 까닭은 처음부터 아닌 것이다.

요즈음은 벗에게 편지를 보내도 답신이 거의 없다. 바쁠 테지 하다가 생각해보면, 그렇다면 나는 한가하기 짝이 없는 게냐? 언즉시야言則是也. 편지나(?) 쓰고 있는 것이야 가히 한가하기 짝이 없는 모습이 아니겠나. 때때로 하루 스물네 시간도 모자랄 이들에게는 자칫 무료한 일상을 보내는 위인이라는 곡해를 받을 수도 있으렷다.

머뭇거리다가 다른 벗에게 한 장 조심스럽게 쓴다. 내우(內外)하느라고 먼 산 바래기하고 말을 나누던 끝자락 세대인지라, 여간 조심스러울 수밖에 없다. 이를테면 세간의 눈치를 신경 쓰는 것인데, 그래도 이렇게 찬찬히 글을 적어 보내는 것은 말할 수 없는 기쁨이겠다.

따지고 보면, 봄철 내내 편지함에서 그 답신을 찾았던 것이다. 무소식無消息이 희소식喜消息이란 건, 아직 우편제도가 없을 적, 사람 편을 통해야 겨우 서간을 전달할 수 있었을 적 얘기요, 간혹 우표를 사 붙여서 우체국 또는 상점가에 있는 우체통까지 나가야 했던 시절의 일이다. 지금은 저마다 우편함을 갖고 있는 시절이 아닌가.

편지란 역시 하얀 편지지에 곱게 써 내려간, 그대의 글씨로 읽을 때가 확실히 편지다운 맛이 있는 게다. 지난해 놀랍게도 나는 그런 편지를 받았다. 전자편지 시대에 육필편지라. 육필편지를 받다가 처음 전자편지를 받았을 때의 놀라움과 기쁨, 그것의 갑절이었다. 선배의 안부편지였음에도 그러했으니, 내내 기다리는 마음이 어찌 봄을 짧게 흘러간 시간이라 여길 수 있으랴.

그대에게 내 마음을 고스란히 전하고 싶어서, 그리고 그대의 따스한 답신을 받고 싶어서, 깨끗한 편지지를 고르고, 썩 마음에 차지는 않지만 한 자 한 자 또박또박 써 내려가는 글씨에는 온 정성이 담기게 마련이다. 전자편지에도 한 자 한 자 마음이 담기기는 마찬가지다. 기계적이지만 자판으로 글을 쓸 적에도 속마음이 거의 그대로 전해질 수 있기에 좋다. 안타깝고 애타고 머뭇 거리고 거침없고 살갑고…, 그런 마음들이 편지지에 쓸 때보다 더 고스란히 전해질 수 있어 좋다. 생각의 속도보다 손가락의 속도가 느리긴 하지만, 펜으로 쓰는 속도보다는 빠르니 말이다. 생생하게 전해진다는 얘기다. 예전에는 무엇보다도 편지가 제대로 전달되었는지 몹시 궁금했던 것이 언제든지 확인할 수 있기에 좋다. 이제 저마다의 우편함에서 편지가 무사히 도착했는지, 받아보았는지 확인하는 일은 무척 쉬운 일이 되었다.

봄철 내내 나는 편지함에 담길 글을 기다렸다. 봄은 길었다. 지루했다. 혹여 보낸 편지 중에 노여움을 불러일으킨 말은 없을까, 마음을 무겁게 만든 말은 없을까 되새겨도 보았다. 그렇지만 사람이란 본시 제 중심이라, 남의 마음 갈피들을 어찌 헤아릴 수 있겠느냐. 차라리 보내지나 말았다면 기다리지나 않으련만, 후회한들 소용없는 일이 아니더냐. 한편으론 한 줄 써 보내지도 않고 빈 편지함을 탓하고 기다리는 것이야말로 큰 욕심이 아니더냐. 이렇게 생각하고 저렇게 생각하고, 그러면서 서서히 지쳐갔다. 봄철이 끝나가면서 이제 기다림은 체념으로 바뀌고 있었다. 그러자 광포한 바람이 가슴 저 밑에서부터 회오리치기 시작했다. 그 바람은 내 속에서 일어난 것임에도, 마음이 바람을 제어하지 못하자 바깥으로 뿜어 나와 몸을 거꾸러뜨리는 것이다.

그렇게 누군가를 기다린 적이 있었다. 대학 시절 내내 강의실 앞에 있는 나의 우편함은 언제나 '텅' 비어 있었다. 딱 한 번 날아든 노란 봉투는 동창회비 납부고지서였다. 내가 내게 편지를 보낸 적도 있었으니…. 이따금 아름드리나무 그늘 아래 앉아 있곤 했다, 망연히 캠퍼스를 바라보며. 누군가를 기다리고 있었다. 무엇이라고 꼬집어 말할 수는 없었지만, 미치도록 그리웠다. 그리웠다, 사람이. 한 조각의 시간이라도 나누어서 마음을 꺼내놓을 수 있는 벗이 그리웠고, 때때로 밝은 태양 아래 함께 걸을 사람이 그리웠다. 그 그리움이라는 것은 참으로 묘해서 딱히 정해진 사람도 없건만, 그래서 정해진 시간도 장소도 없건만 그렇게 막연한 기다림으로 자리잡은 거였다.

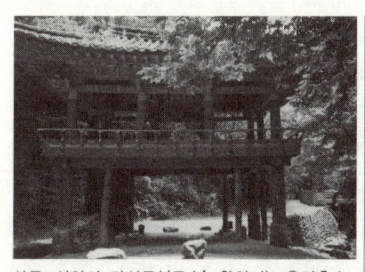
산문-선암사 강선루('동승' 촬영지). ⓒ김충수

그리움이란 본원적인 것이던가, 채워지지 않는 공허함으로 늘 가슴 한곳에 자리하고 있다. 막연한 기다림이 켜켜이 쌓여가다가 더 이상 감당하기 어려울 지경에 이르게 되면, 그것은 울적함으로 바뀌어서 몇 날이고 며칠이고 참으로 고통스러워지는 것이다. 그 적에는 나의 몸을 내가 어쩌지 못하게 되어, 온 가지 불길한 생각들이 나래를 펴다가, 결국에는 온몸을 곤핍困乏하게 만들어버리는 것이다.

몸이 거꾸러졌을 적에야 알았다. 내가 보낸 글에는 아무것도 없었을지라도, 답신을 바라는 그 마음이 그대의 마음을 무겁게 만든 소치가 아니던가. 그랬다. 그것이었다. 마음을 비우기로 했다. 사실 답신을 바라는 건 지나친 욕심이다. 상대방에게 주는 무거운 짐인 게다. 무거운 짐을 함께 나누면 절반으로 가벼워진다고, 그대 삶의 짐을 덜어주겠노라고 속다짐하면서도, 사실 그 어깨에 더 무거운 짐을 올려놓는 어리석음을 범한 것이다. 마음을 비우자고 했다. 한편으로 이것이 체념을 교묘하게 말변주해서는, 제법 도통한 게라고 자기위안 삼는 게 아닌가, 조심히 자문해보는 것이다. 한참 뒤 아니라고 대답하였다.

몸이 곧추 섰다. 바람이 잠들고 마음이 잠잠해졌다. 얼마가 지났다. 편지함에 편지 하나 들어왔다. 천하를 얻었다. 잠을 설쳤다. 그랬다. 비우니 찬 것이다. 놓으니 찾아온 것이다. 주경중의 〈동승〉(2002)을 본 것이 그 얼마 전이었다.

찾아온 것을 반기던 마음으로 똑같은 마음으로 놓아보내라.
만남이 축복이듯 떠남이 있는 것 또한 구원이라.
사랑에서 두려움이 생기고 집착에서 근심이 생기지 않던가.

박혜수의 『동승』에 나오는 큰스님 현성의 설법이다. 박혜수의 『동승』은 영화를 글로 옮긴 것이다. 영화보다 말이 많다. 〈동승〉은 본래 함세덕의 희곡이다. 그것을 읽었을 적 몹시 뭉클했다. 영화 〈동승〉에서는 무릎까지 빠지는 눈과 여인의 하얀 살결이 가슴을 저몄다. 그것은 그리움의 색채를 가장 선명하게 표현한 거였다.

도념(김태진)이 간직한 그리움의 깊이는, 도념이 길을 떠날 때, 무릎을 넘는 눈의 깊이 만큼일 게다. 그 깊이는 측량할 수 없어서 누구도 알 수 없다. 그 깊이에서 헤어나려면 깊이를 체험할 수밖에. 하얀색은 무한한 공간이다. 문틈으로 엿보는 도념의 눈에 비친 여인(김예령)의 하얀 속살만큼이나 그리움의 끝은 무한한 것이다. 사람에 대한 그리움은, 사랑에 대한 그리움은, 여인의 속살처럼 쓰다듬을수록 더욱 마음을 텅 비워버리는 그런 것이다. 채워도 채워도 끝없이 이는 갈증 같은 것. 정심(김민교) 또한 그리움의 늪에 빠져 헤어나려 발버둥치지만, 늪의 깊이를 알 수 없으니 고통만 더할밖에. 비우지 않고서는 채울 수 없는 것처럼, 채우지 않고서는 또한 비울 수 없는 것. 늪에 깊이 빠지지 않고서는 늪에서 헤어날 수 없으리니, 정심과 도념이 산문山門을 벗어나는 것은 어쩌면 그리움이 가득한 마음을 비워내려는 내공의 단련일지 모르겠다. 정심이 목탁을 난타하는 소리를 들으며 감을 한 입 으적 깨물어먹는 큰스님(오영수)의 경지가 또한 그립다.

허허, 이러한….
큰스님의 경지가
'그-립-다'
니….

2003. 5

언제나 곁에 있는, 생명을 간직한 숲과 흙 — '연'에게

　　이상화의 시구를 잠깐 빌면 '푸른 웃음 푸른 설움이 어우러진' 봄입니다. 포연砲煙에 이지러진 바그다드의 하늘이 '푸른 설움'이라면, 어느새 내미는 싹들과 노란 개나리와 생강나무와 산수유들은 '푸른 웃음'입니다. 일요일, 봄볕이 하도 좋아, 오랜만에 나들이를 했습니다. 한강을 나란히 하였습니다. 북한강을 따라 가평과 청평을 지나 양수리로 접어들어, 양평을 돌아 다시 홍천 가는 길로 접어들었습니다. 거기부터는 남한강을 옆에 합니다.

　　'춘수만사택春水滿四澤'이라더니, 봄물이 강에 제법 창일漲溢합니다. 볕에 반짝이는 물결들과 활짝 핀 산수유 꽃들을 보노라니, 가슴 가득 즐거움이 일렁입니다. 역시 봄은 물과 꽃으로부터 시작하는 계절입니다.

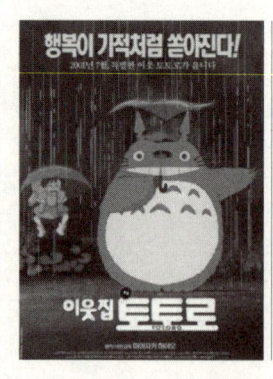

| 이웃집 토토로 | となりのトトロ

일본/1988
감독 : 미야자키 하야오

봄은 생명의 계절입니다. 따지고 보면, 물과 꽃은 모두 생명을 의미하는 문화적 기호들이지요. 물과 꽃을 곁에 두고 있으면서도 종종 생명과 연결시키지 못하는 것은, 물이 가지고 있는 비정형성非定形性과 꽃이 지니고 있는 고착성固着性 때문이 아닐까 생각합니다. 물과 꽃은 모두 소리가 없습니다. 소리가 없다는 것 – 소리치지 못한다는 것은, 자신의 존재를 표현하지 못한다는 것이기도 합니다. 다른 존재들과 소통하지 못한다는 것이지요.

그러나 물은 세상에서 가장 아름다운 여인 – 생명을 빚어냅니다. 바다의 거품에서 태어난 아프로디테Aphrodite나, 신라의 수로부인水路夫人은 물이 빚어 만든 여인들입니다. 아름다움으로 충만한 생명, 여인의 몸이므로 또 다

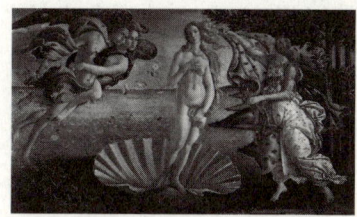

〈비너스의 탄생〉, 보티첼리

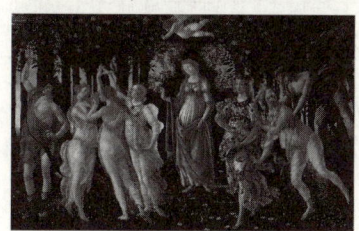

〈프리마베라〉, 보티첼리

른 생명을 잉태할 수 있는 생명들입니다. 물은 소리하지 못하지만, 그렇게 자신의 존재를 드러냅니다. 꽃은 여인을 뜻하는 기호이니, 새삼 말할 필요 없을 테구요. 아프로디테와 수로부인은 봄과 밀접한 관련을 지니고 있습니다. 보티첼리Sandro Botticelli(1445?~1510)의 유명한 그림 「비너스의 탄생」과 「프리마베라La primavera(봄)」에는 봄과 꽃의 정령이 등장합니다. 소를 끌고 가던 노인이 수로부

인을 위하여 불렀다는 「헌화가獻花歌」도 봄날의 얘기지요. 봄은 생명의 계절입니다.

이 봄에 말로만 들어오던, 미야자키 하야오의 〈이웃집 토토로〉(となりの ト

卜ㅁ, 1988)를 비로소 보았습니다. 잠시 동심童心으로 돌아가서, 딸애와 같이 보았습니다. 사츠키와 메이가 되었습니다.

비가 부슬부슬 내리는 밤, 사츠키는 잠든 메이를 업고 아버지를 기다립니다. 메이의 무게 때문에 사츠키는 점점 숙어집니다. 그러다 어느샌가 옆에 토토로가 와 있음을 알게 됩니다. 메이가 그렇게 자랑하던 토토로. 그렇게 보고 싶었던 토토로. 토토로는 비를 피하느라고 앙증맞게 나뭇잎을 머리에 얹고 있습니다. 사츠키는 토토로에게 우산을 건네줍니다.

이 장면이 아직도 선연합니다. 인상 깊습니다. 비 듣는 날, 우산을 건네주고 싶은 누군가가 곁에 있으면 싶습니다. 봄날이 가기 전에, 함께 우산 속에서, 떨어지는 빗방울을 바라볼 수 있으면 싶습니다. 낡은 집과 상수리나무, 우산 쓴 토토로, 메이의 옥수수. 언제나 곁에 있는, 생명을 간직하고 있는 숲과 흙을 거기에서 보았습니다.

사츠키의 집은, 모두들 도깨비집이라고 부르는 아주 낡은 집입니다. 대개 이런 낡은 집들에는 많은 이야기들이 전해내려 오기 마련입니다. 낡은 집은 오랜 세월의 풍상을 겪어왔으니, 집안 구석구석에 인간의 여러 삶에 대한 기록들이 눈금처럼 새겨져 있을 것입니다. 항용 우리들이 살고 있는 집과는 다른지라 왠지 선뜻 다가서기 힘든 점도 있습니다. 그 머뭇거림에는 낡은 집이 풍기는 음산함이랄까 기괴함이랄까, 하여튼 그런 것에서 오는 두려움도 있습니다. 그 두려움은 모두 우리들의 상상이 만들어낸 가공의 것이지요. 그런 점에서 낡은 집들은 말끔하고 정돈된 집보다 이야기의 소재로 맞춤입니다.

낡은 집은, 그저 먼발치로만 보아도 무궁무진한 상상력의 공간입니다. 삐-

걱, 문을 열고 들어가는 그 순간부터 집안의 분위기는 '상상의 집짓기'에 충분하지요. 상상은, 이성과 합리의 반대편에 있습니다. 칼로 두부 자르듯이 할 수는 없는 일이지만, 이성과 합리는 대체로 현실적인 성격이 강합니다. 이때의 현실은 부대끼며 먹고사는 일에 바쁜 우리들의 일상, 어른들의 현실이지요. 이성과 합리로는 잘 설명할 수도, 논증할 수도 없지만, 상상은 나름대로의 논리를 가지고 있습니다. 아이들의 세계에서 상상은 현실입니다. 아이들이 볼 수 있는 세계를 어른들이 볼 수 없는 것은 이런 까닭이지요.

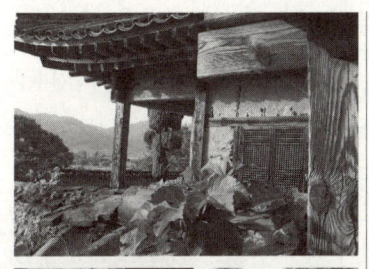
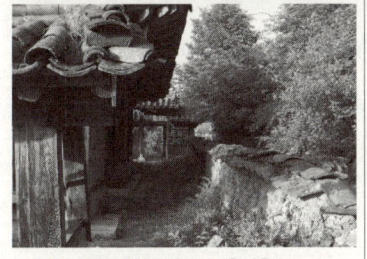

낡은 집의 문이 열리는 순간, 오래도록 터를 잡고 살던 어떤 존재들이 모습을 드러내던 경험을 우리들은 누구나 가지고 있습니다. 우리들은, 상상이었겠지만 현실이라고 굳게 믿었던, 상상과 현실의 경계가 상당히 애매모호했던 경험을 가지고 있습니다. 어느 틈엔가 우리들은 그 경험에서 멀리 떨어진 곳에 서 있습니다.

오래된 시골집-예천 병암정. ©김충수

사츠키와 메이가 낡은 집의 '뒷문'을 여는 순간, 오래도록 터줏대감 노릇을 했던 마쿠로쿠로스케 - 검댕을 봅니다. 그들은 사츠키와 메이의 눈을 피해 분주히 달아납니다. 다락방에 올라가서도 검댕들을 봅니다. 검댕들은 필사적으로 도망합니다. 다른 공간으로 떠나려는 게지요. 이것은 사실, 새로 이사 온 사츠키와 메이가 온갖 먼지와 때를 털어내는, 청소를 비유하는 것이지요. 메이는 검댕을 손으로 잡습니다. 그 순간 메이의 기쁨은 헤아릴 수 없지요. 언니 사츠키에게 자랑스럽게 보여주지만, 손을 펼친 순간 새까만 손바닥을 보았지요. 발바닥도 새까맣구요. 사츠키의 발바닥도 새까맣지요. 이것은 '현실'입니다. 사츠키의 아빠와, 그들을 바라보는 우리들의 시선입니다.

뜰 한가운데 우뚝 서 있는 상수리나무도 낡은 집과 같은 의미를 지닙니다. 장정 몇이 둘러서야 겨우 안을, 둥치 굵고 낙락落落한 나무들을 보면, 낡은 집만큼이나 많은 얘기들이 있습니다. 나무를 스쳐간 인간의 모든 역사가 새겨져 있을 것 같습니다. 한낮에는 나무 밑에서 마음 편히 자다가도, 한밤중 나무의 커다란 실루엣을 보면 선뜻 다가서기 두렵습니다. 나뭇가지 어디선가 부엉이 울음소리라도 들릴라치면 두려움은 갑절이 되지요. 낡은 집처럼 나무에도 우리들 '상상의 집짓기'가 있지요. 그런 점에서 커다란 나무들은 이야기의 소재로 맞춤입니다. 이런 집이나 이런 나무들은 도시적인 것이 아닙니다. 도시가 이성과 합리의 공간이라면, 낡은 집과 나무가 있는 시골은 상상의 공간 – 동화의 세계일 테지요. 도시에 살던 사츠키의 엄마는 중병이 들어 시골로 요양 왔습니다. 도시적인 것에 비해, 시골이 삶의 공간이요 생명이 충만한 장소임을 어렵지 않게 짐작할 수 있습니다.

〈이웃집 토토로〉는 사츠키와 메이가 시골로 이사 오는 데에서 시작합니다. 비포장 시골길과 다락논의 풍경. 이야기는 자연스럽게 동화의 세계로 접어듭니다. 단정할 수는 없지만, 엄청난 책들과 원고지, 독서등讀書燈과 펜, 두꺼운 안경으로 짐작해보건대, 사츠키의 아빠는, 작가이거나 학자일 겝니다. 그러나 검댕과 토토로를 볼 수 없다는 점에서, 적어도 작가는 아닐 듯싶습니다. 상상보다는 이성과 합리에 가깝다는 게지요.

사츠키의 엄마는 병원 - 요양소에 있습니다. 엄마의 공간에, 이웃의 인자한 할머니가 자리합니다. 할머니는 사츠키와 메이에게 검댕의 존재를 일러줍니다. 할머니도 어렸을 적에는 검댕이 눈에 보였지만, 어느 순간부터 볼 수 없게 되었다고 이야기하지요. 연륜으로 보면, 할머니는 낡은 집과 커다란 나무와 같은 의미를 지닙니다. 메이가 처음 할머니를 만났을 때 두려움을 갖는 것은 낡은 집과 커다란 나무에게 갖는 두려움과 근본적으로 동일한 것이지요. 지금은 검댕을 볼 수 없는 어른이 되었지만, 할머니는 아이들과 함께 상상의 이편에 있습니다. 사츠키의 아빠는 검댕이나 토토로를 볼 수 없어 믿지 않지만, 아이들의 의견을 존중합니다. 그렇다고 검댕과 토토로를 인정하는 것은 아니지요. 사츠키의 엄마도 마찬가집니다.

토토로는 사츠키와 메이의 눈에만 보입니다. 토토로는 상수리나무의 정령입니다. 모든 나무에는, 아니 나무뿐만이 아니라, 모든 자연에는 정령이 깃들여 있다고 믿었던 적이 있습니다. 애니미즘animism의 시대. 정령이 깃들여 있다는 것은 영혼을 간직했다는 말이지요. 자연도 생명을 가지고 있어서 사람처럼 꿈틀거리며 살아간다는 것이지요. 생명을 가지고 있는 것들은 서로 소통할 수 있기에, 옛날이야기에는 사람이 동물과 식물, 산과 바위, 구름과 태양하고도 이야기를 나눕니다. 우리 옛이야기뿐 아니라, 사실 그리스 신화의 신들은, 자연을 인간의 형상으로 비유한 것이 아니던가요.
　옛적에 모든 자연에는 정령이 깃들여 있다고 했던 것처럼, 사람도 어렸을 적에는, 존재하는 모든 것들은 사람처럼 말하고 생각할 수 있다고 믿었습니다. 그 적에 우리들은 동물들과 나무들과 심지어는 땅과 하늘과 구름에게 말을 걸곤 했잖아요? 어린이와 눈높이를 가지런히 한 애니메이션animation에서는 동물과 식물이 사람과 이야기를 나눕니다. 식물과 견주어 동물을 'animal'이라 하고, 무생물에 생명을 불어넣는 것은 'animate', 초창기 활동사진을 찍던 촬영기는 'animatograph'라고 합니다. 모두 'anima'라는 공통 분모를 가지고 있는데, 영혼·생명을 뜻하는 라틴어랍니다. 움직인다는 것, 살아 있다는 것은 곧 영혼 또는 생명을 간직하고 있다는 얘기지요.

이런 점에서 본다면, 애니메이션의 세계는 애니미즘의 세계라고 하겠습니다. 애니메이션에서 동물이 항상 등장하는 것, 사람과 이야기를 나누고 감정을 나누는 것, 사람과 동물의 경계선이 없는 것은 어쩌면 당연한 일입니다. 어른들의 세계에서는 동물이나 식물은 말하지 못합니다. 이성과 합리로 재단해보면, 그것은 거짓이거든요. 어렸을 적 우리들은 나무들과 동물들과 즐겁게 이야기를 나누었지만, 더 이상 의사를 소통할 수 있는 존재가 아니라고 느낄 때, 우리들은 어린이에서 어른으로 탈바꿈합니다. 이성과 합리에 의하여 번뜩이는 세계가 어른의 세상이요 도시라면, 그 반대편에 아이들의 세상과 시골이 놓여 있지요. 늘 책상 위에 갇혀 사는 아빠와 요양소에서 투병하는 엄마의 세계가 생명을 잃어가는 세계, 도시와 근대近代라면, 들에서 마음놓고 뛰노는 아이들의 세계는 생명을 간직하고 있는 세계, 시골이며 동화童話겠지요.

토토로가 사츠키와 메이의 눈에만 보이는 것은 이런 이치일 겝니다. 메이가 토토로를 먼저 본 것은 아직 학교에 다니지 않는 네 살배기인 까닭일 테구요. 사츠키와 메이가 토토로의 존재를 알게 된 순간 그들은 금새 친해질 수 있었습니다. 토토로 또한 자신의 존재를 인정해주는 사츠키와 메이에게 자신의 마음을 전달해줄 수 있었구요.

작은 잎새 하나로 비를 긋는 토토로에게 우산을 건네주자, 토토로는 사츠키에게 손수건으로 싼 도토리 씨앗을 줍니다. 사츠키와 토토로 간에 소통이 이루어진 것이지요. 칸다가 사츠키에게 구멍 난 우산을 빌려주는 것과, 사츠키가 토토로에게 우산을 빌려주는 것은 같은 의미를 지닙니다. 비오는 날이면 아이들은 울적합니다. 마음껏 놀 수 없기 때문이지요. 어렸을 적 비를 피할 수 있는 우산을 하나 가진다는 것은 커다란 소망이었습니다. 저는 아직도 우산에 대한 집착이 있습니다. 내리는 비는 아이들이 만난 장애물입니다. 우산은 그것을 극복할 수 있는 소중한 것이지요. 우산을 준다는 것은, 어려움을 함께 헤쳐나갈 수 있는 소통이 이루어졌다는 얘기입니다. 비는 동시에 땅에 뿌려지는 생명의 씨앗이기도 합니다. 흙이 생명을 빚어내려면 물 – 비가 있어야 하지요. 그런 점에서 비는 죽어가는 모든 것들을 살려내는 힘이기도 합니다.

이와이 슌지의 〈4월 이야기〉(四月物語, 1998)에서도 비와 우산은 아주 중요한 의미를 갖습니다. 고교 시절부터 짝사랑하던 선배를 만나기 위해, 우즈키(마츠 다카코)는 궁벽한 홋카이도에서 도쿄에 있는 무사시노 대학에 입학합니다. 선배가 서점에서 아르바이트를 한다는 것을 알고는 늘 그 서점을 찾아가지요. 그들의 재회는 몹시 비가 많이 오던 날, 다 망가졌지만 빗방울은 피할 수 있는 빨간 우산에서 시작됩니다. 간신히 마주한 선배가 자신을 몰라보자 풀이 죽어 있던 우즈키는, 기억을 되살려내며 빨간 우산을 건네준 선배 때문에 다시 생기를 찾습니다. 아마도 그들은 함께 우산을 쓰고 삶을 완성해나갈 것입니다.

병원에서 전보를 받는 순간 사츠키는 절망합니다. 처음으로 메이에게 화를 냅니다. 늘 명랑하던 메이도 울음을 터뜨립니다. 사츠키가 아빠에게 연락할 수 있는 방법은 전화를 거는 일인데, 그 길을 칸다가 동행합니다. 병원을 향해 집을 나섰다가 길을 잃은 메이를 찾을 수 있었던 것도, 메이가 엄마에게 옥수수를 선물할 수 있었던 것도 토토로의 도움 때문이었지요. 칸다와 토토로와 할머니가 함께 있는 한, 사츠키와 메이는 외롭지 않을 겝니다.

사츠키와 메이는 토토로가 준 도토리를 정성껏 심습니다. 얼른 싹이 돋기를 바라지만, 현실은 그렇지가 않지요. 어느 날 찾아온 토토로 가족은, 도토리를 심은 뜰 앞에서 손을 위로 치켜들며 바람을 뿜습니다. 사츠키와 메이도 토토로와 똑같이 행동하지요. 손을 위로 치켜드는 행위는 곡물이 쑥쑥 자라기를 기원하는 고대 제의祭儀와 유사한 행동입니다. 땅거죽을 뚫고 싹이 나오더니, 재크의 콩나무처럼 순식간에 자라나서 엄청난 숲이 됩니다. 우산을 쓴 토토로는 팽이를 타고 나무 끝까지 순식간에 오릅니다. 사츠키와 메이는 토토로를 타고 하늘을 날며 세상을 구경합니다. 아침에 깊은 잠에서 깨어난 사츠키와 메이 앞에는 지난밤의 숲은 간 곳이 없고, 대신 어린 싹이 보였습니다. 꿈이었지요. 토토로와의 만남은 현실의 시간이 아닌 꿈의 시간에서만 이루어지는 것입니다. 상상의 영역은 현실이 아니니까요.

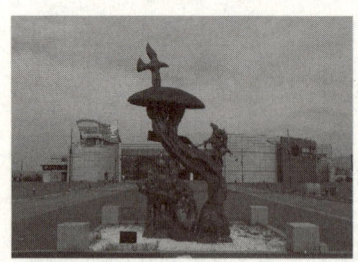
춘천 애니메이션박물관. ©김충수

새싹들을 보며 사츠키와 메이는 매우 좋아하지요. 할머니의 밭에서 일손을 돕던 사츠키에게 할머니는 막 따낸 오이와 푸성귀들을 줍니다. 푸성귀가 사람을 건강하게 만들어준다는 얘기를 들려주지요. 그 순간 메이는 엄마에게 옥수수를 선물하겠다고 합니다. 메이의 옥수수는 중요한 의미를 지닙니다. 옥수수는 땅에서 나는 먹거리를 비유합니다. 생명은 흙 − 땅에서 빚어낸 것이지요. 신화나 문화적인 기호로, 땅은 어머니를 뜻하지요. 물과 흙은 생명을 잉태하고 분만한다는 점에서 동일합니다. 아이를 낳는 어머니는 바로 생명을 빚어내는 존재입니다. 할머니와 엄마는 모두 생명을 잉태하고 낳는 존재입니다. 그런데 사츠키의 엄마는 지금 와병중입니다. 앞에서도 이야기했지만, 그것은 생명을 잃어가고 있음을 의미합니다. 사츠키의 엄마가 건강해지기 위해서는 줄어드는 생명을 다시 채워 넣어야 하지요. 메이가 병원 창턱에 얹어놓은 옥수수는 흙이 빚어낸 생명의 씨앗이며, 엄마가 받아야 할 생명의 피톨인 셈입니다.

토토로의 도토리는 새로운 숲을 만들 생명의 씨앗입니다. 싹이 터서 자라면 울창한 숲이 될 것입니다. 그 숲은 토토로와 어린아이들이 살아갈 숲입니다. 삶을 잃어가는, 꿈을 잃어가는 사람들이 살아갈 숲입니다. 숲을 보며 아이들은 상상을 키워나갈 것입니다. 모든 것을 이성과 합리로만 재단하려는 어른들도, 숲을 보면 오래 전에 잃어버린 '상상의 집짓기'를 할 수 있을 것입니다.

결국 토토로와 상수리나무와 옥수수는 우리들이 잃어버린 생명이며 꿈이며 고향인 셈입니다. 근대라는 각박한 문명, 도시라는 메마른 생활은 우리들을 조금씩 죽여가고 있는 셈이지요. 늘 자연을 곁에 두고, 닫혀 있는 세상을 열어간다면, 건강하고 활기 넘치는 삶이 될 수 있을 겁니다. 문제는, 숲과 흙과 물은 언제나 우리들 곁에 있건만, 종종 잊는다는 것입니다.

2003. 4

닿아가는 세월, 그러나 해어지지는 않기를

스님 만나 앞길 묻고는
스님 떠나자 또다시 길을 헤매네
逢僧問前路   僧去路還迷

—강백년姜栢年, 「산행山行」에서

모처럼 정장을 한다. 곱게 다림질된 Y셔츠, 역시 캐주얼보다는 무언가 품
위를 준다고 흐뭇해하며 넥타이를 맨다. 그런데 어쩐지 거울 속 사내와 옷이
균형잡히질 않는다. 어딘지 모르게 옷과 몸이 걸맞지 않다는 느낌이 든다. 순
간, 낯설다. 눈은 충혈되어 있다. 피곤이 깊게 배어 있는 눈이다. 졸음을 뽑아
내는 눈이다. 스트레스도 담겨 있다. 선뜻 손대기 힘든 불만이 있다. 불만 속

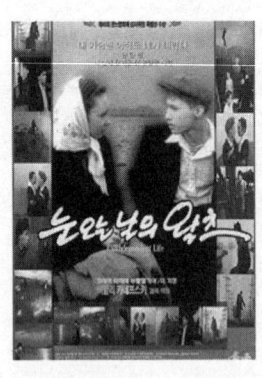

| 눈 오는 날의 왈츠 |

Samostoyatelnaya Zhizn/An Independent Life
프랑스 · 스페인/1992
감독 : 비탈리 카네프스키
출연 : 파블 나자로프, 디나라 드루카로바

에는 분노와 증오가 잠시 얼비친다. 한때는 제법 영롱했을 것이다. 그렇다고 무슨 욕정이나 욕망에 한껏 젖어 있는 것도 아니다.

생기生氣 없다. 추레하다.

때가 묻으면 묻을수록 반짝반짝 윤이 나는 것들이 있다. 더께 앉은 때는 세월의 묵직함이다. 거기에는 모진 풍파를 견뎌온 인고의 삶이, 발돋움하고 넘어보던 소망의 삶이 담겨 있다. 몇 곳 민속박물관의 막사발들과 옹기와 농기구들에서 그 손때를 보았다. 얼마 지나지 않은 일상이었음에도 까마득한 세월의 단층을 느낀다. 그러나 손때에는 울고 웃고 부대끼는 사람살이가 배어 있다. 그렇기에 손때에는 생기가 묻어 있다. 닳고닳아 반짝반짝 윤이 나는 손때는 미래로 나아갈 수 있는 징검돌이다.

여기저기 고택古宅도 무던히 찾았다. 살림하는 집에는 세월의 때가 더욱 운치를 주지만, 사람 살지 않는 고택은 퇴락해 보인다. 관광객의 발길이라도 어지럽다면 다행한 일이다. 닳고닳아서 매끈하게 윤기 나는 손자국을 느낄 때, 낡은 집이라도 거기에는 세월의 때가, 더께 앉은 손때가 있다. 이러한 '때'는 '시時'이거나 '세歲'라고 해야 할 것이다. 이것은 흐름이다. 헤아릴 수 없는 파편들과 옹이들이, 거듭 풀었다가는 맺고 맺었다가는 풀며 쌓아가는 것 말이다.

그런데 항용 우리에게 '때'라는 것은, '티끌'이며 '먼지'들이 만들어가는 '때(垢)'가 아니던가. '때가 묻었다'는 말은 '더러워졌다'는 것이요, '닳고닳았다'라는 말은 '아주 낡았다'는 것, '해어졌다'는 것이 아니던가. '닳고닳은'에는 작부酌婦이거나 매춘부 같은 이들의 이미지가 담겨 있다. 천박하거나 부정한 의미를 지니기에, 세월이 흐르면서 점차 이득을 챙기기 위해 약빨라졌다거나, 흉물스럽게 노회老獪해버린 이들을 가리킬 때 쓴다.

정장을 하고는 면도로 말끔해진 턱에 향이 좋은 스킨 로션을 바르는 것은, 제법 신사다운 품위를 갖춰보고 싶었기 때문이다. 그런데 거울 속에는 아주 낯선 사내가 서 있다.

손때 묻은 막사발이나 투박한 질그릇이 아니라, 맵시 있게 정좌해 있지만 눈길조차 머무르지 못하는 청자기나 분청사기 어름이다. 아니다. 정말 아니다. 청자기나 분청사기에는 나름대로 품위가 있다. 눈길이 머무르지 않는 것은, 별 흥미를 못 느끼거나 아는 바가 없어서이겠다.

박물관에 가서 도자기를 진열해놓은 곳에 이르면 걸음이 매우 빨라진다. 얼마 전 작심을 하고 해강도자미술관海剛陶磁美術館에 갔다. 도자기만 있으니 관심 기울일 다른 것이 없음이요, 모처럼 여유를 얻었기 때문이다. 하나하나 솜씨에 새삼 놀랐다. 같은 청자이거나 백자여도 그 색은 저마다 달랐다. 형태며 문양이며 상감기법이며 심상하지 않았다. 그간 언뜻 일별하고 지나친 것은 순전히 무지한 탓이다. 그 고고한 자태는 세인世人의 이목耳目이 정녕 헛됨이 아니라는 것을 증명한다. 질박한 토기에 건강하게 살아온 세월이 있다면 청자기나 백자, 분청사기에는 묵직하고 깊숙한 품위와 의기意氣가 있다.

나는 신념을 담은 의기와 오롯한 품위를 지닌 사람이고 싶다. 어쩌면 요원한 지향점일지도 모른다. 거울 속의 사내는 전혀 아니다. 아주 낯설다. 어떤 순연함의 흔적도 보이지 않는다. '닳았다'라는 생각이 집요하다. 하긴 어느 세월에 닳지 않는 것이 있으랴만, 그래도 어째 우울해진다. 낯선, 그러나 낯

익은 사내를 바라보며 언제까지 망연히 서 있을 수는 없다.

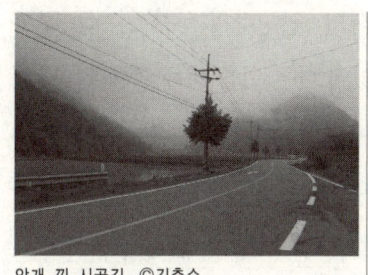
안개 낀 시골길. ©김충수

벌써 달포나 안개에 푹 잠겨 있는 고속도로이다. 산 아래에서 올라오는 안개는 지독하다. 앞길이 어둡다. 헤드라이트를 켜보지만 별 소용이 없다. 차의 속도와 겹겹이 에워싸는 안개 사이에는 묘한 긴장감이 있다.

테이프를 넣는다. '나훈아'에 이력이 난 터라 팝송으로 바꾼다. '사이먼과 가펑클'. 모두 지난 시절의 노래들이다. 뽕짝이 좋아지면 나이가 든 것이라는데, 동의할 수 없다. 벌써 그렇게 되었다고 인정하지 않는다. 운전하며 듣기에는 그만큼 마음을 편히 해주는 것도 없다고, 모르쇠로 잡아뗀다. 사실 내 차 안에 가득한 테이프와 CD는 이미 묵은 것들이다. '클래식 음악'들, '나나 무스꾸리', 흘러간 '팝송 모음집' …. 가장 최신의 것이 '강산에'이니.

가버렸는가, 이미 달려온 길만큼이나. 그러나 내 노래들은 언제나 새로운 노래였던 걸. 최초에 각인된 이미지들은 웬만해서는 지워지거나 수정되지 않는다. 귀에 익숙한 노래들이 평생 벗삼게 되는 것들이다. 그것은 우리 세대의 노래들이다. 그 노래들을 흘러간 노래들이라고 한다. 노래가 흘러간 것은 시간이 흘러갔다는 것인데, 그렇다면 흘러간 시간은 어떤 시간이란 말인가. 끓던 피와 함께 '순수'도 흘러갔는가.

정말 '순수'를 잃어버린 것일까. 애초부터 '순수'란 있기는 했었던 것일까. 생각으로 만든 집은 아니었을까. 이것은 나만의 위안이다. 무엇이라고 꼬집어 이야기하기 어렵지만, 우리들이 항용 이야기하는, 공통으로 전제하는 '순수'가 있다는 것은 뻔한 사실이 아닌가.

그 '순수'는 누구나 간직하고 싶은, 어쩌면 '판도라의 상자'일지도 모른다. 그 '순수'가 사라졌음은, 어느 날 느닷없이 다른 이를 통해 알게 된다. 비록 나는 잃었을지라도, 내 삶의 희망이며 위안인 그 사람에게는 '순수함'이 아직 간직되어 있을 것이라고 생각한다. 겹겹 안개와 어둠 속에서도, 내게 한 톨 남은 또는 그 사람이 간직한 '순수함'은 희망일 수 있다. 그래서 예전의 모습이 남아 있기를 바라는 마음은 집요하다. 그 집요함이, 텅 빈 판도라의 상자를 만났을 때 얻게 되는 것은 절망, 절망이다.

비탈리 카네프스키의 〈눈오는 날의 왈츠〉(Samostoyatelnaya Zhizn, 1992)에는 두 번 다시 예전으로 돌아가지 못하는 회한悔恨이 있다. 발레르카(파블 나자로프)는 발카(디나라 드루카로바)의 순정을 받아들이지 못한다. 세월의 때가 너무 두껍게 묻었다. 때를 씻지 못한 것은 그것이 때인 줄 몰랐기 때문일 터이다. 하긴 늘상 씻는다고 깨끗해지는 것은 아니지만.

발레르카의 삶은 혼돈과 절망의 가장자리이다. 그의 고향 스촨은 온통 하얀 눈으로 뒤덮인 시베리아 동쪽 땅이다. 전쟁 후 고향에 돌아가지 못한 일본군의 슬픈 노래는 하늘까지 닿았다가 눈이 되어 내려앉는다. 이따금 유형지로 떠나는 죄수들의 열차가 쉬어 가지만, 희망 없는 삶이 머무르는 곳은 결국 어디이겠는가. 매춘에 연루되어 직업훈련원에서도 쫓겨나고, 유일한 생명줄인 돼지는 주림을 해결하기 위하여 도살된다. 불법 낙태시술을 받다 중태에 빠진 어머니의 고통이 가득한 곳이 그의 집이다. 온통 하얀 눈, 얼음, 질척이는 땅. 그것이 발레르카의 삶이다. 그러나 눈 속에서도 씨앗은 봄을 준비하듯 발레르카에게는 발카의 따뜻한 눈길이 있다. 고향을 떠나는 발레르카에게 자신의 순결을 선물한 발카, 영원히 자신을 잊지 말아달라던 발카.

그러나 발레르카는 세상의 탐욕과 위선에 묻혀간다. 발카에 대한 그리움이 깊어질수록 그의 순수 또한 색이 바래진다. 편지를 보내도 답신이 없는 발레르카를 찾아온 발카. 그러나 예전의 발레르카는 이미 없어졌다. 아이를 가졌대도 믿지 않는, 이미 눈길은 허공만 헤매는, 닳고닳은 그의 모습에 절망한 발카. 발카가 품었던 판도라의 상자는 결국 봉인封印을 잃은 상자였다. 날갯짓을 멈추고 수면에 잠긴 비둘기, 발카….

다시 돌아갈 수 없는 땅 스촨, 물밑 깊숙이 잠긴 발카, 돌아가고 싶어도 이제 그 품을 잃은 발레르카. 돌아가고 싶다고 절규하는 〈박하사탕〉(이창동, 1999)의 영호(설경구)가 겹친다.

이미 달려온 길은 멀다. 고속도로는 앞만 보고 달리는 길이다. 질주하다가, 이렇게 달려가서는 무엇을 하겠다는 건가, 속도를 늦춰본다. 그렇다고 달려온 길이 보이는 것은 아니다. 안개는 앞만 아니라 뒤도 철저하게 봉쇄하고 있다. 낯선 길이라면 어지간히 헤맬 것이다. 늘 다니는 길이라 굽이진 곳을 짐작해서 가는 길인데도 조마조마하다. 벌써 그렇게 된 것이다. 질주하다가도 몸을 옹송그리고, 질러가다가도 섬뜩해하고. 그것이 세월 탓이라고 말하기에는 아직 젊다. '젊다'라는 말은 조건이 있는 낱말이다. 유효하려면, 자신이 얼마나 늙었는지 세월이라는 권위로 자리를 지키려는 이들이 반드시 곁에 있어야 한다.

뭇새들 높이 날아 사라져가고,
조각구름 홀로 한가로이 흘러가네.
서로 보매 함께 싫증나지 않는 것은,
오로지 경정산 뿐이로구나.

　衆鳥高飛盡　　孤雲獨去閑
　相看兩不厭　　只有敬亭山

　　이백의 「독좌경정산獨坐敬亭山」이라는 시이다. 호방한 그의 시를 읽으면
평생을 젊었을 그의 모습이 보인다. 세월이 지날수록 깊어지고 꼿꼿해지는
자태, 닳아질수록 더욱 반질거리는 삶, 그러나 해어지지는 않는 삶. 나의 지
향점이다. 그러나 가끔 그 길을 제대로 걷고 있는지 의심스럽다.

　　"스님 만나 앞길 묻고는
　　스님 떠나자 또다시 길을 헤매네."

2002. 10

봄날, 서럽게 눈이 내릴 때

이 글을 마친 날 황사가 심했다. 세상에는 온통 뿌연 먼지 바람이 가득
하였다.

바람이 제법이다. 여지껏 붙어 있던 마른 잎새들이 한바탕 떨어지는 듯싶
더니 차가 휘청인다. 바람이 세차다. 잔뜩 흐려 있는 품이 비라도 올 것 같다.
하는데, 후두둑 차창으로 빗방울이 듣는다. 내일은 황사가 심할 거란다. 모처
럼 화창한 봄날의 기대는 그래서 사라진다. 마음이 스산하다. 바람은 바깥에
서만 부는 것이 아니다. 가슴의 밑바닥에서 이는 바람 또한 맵짜다. 시리다.

중국 삼국시대 적의 동우董遇라는 이는 공부하기에 제격인 세 자투리 시간
(爲學當以三餘) 중의 하나를 음산하기 짝이 없는 날이라 하였고(나머지 둘은 겨

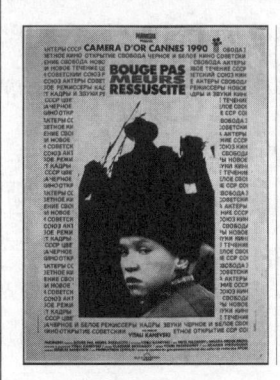

| 얼지마, 죽지마, 부활할거야 |

Zamri Umri Voskresni/Don't Move, Die And Rise
Again!
러시아/1990
감독 : 비탈리 카네프스키
출연 : 파블 나자로프, 디나라 드루카로바

울과 밤, 冬者歲之餘 夜者日之餘 陰雨者晴之夜), 소동파蘇東坡는 인생의 참다운 맛은 이 세 가지에 있다(此生有味在三餘)고 하였다. 그러나 아무리 불빛으로 밤을 줄여가며 책을 마주하는 서생일지라도, 꽃향기와 함께 풍겨오는 봄날이 어찌 인생의 참다운 맛이 아니겠는가.

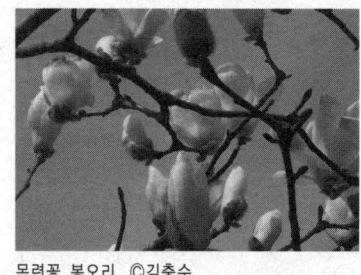
목련꽃 봉오리. ⓒ김충수

사방에서 꽃이 봉오리를 터뜨리는 봄 날은 싱숭생숭 하는 마음만큼이나 불안 정하다. 변덕 심한 계절이 봄이라는 세간 의 평은 그 불안한 마음 탓이리라. 봄에 따뜻한 날과 추운 날을 예측하기란 참으 로 어렵다. 그러나 지금의 날씨는 봄이 아 니다. 서러워지고 있다. 입춘과 경칩이 지났어도 여전히 시린 하늘과 차창에 비치는 황량한 풍경 때문만은 아니다. 아무리 눈감고 귀 막아도 틈새를 파고 드는 뉴스 아닌 뉴스가 망연하게 만든다. 도대체 어디에 기대고 어디를 짚어 야 두 다리를 버팀목 삼아 팍팍한 세상을 걸어갈 수 있을까. 에라이~, 애꿎 게 한바탕 터져 나오는 게 그저 ㅆ이요 ㄲ이다. 어찌 평생 책을 벗삼은 이의 입에서 쏟아질 수 있는 말일까. 한동안은 '누드'라는 말이 온 인터넷을 종횡 하여 마치 한번쯤 관심을 기울이지 않는다면 된서리를 맞을 것 같았다. 요즘 은 ㄴ씨와 ㅊ씨, ㅇ당과 ㅎ당과 ㅁ당이 인터넷과 미디어를 어지럽히고 있으 니…. 세상과 담을 둘러친들 무엇하랴. 풍문의 힘이란 울짱도 무색한 것을.

"이전투구泥田鬪狗"

더도 덜도 아닌, 이전투구.

지난주에는 고맙게도 춘설春雪이 내렸다. 잠깐이라도 혼탁한 세상을 아니 보아도 될 일이었으니 참으로 고맙지 않았는가. 난분분亂紛紛, 난분분 내리는 봄눈은 서설瑞雪이라 좋아하지 않았겠나. 눈에 온통 마음을 빼앗겼다. 벗에게 편지를 썼다. 눈은 사람을 그립게 만드는 마술을 지니고 있다. 눈에 홀린 그 밤을 지새다시피 하였다. 다음날에도 눈은 여전하였다. 수북하니 하얀 눈에 홀려 그 밤엔 술이 거나하였다. 시작은 그러하지 않았으나, 술잔이 쌓여감에 그리움도 쌓여갔던 것이다. 아침까지도 머리가 무거웠다. 창 밖은 온통 하얗고 눈은 그쳐 있었다. 아랫녘에는 폭설暴雪이란다. 혼란스럽다.

춘설, 서설, 그리움…. 폭설. 하늘은 같건만 지상의 일이란 이렇게 다르다. 이제 춘설의 고마움은 가슴속으로만 간직할 일이다. 눈 내린 풍경이어도 뉴스는 온통 어지럽고 참혹하다. 비 오는 풍경, 눈 내리는 풍경의 서정은 이제 활자로만 존재하는 것이다. 매일 접하는 모니터와 브라운관에는 잔혹한 폭력의 그림자만 존재한다. 실의와 분노와 욕설과 생존의 욕망…. 잠시라도 혼탁함에서 놓여나서 나만의 서정을 갖는 것조차 허락될 수 없다는 말인가. 별관 건물 옆 언덕 위를 오른다. 북국의 풍경이 고스란하다. 나무에 가득한 건 봄바람에 묻어온 꽃이 아니라, 눈바람에 피어난 꽃이었다. 눈꽃. 춘천에서 겨울이면 항용 볼 수 있는 눈꽃. 그 눈꽃을 나는 이렇게 일터에서 바라보고 있는 것이다.

뉴스는 벌써 잊는다. 매운 바람도 없다. 다만 천지에 눈꽃이 가득하니 아름다울 뿐이다. 그런데 난데없이 눈물이 그렁하질 않겠나. 요즈음은 쉬 감상적이 되곤 하여서, 언젠가는 출근하다가 황량한 풍경에 눈물이 비끗한 적이 있던 거였다. 어제의 그리움이 정녕 가신 것이 아니었다. 혼자만 눈꽃을 바라보려니 쓸쓸해지는 거였다. 눈꽃이 슬프게 하는 거였다. 그것이었다. 홀로 있고 싶지 않은 것, 지상에 내리는 눈만큼이나 포근한 것을 간직하고 싶은 것, 기대고 싶은 것, 결국은 홀로가 아니라고 위로 받고 싶은 것. 그것이었다.

봄꿈(春夢)만큼이나 이 풍경도 사라질 것이다. 연례행사처럼 황사가 하늘을 덮을 것이다. 지금은 하얗게 지상을 덮고 있지만, 이제 봄바람이라도 일렁인다면 온 땅이 질척일 것이다. 눈과 흙이 뒤범벅이 된 풍경. 눈은 비와 달라서 씻어내질 못한다. 지상의 더러움을 덮어는 주지만, 덮는 것은 씻겨내는 것이 아니다. 오히려 흙에 스며들어 진흙창을 만들어서는 옷과 몸을 더럽히는 것이다. 눈이 녹아서 질척이는 땅은 비가 내려서 질척이는 땅보다 더 불쾌하다. 그 불쾌함은 내딛는 땅의 물렁함과, 바닥에 놓이지 않고 신발 밑에 쩍쩍 달라붙는 흙덩이들에서 시작된다. 내 발이거나 또는 다른 것들에 의해 튀어서는 한 벌뿐인 옷에 점점이 무늬를 놓는다. 사실 어찌 보면 불쾌함은 적절한 말이 아니다. 진흙창의 풍경은 종종 찌푸린 하늘과 하나로 묶여 머릿속에 그려진다. 그 살풍경과 척박한 이미지가 마음을 황량하게 만들고 더욱 스산하게 만드는 것이다. 잔뜩 찌푸린 풍경에는 옷섶을 헤집고 살을 에는 바람도 빠질 수 없는 요소인데, 거기에는 핏기 잃은 가난한 이들의 악다구니와 싸움질과 그 뒤의 화해도 한몫으로 자리하고 있다. 가끔은 꽁꽁 언 공동수도 앞이나 공중화장실 앞에 한 줄로 늘어선 풍경이 끼여들기도 한다.

어쩌면 이러한 이미지는 책이나 영화가 만들어낸, 궁핍의 표상인지도 모른다. 실상은 그렇지 않을 터이지만 오래도록 그렇게 새겨진 이미지가 진실한 풍경을 저만치 밀어냈을 거였다. 그럼에도 스무 해 전 황지역黃池驛에 내려서 처음 마주한 태백太白의 풍경은 거기서 한 걸음도 나아가지 못했다. 검은 탄 더미와 하얀 눈, 단지 그 흑백만의 풍경이 역을 나서면서 처음 맞닥뜨린 태백의 풍경이었다. 그 흑백의 풍광은, 4월 중순에도 한 자 깊이로 내리는 눈과 맞물려서, 어디어디에는 꽃이 피었더라는 소식과는 동떨어진 삭막한 풍경으로 여지껏 각인되어 있다.

'막장 인생'이라는 말이 항용 쓰이던 시절이기도 하였거니와, 나의 삶 또한 특별한 전망이 없었다. 요컨대 태백의 탄광촌 마을은 절망의 땅이었다. 술병이 손에서 떠난 날이 없었지 싶다. 그러나 절망에서만 희망이 있는 법. 무너진 곳에만 일으켜 세움이 있고, 쓰러진 자리에서만 일어섬이 있는 것이 아니던가. '기다림'이라는 낱말과 '내일'이라는 낱말을 거기서 새삼 몸에 새기게 되었다. 5월 어느 날, 늦게 불어온 봄바람에도 초록의 싹과 붉고 하얀 꽃들이 망울을 틔워내고 있던 거였다. 태백산맥 자락인 이름 모를 봉우리들을 보며 볕바라기를 하곤 하였다. 그 볕과 함께 태백은 내 삶에서 가장 짧게 머문 곳이 되고 말았다. 두 번 다시 발길을 되돌리지 않을 거라며 떠나왔지만, 4년 전이던가, 잠시 머물던 곳의 부근까지 갔던 적이 있었다. 동점동에 있는 바위 터널인 자개문子開門과 그 옆에 깊이를 알 수 없다는 소沼인 구무소까지였다. 구무소의 물은 여전히 검고 탁했으며, 자개문을 통해서 바라본 저쪽의 풍경도 그대로였다. 영덕盈德의 포구인 강구江口까지 바삐 줄여 잡아야 할 여정 때문에 더 가지는 못했다.

그 잠깐 동안은 참으로 삶이 곤비困憊하였다. 떠나오던 날 고갯마루에 올라서서 단 한 번 뒤를 돌아보았다. 산 아래 먹빛 탁한 개천이 흐르고 있었는데, 낙동강의 상류였다. 그 천변에 몸을 뉘였던 세 평 남짓 방이 있었다. 술기운을 빌어도 쉽사리 잠이 들지 않았는데, 그런 밤이면 물소리가 더욱 요란하였다. 언젠가 바다로 흘러들 개천의 여정이, 어디에도 갈 수 없었던 내 몸보다 자유로웠기에 부러웠다. 고개를 넘어선들 몸이 자유롭지는 않을 거였다. 떠난다는 사실 하나만이 기쁠 뿐이었다. 벼룩의 눈곱만큼도 남겨둔 미련은 없었다. 멀리, 나를 천덕꾸러기로 몰아갔던 일터가 고즈넉하게 놓였는데, 순간 저기를 향해서는 두 번 다시 오줌발도 세우지 않으리라 사려 먹고 다짐두었다. 삶의 여정에서 까맣게 지워버리고 싶었다. 지울 수 있는 삶은 없다. 지운다고 지워질 것도 아니다. 자개문 저쪽의 풍경이 새삼 반가웠던 것은, 잠깐 동안 머물렀던 시간 역시 내 삶의 자양분이 되었기 때문일 터이었다.

비탈리 카네프스키의 〈얼지마, 죽지마, 부활할거야〉(Zamri Umri Voskresni, 1990)를 지배하는 풍경이 그런 풍경이다. 더 지독하고 참담한 풍경이다. 2차 대전 후 일본군 전쟁포로와, 소비에트에 죄 지은 이가 유형流刑의 삶을 사는 곳, 지상에서 더 갈 수 없는 절망의 땅, 스찬. 서럽게 눈이 내려서 눈과 흙이 뒤범벅되어 질척이는 땅, 스찬. 탄광촌. 하늘도 땅도 잿빛인 땅, 스찬. 거기에 견주면 태백은 차라리 약속의 땅이었다. 탄을 캐며 사는 그들에게 하루하루란 그저 허기만 면할 수 있으면 다행인 삶이다. 희망도 없고, 그래서 사랑도 없다. 어쩌면 이 모든 것들이 사치인 그들 곁에는 오직 보드카와 우수에 젖은 노래만이 있을 뿐이다. 그리고 그들에게 빌붙어 사는 매춘부와, 유년을 잃어버린 조숙한 아이들의 패악과 일탈이 있다. 이 처참한 삶의 형극荊棘은 내내 흑백의 톤으로 일관한다. 어느 한 곳에도 따뜻함을 찾아볼 수 없는, 흑백의 색채가 삶의 진실을 오히려 사실적으로 보여주어 몸서리쳐진다.

세상을 흑백으로 그려내는 일이 컬러로 그려내는 일보다 더 객관적이고 사실적으로 보인다. 흑백에는 시각을 편안하게 만드는 색채도 없고, 강렬히 반응하게 만드는 색채도 없고, 색채만큼이나 다양한 이야기들이 없기 때문이다. 여인의 맨몸을 찍은 똑같은 사진인데, 하나는 흑백으로 하나는 컬러로 찍은 것을 본 적이 있다. 컬러 사진에서는 살의 건강한 빛깔과 매끈한 질감이 느껴져서 정욕情慾이 일렁였다. 살의 빛깔이 초록과 어울릴 적이면, 살의 질감은 손가락 지문 사이마다 살아나서, 감각은 어느덧 촉각으로 전환되는 것이다. 똑같은 맨몸을 흑백으로 접할 즈음에는 언제 그랬냐는 듯 정욕은 흔적도 없다. 빛과 어둠에 의해 조율된 하나의 대상이 자리잡고 있을 뿐이다. 몸이 간직한 아름다움은 풍경의 아름다움처럼 다가올 뿐이다. 더러 빛에 의해 부각된 젖가슴이나 둔부, 살 등을 볼 적에도 몸이 지닌 아름다움, 또는 몸에 기록된 삶의 흔적, 몸이 표방하는 삶의 양태 등이 읽혀지는 것이니, 흑백은 단조롭되 보이지 않는 나름대로의 깊이와 넓이를 가지고 있는 것이다.

삶의 양상을 기록으로 그려내는 일을 흑백이 맡게 되는 것은 이러한 이치 때문이 아닐까 한다. 무엇보다도 단선적이고 직선적인 성향이 강한 흑백의 필름에는 감정이 틈입闖入할 사이가 없다. 객관적으로 삶의 실체를 바라보는 일은 그래서 편안하지 않다. 따지고 보면 우리들의 삶이란 것도 편안한 것은 아니질 않나. 삶이 힘들었다는 둥, 그래도 좋았다는 둥 하고 생각이나 감정을 집어넣는 것은 때가 지난 뒤의 일이다. 컬러 필름보다 흑백의 필름에서 얻는 반응이 느린 것도 그런 까닭이리라.

〈얼지마, 죽지마, 부활할거야〉는 〈눈 오는 날의 왈츠〉(1992)의 전작前作인데, 거꾸로 보게 되었다. 〈눈 오는 날의 왈츠〉에서 발레르카(파블 나자로프)에게 자신의 순수를 선물한 발카가 언니에 대한 이야기를 잠시 하는데, 언니 갈리아(디나라 드루카로바)와 발레르카의 순수한 만남과 헤어짐의 이야기다. 순차적으로 구성해보면, 고단한 세상에서 발레르카라는 소년이 어떻게 성장해갔는가 하는 이야기다. 대개 이런 경우는 한 아이의 성장 과정에서 필연코 따르게 마련인 고통이 결국은 성장의 자양분이었음을 그리는 것이 상례이다. 발레르카가 바라보는 어른들의 세상이란 혼탁하기 짝이 없는 세상이다. 잿빛 하늘과 오물이 넘치는 거리, 하루도 악다구니가 멈추지 않는 마을, 행진과 권위가 가득한 학교, 더 이상 갈 곳이 없는 세상의 끝 스촨에서 발레르카의 삶에는 편안함도 따뜻함도 미래라는 것도 없다. 일찍이 어른들의 세상을 체험한 그는, 몸은 어리지만 어느 틈에 어른들처럼 살아가고 있다. 그에게 가장 중요한 것은 생존이다. 야비하게 장사를 하는 것도, 폭력을 휘두르는 것도 '생존'의 방법일 뿐이다. 그런 발레르카에게 갈리아는 세상의 '등불'이며, 그가 가장 편안하게 마음을 뉠 수 있는 '품'이다. 스촨에서 살 수 없었던 발레르카에게는 도시도 스촨과 다를 바 없는 절망의 세상이다. 물어 물어 그를 찾아온 갈리아는 정녕 '빛'이었다. 그녀의 손에 이끌려 고향으로 가던 중 갈리아는 죽는다. 발레르카에게 마지막 희망의 불이 꺼진 것이다. 긴 철로. 철로는 평행으로 달릴 뿐이다. 영화의 끝 부분, 발레르카와 갈리아가 나란히 걷는 철길은 둘의 만남이 얼마나 사치스런 소망인지를 비유한다.

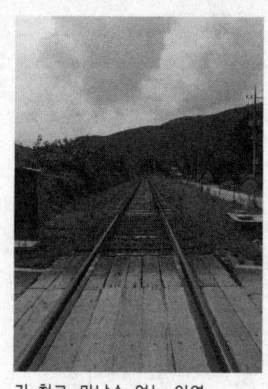
긴 철로-만날수 없는 인연.
©김충수

이 세상에 얼굴을 묻고 목놓아 울 수 있는 작은 가슴마저도, 그만큼의 공간도 허용되지 않는 삶, 그리고 땅. 발레르카의 삶과 시선과 거기 비친 세상엔 빛도 밝음도 없다. 그래도 한 가지. 빛은 어둠 속에서만 밝고, 희망은 절망한 자의 가슴에만 남아 있는 것이 아닌가. 따지고 보면, 우리들의 어린 시절에도 밝음이란 없었다. 그래도 어딘가 있을 따뜻하고 포근한 세상을 찾아, 고통을 인내하면서 살아오지 않았나. 여전히 그 삶을 찾아 살아가는 것이 아닌가. 머릿속에 각인된 넉넉하고 아름다운 유년의 시절이라든가 고향이라는 이름의 풍경은, 미디어가 조작해낸 하나의 이미지일 뿐이다. 팍팍한 도시의 삶과 대립된 이미지로 존재하는 곳이 농촌이며 고향일 뿐이다. 그리고 그 이미지 – 소박하고 넉넉한 인심은 언제나 모든 곤궁과 결핍, 실의와 절망, 참담함과 암울함을 교묘하게 덧씌우고 있는 것이다.

2004. 3

바다에서도 꿈만 꾸는 나그네

하늘은 날더러 바람이 되라 하고
산은 날더러 잔돌이 되라 하네

– 신경림, 「목계장터」에서

춘천에 있으면 바다가 그립고, 바다를 보고 있노라면 춘천이 자꾸만 그리
워진다. 알 수 없는 일이다. 평생 머물지 못하고 돌아다녀야 하는, 나는 우리
시대의 유목민遊牧民일까. 스무 날 가까이 바다가 참으로 푸르다. 짙푸르다.
코발트빛이다. 멀리 수평선에서부터 눈앞에 있는 바다까지 온통 코발트빛 물
감을 풀어놓은 듯하다.

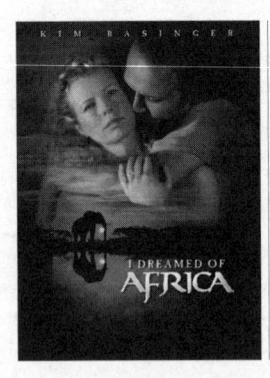

| 꿈꾸는 아프리카 |

I Dreamed Of Africa
미국/2000
감독 : 휴 허드슨
출연 : 킴 베이싱어, 뱅상 페레, 리암 에이켄, 가렛 스트로먼,
에바 마리 세인트

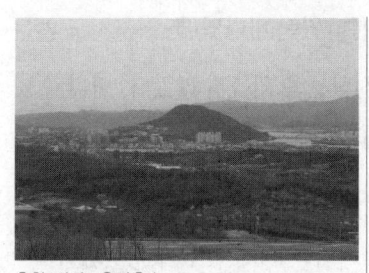
춘천 전경. ©김충수

바다가 보이는 카페에 앉아 있었다. 유리창을 통하여 비치는 바다는 더욱 푸르다. 짙푸른 바다의 아름다움은 그 무엇으로도 표현할 길이 없다. 갈피 접고 있는 바다. 거듭해서 바다는 갈피를 접고 있다. 그때마다 포말이 더욱 하얗다. 문득 하얀 거품이 이는 커피를 마시고 싶어진다. 카푸치노. 'ㅋ'과 'ㅍ'과 'ㅊ'의 소리들은 거센소리들이다. 그런데도 '카푸치노'라는 말은 묘한 리듬을 지닌다. 거센소리들이 모여서도 음악처럼 들리는 것은, 사실 모음과 'ㄴ'이라는 울림소리들을 만나기 때문이다. 그것은 언어학자들의 영역이다. 우리네 같은 보통 사람들에게는 그런 과학적 사고 영역보다는 그저 내미는 말과 들리는 말이 아름다우면 그뿐인 게다. '카푸치노'. 리듬을 지닌 커피. 리듬을 가지고 갈피 접는 바다. 선배와 후배들이 자리를 함께하고 있었지만, 나는 건성으로 담소하고 있었다. 내 모든 감각과 모든 신경은 지금 저 짙푸른, 코발트빛 바다에 가 있다.

조금 거슬러 올라가면 등대가 있다. 지금은 이곳 풍경도 많이 바뀌었지만, 등대 앞에 너른 바위가 있다. 영금정靈琴亭이라 불리는 곳이다. 양양에 거처하고 있었을 때, 일요일이면 종종 짙푸른 바다의 빛깔을 만끽하고 싶어서 찾아오곤 했었다. 너른 바위에 두어 시간 누웠다가 앉았다가 하곤 했다. 함께하는 사람은 없었다. 혼자만의 시간, 혼자만의 공간.

바다는 오로지 나만의 세계였다. 바위를 때리는 장대壯大한 물결, 표표飄飄히 흩날리는 포말들…. 사진으로만 보았지만, 지중해의 짙푸른 바다보다도,

에게 해의 코발트빛 바다보다도 더없이 아름다웠던 바다였다. 지치지도 않는 시간들이었다. 홀로라도 바다와 함께하는 시간들은 외롭지 않았다. 바다가 빚어내는 선율, 바다가 만들어내는 빛의 조화, 그것은 시였고 그림이었고 음악이었다. 하늘 위의 비천飛天들이 빚어내는 음악은 바로 이와 같을 터이었다. 바다가 간직한, 삶의 아픔과 슬픔은 짙푸른 바다의 색에 감추어져 있었다.

영금정만큼이나 바다가 아름답게 보이던 곳은 정암釘岩이었다. 지금은 모텔이 들어서서 아름다운 바다와 해돋이를 보려면 돈을 주고 하룻밤을 유숙해야 할 터이다. 도로가 정비되지 않았을 즈음, 정암에서 바라보는 바다는 정말 아름다웠다. 보름달빛이 부서지는 바다의 물결을 보았던 날이었다. '교교皎皎하다'라는 말의 의미를 알 것 같았다. 달빛에 취해서 술을 마신 밤이었다. 십 년이 지나 다시 속초에 오니, 이제 그 정암에는 모텔이 들어서 있고, 주변은 온통 위락시설들이다. 모를 일이다. 아름다운 풍경마저 독점하려는 인간의 욕망이여!

이 세상의 사물에는 제각기 주인이 있어, 내 것이 아니면 터럭 하나라도 가지지 말 것이나, 강 위의 맑은 바람과 산간山間의 밝은 달은 귀로 들으면 소리가 되고 눈에 띄면 빛을 이루어서, 가져도 금할 이 없고 써도 다함이 없으니, 이것은 조물주의 영원한 갈무리로, 나와 그대가 함께 누릴 것이로다. (且夫天地之間 物各有主 苟非吾之所有 雖一毫而莫取 惟江上之淸風與山間之明月 耳得之而爲聲 目寓之而成色 取之無禁 用之不竭 是造物者之無盡藏也 而吾與子之所共適)

— 소식蘇軾(1036~1101), 「적벽부赤壁賦」에서

어쩌면 나는 그 바다를 잊지 못하여서 다시 속초에 왔는지도 모르겠다. 실상은, 바다를 다시 찾은 것은 내가 처한 고통을 덜어보기 위해서였다. 바다는 내가 선택할 수 있는 가장 낭만적인 도피처였을 것이다. 실제 바다에서의 삶은 낭만적이지도, 추억에 남아 있는 아름다운 한 부분도 아닌 것을. 바다에서 사는 사람들이 뭍을 동경하는 것과 마찬가지로 뭍에서 사는 사람들은 바다를 동경한다. 동경이라는 것은 체험한 현실이 아니므로, 늘 짐작과 상상에 싸여 있다. 짐작과 상상이라는 것은 자신이 만들어낸 환상일 뿐이다. 상상의 세계가 아름다우면 아름다울수록 현실은 그만큼 견디기 힘든 것이다.

현실이 고통스러우면 고통스러울수록 꿈은 강해진다. 꿈이 강하면 강할수록 현실의 고통 또한 걷잡을 길 없이 커지게 마련이다. 휴 허드슨의 〈꿈꾸는 아프리카〉(I Dreamed of Africa, 2000)는 변함없이 반복되는 현실, 고통스러운 현실로부터 벗어나고 싶어 아프리카를 찾았지만 결국 더욱 커다란 고통 속에 갇힐 수밖에 없었던 여인 - 쿠키(킴 베이싱어)의 이야기이다.

틀에 맞추어 생활하는 일상처럼 지겨운 것이 또 있을까. 나는 늘 꿈을 꾸었다. 기다림도 그리움도 없는 고적孤寂한 공간을 여행하고 있는 내 모습을. 때로 그곳은 사막이어도 좋았고, 늪지가 더러 있는 밀림이어도 좋았다. 끝없이 펼쳐져 있는 철로를 바라보며 늘 거기에 몸을 싣고 끝 간 데 없는 공간 속으로 사라지는 내 모습을 보곤 하였다.

여행처럼 호사스러운 활동도 없을 게다. 배낭 하나 짊어지고 세계를 돌아다닌다고? 가장 적은 돈으로 세계를 누빈다고? 그렇게 자유를 누리는 삶을 이야기하며 현실에서 벗어나지 못하는 사람들에게 부러움을 사지만, 사실 여

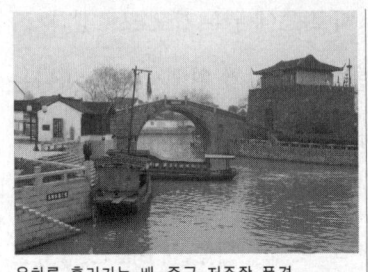
운하를 흘러가는 배-중국 저주창 풍경.
©김충수

행이란 그렇게 쉽게 훌쩍 떠났다가 돌아올 수 있는 일이 아니다. 외국여행이야 그렇더라도, 고작 일박이일 여정으로 나라 안을 다니는 것도 쉬운 일이 아니다. 과감하게 일상에서 벗어나보라고 부추기는 사람들은, 그 일상에서 벗어날 수 없는 삶을 알지 못한다. 배낭 하나 짊어지고 가볍게 여행하는 사람들은, 꿈틀대며 살 수밖에 없는 고통을 잘 모를 터이다.

　방랑벽이 강한 나는 우리나라 여기저기를 잘도 다녔다. 작심해서, 푼돈을 아껴서 말이다. 그러나 혼자 떠나는 여행이든 가족과 함께하는 여행이든 실상은 그렇게 자유롭지 못하다.

　더구나 일상으로부터 벗어나서 낯선 곳에 정착하는 일도 쉬운 일은 아니다. 쿠키의 아프리카는 추억 속의 아름다운 공간에서 시작되었다. 그 어떤 고통의 순간도 그것이 추억이라는 이름으로 남는 순간 아름다움으로 변한다. 여행길이 아무리 고달프더라도 여행의 끝에서는 모두 아름다운 이야기로 남는 것과 마찬가지이다. 체험해보지 않은 사람들에게 나그네의 여행은 항상 동화 속의 이야기 세계로 자리잡게 된다. 쿠키에게 한곳에 머물지 못하는 사내를 기다리며 산다는 것은 처음에는 힘겨운 일이었다. 결국 새로운 삶은 그 누구에게 기댈 수 있는 삶이 아니라는 것을, 혼자서 헤쳐나가고, 혼자서 만들어나가야 한다는 것을 파올로(벵상 페레)와 아들의 죽음을 겪고 난 뒤 얻게 되는 것이다.

때로 나는 머물고 싶다는 생각이 간절하다. 가족들과 오순도순 살고 싶다는 생각이 지금처럼 간절했던 적이 있을까. 그러나 오래 가지 않을 것이다. 어느 날, 바람 한 줄기 불어오면 몇 마디 말 남기고 훌쩍 길을 나설 것이다.

떠나는 사람이야 발길 닿는 대로 돌아다니면 마음이야 편하겠지만, 그렇게 떠나서는 아무 때나 훌쩍 돌아오는 사람을 기다리는 사람의 마음은 까맣게 탈 것이다. 그리움과 기다림으로 인해서 삶의 무게가 더할 것이다. 그러한 때가 아내에게 가장 미안한 때이다. 그러나 어쩌랴. 한순간도 마음이 한 자리를 잡지 못하고 떠돌아다니는 것을.

지난 시절의 추억 속에 깊숙이 담긴 말이 있다. 절규에 가까웠지만, 목소리는 한없이 낮았다.

"왜 왔어요, 도대체. 왜 찾아왔어? 갑자기 바람처럼 나타났다가는, 바람처럼 훌쩍 떠나버릴 걸, 왜 찾아왔어요? 이제 다시 오지 마."

그녀는 오열했다. 나는 침묵했다. 그날 나는 이별하기 위해서 갔다. 평생 잊지 않겠노라고, 평생 간직하겠노라고 마음을 다잡아놓았으면서도, 나는 알고 있었다. 결코 내가 머물 수 없다는 것을. 그녀의 가슴속에 평생 그녀를 보살펴줄 수 있고 그래서 그녀가 사랑하는 사내의 그림자가 깊이 간직되어 있다는 사실을. 그 오열을 보지 말았어야 했다. 두 손에 얼굴을 파묻고 울면서 돌아가는 길을 보아서는 아니 되었다.

나는 바람일 것이다. 파올로가 쿠키에게 말했듯이, 나 또한 머물러서는 살지 못하는 사람일 게다. 아내의 삶에서 '나' 라는 존재는 늘 그리움과 기다림의 이름일 것이다.

"하고 싶은 일 마음대로 하세요. 그런데 집에는 돌아오세요."

언젠가 아내는 내게 그렇게 말했다. 어쩌면 그것은 참혹한 고통의 표현이었을 것이다. 처녀 적에 누구나 꿈꾸던 아름답던 신혼도 우리에겐 없었고, 드라마에서 보는 것처럼 따스한 가정생활도 나는 가족들에게 베풀어주지 못했다.

늘 끊임없이 상처 입을까 조바심 내면서도 결국은 일을 만들어내고 고통스러워하며, 그 고통을 이겨내기 위해서 어디론가 끊임없이 길을 떠나는, 나는 바람일 것이다.

하늘은 날더러 구름이 되라 하고
땅은 날더러 바람이 되라 하네
청룡 흑룡 흩어져 비 개인 나루
잡초나 일깨우는 잔 바람이 되라네
…
산은 날더러 들꽃이 되라 하고
강은 날더러 잔돌이 되라 하네
산서리 맵차거든 풀 속에 얼굴 묻고
물여울 모질거든 바위 뒤에 붙으라네
…

– 「목계장터」에서

현실을 벗어나 새롭게 찾은 곳도 결국은 떠나온 곳과 다를 바 없다는 것을 알게 된 것은 얼마 되지 않았다. 길이야 어떻든, 길이 끝나는 곳이야 어떻든, 결국 삶을 만들어가는 주체는 '나'이기 때문이다. '나'라는 존재가 변하지 않는 한, '나'에 의해서 만들어지는 현실은 늘 같은 것이다. 그러면서도 늘 새로운 땅을 꿈꾸는 것은 지금 내가 처한 현실이 고통스러워서인 게다. 삶터는 고통스러운 땅일 수밖에 없다. 인간이라는 존재는 불완전한 존재인지라, 하는 일마다 모두 잘되고 성공할 수는 없다.

현실이라는 벽이 견고하면 견고할수록 그 벽을 깨고 싶은 것이 인간의 본성일 게다. 틀을 깨고 싶은 욕망이 강하면 강할수록 벽은 그만큼 견고하다. 아니다. 벽이 견고하면 할수록 벽을 부수고 싶은 욕망도 그만큼 강렬해지는 것이다. 어쩌다 벽을 깨고 바라보는 세상이 생각했던 것처럼 화려하고 낭만적인 공간일지라도, 어느 틈엔가 또 식상하게 되는 것이다. 끊임없이 욕망을 간직하고 있는 한 말이다. 욕망은 불길이다. 위로, 위로 치솟아 오르다가 완전히 소진해서 탈진해버릴 때까지 끝내 버리지 못하는 것이 인간의 욕망이다.

평생 산꼭대기로 끊임없이 바위를 밀어 올려야 하는 시쉬포스Sisyphos의 형벌이나, 영원한 굶주림과 갈증으로 고통을 받을 수밖에 없는 탄탈로스 Tantalos의 비극은 모두 인간의 욕망이 도달하는 끝점이 어떠한 것인지 잘 보여준다. 그러나 그러한 욕망이라도 없으면, 그러한 희망이라도 없으면 이 지긋지긋한 일상을 어떻게 견디어나갈 수 있다는 말인가.

쿠키와 파올로가 처음 아프리카에 도착해서 바라본, 저 거대한 산맥과 분지와 도도히 흐르는 강물과 주홍빛 저녁해를 간직한 아프리카는 '아프리카'가 아니다. 그것은 추억 속에 간직된 낭만적 풍경이며, 동화의 세계였을 뿐이다. 쿠키의 아프리카는, 호시탐탐 맹수가 뒤쫓고, 집 한 채 남김없이 날려버리는 바람과, 밀렵꾼과, 도륙당하는 짐승의 시신과, 강도가 아무 데서나 권총을 뽑아대는 아프리카이다. 그녀가 아프리카의 실체를 알았을 때, 그녀는 꿈에서 깨어나 현실을 보게 된다. 현실은 언제나 참혹하다. 언제나 기다리고 그리워했던 파올로가 죽고, 희망이었던 아들도 죽고, 이제 그녀에게 남겨진 것은 딸과 '아프리카' 일 뿐이다.

쿠키의 아프리카가 꿈이 아닌 것처럼, 나의 아내의 삶도 이제는 더 이상 지난날 동경이나 동화의 공간이 아닐 터이다.

아프리카! 원시의 생명이 그대로 숨쉬는 땅. 그것이 내가 알고 있는 아프리카이다. 아프리카! 아프리카는 '바다' 이다. 바다 또한 원시의 생명이 뿜어내는 숨소리를 지니고 있다. 한없이 평화로운—푸른 수평선이 있고 그 수면 위에 뭉게구름이 한 뭉치 걸려 있는, 갈매기도 몇 마리 날고 있는 그림 속의 바다는 '바다' 가 아니다. 그것은 바다 하면 떠오르는 막연한 동경과 낭만의 표상일 뿐, 살아 있는 바다는 아니다.

살아 있는 바다의 숨소리는 장대하다. 그 무엇으로도 마주하지 못하는 포효와 격랑, 그러면서도 언제 그랬느냐는 듯이 멈추고 감출 줄 아는 저 지독한 평온, 넘치지도 않고 모자라지도 않는 그 완벽한 절제….

바다의 풍경을 떠올리고 바다를 바라보는 것은, 바다를 제대로 보지 못하는 일이다. 바다에 와서 '바다' 를 느끼고, 그 바다에 간직된 고통과 슬픔의 기록을, 물밑에 차곡차곡 다져진 삶의 진실을, 감추어진 역사를 바라볼 수 있다면, 그제야 '바다'를 볼 수 있을 것이다.

내가 바라보는 코발트빛 바다는 '바다'가 아닐 터이다. 바다에 간직된 삶을 볼 수 없는 한.

그래도 바다는 아름답다.

그리고,

바다가 아름다울수록 춘천이 자꾸만 그리워진다.

2001. 12

영원히 엄지만을 사랑하는 까치 오혜성

그는 지금, 부채의 사북자리에 서 있다. 삶의 광장은 좁지다 못해 끝내 그의 두 발바닥이 차지하는 넓이가 되고 말았다. 자 이제는? 모르는 나라, 아무도 자기를 알 리 없는 먼 나라로 가서, 전혀 새사람이 되기 위해 이 배를 탔다. 사람은, 모르는 사람들 사이에서는, 자기 성격까지도 마음대로 골라잡을 수도 있다고 믿는다. 성격을 골라잡다니! 모든 일이 잘될 터이었다. 다만 한 가지만 없었다면. 그는 두 마리 새들을 방금까지 알아보지 못한 것이었다. 무덤 속에서 몸을 푼 한 여자의 용기를, 방금 태어난 아기를 한 팔로 보듬고 다른 팔로 무덤을 깨뜨리고 하늘 높이 치솟는 여자를, 그리고 마침내 그를 찾아내고야만 그들의 사랑을.

돌아서서 마스트를 올려다본다. 그들은 보이지 않는다. 바다를 본다.

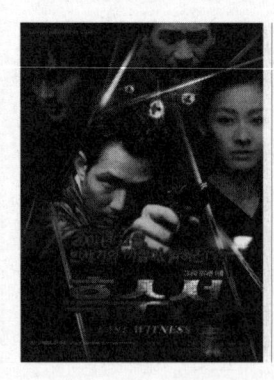

| 흑수선 |

Last Witness
한국/2001
감독 : 배창호
출연 : 이미연, 안성기, 이정재, 정준호

큰 새와 꼬마 새는 바다를 향하여 미끄러지듯 내려오고 있다. 바다. 그녀들이 마음껏 날아다니는 광장을 명준은 처음 알아본다. 부채꼴 사북까지 뒷걸음질친 그는 지금 핑그르 뒤로 돌아선다. 제정신이 든 눈에 비친 푸른 광장이 거기 있다. …

　　　　　　　　　　　　　　　　　　－ 최인훈, 『광장廣場』에서

　대학 생활은 일백하고도 여드레 동안 휴교령과 더불어 시작되었다. 고등학교 때까지 배운 것을 부정하지 않고서는 게시판에 붙은 대자보를 이해할 수 없었다. 머릿속은 혼돈 그것이었다. 캠퍼스에서 또는 막걸릿집에서 이념을 이야기들 하지만, 정확하게 그 이념이 무엇인지 알 수 없었다. 행동할 수 없었다. 더러 어느 날 교정에서 사라진 벗들의 이야기를 듣곤 하였다. 나는 그들의 용기가 부러웠다. 상대적으로 부끄러웠다. 그러나 부끄러움의 정확한 실체 또한 알 수가 없었고, 부끄러워해야 하는가에 대한 의문이 일었다. 참된 의미에서 이 땅의 인텔리겐치아가 되고 싶었지만, 그 누구도 진정한 그 길을 가르쳐주는 사람은 없었다. 최인훈의 『광장』을 읽었을 때가 그 즈음이었을 터이다. 하룻밤 만에 읽었는데, 시간이 차츰 지나면서 천천히 그 감동의 여운이 가슴을 울리고 있었다. 불현듯 거제도에 가고 싶었다. 이명준의 고통을 알고 싶었다. 그러나 그 소망은 소망으로만 존재하고 있었다.

　고통을 감내하며 견고해지는 이 땅의 역사를 알려면, 그 고통의 현장들을 한번쯤 찾아가보지 않고는 아무것도 아닐 터이다. 이념은 매력을 지니고 있다. 그래서인가, 사람을 미혹하게 한다. 낭만이 충만한 시절에 더러 이념은 혁명의 도화선에 불을 붙이기도 하고, 혁명가를 양산해내기도 한다. 하지만 어느 순간 신봉했던 그 이념의 실체를 탐색해나가게 되면, 온몸으로도 감당하기 어려울 정도로 그 거대한 덩치를 만나게 된다. 이념이 던지는 물음은 테베Thebes의 길을 가로막는 스핑크스Sphinx의 질문과 같은 것이겠다. 언젠가 그 질문에 대답할 현자賢者가 나타나겠지만, 평범한 우리네 같은 사람이야 사실 이념이야 어떻든 하루하루 먹고 살아가는 일이 더 중요한 일이지 않은가. 어쩌면 이명준은 이념의 실체와 싸워 이기기에는 더없이 왜소한 존재였을 것이다. 이념과의 싸움에서 물러났을 때 그가 머물 곳은 사랑하는 사람의 품이었을 게다. 나는 그 이명준의 고통과 갈등과 선택의 의미가 내심 궁금하였다. 그가 타고르 호를 타기 바로 전에 있었던 포로수용소에 다녀오지 않고서는 못 견딜 참이었다. 그 거제도에 갈 기회는 뜻하지 않게 왔다. 이십 년 만이다.

지난해 11월 중순이니 벌써 일 년 남짓 지났다. 거제에 출장을 갈 일이 생겼다. 아침 여섯 시에 속초를 출발하여, 동해안 7번 국도를 타고 부산까지 가서, 다시 마산 · 통영을 지나 거제에 이른 때가 오후 여섯 시였으니 꼬박 열두 시간을 내려온 셈이다. 신현읍이 거제의 중심지인 모양이다. 터미널에서 내려서는 식당을 핑계삼아 시내 구경을 하였는데, 거제의 밤 풍경은 다른 고장들과 큰 차이가 없었다. 역사적으로 무언가 가슴 아픈 상처라도 흔적이 남아 있을 것 같았는데, 아니었다. 하긴 제주도도 그 역사는 저편 그림자 뒤로 숨고, 관광이라는 이름 아래 현란한 빛깔만을 뿜어내고 있지 않은가.

내 고향 강원도도 마찬가지이다. 강원 사람으로서 늘 갖는 커다란 불만의 하나는, 서울이라든가 또는 도시에 사는 중산층 이상 사람들의 놀이공간으로 전락해가고 있는 모습이다. 관광지라는 이름 아래 정작 땅의 온전한 실체와 땅이 지닌 역사와 땅에서 일구어가는 삶은 철저하게 무시되고 있는 것이다. 강원도라는 땅은 강원도 사람들의 생활공간이요, 강원도를 찾는 사람들이 삶의 참모습을 다시 살펴야 할 공간이다. 그러했을 때, 우리 모두는 참다운 삶을 간직한 여행을 할 수 있을 것이고, 바쁜 일상에서 한가로운 쉴 터를 마련할 수 있을 터이다. 아름다운 풍경만 한번 소개되면 온통 짓밟혀서는 상처투성이가 되는 땅, 산도 물도 오물로 몸살을 앓고, 그래서 이곳을 삶터로 잡고 있는 이들에게는 고통이 갑절로 남겨지는 땅, 천박한 이 나라의 자본주의가 만들어내는 새로운 지리부도이다. 그렇다고 이 땅에 고통을 가하는 이들에게만 불만을 늘어놓을 수는 없겠다. 돈에 대한 집착 때문에 나중에야 어떻든지 당장 빼먹기는 곶감보다 더한 것이 없다는, 이 땅 사람들의 가벼운 처신들도 마름질되어야 하겠다. 천박하든 어찌하든 자본주의의 힘은 강하기 그지없다.

여관을 잡았다. 특이한 것은, 거제의 여관은 '~장'이라는 이름이 붙었는데도, 단란주점 또는 나이트클럽이 있고, 그 위에 잠잘 곳을 서너 층 두고 있다는 것이다. '~장'은 허울일 뿐이다. 여행을 많이 다닌 터이라, 일단 집을 나서면 어디서고 잠자는 데는 아무런 불편이 없는데, 여하튼 거제에서는 밤새 잠을 설쳤다. 고통을 간직한 역사 때문에 뒤척인 밤이었다면 가볍게 새로운 하루를 시작할 수 있을 터이었다. 우리 시대 천박한 상업주의는 이곳을 찾은 내게 향락과 광란의 소리로 설잠을 만들어주었다. 그래도 아침은 언제 그런 밤이 있었냐는 듯 생활인들의 발걸음으로 시작되고 있었다. 남해의 청명한 물빛이 하늘과 어우러져 있었다. 뭉턱뭉턱 서 있는 섬들 때문에 바다는 호수처럼 보인다. 남해에 올 때마다 느끼는 것은 일망무제—望無際로 열려진 바다가 아니라, 고향 춘천의 호수 같은 느낌을 주어 마음이 편안하다.

출장 일정이 끝나기 무섭게 포로수용소 유적지를 찾았다. 기념관이 있고, 언덕에 중공군과 친공포로, 반공포로들의 막사가 한 동씩 재현되어 있다. 그 외에 몇 가지 시설들도 재구성해놓고 있었다. 그러나 없었다. 그 어디에도 그날의 흔적은 없었다. 학창 시절의 교련 시간에, 군대와 예비군훈련장의 정신교육 시간에 하도 보아서 외울 정도가 된, 흑백 다큐멘터리 '한국동란' 류의 그 필름들의 편린들도 연관이 되지 않았다. 유적지는 실제 포로수용소가 위치해 있던 곳도 아니었다. 그래서일까. 용산 전쟁기념관의 느낌만큼도 이곳에서는 느껴지지 않았다. 그저 솜씨 좋은 영화촬영장의 세트를 보고 있다는 느낌이 들었다. 초라했다. 스산했다. 역사의 상처 때문이 아니었다. 이미 그역사는 세월의 저편으로 사라진 그림자인 것이다. 결국 나는 그 그림자를 찾아서 이곳까지 온 것이다. 언덕 아래에서 두 길 남짓한 철조망 울타리를 한참이나 응시하였다. 철조망 너머로 아파트 단지가 저무는 햇살을 담뿍 받고 있었다. 무슨 미련 때문인지는 모르지만, 초소를 올려다보고, 막사도 다시 한번 기웃거려보고, 포로들이 사용했다던 식사와 세탁 도구와 그런 것들 몇을 보았다. 오랫동안, 철조망으로 둘러쳐진 그 안에서 앉기도 하고 거닐기도 하였다. 그러나 아니었다. 없었다. 이미 포로수용소의 역사는 없었다. 하긴 내가 전쟁을 직접 체험한 세대가 아니요, 무슨 역사 프로그램을 기획하거나 교육해야 할 사람도 아닌 다음에야 굳이 상관할 일은 아닐 터이었다. 이념과 더불어서 그 역사도, 이명준의 행적도 더 이상 존재하지 않는 그림자인 셈이다.

'…아무도 특별한 관리를 하지 않는 이들 유적은 과거의 것들을 보존하는 제도가 자리잡아가고 있는 요즘 풍습에 비추어본다면 분명히 또 하나의 작은 사건이기도 하였다. 세월이 지나면 이것 역시 이 고장이 보존해야 할 틀림없는 유산이라는 것이 분명해지겠지만, 그동안 아무도 그런 시각에서 이들 유적을 대하지 않은 사정은 그대로 충분히 이해가 간다. 삶의 터전을 하루아침에 적군 포로들의 수용소로 내놓아야했던 고장 사람들의 입장에서 보면 산자락에 위치한 수용소 자리인들 보존해야 할 필요는 없었을 것이다. 사랑과 의미가 있는 것만이 역사에서 보존된다. 사랑도 의미도 그들 수용소 건물들은 고장 사람들에게 요구할 수 없었던 것이다. 적어도 현재까지는 그랬을 것이다. 사랑은 물론 아니겠으나, 의미라는 관점에서는 문제가 다르다. 적군의 침략의 유적도 인간은 보존한다. 나치 군대의 학살 현장도 그곳 사람들은 보존하고 있다. 이런 의미에서는 이들 유적들은 보존될 가치가 있다. 신현읍이 생긴 이래 가장 규모가 큰 사건이며 그것이 더 큰 역사에 연결된 사건이기 때문이다. …'

         – '주인공 이명준에 대한 생각' 부분(최인훈, 『광장』에서)

   그래도 그 역사와 관련된 CD를 한 장 사 가지고 나왔다. 택시를 잡을 수가 없어서 터미널까지 삼십 분 남짓 걸었다. 걸으면서도 내내 생각을 떠나지 않는 것은 거제의 역사였다. 어쩌면, 이곳을 찾기 전에 거제 관광지도를 본 것이 잘못인지도 모른다. 거제 관광코스 중에는 전직 대통령의 생가가 들어 있었다. 아직 생존해 있는, 우리 역사의 커다란 부끄러움일 수 있는, 그러나 한때 최고 권력을 거머쥐었다는 그 한 가지 이유에서 버젓이 여정을 만들어놓은 것을 보면서, 역사는 어디로 흘러가고 있는가 망연자실했다.

전날 부산에서 마산까지 와서는 사십 분 남짓 마산 거리를 걸었다. 마산은 1960년, 그리고 1979년 우리 정치사의 변혁에 큰 자취를 남긴 도시라, 한번 들러보고 싶었기 때문이었다. 그 짧은 시간 마산을 거닐면서 무언가를 얻을 수는 없겠지만, 그것은 다시 마산을 찾아오리라는 일종의 손도장과 같은 의미인 셈이었다. 마산을 떠나 거제에 이를 때까지 가슴 설레었던 그것은 이미 옛이야기일 뿐이다. 지나간 시절의 그림자일 뿐이다.

포로수용소에서 시간을 지체하였기에 대구에서 묵기로 한다. 대구까지는 두 번 차를 갈아타야 한다. 나는 차 안에서 내내 거제와 마산, 그리고 전란과 폭력과 자유와 이념에 대해서 생각에 잠겨 있었다. 본래 행동주의자가 아니기에 나이가 들었다고 세월을 탓할 일은 없었지만, 그래도 이제는 행동하기에는 늦은 나이인가 보다. 자꾸 두려워지고 있었다.

배창호의 〈흑수선〉(2001)을 본 것은 사실 거제포로수용소 때문이었다. '〈쉬리〉(강제규, 1998)와 〈공동경비구역 JSA〉(박찬욱, 2000)를 잇는 분단의 상처…', '우리 영화에도 거제포로수용소가 …' 등등의 홍보 문구는 적지 않게 호기심을 부추기었다. 그러나 영화 속에는 포로수용소가 없었다. 〈흑수선〉의 포로수용소라는가 교실 지하는, 『겨울골짜기』(김원일)의 지리산이든 『태백산맥』(조정래)의 벌교이든 그 어느 곳도 될 수 있고 또 그 어느 곳이었다. 『무기의 그늘』(황석영)에서 안영규의 사이공이나 『인간의 새벽』(박영한)에서 키엠의 정글이나 그 어디여도 상관없을 터이었다. 거제도에 포로수용소가 역사의 뒷길로 사라진 터에 〈흑수선〉의 포로수용소 또한 존재할 수 없었을 터이다. 〈흑수선〉에는 역사가 없었다. 이념도 없었다. 그러나 거기에 사랑은 있었다. 역사가 부재不在하는 공간에 사랑이 존재存在하고 있다는 사실은 다행이었다.

황석(안성기)과 손지혜(이미연)의 사랑. 오십 년의 세월은 두 사람에게 존재하면서도 부재하는 시간이었다. 그 긴 세월을 한결같이 살아남게 한 것은 사랑이었다. 두 연인의 삶은 이념 때문에 상처받았을까? 사랑의 이야기에 끼여드는 장애물이란 사랑을 더욱 견고하게 만들어주는 구실을 한다. 이념은 사랑의 장애물일 게다. 형상을 지닌 장애물이 아니라 형상이 없는 장애물이라, 보통의 연정담戀情譚이 지니는 욕망의 삼각 구도는 찾을 수 없다. 주말연속극의 사랑 이야기로 보이지 않는 것은 그런 까닭일 게다. 그리고 그 때문에 사랑이 지니는 절대성도 가능한 것일 게다.

이념은 애초에 없었지만, 그 오십 년의 삶을 사랑 때문에 고스란히 내버린 사내, 황석. 그에게 이념이란 살아서 찾아야 할 사랑만도 못한 것이었다. 이념을 숭배하던(?) 손지혜의 존재가 어쩌면 이념도 사랑도 흐릿하게 그려진 것은 당연한 일일 터이다. 그 여인에게 손대지 말라고, 그 누구도 그 여인에게 손댈 수 없다고 절규하는 황석의 모습이 눈물을 잣게 한다.

독방에 갇혀서도 평생 사랑하는 한 사람의 모습을 조각하고 있는 황석. 그 황석에게서 까치 오혜성을 바라보고 있었다. 이현세의 만화 『공포의 외인구단』에서 나는 오혜성을 처음 만났다. 엄지에게 '난 네가 기뻐하는 것이라면 무엇이든 할 수 있어'라고 말하던 까치 오혜성. 그리고 혜성의 영원한 연인 엄지. 마동탁이 좌절했을 때, 엄지는 혜성에게 만나자고 약속하고서는 차마 그를 만나지 못한다. 시간이 거듭 지나고 기다림에 지쳐갈 무렵, 엄지는 혜성을 어린 시절 그와 함께하던 동산에서 만나자고 한다. 비는 억수로 쏟아지는

데, 엄지는 보이지 않고 자갈로 남긴 글 하나 – 혜성아, 넌 내가 하는 일이면 뭐든 한다고 그랬지. 꼭 한 번만 져주길 바래. 엄지. 그리고 혜성은 차츰차츰 허물어지고 있었다. 거의 세 쪽에 걸쳐 그려진 혜성의 모습은 어떤 영화의 슬로우 모션보다도 가슴을 저민다. 점차 무너져가는, 절망에 잠긴 혜성의 얼굴, 그리고 숨어서 지켜보다가는 나무에 기대어 고스란히 비를 맞으며 눈물을 쏟는 엄지. 그 모습이 십여 년이 지난 지금에도 선명하다.

지혜에게 바쳐진 황석의 순정은 다름 아닌 엄지를 향한 까치 오혜성의 영원한 사랑이다. 어쩌면 그래서 영화가 끝날 즈음 그렇게 눈물이 고인 것일 게다. 내게도 그런 추억이 존재하고 있기 때문이다.

나는 아직도 그리움이 남아 있다. 집착일까? 돌이켜 생각해보면 격정이 놀라울 만큼 가라앉았음을 본다. 『광장』의 이명준이 지닌 사색과 〈흑수선〉의 황석이 지닌 절대적인 사랑의 사이에 나는 놓여 있을 터이다. 어쩌면 황석보다는, 그래도 이즘ism이라는 것에 대해서, 사랑이라는 것에 대해서 진지하게 사유하는 이명준의 삶이 내게 더 가까울지도 모르겠다. 이념보다 더 소중한 것, 그것은 틀림없이 사랑이다. 사랑이 이념이라면 그 사랑을 이길 수 있는 이념은 없겠다. 캐피탈리즘capitalism이든 코뮤니즘communism이든, 민주(democratism)라는 이름으로 깃발을 날리는 수많은 이즘들도, 사랑이 이념이라면 그 빛이 바랠 것이다. 내가 이명준이었다 하더라도, 그 적에는 그 어느 곳에도 설 자리가 없었을 것이다. 윤애는 이미 세월의 그림자에 잠겼고, 은혜는 생명을 잉태한 채 저세상으로 가버렸으니 말이다.

절대적인 사랑은 지독한 이념일 터이다. 어쩌면 그것은 집착이 빚어내는 병일지도 모른다. 아니다. 집착이 상대를 파괴시킨다면 그것은 지독한 병이 겠지만, 사랑이라는 순수의 참 결정체라면 한번쯤 그런 사랑을 지녀보는 것도 멋진 삶이 아니겠는가.

혜성은 엄지를 다시 만나기 위해 눈을 잃었다. 그가 엄지를 보려면 심안心眼이 필요할 터이다. 젊은 날의 격정이 지나고 세월이 흐른 뒤 얻게 되는 것은 틀림없이 심안일 게다. 가끔 집착과 욕망의 더미에 눌려서 몸부림치기도 하지만, 새 아침이면 다시 평온해지곤 한다. 불길처럼 치솟아 올랐다가는 가라앉기를 거듭하면서, 집착도 욕망도 다듬어지고 또 다듬어져, 견고하고 진실한 삶의 알맹이만 남겨지는지도 모른다.

황석은 그를 다시 만나기 위해 살인을 하고 죽음을 맞는 여인의 시신을 안는다. 황석의 오십 년 삶은 무엇으로 보상되어야 할까. 허망하다. 허망하다. 그렇게 허허롭게 흘러간 세월이 이념 때문만은 아닐 터이다. 상처의 본질은 무엇일까.

올 겨울에 다시 거제를 찾아가고 싶다, 우리 아이들과 함께. 아직 어린 탓이기도 하지만, 나는 거기서 아이들에게 어떤 설명도 해줄 수 없다. 아이들은 기념관 판넬에 붙여진, 역사에 대한 설명을 읽고 역사 수업 시간에 이해할 만한 도움은 얻을 것이다. 그러나 이념의 대립이 왜 전쟁이라는 폭력을 생산해내고 이 땅을 둘로 나누어놓았는지는 이해할 수 없을 것이다. 사실은 나도 이해할 수 없다. 캐피탈리즘이든 코뮤니즘이든 그 본질은 진정으로 인간의 삶을 삶답게 하기 위한 것일진대, 인간을 구속하고 삶을 파괴하는 강력한 힘이 되었으니 모를 일이다.

나의 아이들은 절대 이념에 침몰하지 않았으면 싶다. 쉬운 일은 아닐 게다. 우리 사회는 다른 영역들에서는 애매한 경계를 지니고 있으면서도, 이즘에 관한 한 분명한 빛깔을 선호한다. 중도파는 회색이라고 비난받게 마련이다. 이념을 신봉하는 것도 아니면서 회색을 바라보는 눈들은 곱지가 않다. 집단에 참여하기 위해서는 빛깔이 선명해야 한다는 것은 일종의 파시즘fascism이다. 이념이 다양할수록 사회는 발전할 수 있겠다. 그 누구도 이념의 자유로운 선택을 막을 수는 없겠다.

　　내 아이들은 이념에 묶이지 않았으면 싶다. 그러나 자신만의 신념과 실천하는 의지는 올곧게 가졌으면 싶다. 외곬으로 비난받더라도, 진정으로 자유롭고 평등한 세상을 만들어, 진정으로 자유롭고 평등한 삶을 살았으면 싶다. 지상에서 가장 아름다운 사랑도 지닌 삶을 살았으면 싶다. 아직 어리지만, 그래도 지금부터 그 역사의 현장들을 찾아보고 그 흔적들을 살펴보며 살아가는 모습들을 바라보면 그런 삶을 살 수 있을 것이다.

2001. 11

가을 이미지, 창문 저편의

사람은 누구나 만물에 나타나는 생생한 충동에 따라 움직인다. 그것이
삶의 근원이며 과거와 미래를 창조한다.

–미켈란젤로 안토니오니, 〈구름 저편에〉에서

늦가을의 비다. 입동立冬을 훨씬 넘겼으니 겨울이라고 해야 옳을지 모른
다. 그런데도 늦가을이라고 서슴지 않고 말할 수 있는 것은, 아직 마지막 잎
을 달고 있는 나무와 하늘빛과 몸에 와 닿는 기온 때문인 게다. 살이가 거듭
되면서 몸과 눈에 익은 것들로 이렇게 계절을 짐작하는 것이다. 십여 년 전만
하더라도 이때쯤이면 어김없이 첫눈이 내렸던 걸 보면, 지구의 기온이 상승
하고 있다는 이야기가 낭설은 아니다.

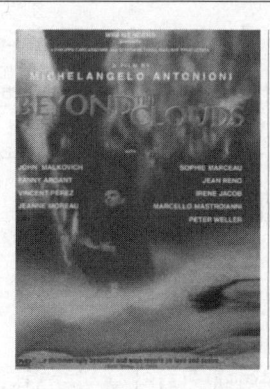

| 구름 저편에 |

Par Del'A Les Nuages/Beyond The Clouds
독일 · 프랑스 · 이탈리아/1995
감독 : 미켈란젤로 안토니오니, 빔 벤더스
출연 : 화니 아르당, 키아라 카셀리, 이렌느 야콥,
　　　　존 말코비치, 소피 마르소

가을을 유난히 타는데, 몇 년째 그 가을을 잊고 살았다. 대부분 일터에서의 분주함 때문이겠고, 소소한 일상에 이리저리 끌려다닌 것도 까닭이겠다. 가을만 되면 쓸쓸해져서 마음이 한 자리에 가만히 있질 못했던 날들이었다. 시간을 다투고, 깜냥을 넘어서는 일에 얽매이다 보니, 가을을 타던 날들이 더 좋았을지도 모른다고 생각한다. 쓸쓸해지든 어떻든 간에 그제는 추억이라는 것이 숨길이었다. 계절을 잊고 사는 것이, 다른 것이 아닌 직장의 잔일 때문이라니…. 마음을 짓누르는 일의 무게만큼 무거운 짐이·또 있을까, 며칠째 언행이 조포粗暴해지고 있음을 안다. 무엇을 위해서 이렇게 살고 있을까. 원칙과 실상의 어긋남. 입으로 내세우는 원칙이라는 것이 사실은 허울이었음을 안다.

창 밖에 늦가을의 비가 조용히 내리고 있다. 나무는 잎을 떨구고 앙상한 가지 하나로 서 있다. 몇 개 잎을 단 나무들이 더러 있는데, 나무 아래 수북히 쌓인, 또는 바람에 쓸려 여기저기 날리거나 뒹구는 낙엽을 볼 수 없는 것은 살뜰한 청소 탓이다. 낙엽을 밟을 수 있다는 것, 바람을 타고 나는 낙엽을 볼 수 있다는 것, 이것은 가을만이 지닐 수 있는 정취가 아닐까. 계절의 풍취를 고스란히 느낄 수 있는 것도 복이다. 어찌 된 일인지 네 계절의 변화가 분명한 것을 자랑하는 나라임에도, 계절의 풍취를 느낄 수 없음은 무엇일까. 청결히 하고 정화해야 할 곳은 따로 있건만…. 수북한 낙엽을 보며 가을을 느끼고 싶은 것은 나만의 호사한 취향일까.

'…낙엽 타는 냄새같이 좋은 것이 있을까? 갓 볶아낸 커피의 냄새가 난다.

잘 익은 개암 냄새가 난다. 갈퀴를 손에 들고는 어느 때까지든지 연기 속에 우뚝 서서, 타서 흩어지는 낙엽의 산더미를 바라보며 향기로운 냄새를 맡고 있노라면, 별안간 맹렬한 생활의 의욕을 느끼게 된다.…'

이효석의 「낙엽을 태우면서」의 한 구절처럼, 낙엽 타는 냄새가 그립다. 그 냄새야말로 곁을 돌아볼 겨를 없는 생활에 틈을 만들어주는 효소이다. 잎을 떨구고 줄기와 가지만 남은 나무를 바라볼 수 있는 시간이 고맙다. 화사한 장식을 벗고 맨몸 하나로 매서움과 맞서는 나무의 기상은 지쳐가는 영혼을 일렁이게 하는 뜸팡이다. 가을에 느끼는 그리움은 봄에 느끼는 그리움과 사뭇 다르다. 봄날의 그리움이 무언가 알 수 없는 희망과 이어져 싱숭생숭 마음을 활기차게 만든다면, 가을날의 그리움은 혼자만의 세상으로 들어가 생각의 심연에 이르게 만드는 것이다.

낙엽에 대한 그리움은 실상 그리움의 본질은 아닐 터이다. 어쩌면 그 그리움은 욕정欲情과 맞닿아 있을지도 모른다. 화려하고 무성했던 시절과의 결별. 그 결별로부터 자신의 앙상한 뼈대를 감지해내는 순간, 아직 자신에게는 불같은 열정으로 생명을 피워낼 불씨가 남아 있다는 것을 확인하고 싶어하는 몸부림, 그것일지도 모른다. 그리움의 욕정은, 진부하기 이를 데 없지만, 고독의 계절이라는 가을의 이미지와 닿아 있다. 고독이란 열린 세계로의 지향이 아니고 닫힌 세계로의 지향이다. 세상을 자신만의 눈으로 온전히 보려면, 문을 닫아 세상의 간섭을 막고 칩거하거나 침잠해야 할 일이다.

입동이었으니 얼추 보름은 되었다. 의정부에 출장 가는 길인데, 아침부터 비가 제법이다. 마음이 스산해지는 것은 비 때문만은 아니었다. 오랜만에 나서서 바라본 길의 풍경은 나위 없이 가을이었다. 입동이었건만 가을 모습 그 대로였다. 흐린 하늘과 빗줄기의 탓도 있었겠지만, 길과 길섶과 자동차에서 반사되는 빛, 사람과 사람이 다니는 거리, 멀찍이 보이는 빌딩과 길가의 간이 식당…. 그런 것들이, 어떻게 설명할 수는 없지만, 얼른 떠오르는 그런 가을 의 이미지를 빚어내고 있었다.

어쩌면 잊고 살았던 가을이 거기서 시작되었는지도 모르겠다. 정책연구(?) 의 중간보고회 자리라 정장을 하였다. 레저의 쓰임새가 강한 승용차인지라, 가을 풍경 물씬한 주말에 이렇게 차려 입고 낯선 길을 달린다는 것이, 어떻 게 보면 서글픈 일이겠다. 우리와는 달라서 주 닷새만 근무하는 직장에서는, 멋진 주말 휴가를 보내기 위해, 이런 승용차에 짐을 싣고 길을 나설 것이다. 이렇게 생각하니, 주말 출장의 서글픔이 가을이라는 계절과 묘한 맞물림을 한다.

회의장에서 한 여인을 보았다. 아름답다. 잔잔한 아름다움이다. 더 이상 무 엇을 말할 수 있으랴. 가슴을 파고드는 아름다움이다. 도발적이지도 않고 도 드라지지 않아도, 어느새 깊이 새겨지는 아름다움. 그러한 듯 아닌 듯, 그렇 게 우러나는 아름다움…. 봄날에 어울리는 아름다움이 젊은 여인의 물오른 몸매에서 느껴진다면, 가을에 어울리는 아름다움은 치장을 벗은 알몸의 말쑥 함에서 느껴지는 것인지도 모른다. 자리는 진중했으되, 나의 생각은 그다지 점잖지 못하였다.

돌아가는 길은, 포천에서 가평 현리를 거쳐 춘천으로 가는 길을 잡았다. 내 촌에서 현리로 접어들면 길 오른편은 유원지 시설이 있는 강이다. 왼편은 야산 비탈인데, 현등사懸燈寺와 포도로 유명한 운악산雲岳山 자락이겠다. 비탈이 끝나는 길섶에 나무들이 잎을 떨구고 있었다. 노란 잎은 은행이요, 붉은 잎은 단풍인데, 점점이 서 있는 나무들에서 노랗고 붉은 잎이, 하나, 둘…, 더러 바람이라도 스치면 우수수 지는 것이 가을 아니면 볼 수 없는, 스산한 아름다움이다. 스산한 아름다움이라니? 그랬다.

시몬, 나무 잎새 져버린 숲으로 가자.
낙엽은 이끼와 돌과 조롱길을 덮고 있다.
…
낙엽 빛깔은 정답고 쓸쓸하다.
낙엽은 덧없이 버림을 받아 땅 위에 있다.

구르몽Gourmont의 「낙엽」 한 구절. "시몬, 너는 좋으냐, 낙엽 밟는 소리가?" 연마다 그런 울림이 있던, 우리들의 삶이란 낙엽처럼 언젠가는 가버릴 가련한 운명이니 밤이 새기 전 곁에 와달라고 애원하던 시였을 것이다. 이상화李相和의 「나의 침실로」와 어딘지 닮은꼴인데, 학창 시절 공책 한 귀퉁이에 적어두고선 막연한 그리움을 향하여 속을 앓았다.

곁에 여인이라도 있었다면, 내처 길을 가지 않았을 것이다. 함께 낙엽을 밟으며, 옷 위로 지거나 또는 머리를 스치는 잎새를 느끼며 걸었을 것이다. 말은 없어도 좋을 것이다. 걷다가 문득 찻집이 눈에 띄면, 강물이 바라보이는 창가에 앉아서 차를 마실 것이다. 한동안 그녀를 바라볼 적에, 달리다Dalida의 샹송이나 필 콜터Phil Coulter의 선율이 함께 있으면 더욱 좋을 것이다. 그릴 적에 회의장의 여인이 떠오르더니, 강렬한 그리움 덩어리가 되어 가슴에 눌러앉는다. 눈시울이 뜨거워짐을 이내 느낀다. 입술을 느끼지 않아도, 손길을 느끼지 않아도, 함께 걷고 차 한잔 나눌 수 있다면 일상에 지친 사내에게는 커다란 복이리라. 홀로 가는 길은 그래서 스산하되, 풍광에 곁들여진 상념은 그래서 아름다운 것이겠다.

이렇게 쓰고 보니, 가을이란 틀림없이 고독의 계절이다. 가을 풍광이 밑바닥에 잠긴 고독을 드러내는 까닭이다. 가을에 고독을 느낄 수밖에 없는 사연이 그것 때문은 아니다. 항용 가을이란, 쓸쓸하거나 외롭거나, 더러는 헤어지거나 하는 이미지가 얼른 떠오르지만, 실체를 들춰보면 견고한 삶의 다짐이 있다. 가을은 모든 낡은 것들이 사라지고, 새로운 것을 준비하기 위한 고통의 계절 ─ 겨울로 가는 길목이다. 내 손에 단단히 쥐여 있던 것, 내 마음에 깊이 담겨 있던 것, 내 머리를 온통 차지하던 것들에 대한 애착과 집념이 사라진 뒤에 덩그러니 남을 허전함에 대한 두려움이 가득하다. 그것들은 때가 되면 나뭇잎처럼 벗어 던져야 할 욕망이다. 가을은 완성이요, 절정의 계절이다. 뒤에 남는 것은 없다. 낡은 것이 사라진 곳에서 새로운 것이 태어나는 것이니, '없음'이라고 얼른 단정짓지 못한다. 욕망을 비워내야 새로운 생명을 담을 수 있지 않겠나. 말이므로 쉬울 뿐이다. 따지고 보면, 그 욕망도 쉽게 얻은 것은 아니니 쉽게 버릴 수 없겠다.

어디 떠나가는 것이 가을뿐이랴. 어디 스산한 풍경이 가을뿐이랴. 가을에 대한 이미지는 내 눈길 ─ 시선으로부터 빚어진 것인데, 이미지를 빚어내는 것은 내 순수한 상념만은 아니겠다. 어느 정도는 각인된 수많은 유·무형의 이미지들이 상호 조합되었음이 분명하다.

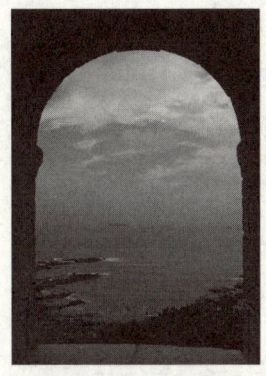

창을 통해 본 세상-중국 칭다오
장제스 별장, ⓒ김충수

눈은 창이다. 창으로 바라보는 세상은 창틀에 의하여 제한된다. 차창으로 흩뿌리는 빗방울과 흐린 하늘을 바라보다가, 창을 통하여 바라본 '사랑'의 이미지에 관한 성찰이 생각났다. 미켈란젤로 안토니오니의 〈구름 저편에〉(Par Del'A Les Nuages, 1995). 네 개의 이야기는, 육체에 대한 욕망을 통하여 바라본 사랑의 이미지들이다. "…겉으로 드러난 일들의 이미지 뒤에 실제에 더 근접한 또 다른 이미지가 있음을 안다. 그리고 그 뒤에 또, 그 뒤에 또. 아무도 볼 수 없는 절대적이고 신비스러운 실체의 진정한 이미지에 이르기까지…"라면서, 극중 영화감독(존 말코비치)은, 자신의 창으로 사랑이라는 이미지 뒤에 감추어진 실체를 보려 하지만, 무엇으로도 규정되지 않고 이해할 수 없으며, 또 다른 이미지들만 남는다.

이야기의 중심축에는 모두 아름다운 여인의 육체와, 육체에 대한 지독한 갈망들이 있다. 그 궤적을 따라가보면, 육체보다는 정신의 교감을(첫 번째 이야기), 인간의 마음보다는 신의 손길(네 번째 이야기)에 더 가치를 둔 이야기가 있다. 매혹적인 육체는 끔찍한 살인의 그림자와 함께 있고(두 번째 이야기), 젊은 여인의 유혹에서 갈팡질팡하는 사내와 버림받은 남녀가 절망 속에서 다시 찾는 사랑(세 번째 이야기)이 있다. 그러나 사실 이렇게 간단히 요약할 수 없는 여러 양태의 이미지가 거기에 있다.

〈구름 저편에〉에는 몇 개의 창을 통하여 내다보는 시선이 있다. 먼저, 스크린(브라운관)을 통하여 보는 우리의 시선이다. 미켈란젤로 안토니오니의 시선과 우리의 시선은 같은 선線 위에 놓여 있겠지만, 시선이 동일한 것은 물론 아니다. 무엇을 볼 것인가 애쓰는 욕망과 그 깊이가 다르기 때문이다. 극중의 영화감독은 실제 감독의 분신이다. 그는 비행기와 자동차의 창으로, 건물의 창으로, 때로는 쇼 윈도우나 카메라의 렌즈를 통하여 세상을 본다. 〈구름 저편에〉의 풍경은 안개 자욱하거나 흐려 있다. 삶의 강렬한 힘도 없고, 생기도 넘치지 않는다. 감독과 의상실 점원(소피 마르소)이 벌이는 정사情事도, 어둡기에 오히려 환해서 더욱 서글픈 육신을 보여줄 뿐이다. 이것들은 인물들의 내면을 형상화한 것이다. 동시에 보이는 대상에 대한 감독과 우리들의 시선이다. 시선의 색채다. 그 이미지의 진정한 의미, 이야기의 참뜻을 알기 위해서는, 모든 외부의 간섭 – 감독의 의도, 평론 등등 – 으로부터 자유로워야 한다.

어쩌면, 회의장의 여인에 대한 그리움은, 여인의 실체가 아닌 이미지에 대한 그리움일 것이다. 그 이미지는 지금까지의 삶 속에서 직조織造된 것이겠다. 한눈에 보고 가슴에 들어앉아 버렸다면 더더욱 그렇다. 이렇게 쓰면서 가다듬어보니, 얼굴은 기억나지 않고, 그러했던 분위기만 남아 있다. 사실 창밖의 흐린 풍경이, 그날의 짧은 여행과 영화 속의 이야기들과 겹치는 것도 이미지의 동일함 때문이 아닐까.

2003. 11

꿈과 이미지, 기억이 빚어내는 영상

첫눈 온 아침이다. 아직 어둠이 걷히지 않은 같이지만, 고갯길에 제법 모래가 흩뿌려진 걸 본다. 어제가 대설大雪이었으니, 벌써 몇 번은 눈이 내렸어야 했다. 차창에 몇 송이 소담한 눈이 와 닿는다. 어둠이 걷히면서 길섶 산비탈에 자국눈이 보인다. 고속도로에서 국도로 접어드니 길이 예사롭지 않은데, 하늘은 눈이 한바탕 내릴 기색이다. 눈보다 빨리 가자고 조급증이 일지만, 앞차가 내 차를 결정하는 것이니 어찌하랴. 소읍小邑의 지방도로 들어서니 잠시 바퀴가 헛도는 것이 언 길이다.

짐짓 마음을 늦추자고 숨을 고른다. 을씨년스러운 겨울 풍경, 멀리 장달음 놓는 시내버스, 손을 호호 불며 등교하는 아이들, 바퀴가 지나칠 때마다 어지러이 헤엄치는 눈, 밭 사이 언뜻 보이는 지붕 낮은 집들 …. 서정인徐廷仁의

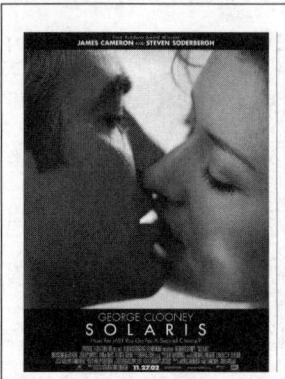

| 솔라리스 |

Solaris
미국/2002
감독 : 스티븐 소더버그
출연 : 조지 클루니, 나타샤 매켈혼, 제레미 데이비스, 비올라
　　　데이비스, 울리히 터커

「강」(1968)이라는 소설은 세 사내와 우연히 만난 한 여자의 이야기다. 눈 내리는 날, 혼삿집에 가는 길일 것이다. 황석영黃晳暎의 「삼포 가는 길」(1973)과 어딘지 닮은꼴이다. 눈 내리는 겨울이라는 것, 삶의 희망을 잃어버린 소시민 또는 노동자들이라는 것, 여자가 작부酌婦라는 것. 「삼포 가는 길」의 눈이 희망 없는 내일을 표현한다면, 「강」의 눈은 상처를 덮어준다. 「삼포 가는 길」에 갈 곳을 잃어버린, 뼈를 묻을 곳도 잃어버린 사내들의 처참한 형해形骸가 있다면, 「강」에는 그 형해를 감싸 안아주는 어머니 또는 누나의 가슴이 있다. 신부新婦를 꿈꾸었던 여자는 가난한 늙은 대학생을 꼭 안아준다. 갈피마다 겨울바람이 일어 가슴을 에지만, 신부의 꿈을 간직한 누이 같은 여자가 있어, 나는 「강」을 더 좋아한다.

이런 겨울 풍경엔 막걸릿집이 제격이다. 고드름이 길게 늘어진 지붕 낮은 집이라면 좋겠다. 풋풋한 작부라도 있다면 더욱 좋겠다. 태백太白에 잠시 머물렀던 때, 선배를 따라 처음으로 작부집엘 갔다. 칼바람을 헤치고 찾아간 대폿집은 등을 구부리거나 고개를 숙이며 문을 열지 않아도 되었다. 허름한 문짝을 젖히고 구부정하게 들어가 옷에 묻은 눈을 털면, 시원한 동치미 뚝배기 옆에 투가리 하나 가득 막걸리가 놓여 있고, 나이보다 인생을 더 산 작부가 젓가락을 두드리며 밤새 육자배기를 뽑던 집은 소설 속에나 있었다. 소설 속의 풍경이란, 작가가 만들어낸 낭만적인 풍경이었거나, 아니면 그 풍속도 벌써 그만큼 변했을 거였다. 그날 그 여자는 젓가락도 두드리지 않았고, 질겅질겅 안주도 씹지 않았고, 쓸데없이 술잔에 입도 대지 않았다. 힘겨운 얼굴로 술잔을 치는 여자의 팔과 손등에는 여기저기 담뱃불로 지진 자국이 있었다.

흉터를 남긴 사내들의 속내가 못내 궁금하였지만, 여자가 이따금 꺼내놓는 이야기로는 궁금증만 더 키울 뿐이었다. 내 삶과 아주 다른 삶을 사는 사람들이 있더란 것을 직접 본 그날 밤의 공기는 몹시 예리했다. 이제 그런 작부집을 찾는 일도 쉽지 않다. 낯선 포구나 산협엘 들러도 어김없이 단란주점이요, 어쩌다 마음이라도 녹여볼까 해도 예전의 작부와는 전혀 다른 이들이 곁에 앉아 술값만 불릴 뿐이다.

무엇일까, 기실 소설이나 드라마에 나오는 작부집은 한번도 가 본 적이 없으면서, 후배들에게 '그때는 말이야' 이러면서 과장되게 작부집 이야기를 할 수 있는 것은. 어쩌면 상상이 지어낸 이미지가 아닐까. 아니면 소설 속의 이런저런 풍경들이 모자이크된 이미지든지. 청춘 시절의 마지막에 '가라오케'라는 신종 술집에 밀리지 않으려 안간힘을 쓰던 '색시집'이 더러 있었다. 사각거리는 한복 소리가 제법 운치가 있는 것이어서, 짐짓 '색시'들의 술상을 받으러 가곤 했다. 학창시절 이문열李文烈의 소설에 기울었다. 「그해 겨울」(1980)에서 '나'는 산촌 여관에서 '방우' – 불목하니 노릇을 하며 '색시'들의 삶을 들여다보는 장면이 나오는데, 어쩌면 그 풍경 때문일 거였다. 그렇다면, 이런 날 막걸릿집이나 작부집이 떠오르는 것은 다분히 내 추억들이 만들어낸 영상이 아니고 무엇이랴.

어찌 되었거나 계절의 풍경이 불러일으키는 이미지들이란 나름대로 고집이 있는 것이어서, 한번 그런 듯이 정해지면 쉽사리 바뀌지 않는 것이다. 시간이 지나고 나면 그것이 사실인지 아닌지도 희미해지고, 진짜 겪었던 일인지도 아닌지도 분간이 가질 않는다. 진위 여부는 희미하지만 그렇다는 영상은 머릿속에 강하게 남아 있는 것이니, 헛것이라고 말할 수는 없지 않겠는가.

　제법 눈발이 내리더니, 어느새 잦아들었다. 창 밖에, 소복하게 깔린 눈밭 사이로 나목裸木이 당당하고, 왁자하던 눈밭의 소리도 조용하다. 먼 산은 아직 보이지 않고, 향나무 푸른 잎에 눈이 사뿐히 앉았으니, 이제사 겨울임을 새삼 느낀다. 텅 빈 눈밭인데 어디선가 귀에 익은 소리가 들린다. 'Snow Frolic'. 그러나 사방 어디에도 음악을 들려주는 이 없으니, 이것은 내 귀가 멋대로 지어낸 것이다. 살짝 내린 눈인데도, 'Snow Frolic'이라니. 아서 힐러가 감독한 〈러브 스토리〉(Love Story, 1970)의 한 장면. 제니(알리 맥그로우)가 뛰어가고 올리버(라이언 오닐)가 쫓아가고 있다. 그러다가 눈을 뭉쳐서 던졌을 것이다. 눈을 푹 떠서 하늘에 던지며 좋아라 하다가, 눈밭에 넘어졌을 것이다. 'Snow Frolic'이 곁들여지면서…. 여자가 뛰어가면 남자가 쫓고, 그러다가 여자가 '괜히' 넘어지면 남자도 '덩달아' 넘어지던, 애정영화의 관습이 있었다. 컴퓨터에서 'Snow Frolic'을 찾아 듣는다.

　계절은 저마다 표상表象을 지니고 있다. 이상하게도 표상에는 무엇이 하나씩 꼭 곁들여진다. 겨울의 표상이라면 우선 하얀 눈일 텐데, 거기에는 눈보다 더 맑은 얼굴과 눈처럼 포근한 손길과 눈처럼 따뜻한 눈빛이 있다. 그러면서 눈처럼 시린 마음과 눈을 타고 몰아치는 바람이 가슴에서도 일고 있다. 적어도 내게 눈에 곁들여진 겨울은 그렇다. 한 달 전 입동 즈음의 짧은 연정처럼, 어쩌면 그것은 마음이 빚어내는 이미지들인지도 모른다. 따지고 보면, 추억의 갈피들이란 게 책장 넘기듯이 순차적으로 떠오르는 것은 아니다. 여러 파편들이 얽히고 설켜서 추억이라는 하나의 덩어리를 만들어내는 것은 아닌가.

기억의 파편들이 조합될 적에는, 나름대로의 질서를 가지고 있어서 정연하게 이어지기도 한다. 진위 여부는 희미하지만, 시간이 지날수록 틀림없이 그러했다는 영상이 머릿속에 강하게 자리잡는 것이다. 부정할 수 없는 논리의 정연함 때문일 터인데, 마음의 밑바닥에 남아 있는 소망 또는 욕망이 논리를 이끌 터이고, 영화나 소설 속의 풍경이 어쩌면 낭만적인 풍경의 색채를 입힐지도 모르겠다.

추억이라는 것이 욕망에서 비롯된 이미지들이 조합된 것이라면, 혹 내가 바라보는 현실이라는 것도 이미지에 의해 구현된 것은 아닐까. 실체, 이미지, 실체, 영상…. 실체라는 것이 이미지가 빚어낸 영상이라면 우리가 보고 있는 것은 허상일까. 꿈일까. 현실과 꿈은 같은 것인가, 아니라면 그 경계는 있을까. 세상에 존재하는 모든 것들의 실체는, 이미지의 얼마만한 깊이에 감추어져 있는 것일까.

어느 날 낮잠을 자다가 꿈에서 호랑나비가 되어 꽃을 탐하던 장자莊子가 꿈을 깨고 보니, 자신의 실체가 호랑나비인지 장자인지 모르겠더라는, 지극히 짧으면서도 깊이 있는 우화가 생각난다. 현실과 꿈의 본질을 묻는 이 촌철寸鐵의 우화를 어찌 다 이해할 수 있으랴. 꿈이 현실보다 더 현실 같아서, 꿈과 현실이 어느 것이 진짜인지 혼동될 때가 더러 있다.

길몽吉夢이니 흉몽凶夢이니 하며 꿈으로 운명을 논하는 것이 다반사지만, 한편으로 꿈이란 자신의 욕망이 투영되는 거울이라 하겠다. 온 밤 내내 지쳐 일어나서 현실과의 경계를 잊어버리곤 할 적엔 여지없이 추억의 갈피와 맞물려 있는 일이 있다. 어찌나 생생한지, 손 안에 잡혀 있던 어깨의 긴장된 떨림과 입술의 촉감이 한낮에까지 남아 있을 적이면, 필시 꿈이 아니라 생시에 겪은 일인 것이다. 아내 입술의 촉감은 분명 아니다. 입술의 촉감이 사람마다 같지는 않을 터이니, 그렇다면 도대체 무엇이란 말인가. 손이나 겨우 잡은 것이 지난 시절의 전부이니, 어쩌면 이 촉감은 나의 지식이 생성해낸 그럴듯한 것이리라. 손에 남은 어깨의 긴장된 떨림도 마찬가지일까. 어깨란 입술과는 다른 것이었으니, 추억의 저편 어디에 남아 있는 그녀의 어깨였는지도 모르겠다.

십일월이었을 것이다. 제법 공기가 찼다. 처음부터 삶을 함께했으면 한 건 아니지만, 그래도 슬몃 욕망이 일었다. 그러나 애초에 그른 일이었다. 그녀의 삶의 궤도와 내 삶의 궤도는 평행선이었다. 한 번만 비틀면 뫼비우스의 띠가 될 것이지만, 차마 그럴 수는 없었다. 그럴 수는 없는 사연이 있었다. 그랬다. 손에 잡을 만큼 가까이 있는데도, 숨결을 느끼고 입술을 나눌 수 있을 만큼 가까이 있는데도 오히려 멀었다. '갈망渴望'이라는 말의 의미를 그때처럼 확연히 느낀 적이 있었을까. 밤길을 걸으며 속에 있는 말을 에둘러 털어놓았는데, 그녀 역시 그랬다. 그뿐이었다. 마음만 확인한 거였다. 평행선은 절대 만나지 않는다. 별은 맑았다. 밤하늘은 청명했다. 공기는 찼다. 날카롭게 자국을 남기며 얼굴을 질렀다. 어깨에 와 닿는 그녀의 어깨가 몹시 팽팽하였다.

밤새 선명했겠지만, 아침에 일어나면 형체도 알 수 없다. 한낮까지 남아 있는 살갗의 촉감은 그날의 것이리라. 상상으로 지어낸 입술이겠지만, 모를 일이다. 꿈길이란 게 정말 있어서, 서로 만났을 지도.

기억이 인류의 역사에 남겨준 발자취는 위대하다. 망각을 보완해주는 문자와 더불어 기억은 과거라는 궤적 위에 현재를 세우고, 그 위에 미래를 설계하는 것이 아닌가. 한 개인에게 있어서도 기억은 마찬가지겠다. 삶의 향방을 결정지어 주고, 새로운 길을 찾는 나침반의 구실을 하는 것이다. 그러나 한편으로는 상처가 덧나게도 하니, 망각할 수 있다는 것이야말로 복이겠다. 가끔은 기억상실증에라도 걸렸으면 싶다.

꿈은 하나의 이미지다. 머릿속에 새겨진 온갖 기억의 편린들이 이렇게 저렇게 맞추어져 만들어낸 하나의 이미지이다. 내가 겪었거나, 내가 겪고 싶은 일들이, 여러 이미지들로 어우러져 빚어지는 것이 꿈인 게다. 꿈은 곧 마음이요, 마음이 형상화된 것이겠다. 그렇다면 꿈은 내 마음을 고스란히 비추는 거울이 아닐까. 꿈에 겪는 공포는 마음의 공포요, 미추美醜는 마음의 미추라 하겠다.

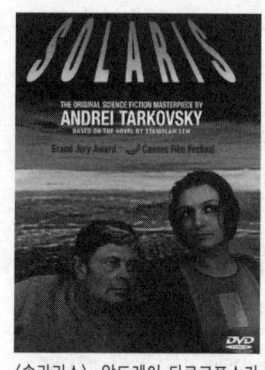
〈솔라리스〉, 안드레이 타르코프스키

내 욕망의 이미지가 꿈이란 것, 내 추억도 사실은 욕망의 이미지에 다름 아니라는 것, 이러한 생각의 선線에 안드레이 타르코프스키의 〈솔라리스〉(Solyaris, 1972)가 놓여 있다. 그 철학적 무거움을 얼마간 가볍게 한 것이 스티븐 소더버그의 〈솔라리스〉(Solaris, 2002)인데, 기억이 빚어내는 존재의 형상과 그 형상 때문에 겪는 인간의 고통이 거기에 있다. 크리스 켈빈(조지 클루니)은 사별한 아내 레아(나타샤 매켈혼)에게 마음을 다하지 못한 것에 대해 죄책감을 가지고 있다. 못 다한 사랑일수록 미련은 강한 법이다. 그 미련의 정도와 고통은 정비례하는 것인데, 이럴 때에 추억이란, 함께했던 날들에 대한 기억이란 상당한 넓이와 깊이를 가지고 있다. 추억은 누구에게나 아름답다. 지나가버려서 다시 돌아오지 못하기 때문에, 반복할 수 없다는 아쉬움 때문에 아름다운 것인지 모른다. 미완성이기 때문에 아름다운 것인지 모른다. 혹여 그 사람이, 그 시간이 다시 돌아온다면 어떨 것인가? 그 물음에 대한 대답의 하나가 〈솔라리스〉에 있다.

나는 아직도 꿈이 고통스럽다. 내 꿈에는 이루거나 끝마침의 이야기가 없다. 늘 아쉬워서 잠에서 깨는 것을 보면, 내 욕망의 덩어리를 짐작할 수 있겠다. 한낮까지도 사그러지지 않는 살갗의 촉감만큼이나, 생생한 온기만큼이나 내 욕망의 뿌리는 깊은 것이다. 가끔은 잠을 자는 일이 두렵다. 잠들어서, 잠에 취해서, 꿈속의 일이 마치 몽유병 환자처럼 남에게 뜰까 보아 항상 경계하고 다짐하고 그러다가 잠드는 것이니 어찌 잠인들 깊이 들 수 있으랴. 그래도 간밤 아무 일 없이 깨고 나면, 그런 허망함이 없어 망연히 새벽 어스름에다 눈길을 두는 것이다.

사실, 실체가 이미지에 불과해도 좋다. 내가 그토록 소망하고 욕망하는 이가, 내 기억이 빚어낸 허상에 불과하더라도, 가까이서 만질 수 있고 느낄 수 있고 나눌 수 있다면, 아픈 상처가 다시 덧나서 고통의 심연에 잠긴들 어떠리. 눈을 맞으며, 눈 위에 가지런히 발자국을 남기다가 어느 한적한 찻집에라도 들고 싶다. 팻분Pat Boone의 'O Holy Night'나 해바라기의 '사랑의 눈동자'를 들으면 옛정이 생각날 것이다. 밤이 이슥해지면, 플라시도 도밍고Placido Domingo의 아리아 모음을 들으며 말없이 앉아 있는 것도 좋을 것이다. 그러나 그 무엇도 그 순간일 뿐, 다시 돌아갈 수는 없는 것이다. 햇살이 사라지고 하늘이 흐려지고 있다. 오늘밤은 모처럼 겨울밤일 것이다. 스산한 밤 풍경을 바라보면서 음악이나 들어볼까, 아니면 아내하고 긴긴 전화나 해볼까.

하다가, 새벽부터의 하루가 흐릿한 게 진짜 겪은 일은 아닌 듯하더니, 아내도 결혼도 생활도 현실일까 싶다. 나라는 존재도 실재하는 것일까. 내 실체는 무엇일까.

2003. 11

조바심과 안타까움, 궤도를 잃지 않을 사랑
__ 아름다운 벗에게

밤 깊어

길은 벌써 끊어졌는데

차마 닫아걸지 못하고

그대에게 열어둔

외진 마음의 문 한쪽

−조향미, 「문」에서

지난밤부터 봄비가 제법 내립니다. 며칠 봄날치고는 더웠습니다. 볕 때문일까 울을 돌아가며 개나리가 한창입니다. 수풀 아래에는 진달래도 제법입니

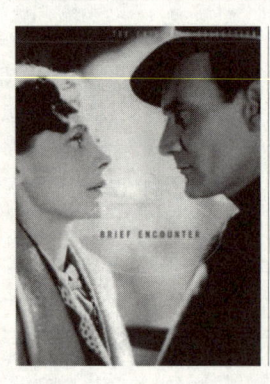

| 밀회 |

Brief Encounter
영국/1946
감독 : 데이빗 린
출연 : 실리아 존슨, 트레버 하워드, 스탠리 할로웨이,
　　　조이스 카리, 시릴 레이몬드

다. 볕은 뒤뜰의 생강나무에도 머물러 노란빛을 빚어냅니다. 한창 피어나는 점순이처럼 '한창 피어 퍼드러진', '알싸한 그리고 향긋한 그 냄새'를 지닌 '노란 동백꽃'. 김유정의 소설 「동백꽃」에 나오는 꽃이지요.

하루종일 교실과 연구실에 틀어박혀 있다시피 하기에, 꽃 빛을 보고서야 바야흐로 봄이라는 걸 압니다. 엊그제 비로소 기숙사 앞마당의 목련꽃이 피었습니다. 산자락에 터를 잡은지라, 산 아래 마을보다도 봄이 늦습니다. 이미 산 아래에는 흐드러지게 꽃이 만발했건만, 여기 목련은 이제 비로소 꽃을 피웁니다. 목련이 피어날 때면 여지없이 봄은 한가운데지요.

새소리와 더불어 산 아래에서 아침이 올라옵니다. 아침 기운은 푸르고 맑습니다. 손에 잡히지 않아도 몸을 적셔오는 아침이 그렇게 좋을 수 없습니다. 목련도 아침에 자태를 씻습니다. 두 그루인데, 하나는 좀 늘씬하지만, 하나는 아직 작습니다. 연륜이 적어서인지, 가녀립니다. 가냘픈 자태는 보는 이에게 연민을 지니게 합니다. 그러나 가냘픔에는 남의 눈을 끌어당기는, 마음을 머물게 하는 매혹의 깊이가 있습니다. 봄비에 온몸이 젖은 목련은 고혹적이기까지 합니다. 나무에서 고혹을 느끼다니, 알 수 없는 일입니다.

지난해 목련을 비로소 본 날도 봄비가 장히 내리던 날이었습니다. 봄비 속, 목련의 자태는 참으로 고왔습니다. 봄비에 겨우내 바짝 말랐던 앙상한 나무들이 젖고 있습니다. 마치 제 몸 깊은 곳에서 솟아나는 샘으로, 몸을 닦아내는 것 같습니다. 봄비로 묵은 먼지를 씻겨내는 일은 마치 제의祭儀 같습니다. 말랐더라도, 메마른 가지보다는 젖은 가지가 마음을 잡습니다. 첫새벽 목욕을 끝내고 젖은 머리를 털며 걸어오는 여인네들을 만났을 적처럼 미묘한 마음입니다. 젖은 목련을 바라보다, 바다의 물거품에서 막 걸어나오는 한 여인을 봅니다. 맨몸에는 방울방울 물이 듣고 있었습니다. 소리 없이 다가오는 모습이 너무나도 눈부셔서, 그만 온몸을 떨었습니다.

여름날 장대비에 떨어지던 꽃송이들만 보아서일까, 봄비에 청청淸淸한 것은 잎새들만은 아니라는 것을 새삼 알았던 게지요. 지금도 봄비가 내리고 있습니다. 이렇듯이 봄비가 내리는 날이면, 까닭 없이 그리움이 밀려옵니다. 빗속을 걸어가던 사람이 있습니다. 빗속을 달려가서 그 우산 속에 가만히 들고 싶었습니다.

빗속을 뛰어가던 한 여인이 생각납니다. 가족과 연인 사이에서 마음의 갈피를 잡을 수 없던 여인입니다. 매몰차게 연인과 작별하고, 마지막 기차에 올랐지만, 그의 얼굴이 마음 깊숙이 자리합니다. 여인은 출발 직전에 기차에서 내립니다. 그를 찾아가 기나긴 조바심을 잠재우려 하지만, 운명이란 둘의 만남을 끝내 허락하지 않습니다. 그의 친구가 돌아옵니다. 뒷문으로 허둥지둥 빠져나옵니다. '뒷문'이었습니다. 행여나 누가 볼세라 뒷문으로 도망치는 여인. 그 사랑은 그렇게 내놓고 할 수 없는 사랑입니다.

그늘진 곳에서, 안타까워하며, 조심조심 다가서는 사랑. 하늘이 사람을 내어 사랑이라는 감정을 만들어주었을 때는, 세상 어디에 흩어져 있다 하더라도, 서로 다시 만나 삶을 완성하라는 뜻이었을 테지요. 그런데 행여나 누가 볼세라, 그늘지고 어두운 곳에서 안타까워하며 그리움만 키워가야 하니 말입니다. 여인은 절망합니다. 거리에는 비가 장히 내리고 있습니다. 함께할 수 있는 시간은 항상 짧습니다. 비를 맞으며 거리를 달리다가 걷다가…, 몸에서 듣는 빗물, 눈에서 듣는 눈물…. 그리움만큼 만남의 시간이 길 수만 있다면…. 저는 그 마음을 익히 알고 있습니다.

긴 그리움과 짧은 만남, 조바심과 안타까움의 사랑. 비 내리는 날, 까닭 없이 그리움이 밀려오는 날이면, 차 한잔에 데이비드 린의 〈밀회〉(Brief Encounter, 1946)를 담아봅니다. 만남은 1주일에 한 번뿐입니다. 목요일, 밀포드 역에서. 식사를 하고, 차를 마시고, 영화를 함께 보고, 더러는 교외郊外로 산책도 합니다. 그러나 오후 다섯 시 사십 분이 되면 그들은 서로 헤어져야 합니다. 집이 서로 반대 방향이므로 엇갈려 돌아갑니다.

로라 제슨(실리아 존슨)은 아주 평범한 주부입니다. 바깥 것에 한번도 마음이 흔들린 적이 없던 자상한 아내요 엄마였지요. 그녀에게도 어찌할 수 없는 사랑이 찾아옵니다. 고지식할 정도로 평범한 가장이며 의사인 알렉 하비(트래버 하워드). 어느 날, 로라의 눈에 들어간 석탄 먼지를 빼내준 것이 인연이 되어, 목요일마다 그들은 그렇게 그들만의 시간을 갖습니다. 서로 가정에 대한 책임 때문에 번민하지만, 그럴수록 서로를 잡아끄는 힘을 통제할 수 없습니다. 이제 다른 시선들이 있음을 인식합니다. 시선들로부터 멀어지려 합니다. 교외와 영화관이라는 공간은 그들이 은신할 수 있는 곳입니다. '사랑'하고 있다는 것을, 서로에게 꼭 필요한 존재라는 것을 알게 된 것이 그 즈음입니다. 그러나 태양 아래서 자유로울 수 없습니다. 시선으로부터 해방될 수 없는 일입니다. 거짓말로 짐짓 가려보지만, 고통만이 커질 뿐입니다. 더 깊어지는 것은 서로에게 상처를 크게 내는 일입니다. 헤어지기로 합니다. 알렉은 아프리카로 떠나려 합니다. 잠시 고통스럽겠지만, 로라를 만날 수 없는 곳이라면 잊을 수 있을 것입니다. 마지막 차를 마시고, 알렉은 기차를 타러 갑니다. 알렉이 기차를 타지 않았을 것이라고, 문을 열고 다시 곁으로 올 것이라고 로라는 생각하지만, 그는 돌아오지 않았습니다.

이룰 수 없는 사랑보다 더 안타깝고 아름다운 사랑은 없습니다. 이루어지지 않았기에, 아름다운 이름으로 남아 있는 사랑. 언제나 곁에 머물러 바닥까지 들여다본 것이 아니라, 끝내 미지未知와 신비神秘로 남아 아름다운 사랑. 알렉과 로라의 사랑은 아름다운 사랑입니다. 세상의 잣대로 그것이 '불륜'이라고 하더라도, 제게는 아름다운 불륜입니다. 아니 불륜이라고 말할 수 없는, 이루어지지 못했지만 아름다움으로 남겨진 사랑 이야기입니다. 서로의 가정에 상처를 주지 않기 위해서, 서로의 가슴에 상처를 주지 않기 위해서, 이해하고 배려하고 존중하는 이 중년 연인의 사랑은, 사랑이 갖는 고통과 아름다움을 놀랍도록 말끔하게 보여줍니다.

고통을 견뎌내며 점점 가까워지는 사랑이 있는가 하면, 고통이 깊어가며 점점 멀어지는 사랑이 있습니다. 가까워질수록 그만큼 멀어져야만 하는 사랑, 그래서 더욱 고통이 깊어질 수밖에 없는 사랑. 조바심 내고 안타까워하지만, 서로에게는 돌아가야 할 때와 돌아가야 할 곳이 있지요. 시간이 오면 왔던 길로 돌아가야 한다는 것은 비극적인 일입니다. 신데렐라의 아름다움은 그녀의 시간이 열두 시로 제한되어 있기 때문일 겝니다. 제한된 시간은 우리들을 조바심 내고 안타깝게 합니다. 제한된 시간 때문에 솟구치던 욕망은 일정한 지점에서 더 나아가지 못하고, 멈추어야 합니다. 막아놓으면 고인 물의 힘이 커져서 보를 터뜨리는 것처럼 표출되지 못하는 욕망은 갑절 이상으로 커질 수밖에 없습니다. 욕망이 멈추는 지점이 욕망이 갑절 이상으로 커지는 지점입니다. 그리고 그 지점에서 그리움의 깊이도 갑절 이상이 됩니다. 그리움이 깊어질수록, 그리움의 대상은 더욱 아름다워집니다. 이성異性이 아름다운 것은 그리움의 깊이요, 사랑의 아픔은 그리움의 넓이인 셈입니다.

알렉과 로라에게도 돌아가야 할 시간과 돌아가야 할 곳이 있습니다. 그 시간과 장소를 놓치면, 사랑은 궤도를 벗어나게 됩니다. 태양마차가 궤도를 잃자, 새까맣게 타서 추락한 파에톤Phaethon처럼, 궤도를 벗어난 사랑에는 파탄이 있을 뿐입니다. 파탄에 이르지 않으려면, 비록 고통스럽더라도 아름다운 사랑으로 완성하려면, 시간이 되면 어김없이 가야할 곳으로 돌아가야 합니다. 호화로운 왕궁, 화려한 잔치, 세인世人의 시선…. 신데렐라는 아쉽지만 이 모든 것을 남겨두고, 아궁이 앞으로 돌아옵니다. 그 순간 아궁이 앞에서 재를 털고 일어설 수 있었던 게지요.

언젠가는 돌아가야 할 시간, 언젠가는 돌아가야 할 곳. 가슴 쓰라린 아픔으로, 가슴 찢어지는 고통으로 사랑이 남더라도, 나의 고통이 정인의 길을 밝혀줄 수 있는 등불이 될 수 있다면 기꺼이 따를 일입니다. 알렉과 로라는 힘겹지만 고통으로 사랑을 완성하려 한 게지요.

이렇게 봄비가 내리거나, 목련꽃이 피어나는 날이면, 가끔씩 한 줄 남겨진 상처가 욱신거립니다. 추억이란 굳이 간직할 필요도 없겠지만, 굳이 잊을 필요도 없는 것. 세월이 약이라고 하지만, 세월은 아픔을 잊게 할 뿐, 깊이 자국난 상처의 흔적을 없애주는 것은 아닙니다. 저는 여전히 우산에 집착합니다. 비 내리는 날 함께 우산을 쓰고 거리를 걸으며, 빗방울을 헤아리고 싶습니다.

우산은, 알렉과 로라의 영화관이며 교외일 것입니다. 그러다가 찻집엘 들어가겠습니다. 알렉과 로라처럼. 라흐마니노프 피아노 협주곡 제2번 C단조를 들으며 얼굴을 가만 바라보겠습니다. 한마디 말을 않고 차만 마시겠습니다. 눈길들이 언어를 대신할 것입니다.

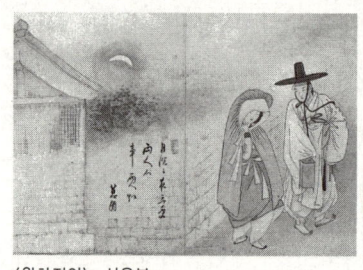

〈월하정인〉, 신윤복

이렇게 쓰면서 보니, 혜원蕙園 신윤복申潤福의 〈월하정인月下情人〉이라는 그림이 떠오릅니다. 거기 조바심과 안타까움이 가득한 연인이 있습니다. 몽환적인 분위기를 만드는 달빛입니다. 그런 달빛이 사람의 마음을 홀려, 무딘 마음을 지닌 사내의 가슴도 일렁이게 만듭니다. 모퉁이로 돌아가는 긴 담장을 보니, 연인들의 심정을 알겠습니다. 시선을 피하여 몰래 만나는 이들입니다. 담장은 알렉과 로라의 영화관이며 교외요, 제 우산입니다. 쓰개치마로 얼굴을 가렸지만, 사내에게 보내는 여인의 눈길은 그윽합니다. 사내의 눈길도 은근하게 여인에게 가 있습니다. 무언가 망설이지만, 그들은 한마디 말이 없습니다. 눈길이 말을 대신하기 때문입니다. 꿈처럼 포근하게 두 사람을 감싸주는 달빛, 이런 달빛 아래라면 만단정회萬端情懷라도 풀고 싶지만, 둘이 있을 곳은 '댓닢자리' 만큼도 없을 듯합니다. 분명 이들에게는 돌아가야 할 시간과 돌아가야 할 곳이 있을 겝니다. '月沈沈夜三更, 兩人心事兩人知(달빛 깊은 한밤중, 두 사람 마음은 두 사람이 알겠지)' 라는 화제畵題가 감칠맛입니다.

'밀회密會'. 알렉과 로라의 사랑은 사람 사는 곳이면 어디에도 있는 일인가 봅니다. 순전히 어감에서 느껴지는 것이지만, '밀애密愛'라는 말보다 '밀회'라는 말이 더 안타까움을 내포한, 아름다운 사랑으로 느껴집니다. 어딘지 모르게, '밀애'는, 깊이 빠져서 헤어나오지 못하는, 몸으로 얽혀 모든 것을 연소 燃燒시키는 파괴적인 느낌이 듭니다. '밀회'는 머뭇거리며 가슴속의 사연들을 은근하게 조금씩 꺼내놓는, 도덕이라는 시선이 더욱더 그리움을 부채질하는, 고전적이고 낭만적인 느낌이 듭니다.

아무려나, 저는 지금 밀회를 꿈꿉니다. 빗방울이 묻어나는 목련의 자태에서 여인을 보는 것은 조금 자유롭고 싶은 마음 때문입니다. 새벽바람에 출근해서는 한밤중까지, 오직 책에 묻혀서, 책상에 갇혀서, 이따금 창 밖으로 풍경을 보며 위안 삼는 나날입니다. 벗어나고 싶습니다. 밀애는 파괴적이라 두렵습니다. 밀회는 돌아가야 할 시간과 돌아가야 할 곳이 있기에, 그것만 놓치지 않는다면 궤도를 잃지 않을 것이라 마음 놓입니다. 안타까움과 조바심도 오랜만에 삶의 활력소가 될 것 같다는 생각이 듭니다.

2003. 4

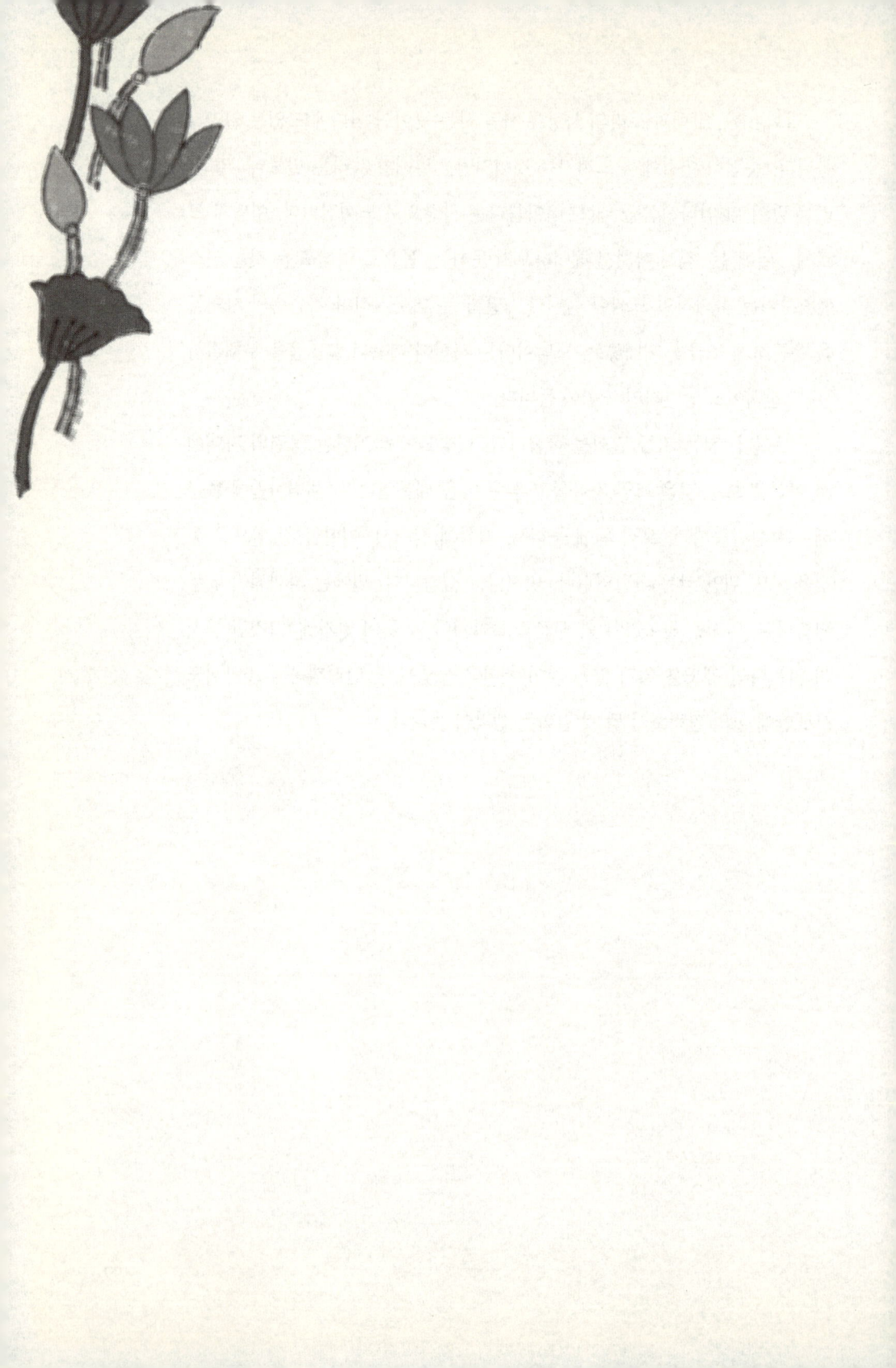

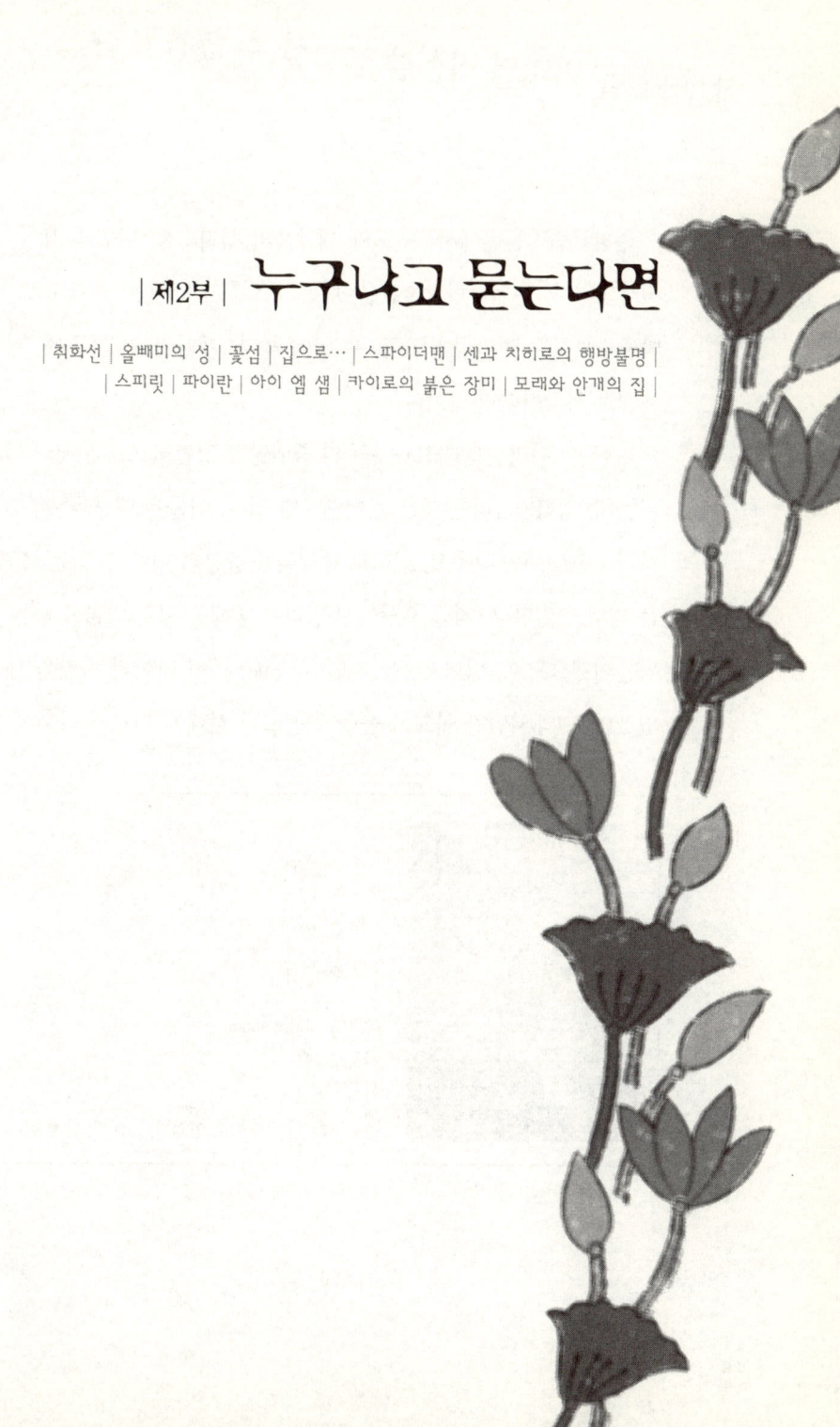

|제2부| 누구냐고 묻는다면

사심邪心을 버리면 자신을 넘어설 수 있을까

춘천국립박물관에서 '구도와 깨달음의 성자聖者, 나한의 세계' 전시회가 시작되었다. 춘천국립박물관은, 비판의 소리가 있지만, 그래도 그 어떤 국립박물관보다도 편안함을 느낄 수 있어 좋다. 게다가 이 가을을 '나한羅漢'의 세계로 시작한다니 말이다.

나한은 '아라한阿羅漢(Arhan)'의 줄임말로 일반적으로 부처의 제자를 가리키는데, 성자聖者라는 뜻으로 이해하면 쉽다. 이들은 대중들로부터 공양받을 자격(응공應供)을 갖추고, 진리로 중생들을 충분히 이끌 수 있는 능력(응진應眞)을 지니고 있단다. 지금 세상에서 진리로 중생을 이끌 역할을 하는 이들은 스님들이겠으므로, 대덕大德을 지닌 고승高僧들이 나한의 자리를 대신할 수도 있겠다. 그래서인가 불교가 융성했던 고려 시대에 이르러 나한에 대한 신앙

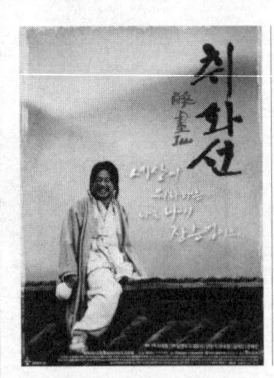

| 취화선 |

醉畵仙/Chihwaseon
한국/2002
감독 : 임권택
출연 : 최민식, 유호정, 안성기, 김여진, 손예진

이 상당히 커지는데, 이는 스님들에 대한 경모敬慕의 표현이겠다.

　절에 가면 보통 대웅전大雄殿을 비롯하여 부처님을 모신 절집 뒤로, 나한전羅漢展이라는 절집이 있으니 여기가 바로 나한을 모신 곳이다. 응진을 지닌 이들이라 응진전應眞殿이라고도 한다. 석가에게는 가섭迦葉과 아난阿難이라는 뛰어난 제자가 있었기에, 대체로 석가의 좌우에 아난과 가섭을 모시고, 그 좌우로 다른 제자 14명을 더 모셨으니, 이른바 16나한이다. 나한은 조각하여 봉안하기도 하고, 부처 뒤에 그림으로 그려서(후불탱화後佛幀畵) 봉안하기도 한다. 탱화는 석가여래께서 영취산靈鷲山(영축산이라고도 함)에서 제자들에게 설법하는 장면을 그린 '영산회상도靈山會上圖'이므로, 나한전을 달리 영산전靈山殿이라고도 한다.

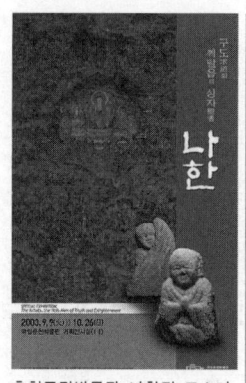

춘천국립박물관 나한전 포스터

　이번 '나한의 세계'에서는, 일본 지온인知恩院이 소장하고 있는 '오백나한도'(고려, 14세기)를 비롯하여, '송광사 16나한도'(보물 1367호, 1725년), 그리고 재작년 영월 창녕사 터에서 출토된 '오백나한상' 등을 선보인다. 재작년 출토된 '오백나한상'은 세인의 관심을 끌었던 것인지라 궁금하기 이를 데 없다.

　16명의 나한이 500명으로 늘어난 것은, 생전에 석가 제자들에게 설법했던 내용을 정리하기 위하여 가섭이 회의를 소집했을 때, 모인 비구가 500명인 데에서 비롯되었다 한다. 어찌 되었든 나한상의 형태는 불상이나 보살상처럼 일정한 규범이 있어서 어떤 특별한 형태로 만들어지지 않는다. 나한들의 여러 개성적인 모습을 자유롭게 표현하고 있는데, 이는 나한들의 다양한 공부(참구參究) 방법을 상징한단다.

여기저기 절집을 다니면서, 절집의 생김새에 눈이 팔려서 지붕 모양이니 문살 문양이니 꽤나 기웃거렸다. 오백나한을 봉안한 대부분의 나한전은 그 조상彫像들이 너무 잘아서 일일이 살펴보기 어렵다. 사실 각각은 조금씩 다르 겠지만, 실상을 확인하려 배례拜禮하는 이들을 모른 체하고 가까이 다가간다 는 것은 쉬운 일이 아니다. 어림짐작일 수밖에 없지만, 모두가 그것이 그것일 뿐이었다. 처음 접한 아름다운 나한은 석굴암石窟庵에 돋을새김되어 있는 10 명의 나한이었다. 책에서 배운 선입견 때문일까, 미술에 손방인 나도 곁눈을 팔 수 없을 정도로 빠져드는 아름다움이었다. 그러나 그것은 실제 배견拜見할 수 없는 아름다움이다. 언제나 사진 속에서만 존재하는 아름다움. 그래서 더

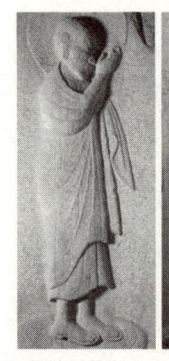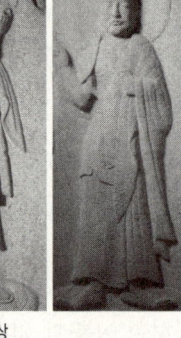

욱더 보고 싶은 열병을 앓게 만드는, 저 멀리 존 재하는 아름다움. 완연한 이국인異國人의 모습 인지라, 그 거리는 더욱 아득하다. 어쩌면 그 이 국적 풍경이 아름다움을 부추기는 것은 아닐까. 그러나 사진일지라도 각수刻手의 손길은 그지없 이 섬세하다. 이번 전시회에서도 이들은 여전히 사진으로만 존재하고 있다.

석굴암 나한상

90년대 중반, 팔공산八公山 자락의 은해사銀海寺와 그 암자인 거조암居祖 庵을 찾았다. 거조암 영산전(국보 제14호)에 있는 오백나한을 배견하기 위해서 였다. 영산전의 맞배지붕이 한눈에 보아도 단아하여 마음을 사로잡는데, 절 집 안 역시 널찍하여 시원하였다. 거기서 잊을 수 없는 오백나한을 보았다. 다른 나한전처럼 부처 주위에 차곡차곡 줄을 맞추어 가지런히 진열한 작은

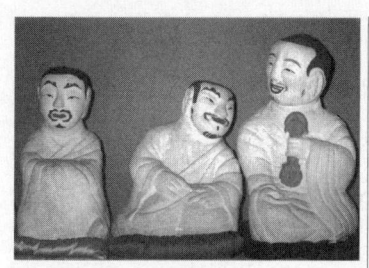
거조암 나한상. ⓒ김충수

조상들이 아니었다. 벽을 따라 구불구불 빙 둘러서, 그들은 웃고 떠들고 사색하고 노래하며 장난치고, 그렇게 살아서 움직이고 있었다.

정말이지 살아서 움직이고 있었다. 소라고둥을 옆 친구 귀에 대고 부는 녀석, 물구나무 선 녀석, 군것질하는 녀석, 진지하게 선생님 말씀을 듣고 있는 녀석, 그 친구에게 계속 말 거는 녀석, 애완 맹수를 쓸어안고 있는 녀석, 딴전 피우고 있는 녀석, 명상에 잠겨 있는 녀석, 심통이 난 녀석, 활짝 웃는 녀석 …. 한마디로 옛 교실 풍경 그대로였다. 그런데 '녀석' 이라니. 성자들에게 감히 '녀석' 이라고 함부로 하다니, 너무 방자한 것이 아니냐. 아, 이들이라면 너그럽게 용서해주실 듯싶다. 너무나도 그 모습이 재미나고 친근하여서, 다른 나한을 대할 적과는 달리 이들에게는, 나도 모르게 '녀석' 이라는 무례한 표현을 서슴없이 쓰게 되는구나.

나한의 모습이 정해진 규범이 없어서 자유롭게 그 모습을 여러 가지로 표현할 수 있다면, 이 오백나한상이야말로 거기에 걸맞겠다. 석굴암의 돋을새김처럼 이국인이 아니어서 좋다. 차곡차곡 줄 맞춰 답답하지 않아서 좋다. 오백나한들은 우리들의 얼굴이었고 우리들의 자잘한 일상이었다. 벗들과 한동안 넋 놓고 바라보았다. 그러다가 이내 숙연함을 털고 하나하나 손가락으로 가리키며 떠들썩하니 키득거리고 있었다. 감히 '요놈' 이니 '녀석' 이라는 말을 스스럼없이 뱉게 만들 정도로 다정한 나한들이었다. 수선스러우면서도 한

치의 방만함은 없었다. 김영희 님의 닥종이 인형을 방불케 하였다. 이번 전시회에서 이 나한들 역시 사진으로만 존재하였다. 몇 분쯤은 발걸음을 해서 '나한의 세계'를 찬연히 빛내줄 수 있었으련만. 그 사진도 전시장과 전시장 사이 눈길이 미치지 않는 복도에 자리잡고 계셨으니….

아쉬움도 잠시 이내 발길은 영월 창녕사 터에서 발굴된 나한상에 머문다.

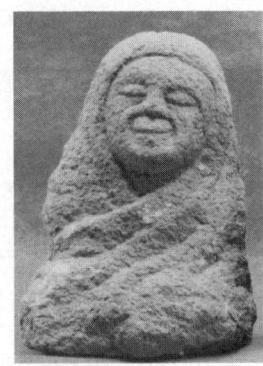

창령사지 나한

아! 그것은 또 다른 우리들이었다. 둥근 얼굴들, 희미하지만 그래서 더욱 크게 와 닿는 웃음. 몇 줄 주름살은 고통의 흔적인 듯 깊게 패였지만, 곡선으로 그어져 고통을 육신으로 삼은 넉넉함이 거기 있었다. 갈포를 입고 포건布巾을 두른 나한들은 우리 모습 그대로였다. 장승의 얼굴, 닥종이 인형의 얼굴, 깡말랐지만 심지가 굳은 얼굴, 들녘에서 또는 시골 장터에서 만날 수 있는 얼굴, 말을 건네면 '옛날 옛적에 갓날 갓적에…' 하고 구수한 이야기를 들려줄 그런 얼굴이었다. 거조암 나한들이 한바탕 개구쟁이라면 창녕사 터 나한들은 그 개구쟁이가 매달릴 수 있는 할아버지 할머니의 얼굴이었다. 이국인의 얼굴이 아닌, 도상圖像의 관례를 따르지 않은, 우리의 얼굴. 살아 있는 얼굴. 흑백 사진 속에서 살아 숨쉬는 우리의 얼굴.

흑백 사진 속에서 살아 숨쉬는 얼굴이라니. 사실인즉 그렇다. TV를 볼 적마다, CF를 볼 적마다, 나는 요즘 젊은 연예인의 얼굴을 가려내지 못한다. 다 똑같은 얼굴, 똑같은 행동, 똑같은 말버릇, 똑같은 화제, 똑같은 웃음과 조롱….

　사실 나한의 얼굴이 이국인의 얼굴이나 관습화된 얼굴에서 벗어나, 거조암
과 창녕사 터의 얼굴을 갖기까지는 오랜 시간이 걸렸을 것이다. 여기에는 필
연 고정된 틀을 깨기 위한 몸부림이 있었을 것이요, 각수가 자신을 넘어서려
는 피나는 노력도 따랐을 것이다. 부처의 미소가 우리의 미소를 닮아감에도,
나한의 얼굴이 쉽게 우리의 얼굴을 갖지 못한 것은, 관습의 벽 때문일 게다.
성자이기에 함부로 고칠 수 없다는, 성자는 이러한 얼굴이어야 한다는 관념
이 집요했을 터이다. 정해진 이미지를 깨뜨리는 일은 쉽지 않다. 마치 TV에
등장하는 다 똑같은 얼굴들과 행동들처럼. 한번 고정된 관념은 무섭다. 관념
의 껍질에서 벗어난 거조암과 창녕사 터의 나한들과 견주어보면, 정형화된
이미지를 숭배하고 따르려는 현대인은 오히려 자신에게 갇혀 있는 존재들이
다. 현대인이 숭배하는 이미지는 사실 우리 스스로 조작한 이미지일 뿐이다.
그 이미지는 허상일 터이다.

　석굴암 나한의 섬세함보다 거조암과 창녕사 터의 나한이 훨씬 질박하고 거
칠다. 그렇기에 더욱 따뜻하고 정겹다. 가장 편안한 마음으로 쓱쓱 그려낸 그
림이 사실은 마음을 순편하게 한다. 나는 시속時俗에 얽매이지 않는 초연함을
몇 줄 마른 선으로 표현한 〈세한도歲寒圖〉를 좋아한다. 사심邪心 없이 몇 줄
선으로 그린 난초와 대나무에서 편안함을 느낀다. 이철수 님의 목판화를 볼
적마다 그 아름다움에 매료된다. 진정한 아름다움은 섬세함이 아니라, 사심
을 버린 질박함에 담긴 것이 아닐까.

　임권택의 〈취화선〉(醉畵仙, 2001)에서 그 질박한 아름다움을 보았다. 화면

에 가득 펼쳐진 눈 내린 갯벌, 그 척박한 길을 걸어가는 오원吾園 장승업張承業(최민식). 내게 〈취화선〉은 그 이상도 이하도 아니었다. 고단한 그 길의 끝에서 오원은 마침내 자신을 넘어섰기 때문이다. 김병문(안성기)은 장승업이 현실에 안주하는 것을 끊임없이 경계하고, 자신을 넘어설 것을 종용한다. 오원은 김병문의 말을 화두로 삼지만, 오히려 그 강박관념에 갇히게 된다. 매향(유호정)에게 매화를 그려주었을 때, 매향이 써넣은 화제畵題 '梅花一生不賣香(매화는 평생 제 향을 팔지 않는다)' 또한 그의 삶에 지워진 묵직한 짐이다.

자신을 벗어나는 것이 무슨 특별한 규칙이나 정해진 틀이 있는 것이 아니니, 사방 겹겹이 안개다. 그러던 차에 매향의 방에서 막사발을 하나 보게 된다. 청자도 백자도 아닌 막사발 하나. 어느 누구도 눈길 주지 않는 막사발 하나. 거기에는 아무 사심 없는 도공陶工의 편안한 손길이 있었다. 그것이었다. 언젠가 김병문은, 오원이 무심하게 그린 조그만 산수화를 보며 마음이 편안해진다고 하였다. 매향 또한 그 막사발에서 편안함을 느낀다고 하였다. 항용 깨달음이란 순간에 오는 것. 마침내 오원은 매향을 떠난다. 어느 두메의 가마를 찾아가 도자기에 그린 몇 줄 묵선墨線이야말로 그가 완성한 최고의 그림이었다.

자신을 넘어선 곳에서 완성한 그림은, 〈호취도豪鷲圖〉 - 〈영모도翎毛圖〉 대련(호암미술관 소장)이 아닌, 사심 없이 몇 줄 쓱 그은 묵선이었다. 호방함과 섬세함이 아닌, 그것을 넘어서 얻은 질박함이었다. 거조암과 창녕사 터의 나한은 석굴암의 나한을 넘어서 도달한 아름다움이다. 질박함은 그냥 질박함이 아니라 섬세함을 넘어서 얻어낸 질박함이다. 각수의 손길에는 아무 사심

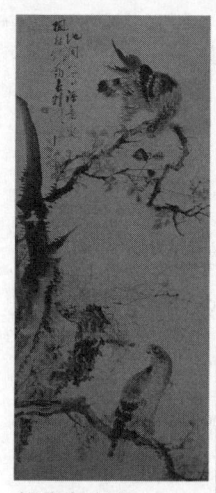

〈호취도〉, 장승업

이 없었을 것이다. 부귀와 영화, 또는 권력과 재력에 눈길이 머물지 않았으리라. 그에게 하나 바람이 있었다면, 손길이 빚어낸 나한이 사바娑婆의 질곡에서 중생을 구했으면, 이었을 게다. 아니, 이것도 사심이다.

장안의 귀재鬼才라는 평을 받는 오원이건만, 결국 그에게 내려진 온갖 호사스런 부귀와 영화를 버리고 길을 나선 삶이야말로 자신을 넘어서려는 노력이 아니고 무엇이랴. 자기 안에 갇혀 있던, 아니 오원 스스로 갇혔던 연인 매향을 떠날 수 있던 그 삶이야말로 범부凡夫는 감히 행하지 못할 길이었다. 아마도 그러한 오원을 각수가 조각하였다면, 영월 창녕사 터의 나한이 되었으리라.

자신을 넘어선다는 것은, 마음에 담긴 모든 욕망으로부터 벗어난다는 것. 범상한 사람들에게는 쉬운 일은 아니겠다. 따지고 보면 우리는 현재에 만족하지 못하고 있다. 지금보다 더 편안해지고 부유해지고 싶은 것도 자신을 넘어서려는 욕망이요 노력이 아니고 무엇이랴. 이러한 욕망은 더욱 짐스러운 것이어서 집착이 되고 말았으니, 마음의 병을 얻었구나. 자신이 만든 욕망과 고정시킨 이미지에서 벗어나지 못하니, 언제 스스로를 넘어설 수 있으랴. 권세와 재화의 욕망을 버릴 수 있는 용기는 쉽지 않다. 하물며 오욕칠정五慾七情에서 벗어나는 일임에랴. 현실에 자꾸 적응해가고 있는 나를 발견한다. 지쳐가고 있는 모습을 본다. 이러한 모습에 집착하는 데에서 벗어나는 것이 혹여 자신을 넘어서는 첫 관문은 아닐까.

2003. 9

누구냐고 묻는다면 모른다고 대답하겠다

…난 그저 세상의 뜻에 따라 히데요시 역할을 했을 뿐이야. 그 뜻을 거역하면… 누군가 나를 대신하겠지. … 내가 진정 누구인지는 나도 모르겠어. 자네한테 물어보세. 내가 누군가? 진정 내가 '히데요시' 인가?…

—시노다 마사히로, 〈올빼미의 성〉에서

진정 내가 '히데요시' 인가?

가장 연극적이면서도 본질적인 그 말이 아직 머릿속에 남아 있다. 배우는 토요토미 히데요시라는 망상을 지닌 인물의 역할을 하지만, 그는 히데요시가 아니다. 사백십여 년 전에 세상을 떠난 히데요시에 대해서 가장 적확하게 알고 있는 인물은 이제 존재하지 않는다. 기록이라는 것이 아무리 객관적인 증

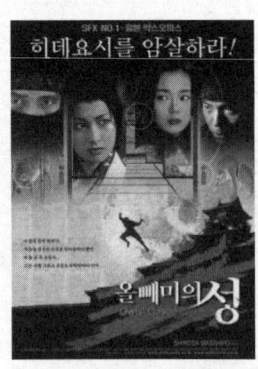

| 올빼미의 성 |

梟の城/Owl's Castle
일본/1999
감독 : 시노다 마사히로
출연 : 나카이 키이치, 츠르다 마유, 가미가와 다카야,
　　　 하즈키 리오나

거를 바탕으로 하여 쓰여진다고 해도, 그 객관적 증거를 선택하거나 바탕으로 해서 진술하는 것은 글쓴이의 판단과 관점이므로, 사실史實이라는 것도 명백한 의미에서 객관적 사실事實은 아닌 것이다. 토요토미 히데요시 생존시에, 그에게 누구냐고 물었어도, 어쩌면 그는 그렇게 대답했을 지도 모르겠다.

하긴, 내가 누구인지 어떻게 알 수 있다는 말인가? 나에게 있어서 매우 난해한 질문.

−누구십니까?
−자기 자신에 대해서 한번 소개해보실래요?

공적이든 사적이든 처음 만나는 자리에서 내게 곤혹스러운 것들이 있다면, 그 중에서 하나는 이러한 질문들이다. 이러한 질문들이 선택적 상황에서 주어진다면, '까짓 거…' 하고 대답하지 않으면 그만일 터이지만, 그것이 공적인 의미를 지니고 있다거나, 이야기를 하지 않을 수 없는 상황에 이르고 나면 더없이 곤혹스러운 것이다.

도대체 내가 누구인지 어떻게 알 수 있다는 말인가? '인생' 을 한바탕 연극이라고 본다면, 조물주의 손에서 빚어진 작품이라고 본다면, 나는 그 극에서 어떤 역할을 맡고 있을 것이다. 그렇다면 내가 소화해내고 완벽하게 연기해야 할 그 역할은 도대체 무엇이라는 말일까?

아니 그 이전에 인생은 정말 연극일까? 나는 그 연극의 주연일까, 조연일까? 선한 역일까, 악한 역일까? 아니 그보다도 더 이전에, 내가 누구라고 자신 있게 말할 수 있는 것이 참으로 가능한 일이기는 한가? 나는 누구인가?

과연

아무도 모르고 있는

나는

무엇인가

그리고

지금 여기 있는

나는

누구인가

　　　　　　　　　　　　　－김광규, 「나」에서

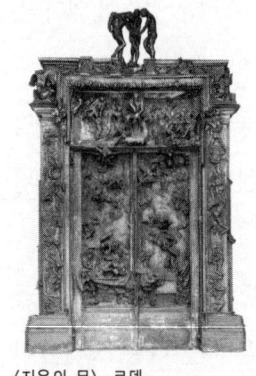

〈지옥의 문〉, 로댕

　　지난 1월 중순쯤 서울에 있는 '로댕갤러리'를 갔다. 프랑스 정부의 입회하에 일곱 번째로 주조鑄造한 '지옥의 문'과 '칼레의 시민'이 상설 전시되어 있다기에 벼르고 벼르던 차에 간 것이다. 나에게 조각이란, 덧붙이거나 빚어내거나 깎아가는 – 조소彫塑의 개념이 강하게 자리잡고 있다. 그러나 로댕의 두 작품은 '청동주조물靑銅鑄造物' – 거푸집을 만들곤 거기에 쇳물을 부어서 형상을 얻어낸 것이었다. 그 규모도 규모려니와 거기에 담긴 인간의 고뇌를 들여다보느라고 오랜 시간을 흘렸다.

　　주조물인 경우, 거푸집을 어떻게 만드느냐가 관건이겠다. 덧붙이거나 빚어내거나 깎아가는 것들은 사실 고유한 하나의 것만이 존재하지만, 거푸집을 통해서 주조해내는 조형물들은 같은 크기와 모양의 것들이 대량생산될 수 있겠다.

나의 관심은 똑같은 것들을 얼마나 많이 만들어낼 수 있는가가 아니라, 그 거푸집에 있다. 국립중앙박물관의 선사실과 원삼국실에 들어가면 청동기와 철기 물품들과 그 물품들을 양산해내는 거푸집이 나란히 전시되어 있다. 동일한 거푸집을 만들어 재현해낸 청동 무기들을 보면 그 단순하면서도 세련된 아름다움에 마음을 빼앗기게 된다. 그 아름다움은 거푸집에서부터 온 것이다. 거푸집을 얼마나 아름답게 만들었는가에 따라서 형상이 나타나는 것이다. 오랜 시간을 견디어오면서 파랗게 녹이 슨 세월의 아름다움도 그저 지나칠 일이 아니지만, 재현한 것일지라도 최초의 것들은 처음 저렇게 태어나 모습을 드러내는구나 하고 찬탄하면서 보면 역시 거푸집도 스쳐 지날 수는 없다.

거푸집의 중요함. 틀의 중요함.

형상물보다 '환경' – '둘러싸고 있는 틀' 이라는 것이 얼마나 중요한가 하는 것은 거기서 알 수 있다. 거푸집에 의해서 형상화된 것들은 저마다의 고유한 역할을 지니고 세상에 존재하게 된다. 생산하는 것인가 파괴하는 것인가 하는 것의 쓰임새도 그에 따라 결정된다.

나를 둘러싸고 있는 틀은 어떤 것일까. 그 틀은 도대체 나에게 어떠한 역할을 맡긴 것일까?

어쩌면 그것은 내가 스스로 선택한 길에 의해서 결정되었을지도 모를 일이다. 그런데 길의 결정은 내가 하였지마는, 길을 결정하는 데 있어서 특별한 갈등이나 고민도 없었고 보면 이미 그것은 운명처럼 주어졌을지도 모를 일이다. 운명처럼 주어졌다는 것은 무슨 의미일까. 어린 시절부터 둘러싸고 있던 환경의 모든 요소들 때문이 아니었을까. 어쩌면 나의 아이들에게도 내심 내가 원하는 길을 걸었으면 해서 그렇게 환경 요소들을 배열하고 있는지도 모르겠다.

'운명처럼…' 이라는 말이 갖는 힘에는 어떤 절대적인 것이 있다. 시노다 마사히로의 〈올빼미의 성〉에서 본 것은 '정체성正體性'에 관한 질문이었다. 쥬조(나카이 키이치)와 고헤이(가미가와 다카야)는 닌자忍者로서의 삶을 살아야 한다. 어렸을 때부터 닌자로 훈련받고 성장했으므로 그들에게는 닌자 이외에는 어떤 삶의 길도 없는 듯하다. 쥬조는 코하기(츠르다 마유)를 사랑하게 되면서부터 자신의 정체에 대하여, 닌자로서의 삶에 대하여 의문을 품게 된다. 코하기 곁에 머물고 싶지만, 쥬조는 자신의 마음에 대해서 진단할 수 없다. 숙명처럼 받아들일 수밖에 없는 닌자의 삶이 진실인지, 코하기 곁에 머물면서 한낱 필부로 살아갈 모습이 진실인지 말이다.

> 쥬조 : 꿈을 꾸었네. 처음부터 끝까지 당신이 보였어. 내 목숨은 당신 거야. 나를 마음대로 하게.
> 코하기 : 진심에서 하시는 말씀인지…?
> 쥬조 : 진심? 진심이라…. 나는 어려서부터 닌자로 훈련받았지. … 여러 모습으로 변신하며 살았기에 어떤 게 나인지 모르겠어. 그러니 내 진심을 묻지 말게. 당신도 … 당신 자신을 찾으려 애써도 보이는 건 암

흑뿐일 거야.

쥬조는 히데요시를 암살하지 못한다. 쥬조는 닌자로서의 삶을 버린 것일 게다. 쥬조와 코하기는 산속 깊이 은거하며 세월의 저편으로 사라지고 있었다. 하긴 토요토미 히데요시는 실제 역사에서 암살당한 것이 아니라 병사病死했으니 말이다. 사실일까?

히데요시가 히데요시일 수 있었던 이유는, 그가 오다 노부나가의 뒤를 이어 전국을 거머쥔 권력의 정점이라는 데에 있다. 토쿠카와 이에야스의 야심이 팽배하면 팽배해질수록 히데요시의 자리는 그만큼 권력의 한가운데에서 더욱 굳건해지는 것이다. 그것이 일본의 역사에서 토요토미 바쿠후幕府에서 토쿠카와 바쿠후로 교체되는 시기에 두 주역의 역할이었을 것이다. 노부나가 뒤를 이에야스가 이었다면 임진왜란의 원흉은 히데요시가 아니라 이에야스가 되었을 것이다. 히데요시의 말처럼 그 누구든 히데요시의 역할을 할 수밖에 없었을 게다. '그것이 권력' 이니까.

'역사' 라는 시간에서 '역할' 이란 과연 무엇일까. 그 역할이 혹 내가 누구인지 결정지어주는 하나의 요소는 아닐까. 그렇다면 우리 역사에서 나의 역할은 무엇일까. 이렇게 질문을 던지고 나니 갑자기 역사적인 인물이 아닌가 하는 망상이 든다. 질문을 바꾸기로 한다. 내 삶의 궤적에서 나의 역할이란 도대체 무엇일까. 내 삶의 주체는 일단 '나' 이니 주연임은 틀림이 없겠다. 그런데 나는 선한 역일까, 악한 역일까.

학창 시절 수업 시간에 이루어진 극劇에서 내 배역은 항상 악역 – 손해 보는 역이었던 기억이 난다. 심지어 학교 방송의 목소리 연기에서도 '악한' 역을 맡았으니까. 그것이야 조작된 허구의 세계이니 그렇다 하더라도, 언젠가 그와 그녀의 사랑 속에 끼여들었던 적도 있었던 것 같다. 정말 끼여든 장애물이었을까? 두 사람의 사랑의 완성을 고도로 높여주기 위한…. 이렇게 쓰고 보니, 사실 한동안은 배경 역할도 제법 했었다. 끊어질 실타래들을 다시 이어주었던 적도 있고, 요직要職을 위해 발돋움하려는 이들의 밑돌 역할도 했을 것이다. 그저 스스로를 살펴보면 착한 일을 하면서 살아오지는 않았지만, 나쁜 짓도 한 적은 없다.

배경 이야기가 나왔으니 말이지, 어떤 인물을 좋은 쪽이든 나쁜 쪽이든 돋보이게 하려면, 주변인들을 포석布石하는 방법이 중요하다. 『춘향전春香傳』에서 변학도卞學徒의 역할은 탐관오리이지만, 실상 그 어떤 『춘향전』을 뒤적여본다 하여도 그의 악행이 구체적으로 묘사되어 생생하게 전달되지 않는다. 그의 악행은 주로 이몽룡의 귀를 통하여 우리들에게 전달될 뿐이다. 변학도가 악한 것은 이몽룡과 춘향의 사랑이 순조롭게 흘러가지 못하도록 가로막는 장애물이기 때문이다. 아름다운 사랑을 방해하는 권력이기 때문이다. 권력은 사랑을 살 수 없다. 사랑을 가로막지 못한다. 그래서 그는 권력의 지배를 받는 민중들에게 분노의 대상으로 자리잡게 된다. 무협 영화에서 악역을 더욱 악역이게 하는 것은, 어찌 보면 참으로 어리석을지도 모르는 착한 주인공들에게 있다. 그들이 약하면 약할수록 악한은 더욱 강한 악한으로 보이기 때문이다. 배경이 어떠한가에 따라서 달라질 수 있는 이 역할이 연극의 무대나 소설의 장場에서만 펼쳐지는 허구라면 얼마나 좋을 것인가.

우리들에게는 삶에 있어서 주어진 어떠한 역할이 있다. 나는 나의 삶에서, 내가 살아가는 사회에서 내 역할을 짐작하고 있겠지만 그것이 얼마나 정확한 답인지는 사실 잘 모르겠다. 직장에서 내 위치나 역할이 아니라, 삶에서의 내 위치나 역할이 어떠한지 말이다.

히데요시의 역할은 임진년 조선 출병으로 인한 전쟁의 주범이다. 그러나 그 덕에 일본의 바쿠후는 이에야스에게 넘어갔고, 중국은 명에서 청으로 왕조가 전환되는 국면을 맞는다. 거시적인 안목에서 역사의 전개 과정을 들여다본다면, 히데요시는 일본을 보다 근대적인 사회로 바꾸어놓는 징검다리 역할도 지닌다. 우리의 입장에서 보면, 히데요시의 야욕으로 이 땅은 무참하게 짓밟히고 파괴되었지만, 그 반면에 우리도 한층 근대 사회를 향하여 한 걸음씩 다가서고 있었다고 볼 수 있겠다. 지금 내 삶이 힘겹고 비천해 보일지라도 세월이 흐른 뒤 뒤돌아보면 그것이 아름다운 내 삶을 위한 자양분이며, 또는 오히려 혹독한 시련의 한 모습으로 인내와 절제라는 미덕을 길러주기 위한 장치일지도 모르겠다.

그렇다면 지금 확연하게 규정될 수 있는 것은 없겠다. 그래도 정확한 해답을 얻으려고 애 쓰는 것을 보면 마음이란 참으로 이상한 것이다. 어쩌면 우리는 스스로에게 끊임없이 던지는 '나는 누구인가?'라는 질문으로부터 영원히 해방될 수 없을 것이다.

그래서 다시 처음으로 돌아가, 던져보는 질문.

─나는 누구인가?
─나의 실체는 무엇인가?

―나의 진심은, 진실은 도대체 무엇일까, 어디에 있을까?

참으로, 참으로 어려운 일이다. 그런데 나는 그를 또는 그녀를 어떻게 알
수 있을까?

그래서,
누군가가 묻는다면,
당신이 누구냐고 누군가가 묻는다면
나는 모른다고 대답하겠다.
그를 아느냐고 묻는다면 모른다고 대답하겠다.
그녀를 아느냐고 묻는다면 모른다고 대답하겠다.
내가 누구인지도 모르는데 어떻게 알겠냐고 그렇게 따지듯이 대답하겠다.

그리고 온밤을 숨죽이고 있거나, 또는 쥐어뜯다가 아니면 뒹굴다가 가까스
로 대답하겠다. 나는 내가 누구인지는 잘 모르지만, 그래도 그는 잘 알고 있
다고, 그녀도 잘 알고 있다고. 그런데 한 가지로 이야기할 수는 없다고, 그래
서 하나만 이야기하는 것은 그의 또는 그녀의 참모습이 아닐 수 있겠다고.
아니다. 나는 정말이지 잘 모른다고 대답하겠다. 사실 하나씩 하나씩 따져
가며 살펴보면, 잘 안다고는 말할 수 없다. 그렇다고 정말이지 모른다고 말할
수도 없는 일이다. 아는 만큼은 알고 있으니까. 그런데 그것이 '안다'라고 말
하기는 진실로 어려우니….

누가 물으면

모른다고 대답하겠다

오랫동안 생각해왔지만

이제는 모른다고 말하겠다

새벽에 일어나 오줌을 눌 때부터

한밤중 잠자리에 들어갈 때까지

때로는 자다가 깨어서도

언제나 생각해왔다

…

그러나 이제 누가 물으면

그를 모른다고 대답하겠다

…

누가 물으면 태연하게

그를 모른다고 대답하겠다

아직도 오랫동안 생각나겠지만

나는 그를 모른다고 말하겠다

　　　　　　　　－김광규, 「나는 그를 모른다」에서

나는 모르겠다. 정말이지, 내가 누군지. 내가 무엇을 생각하고 있는지. 무엇을 하고 있는지.

　　　　　　　　　　　　　　　　　　2002. 2

영종도 인천공항에서 마추피추를 생각합니다
__그리운 이름에게

간간이 빗방울을 느낍니다. 온몸을 드러낸 채 망연해 있는 서해안 갯벌을 차창으로 바라보며, 흐린 섬 끝으로 펼쳐진 영종대교를 건너 공항에 도착했습니다. 한 시간 반 동안 저는 일행을 기다려야 합니다. 비행기를 타기 위해서 또는 비행기를 타고 오는 누군가를 마중하기 위해 온 것은 아닙니다. 일행을 만나기에 가장 적합한 곳이 여기 인천공항이었던 게지요.

공항 구내 여기저기를 다니다가 3층의 식당 창가에 자리잡았습니다. 비행기를 타기 위한 통로가 길게 뻗어 있고, 보이지는 않지만 비행기들이 열심히 가라앉고 떠오르고 할 것입니다. 사업차 또는 세미나 참석차 출국하고 싶어집니다. 아니래도 지중해나 아니면 안데스 자락이라도 한번 돌아보는 여행객

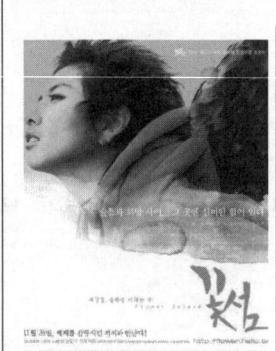

| 꽃섬 |

Flower Island
한국/2001
감독 : 송일곤
출연 : 서주희, 임유진, 김혜나, 손병호, 최지연

이었으면 싶었습니다.

안데스 자락이라니요, 지중해야 꼭 가봐야지 벼르는 곳이니 당연하겠지만, 안데스 자락이라니요. 아, 이틀 전에 이성형의 『배를 타고 아바나를 떠날 때』를 완독하였습니다. 쿠바와 페루, 칠레 그리고 멕시코에 관한 범상치 않은 여행기입니다. 거기서 마추피추 산정의 때깔 고운 사진을 접하곤 마음이 설렌 것은 까닭 모를 일이었습니다. 제 관심의 영역이 고대 제의祭儀와 신화의 세계인 까닭도 있겠지만, '마추피추' 라는 이름의 울림은 마음속에 늘 강렬한 파장을 남기곤 합니다. 『언어와 술꾼들의 대화』라는 파블로 네루다의 시집에 소개된 '마추피추 산정' 1장과 12장을 읽었을 때의 감동이 남아 있습니다. 그의 『마추피추 산정에서』라는 시집을 읽을 날을 기다리고 있습니다. 가장 평범한 사람들의 삶이 노래로 담겨 있기 때문입니다.

피사로의 학살을 피해서 쿠스코에서 비르카밤바라는 곳으로 사라졌다는 잉카인들, 비르카밤바는 '황금의 도시' 라고 유럽인들에게 각인되었다지요. 비르카밤바가 마추피추가 아닐까 짐작한다지만, 제게는 비르카밤바와 마추피추가 같은 곳이든 다른 곳이든 상관없습니다. 그 높은 산정까지 피신할 수밖에 없었던 잉카인들의 절박한 심정이 더 느껴지니까요. 그곳은 하늘하고 바짝 닿아 있는 곳입니다. 신에게 가장 가까이 다가설 수 있는 곳, 황금에 눈 먼 권력에 의해서 무참히 짓밟히고 살상당하며 남은 몇 목숨들이 마지막으로 갈 수밖에 없었던 곳, 지상의 끝입니다. 문득 이육사의 「절정絕頂」의 한 구절, '하늘도 그만 지쳐 끝난 고원 / 서릿발 칼날 진 그 위에 서다' 가 생각납니다.

시인은 눈 감고 '강철로 된 무지개'를 생각하지요. 잉카인들도 날개를 활짝 편 콘돌처럼 비상하여 안데스 꼭대기 신의 품속에 안길 수 있기를 소망하였을 겁니다.

새처럼 자유롭게 비상해서 말입니다. 지금 저 역시 비행기라는 또 다른 새를 타고 비상하고 싶어합니다. 많은 사람들이 공항 로비에서 서성이고 있습니다. 저는 그들이 부럽습니다. 비상하는 기체機體에 몸을 묻고 다른 세계로 갈 수 있으니 말입니다. 저는 잠시 뒤 아래층으로 내려가야 합니다. 그리고 오늘 밤 늦게라도 이 섬에서 빠져나와 뭍으로 가야 합니다.

이렇게 적고 보니 저는 지금 섬에 있습니다. 사방이 꽉 막혀 고립된 공간, 닫힌 공간. 섬은 그 자체로 모든 곳과 절연絶緣된 곳입니다. 그러면서 섬은 동서남북 그 어느 곳이라도 마음껏 열려 있는 곳이기도 합니다. 폐쇄되었으면서도 동시에 개방된 곳, 절연되었으면서도 동시에 결연結緣되어 있는 곳. 영종도는 섬이면서 동시에 뭍입니다. 다리가 놓여 있다는 것은 가시적인 현상일 뿐입니다. 여기에는 하늘로 비상하는 비행기들이 있습니다. 마추피추도 지상의 끝이지만 천상이 시작되는, 끝점이며 시작점입니다.

대학교 4학년 때인가, 저는 「섬」이라는 아주 짧은 소설을 쓴 적이 있습니다. 아마 섬은 제게 막힌 출구를 열어주는 공간이고, 지친 영혼에 생기를 불러주는 공간이었을 것입니다. 바다와 섬의 합일 ─ 섬은 생명의 씨앗이요, 바다는 그 씨앗을 담고 있는 땅으로 생각했던 것 같습니다. 생명을 잉태하는 여인으로서의 바다, 그 바다 한가운데 우뚝 선 섬은 바다가 토해낸 생명의 씨앗이었겠지요. 섬에서는 모든 고통이 치유되고 모든 절망이 잠들어, 그래서 새로운 생명을 얻을 수 있겠다고 생각하곤 한동안 섬 여행을 계획했습니다. 결국 머릿속에서 생각으로만 남다가 사라졌지만….

섬이 하나 생각납니다. 꽃처럼 아름다운 섬입니다. 〈꽃섬〉. 송일곤의 〈꽃섬〉(2001)은 옥남(서주희)과 유진(임유진)과 혜나(김혜나), 세 여자의 섬 – 낙원 또는 낙원으로 가는 길 찾기입니다. 옥남이 찾아가는 '꽃섬'은 모든 슬픔과 고통을 잊게 해준다는 곳입니다. 혜나는 엄마가 있다는 '남해'로 가려 합니다. 남해는 혜나가 비로소 편히 쉴 수 있는 곳입니다. 유진이 꿈꾸는 곳은…, 아, 그렇군요, 유진은 마추피추를 꿈꿉니다.

영화의 처음에 유진은 이런 말을 합니다. "제가 언젠가 마추피추라는 페루의 고대 도시를 여행한 적이 있어요. 잉카제국 귀족들이 … 피신하기 위해 만든 곳이에요. 높은 산 정상에 돌로 만들어진 공중도시. 너무나 아름다워요. … 어떤 영적인 힘도 흐르고." 그리고 유진은 "나에게 아름다운 목소리를 주신다면 상처받은 영혼들을 위해서 노래하겠다"고 기도합니다.

유진은 뮤지컬 가수입니다. 그녀는 더 이상 노래할 수 없습니다. 노래만이 삶의 전부인, 그녀는 노래하고 싶어하지만 이루어질 수 없습니다. 그녀는 마추피추 산정 – 꽃섬에서 삶을 마칩니다. 혜나는 엄마를 찾지 못하지만, 혜나는 엄마의 또 다른 분신입니다. 제 몸속의 생명을 죽이고는 초록빛 날개를 다는 자신의 모습을 꿈꿉니다. 꽃섬에 다녀온 후 혜나는 자기의 세상을 자유롭게 날 수 있을 것입니다. 캠코더는 혜나가 자신의 세상을 아름답게 들여다볼 수 있는 매개체입니다. 물론 옥남에게 꽃섬은 옥남이 새롭게 출발할 수 있도록 만들어준 섬이지요.

꽃이 이슬과 바람과 비를 빚어내어 활짝 피어오르듯, 꽃섬 또한 슬픔과 고통과 절망을 하나로 녹여 새 삶을 빚어내는 섬입니다. 꽃처럼 아름답고 환한 삶은, 그녀들이 이런저런 길을 걸으며, 길의 끝에서 비로소 본 것이지요. 그 삶은 길을 걸어가는 과정에서 발견한 것입니다.

그런 점에서 꽃섬은 실재하는 곳이기보다는 마음속에 내재한 곳이라는 점에서, 인류가 마음속에 담아온 낙원과 크게 다르지 않을 것입니다. 피사로의 엘 도라도 – 비르카밤바는 그 누구도 찾지 못하고 전설의 도시가 되었습니다. 마추피추 산정에 남아 있는 고대 유적의 흔적은 고통에서 벗어나 신을 찾는 이들의 소망이었지요. 무릉武陵 어부의 복사꽃 핀 동산도, 에덴 동산도 다시 돌아갈 수 없는 곳이고 보면 그것은 모두 마음속에 내재한 공간일 터이지요. 그 어디에도 없으면서 그 어느 곳에 반드시 존재한다는 낙원에 대한 희망은, 결코 그런 곳이 없다는 확신이 강하면 강할수록 더욱 강렬하게 마음속에 남지요.

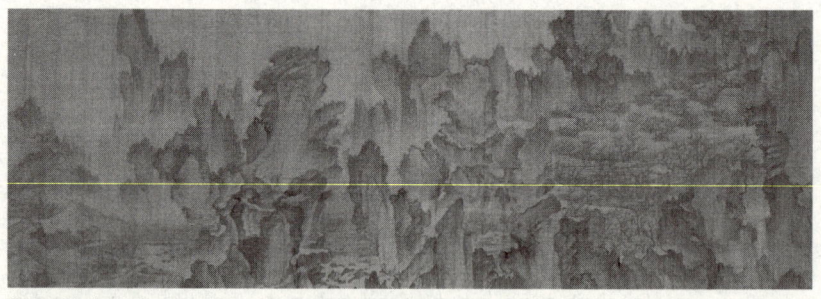

〈몽유도원도〉, 안견

조금 전 바다 위에 떠 있던 작업선作業船을 보니, 문득 황석영의 「삼포 가는 길」이 생각납니다. 흰 눈발을 맞으며 무료하게 갈곳 몰라 하던 영달이 장씨와 백화를 만나 작반하고 길을 떠나지만, 결국 그 어디에도 정착하지 못하고 흰 눈발 속에 다시 길을 떠났지요. 산업화와 더불어 삶의 바탕마저 잃어버린 떠도는 영혼들에 대한 관찰이 너무나도 예리해서 지금도 선명하게 새겨진 글입니다.

영달과 장씨의 만남은 검은색과 흰색으로 시작합니다. 겨울 그리고 날이 밝지 않은 새벽이었지요. 장씨가 고향을 잃고 발길을 돌리며 떠날 때는 눈발 날리는 어둔 밤입니다. 새벽, 겨울 새벽은 그들에게 새로운 삶을 열어줄 수 있겠지만, 여전히 얼어붙어 있습니다. 백화와 영달은 즐거운 시간을 보내지만, 그것은 하얀 눈밭 속에서 그려지지요. 그들은 가장 순수한 모습으로 마주하지만, 결국 '하얀' 공간은 아무것도 존재하지 않는 공간입니다. 아무것도 존재하지 않는 캄캄한 절망이라는 점에서 하얀 눈과 어두운 밤은 같게 이해됩니다. 백화에게는 점례라는 이름으로 돌아갈 고향이 있지만, 영달과 장씨에게는 고향이 없습니다. 그들의 마음속에는 자신을 안착시킬 단 한 평의 공간도 존재하지 않습니다.

어쩌면 백화는 영원한 모성상母性象일지도 모릅니다. 돌아갈 고향, 흙 냄새를 물씬 일게 하는 고향, 세상 밖으로 걸어나오게 만들어준 고향. 그래서 고향은 흙이며 땅입니다. 땅은 대체로 '어머니'라는 문화적 기호로 해석되지요. 어머니의 품에서 나와 홀로서기를 하면서, 우리 인간은 가혹한 시련과 고통을 처절하게 이겨내는 싸움을 하지 않으면 아니 되었지요. 꿈을 찾아, 길을 찾아 떠나는 수많은 탐색담探索譚 또는 여행 이야기들은 어머니의 품으로 되돌아가려는 우리들의 몸부림입니다. 떠나온 길을 찾기 쉽지 않은 것은 그만큼 우리들이 걸어온 길의 길이가 만만치 않을 정도로 길고 구불구불하기 때문입니다. 길이 길고 구불구불하면 할수록, 우리들의 고향 - 안식처에 대한 기대도 그만큼 커지게 마련이지요. 저도 그 '기대' 라는 집을 열심히 짓고 삽니다.

공항에 들어오기 전, 가까이 그리고 멀리 새로운 도시가 형성되고 있는 모습을 보았습니다. 저는 이 영종도가, 장씨와 영달이 발길을 돌린 삼포가 되지 않았으면 합니다. 수많은 포크레인과 불도저들이, 벽돌과 철근 뭉치들이, 평당 몇백만 원에서 천 몇백만 원을 호가하는 수치들이, 이를테면 피사로와 그의 군대들이 치달려와 새로이 재건한 쿠스코가 아니었으면 합니다. 모든 아픔을 삭이고 다시 빚어서는 꽃처럼 활짝 삶을 피울 수 있는 '꽃섬' 이었으면 합니다.

일행들이 도착한 모양입니다. 휴대폰이 울리고 있습니다.

추신 : 영종도에 대한 제 마지막 바람은 '꿈' 이었습니다. 이미 피사로의 군대가 질주해 있고, 또 다른 황금의 추종자들이 밀집해 있습니다. 택시를 타고 시가지를 달리며 새로이 형성되는 도시를 보았습니다. 무질서하게 급조되는, 전형적인 우리나라 도심지의 틀을 여기서도 봅니다. 피사로와 그의 군대는 아직도 살아 있습니다. 질풍疾風처럼 질주疾走하고 있습니다. 언젠가 이곳 사람들도 마음속에 마추피추를 짓게 될 터입니다.

2002. 5

허물어서 소통할 수 있다면, 다시 영종도에서

── 동행한 이에게

오후로 접어들자 빗방울이 제법 굵어졌습니다. 흩뿌리는 빗방울 사이로 영종도를 바라봅니다. 쓸쓸해지고 있습니다. 이곳 사람들과 견해 차이는 있겠지만, 철근과 콘크리트가 버무려져 올라가는 건물들은, 그 건물들이 밀집하는 도시는 적어도 정겨운 삶의 터전은 아니라고 생각합니다. 벽촌僻村이라도 '사람' 이 사는 곳이 많아야 한다고 생각합니다. '사람' 이 사는 곳이라야 '말(言)' 과 '정情' 이 존재하기 때문입니다. '아파트' 와 블록으로 구획된 도시에는 '말' 과 '정' 이 없습니다. 두어 시간 전, 택시 기사와 정답게 인사하던 농부들에게서, 아직 영종도에 남아 있는 풋풋한 정을 보았습니다. 그러나 다른 신개발 지역처럼 이곳도 '타운town' 이 되면 어느 틈엔가 사라지게 될 것입니다.

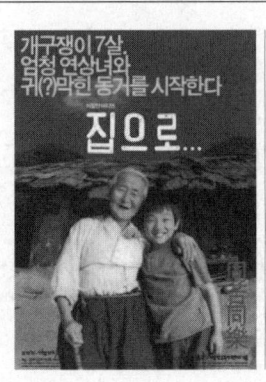

| 집으로… |

The Way Home
한국/2002
감독 : 이정향
출연 : 김을분, 유승호, 동효희, 민경훈, 임은경

이제는 '타운'도 '시티city'도 숨길을, 말길을 열어놓는 시대였으면 합니다.

　다시 공항에 도착했습니다. 우리는 저마다 갈곳이 다르므로 여기서 헤어집니다. 떠나는 버스의 뒷모습을 바라보지 않습니다. 오래 전 한 사람을 차에 태워보내던 날들이 떠올랐기 때문입니다. 잊혀지지 않고 남아 있는 기억입니다. 우리 사람들에게 '망각'처럼 소중하고 고마운 것도 없을 것입니다. 온전하게 자신의 삶을 살아갈 수 있게 만들어주는 것이니까요. 그렇지 않다면 한없이 침몰하거나 한없이 부풀어올라서는 삶의 파국에 이를 테지요. '망각'은 문자를 만들어, 기록하게 되고, 기록은 과거를 바탕으로 현재라는 문명과 문화를 만들어내고, 이제 미래는 청사진으로 제시되고 있으니까요. 그러나 잊혀지지 않는 기억들이 여전히 존재합니다.

　제게 그 기억들은 지난 삶과의 대화입니다. 추억에 묻히는 때가 나이가 들어가는 때라고들 말하지요. 어쩌면 미래에 대한 희망의 소멸, 다시 말하면 인생의 시듦을 빗대어 표현한 말이겠지만, 적어도 제게 그 대화는 자꾸만 야위고 지쳐가는 제 삶을 다시 활기차게 소생시키는 치유임을 부인할 수 없습니다. 그러나 그것은 어떠한 경우에라도 혼자만의 대화 – 독백이요, 존재와 존재 사이의 소통은 아닙니다. 독백은 항상 독선과 독단으로 갈 수 있는 치명적 요소를 내포하고 있습니다. 존재간 소통의 부재. 결국 새로운 도시로 탈바꿈하는 영종도와 황금의 추종자들이 눈에 많이 띄는 공항에서 저는 또다시 존재와 존재를 연결시켜주는 소통의 부재를 안타까워하고 있습니다. 어쩌면 소통이 존재한다 하더라도 그것은 띄엄띄엄 놓여 있는 징검다리일 것입니다.

버스가 떠난 자국을 보고는 다시 오전에 서성이던 3층 로비에 자리합니다. 승차 시간은 아직 많이 남아 있습니다. 비가 제법 오는가 싶습니다. 마중나온 사람들이 눈에 띕니다. 외국인을 맞이하려는 모양입니다. 종이 위에 무언가를 써서는 높이 쳐든 이들도 있습니다.

언어가 통하지 않아 관광이 불편하다는 나라, 그래서 외국인 관광객들을 위해서 '웃는 얼굴'로 '친절하게' '영어로 안내' 해주는 것이 월드컵 체전을 치르는 성숙한 국민의 됨됨이라고 계몽하는 나라, 저는 그 나라의 국민임을 오늘 이 공항에서 체험하고 있습니다. 관광객을 위해 존재하는 국민이요, 나라라는 것은 제게는 자존심이 허락하질 않습니다. 아직 저는 살아가는 이들이 놀러 다니는 이들보다 우선해야 한다고 생각합니다. 살아가는 이들의 모습을 보고 그들의 문화와 역사를 이해해서, 같은 점과 차이점을 분명히 인식했을 때, 그래서 저마다의 존재를 '진정으로 인정' 했을 때 비로소 인류의 영원한 이상인 '평등'과 '자유'와 '평화'는 존재하게 되고 지속될 것입니다. 그때 비로소 '지구촌'이라는 이름도 그 값어치를 하게 될 것이구요.

그러나 우리는 '관광객'을 위해서 존재하는 국민이라는 생각이 듭니다. 이 땅은 삶터라기보다는 놀이터 같습니다. '관광객'을 위한 외국어는 '놀이 공간'을 위한 영역만 지닐 뿐, 그 나라의 언어가 지니는 깊이와 넓이는 끝내 모를 것입니다. 깊이와 넓이를 모르는 한, 우리에게 그들의 문화나 역사는 영원히 낯선 이방의 풍물일 뿐이요, 환상의 세계로서 동경憧憬을 벗어나지 못할 것입니다. 아니, 이것은 어쩌면 옹졸하기 이를 데 없는 제 '기우杞憂'이겠습니다.

그렇게 넉넉한 옷자락으로 우리 스스로를 허물어서라도, 진정으로 외국인들 그리고 외국의 여러 나라들과 소통할 수 있다면, 깊이와 넓이를 가지고 소통할 수 있다면 더할 나위 없겠습니다. 그래서 우리나라가 '세계 속의 한국'이 아니라 '세계의 하나인 한국' 이었으면 더욱 좋겠습니다.

문득, 외국에서 온 이가 제게 물어라도 오면 어쩌나 걱정이 입니다. 주위의 모든 사람들의 옷차림새와 여장과 또는 이러저러한 행동들을 보니, 외국쯤은 문지방 정도로 생각하는 듯싶습니다. 저는 여기서 '섬' 입니다. '섬' 속의 '섬'. 사실 따지고 보면 외국인들과 소통의 문제가 우선될 것이 아닙니다. 우리들끼리도 서로 소통되지 않는 개별적인 '섬' 들이니까요.

조금 전에 차 안에서, 저는 당신에게 '섬' 으로서의 제 존재를 이야기했습니다. 당신 또한 소통의 장애에 대해 이야기했구요. 매일같이 얼굴 마주하고 같은 길을 걸어가면서도, 우리는 참으로 소통의 원활하지 않음에 대해 힘겨워합니다. 자신은 드러내지 않으면서 남의 속내는 꿰뚫지 못하여 안달하기도 합니다. 믿고 간과 쓸개를 보여주면, 어느새 냉큼 뒤집어놓고는 의기양양하게 도끼자루를 들고 있는 이들도 있습니다. 앞에서는 웃음 짓지만 뒤에 감추어진 음험함을 측량할 길이 없기도 합니다. 정글입니다. 정글의 법칙 - 약육강식, 적자생존의 법칙이 처절한 곳에서 우리는 싸우고 있습니다. 뒤돌아보고 곁을 보면 맹수들과 독충毒蟲과 독초毒草와 늪지가 감추어진 밀림의 한가운데서 우리는 생활합니다. 도시는 밀림입니다.

그 밀림에서 사람들은 저마다 '섬' 입니다. 고립되어 있는 '섬' 들입니다. '섬' 을 하나로 연결시키는 '망網' - 이메일, 휴대폰 등 - 은 광범위하게 덧놓여 있습니다. 수많은 연결고리로 이어져 있는 '망' 들 사이에서 스스로가

'섬'이 아니기를 갈망하는 목소리들이 드높습니다. 그 목소리들이 밀림 곳곳에 숨어 있는 맹수와 독충과 독소와 늪지들에 대한 판단을 덮어버립니다. 버스를 타면 목적지까지 이르는 동안 그 목소리들을 들어야 합니다. 일상의 자잘한 이야기에서부터 낯뜨거운 이야기, 욕설과 상말로 범벅이 된 이야기, 사업 이야기 등등, '나'와 아무 관련이 없는 이야기들을 줄기차게 들어야 합니다. 일종의 자기과시일 듯도 싶고, 고독에서 벗어나려는 몸부림이지 싶기도 합니다. 짜증이 날 정도로 '남'에게 '나'의 존재를 알리는 — 스스로가 고립된 존재가 아님을 확인시키는 이런 의식儀式 속에 저도 사실은 똑같은 모습으로 존재하고 있습니다.

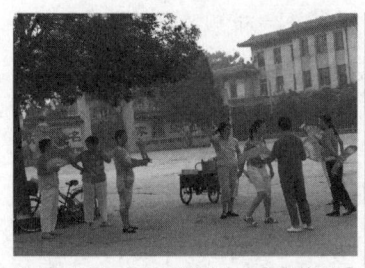
즐거운 소통— 중국 카이펑의 공원에서(부채춤 연습을 하려는 중국 여인들). ©김충수

언어가 존재하는데도 언어가 통하지 않는 시대에 우리는 살고 있습니다. '통通'한다는 것은 '흐른다(流)'는 말과 같습니다. 흐르지 못하는 것, '불통不通'인 것. '불통'이라는 말 앞에 '고집固執'이라는 말을 붙여봅니다. '아집我執'이 강하여 소통을 차단시키는 행위를 '고집불통'이라고 한다면 틀린 말일까요. 잠시 그 아집이 어디에서 오는가 생각해봅니다. 치우침은 독단과 독선에서 오는 것이라고 배웠습니다. 독단과 독선은 결국 소통이 없는 곳에서 생기는 것이고 보면, 역시 사람과 사람 사이의 문제로 되돌아옵니다. 이렇게 이야기하는 저는 사실 '고집불통'입니다.

독단과 독선이 의식을 지배하면, 사실에 대한 냉철한 관찰이나 인식은 불

가능해집니다. 사실에 대해 진지해지려는 노력보다는 피상적인 관찰에 집착해서는 그것이 '진실'이라고 규정해버립니다. 그리고 그 '진실'에 대해 반하는 어떠한 논리나 행위도 '거짓'이라고 규정하지요. 한 사람의 내면을 들여다보는 일도, 그래서 그 사람과 소통할 수 있는 일도 어려울 수밖에 없겠지요. 그것은 어쩌면 지나친 욕망 탓일지도 모릅니다. 사람과 사람 사이에서 이루어지는 이러한 '불통'은 어느 한쪽만의 문제가 아니라고 생각합니다. 아, 속단했습니다. 저는 참으로 충돌이 많습니다. 소통의 부재, 소통의 차단, 이른바 절연된 공간에서 저는 생활하고 있습니다. 제가 당신에게 '섬'이라는 존재로 저를 내비쳤을 때의 의미는 이런 것이었습니다.

저는 욕망이 강합니다. 모든 것을 비우고 접었다는 제 말은, 그만큼 욕망의 덩어리가 강하게 가슴을 짓누르고 있다는 말의 다른 표현인 셈입니다. 이렇게 말하고 보니 저는 '모순' 그 자체입니다. 차 안에서 당신에게 이육사의 「광야曠野」의 한 구절, '…내 여기 가난한 노래의 씨앗을 뿌려라. // 다시 천고千古의 뒤에 / 백마 타고 오는 초인超人이 있어…'를 넌짓 이야기했습니다. 그에게는 낭만적인 젊은 시절이 없었다구요. 그가 그렇게 자신의 젊음을 모두 바쳐 조국을 위해 기꺼이 죽을 수 있었던 것은, 「광야」의 한 구절처럼, 보잘것없이 보이지만 미래를 위한 한 알의 씨앗으로만 자리잡겠다는 그 정신에 있었다구요. 우리는 언제나 한 알의 씨앗으로만 자리잡는 것을 매우 부족해한다구요. 줄기가 되고 잎이 되고 열매가 되는 몫은 다음 세대의 몫이지, 우리가 줄기부터 열매까지 모두 이루기에는 너무나도 벅차다구요. 우리는 스스로 씨앗과 줄기와 잎새와 열매의 역할까지 다하려 든다구요. 씨앗이 되는 것은 사실 단순한 일이 아니지 않습니까. 튼실한 나무가 되어 알찬 열매를 맺으려면 올곧고 단단한 씨앗이 되어야겠지요. 싹을 내밀기 전에 열매까지 생각하는 씨앗은 속이 꽉 찬 씨앗이 될 수 없습니다. 바람만 가득 든 씨앗이기 십상이지요. 스스로가 처음부터 끝까지 완벽한 존재로 남기를 갈망하는 이들의 허망한 모습을 우리는 매일 매스컴을 통해서 보고 있습니다. 한동안 저도 하루아침에 모든 것을 이루려는 집착에서 벗어나지 못했습니다. 늘 비워낸다고 하지만, 아직 강한 욕망에 휘둘리고 있습니다. 늘 비워낸다는 말은 아직도 담겨 있는 것이 많다는 이야기겠지요. 사실 '씨앗'에 관한 말은 당신에게 한 말이 아니라, 제 자신을 질책하는 말이었습니다.

소통疏通 - 커뮤니케이션communication이라는 것은, 욕망을 덜어내는 것 그리고 진실을 바로 보는 것, 대상을 넓고 깊게 살피는 것, 그러한 과정에서 이루어지는 것이 아닐까 합니다.

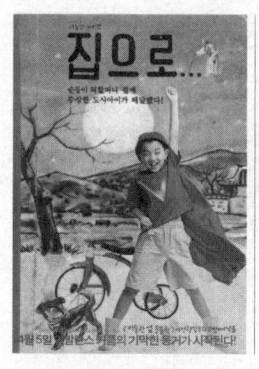

이정향의 〈집으로…〉(2002)가 떠오릅니다. 세간의 관심이 어떻든지 저는 거기서 하나의 소통이 원활하게 이루어지기 위하여 거쳐야 하는 인내의 많은 단계들을 보았습니다. 외할머니(김을분)와 상우(유승호) 사이의 소통 열기의 단계들.

끊임없이 말을 하는 손자와 말을 할 수 없어 침묵하는 할머니. 〈집으로…〉에서 말은 군더더기일 뿐입니다. 말은 집요한 욕망을 나타내는 상징기호입니다. 그것은 우리 시대 '도시'가 지니는, 이른바 '말'과 '정'이 존재하지 않는 욕망으로 가득 찬 공간의 형상화입니다. 그런 점에서 할머니의 집은 '서발 막대 거칠 것 없'기에 오히려 모든 것을 담을 수 있습니다. 침묵하는 할머니는 그래서 모든 것을 감싸안을 수 있습니다. '말'이 흐르지 않음으로써 '말'이 흐르는 그 기묘한 역설을 저는 〈집으로…〉에서 보았습니다.

모든 것을 양보하고 묵묵히 감내하고 포용하면서 결국 손자와 소통하게 되는 할머니, 마침내 할머니의 가슴속에 담겨지는 손자의 이야기, 〈집으로…〉는 한 편의 동화童話입니다. 동화는 포근하고 아름답습니다. 이정향의 동화는 군더더기 없고 맑아서 가슴속에 파장을 일으켜 눈물짓게 합니다. 우리 시대는 동화가 사라진 시대입니다. 할머니 또는 어머니의 무릎을 베고 동화를 듣던 시대에는 그래도 지금보다는 소통이 원활했다고 생각합니다. 그때에는 '정'으로 묶인 '말'이 존재했지만, 이제 우리들은 그것을 잃고 고통스러워합니다.

할머니처럼 허물어서, 낮추어서, 감싸안으면서 소통할 수 있다면 좋겠습니다. 그러나 저는, 저를 허무는 방법을 모릅니다. 낮추는 방법도 모릅니다. 감싸안는 방법도 모릅니다. 아니, 다치고 싶지 않습니다. 아집일까요. 독선일까요. 할머니의 느릿느릿한 걸음은 손자의 도발적인 발길과 질풍 같은 걸음을 감싸안습니다. 소용돌이의 중심에서는 회전속도를 측량할 길 없지만, 그 소용돌이의 바깥에서는 맴돌이를 느낄 수 없을 정도의 느슨함이 있습니다.

어둡습니다. 이제 저도 '집으로' 가야 합니다.

2002. 5

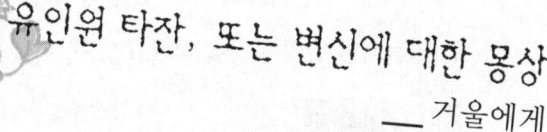

유인원 타잔, 또는 변신에 대한 몽상
── 거울에게

추억으로 되돌아가는 여행이라고 생각하면서 아이들과 극장 나들이를 했겠지. 샘 레이미의 〈스파이더맨〉(Spider-Man, 2002)은 타잔이었네. 월트디즈니에서 만든 애니메이션 〈타잔〉(Tarzan, 1999)은 눈을 현란하게 했지. 타잔이 나무와 나무를 옮겨 다니는 장면에서는 아찔한 속도감을 느끼지 않았겠나. 이것이 정말 애니메이션인가 하는 생각이 들 정도로, 마치 내가 타잔이 되어 나무를 타고 있는 듯하였지.

버로우즈Edgar Rice Burroughs(1875~1950)였던가, '타잔'의 이야기를 쓴 이 말일세. 『유인원 타잔Tarzan of the Apes』(1914)이 첫 작품이지, 아마. 이후 몇

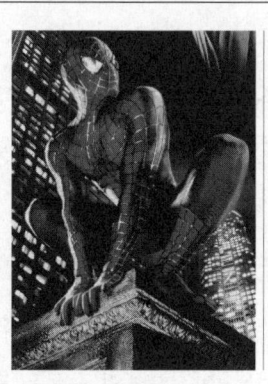

| 스파이더맨 |

Spider-Man
미국/2002
감독 : 샘 레이미
출연 : 토비 맥과이어, 윌렘 대포, 커스틴 던스트, 클리프 로
버트슨, 로즈마리 해리스, J.K. 시몬스

권이 계속 나온 것으로 알고 있는데, 오랜 시간 동안 영화로 TV드라마로 거듭 만들어져 방대한 양을 지니고 있지.

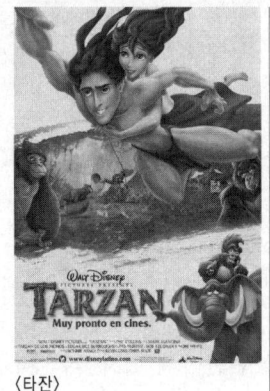
〈타잔〉

가성假聲(falsetto)인 듯싶은 소리를 지르며 덩굴에 매달려 나무와 나무 사이로 옮겨 다니는 타잔은 어린 시절의 우리들에게는 영웅 그 자체가 아니었던가. 지금 우리 아이들에게도 마찬가지일 게야. 적어도 어린 시절 내게는, 타잔이 곧 아프리카였고, 아프리카는 늘 타잔이었네. 밀림에서 뭇 동물 위에 군림하는 타잔은 낭만적 꿈이 되어서는 강렬한 집착으로 자리잡았지. 어쩌면 여전히 내 의식을 지배하고 있는 것이 아닌가 싶네. 제법 얼굴에 터럭이 돋을 즈음에는 타잔의 연인 제인을 그리기도 하질 않았겠나. 가로질릴 것 없는 타잔과 제인의 삶, 순수한 또는 본연의 그 원시적 삶은, 어쩌면 지독하게 꿈틀거리는 에로티시즘의 은유(metaphor)였을 터.

모를 일일세. 언제나 원시란 낱말은 농염한 빛깔로 가슴을 적시니 말이야. '원시'를 떠올리거나 이야기할라치면 왠지 호흡이 잘 골라지지 않고 손끝이 미세하게 떨려온단 말일세. 그제는 제인 없는 타잔은 타잔이 아닌 듯싶지. 내밀하게 숨어 있어서 아직 도덕이라는 이름으로 익혀지지 않은, 원초적인 본능을 밀림을 빌려 이야기하는 것은 아닐까.

밀림은 너무나 깊어서 벌목도伐木刀로도 헤치기 힘들지. 깊숙한 늪을 지닌 열대림의 숲 한가운데에서 뒹구는 삶은, 어쩌면 낙원에서 추방되기 이전의 삶일 게야. 이성理性이라는 잣대로 마름질할 수 없는, 야수野獸의 속성을 고스란히 간직한 삶. 온갖 도덕과 법제의 틀에 얽매여 살아가는 현대인들의 동경일 터이지. 끊임없이 벗어나고 싶어하는, 영원한 자유를 꿈꾸는….

오늘날과 같은 인간의 삶이 '불의 발견'에서 이루어졌다고 보면, '불에 익힌' 또는 '불에 익혀진', 곧 정제되고 단련된 문화를 '문명文明'이라고 부를 수 있겠네. 다분히 서구적 논리이겠지만, 그 '문명'은 항상 '이성'을 동반하지. 그렇다면 '야생野生'이라는 것은 그 반대편에 놓여진 것들일 테니, '문명'으로부터 탈출하고 싶어하는 현대인의 욕망은, 이성적 사고와 거리가 먼 원시적 생명체를 통해 형상화되고 싶어지는 것은 아닐까.

그런 관점에서 본다면 타잔의 아프리카는 날것일세. 불에 익히지 않은. 날것의 비릿한 내음은 이따금 묘한 파동을 불러오네. 아직 가공되지 않아서 투박하기 이를 데 없지만, 그래서 오래도록 바라보면 더욱 사랑스러워지는 그

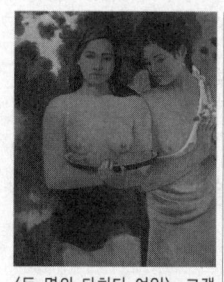

〈두 명의 타히티 여인〉, 고갱

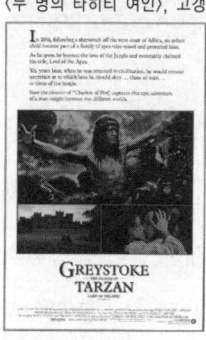

〈그레이스톡 타잔〉

런 것. 고갱Paul Gauguin(1848~1903)의 그림 속에서, 고스란히 자신을 내보이고 있는 타히티 섬 여인들을 보았을 때 느껴지는 그런 것 말일세. 휴 허드슨의 〈그레이스톡 타잔〉(Greystoke : The Legend of Tarzan, Lord of the Apes, 1984)은 비교적 원형에 가깝다고 하더군. 스코틀랜드로 돌아가 작위를 받아도 타잔(크리스토퍼 램버트)은 문명인들에게는 단지 인간을 쏙 빼어 닮은 유인원일 뿐이네. 결국 제인을 남겨두고 밀림으로 돌아가지 않았겠나. 야생이 타잔이 있을 곳이지. 타잔은 문명에 동화되지 못하는, 동화될 수 없는, 동화되어서는 아니 되는 원시의 냄새를 간직한 존재일 터. 물론 타잔의 아프리

카는 '아프리카'가 아닐세. 아프리카는 관념 속에 형성된 일종의 파라다이스 또는 무릉도원일 터이지.

스파이더맨은 바로 타잔이었네. 수직으로 내리꽂힌 빌딩들은 밀림의 울창한 활엽수림이지. 그 숲 사이로 피터 파커(토비 맥과이어) – 스파이더맨은 거미

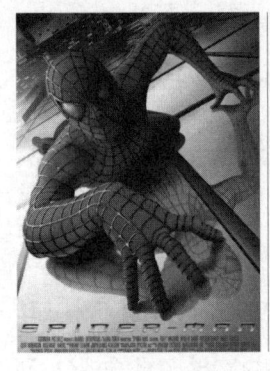

줄에 매달려 공간 이동을 하네. 놀라울 정도로 재빠르게. 도시는 거대한 밀림이요, 무한대로 질주하는 자동차들은 초원을 질주하는 동물들일세. 평범하고 소심한 한 소년이 놀라울 정도의 힘을 얻자 도시를 종횡무진하는 그 이야기 구조는, 뭇 짐승들보다 결코 뛰어나지 않은 타잔이 밀림에 군림하게 되는 과정과 참으로 흡사하더군. 둘 사이에는 묘한 공통점도 있단 말이지. 고아라는 것 그리고 헌신적인 양육자를 만난다는 것. 타잔은 칼라라는 고릴라 엄마에게 양육되고, 피터는 벤 부부에게 양육되지. 타잔은 친부모를 죽인 표범을 죽여 고릴라 집단의 위협을 제거하면서 뭇 짐승들 위에 자리잡게 되고, 피터는 벤 아저씨를 죽인 범인을 처단하면서 밤거리에 군림하지 않는가. 한마디로 그들은 '왕'이지. 열대 활엽수들이 우거진 밀림의, 무한대로 뻗어 오르는 빌딩 숲속의…

갑자기 영웅 신화의 구조가 연상되는군. 어린 시절에 버림을 받고, 양육자를 만나 성장하고, 집단의 위협적인 요소를 제거하면서 지고至高한 지위를 확보한다는 것. 영웅에게는 적들이 많지. 만만치 않아도 언제나 승리는 영웅의 것이지. 밀림을 위협하는 클레이튼과 도시를 교란시키는 노만 오스본(윌렘 대

포)은, 타잔과 스파이더맨의 강력한 적이지. 적이 강할수록 그래서 처절하게 고통을 겪을수록 영웅의 자리는 더욱 단단해지네.

클레이튼은 표범의 발톱이나 이빨보다 훨씬 위협적인 무기, 총을 지니지 않았던가. 밀림은 총 앞에서 속수무책일세. 순식간에 밀림을 제압하는 클레이튼은 선한 구석이라고는 조금도 없는 절대 악惡인 셈이네. 절대적인 악과 맞설 수 있는 것은 절대적인 선善뿐이지. 그 사이에는 어떤 갭도 존재하지 않네. 선과 악이라는 구도를 지닌 이야기 유형의 주제는 흔히 권선징악勸善懲惡으로 귀결되질 않던가. 당연히 승리는 타잔의 몫이고, 신화의 모든 주인공들처럼 그 역시 아름다운 여인 – 제인을 얻게 되지.

이렇게 이야기하고 보니, 스파이더맨이 타잔이라는 내 말을 스스로 부정해야 하겠네.

표범과 클레이튼은 타잔 개인의 적이면서 동시에 집단 전체의 적이네. 표범을 없애는 일은 집단 전체의 안녕을 위하는 일이 아니던가. 타잔은 타잔으로서 적을 물리치지. 그런데 피터는 평범한 소시민일세. 피터가 범죄자를 징치하거나 그린 고블린을 상대하려면 반드시 그는 스파이더맨이 되어야 한다는 이야길세. 스파이더맨이 타잔일 수 없는 까닭은 여기에 있다네. 노만 오스본도 그린 고블린이 되지 않는 한, 도시를 교란시킬 수도 없고 자신의 뜻을 관철시키지도 못하는 평범한 과학자일 뿐이지. 피터는 스파이더맨이 되면서 선한 성격이 변하지 않지만, 노만 오스본은 그린 고블린이 되면서 전혀 다른 성격을 지니게 되지. 지킬 박사와 하이드 씨처럼 그들은 하나이면서 동시에 둘이지. 피터와 노만 오스본은 우호적이지만, 스파이더맨과 그린 고블린은

선과 악의 대립 축을 형성한다는 말일세.

　　근본적으로 사람은 변신變身(metamorphosis)에 대한 갈망을 지니고 있네. 현실이란, 일상이란 따분하지. 늘 하나의 정해진 틀에 갇혀서 끊임없이 같은 생활을 되풀이해야 하네. 지겹고, 숨이 막히지. 생활의 틀을 확 바꾸어놓을 수 있는 무언가가 있었으면 하고, 무언가가 되었으면 싶지만, 현실이 어디 그러하던가. 생각일 뿐이지, 머릿속에서 그려내는 상상.

　　그 상상 속에서 사방이 꼭 막힌 삶에서 벗어나는 일은 초인超人이 되거나 인간이 아닌 다른 존재, 인간이 미처 지니지 못한 능력을 지닌 동물로 변신하는 경우에 가능하다고 여기게 되었네. 변신이란, 자신을 다른 대상으로 바꾸는 것이 아닌가. 바슐라르Gaston Bachelard(1884~1962)는 "상상력의 최초의 기능은 짐승의 모습을 띠는 것"이라고 하였네. 인간이 꿈꾸는 변신의 대상이 현란한 빛깔을 지니고 꿈틀거리는 벌레라든가, 시·공을 초월해 비행하거나 질주하는 짐승들로 선택되는 것은 그런 이유에서일 테지.

　　변신은 자신의 틀, 자신을 덮고 있는 탈 – 가면을 바꿔 쓴다는 의미일세. 우선 가면은 자신의 정체를 숨기는 기능을 지니지 않는가. 내면의 추악한 본성을 감추기 위해서 가면보다 멋진 치장 도구도 없지. 가면은 위장하고 기만하는 일을 본질로 삼는다네. 상대방이 눈치채지 못하게 공격하는 수단이 되기도 하고, 허위를 드러내는 방편도 되어 인간의 내면에 깊숙이 자리한 야수성을 표상하기도 하지. 아주 오래 전 한 여인은 내게 항상 안경 쓰기를 권했었네. 눈매가 매섭다는 게야. 안경을 쓰면 덜할 거라고. 내게 안경은 시력을 보완하면서 동시에 매서움을 완화시키는 가면의 구실을 했던 셈일세.

가면은 한 사람의 내면 속에 담긴, 상반된 이중성을 밝히기도 하지. 거울 앞에 그린 고블린의 가면을 걸어놓고 독백하는 노만 오스본의 처절한 고뇌는 뼈를 저리게 만드는 울림이었네. 양분된 인간의 본성이 거울을 경계로 하고 있지.

내가 대하고 있는 자네처럼 말이야. 이따금 자네가 비쳐주는 얼굴이 내 모습인가 싶기도 하네. 내 스스로는 문학도 이야기하고 역사도 논하며, 음악에도 미술에도 몽매하지는 않아, 무언가 세련되거나 낭만적인 기품이 보여야 할 것 같은데, 내 앞에 비추어진 얼굴은 그게 아니거든.

몹시 분노한 얼굴이지. 이마에 패인 주름에서는 감당하기 어려웠을 아픔의 기록이 읽히지, 충혈된 눈은 안경으로도 감추어지지 않아, 피곤한 동자瞳子를 담은 눈매를 보면 스스로도 섬뜩할 때가 있다네. 잔잔한 음악을 들으며, 맛좋은 술 한잔에, 아름다운 여인과 담소를 하며 보낼 삶은 그 어디에도 보이지 않네.

이렇게 말하면서 자네가 비쳐주는 얼굴을 보니 증오가 솟구치는군 그래. 내 방에 자네를 걸어두지 않는 까닭을 아는가. 자네를 부숴버리고 싶거든. 자네가 잔 알갱이가 되어 산산이 흩어지는 모습을 생각하니 기분이 좋아지는군. 자네가 비쳐주는 얼굴에 미소가 어린단 말이지. 그런데 어째 으스스하군. 두려워하지 말게. 아직 통제할 능력은 있으니 말이야.

미안하네. 잠시 호흡이 빨라졌네. 가슴도 몹시 뛰었고…. 호흡을 조금 가라앉히겠네.

고려 때 이규보李奎報(1168~1241)는 「경설鏡說」이라는 글에서 자네를 닦지 않고 흐린 채로 놓아두지. 세상에는 잘난 이보다는 못난 이가 많아서 그들이 자네를 보면 깨뜨린다는 것이 그 까닭일세. 그런 점에서 보면, 자네는 사람들에게 상처를 너무 많이 입히는군. 누구나 아름다워지고 싶고, 출중해지고 싶어하지. 그런데 자네는 사람들을 추함과 모자람 때문에 상처받게 하고, 시샘과 증오와 분노를 은근히 돋우질 않는가.

아니, 자네야말로 인간이 감추고 있는 본성을 적나라하게 드러내, 그 허위의 두께와 넓이를 가차없이 보여주지. 사실 시샘과 증오와 분노는 곧 자기 자신에게 하는 것이 아니겠는가. 더러는 자성自省과 자경自警으로 삼아 더욱 매진하여 올곧게 길을 가는 이들도 있지만, 더러는 두께와 넓이에 걸맞는 자신의 가면을 만드는 이들도 있겠네.

어쩌면 나도 나만의 가면이나 거푸집을 잘 만드는 장인匠人인지도 몰라. 가면은 자네하고 달라서 그 모든 허위를 잘 감추어주니까 말일세. 차츰 자네가 간직하고 있는 내가 역겨워지는군.

가면을 썼을 때와 벗었을 때의 상반된 인간의 속성은 팀 버튼의 〈배트맨〉(Batman, 1989)과 〈배트맨 2〉(Batman Returns, 1992)에서 잘 보여주고 있네. 어쩌면 우리는 모두 그런 양면성을 지니고 있는지도 모르지. 상반된 두 속성 중에 어느 것이 발현되는가에 따라, 선인善人과 악인惡人의 경계가 구분되는 것이라 생각 드네. 그런 점에서 본다면 피터 - 스파이더맨과, 노만 오스본 - 그린 고블린은 서로 다른 두 개의 변신 유형이라 하겠지.

어쩌면 우리들은 일상의 고단한 틀로 왜곡되어 있는지도 모르네. 도덕과 법규라는, 또는 사회와 문화라는 규범화된 거푸집 ― 틀에 의해서 국화빵처럼 대량생산되고 있는지도 모르네. 그러한 틀로부터, 일상으로부터 벗어나려 애쓰는 것은 진실한 자신의 정체를 탐색하려는 욕망일 것이네.

현실로부터 벗어나기 위한 온갖 노력들은 갖가지 형태로 대체된 자아의 형상을 지닌다네. 어쩌면 사이버 공간의 게임에 빠져 있고, 각종 환각제들을 남용하는 것도 그런 까닭에서일 테지.

인간이 지니지 못한 능력을 가진 동물로 탈바꿈하려는 것, 태권V와 같은 로봇을 조정하고 싶은 것, 신화에 등장하는 반인반수半人半獸들도 모두 그러한 욕망이 형상화된 것들이지. 인간의 몸이지만 짐승의 젖을 먹고 자라서 짐승의 무리 속에서 자란 타잔도, 스파이더맨이나 그린 고블린, 배트맨도 일종의 반인반수 ― 짐승과 인간의 경계선에 선 존재, 인간이 구비하지 못한 놀라운 능력을 지닌 초인이겠지.

아마도 그것은 존재를 인정받고 싶은 강렬한 충동에서 빚어지는 것일 게야. 비상飛翔 또는 비행飛行하고 싶고, 더욱 강력한 매력과 능력을 갖추고 싶어하지. 사랑하는 사람 앞에서는 특히 더하지. 가진 것 없는 자들의 편에서 도와주고 싶고…. 피터 ― 스파이더맨의 변신 유형은 이쪽이 아닐까.

그러나 때로 내면에서 솟구치는 광기와 폭력 충동을 어쩌지 못하지. 정말 인간이란 공격 본능을 주체하지 못하는 동물일까. 가면이 벗겨지면, 한 인간의 위장된 모습이 들통나게 마련이네. 겉은 사람이지만 속은 짐승인, 한 인간의 내면과 외면의 이율배반이 폭로된단 말이야. 신화에 나오는 반인반수의 대부분이 부정적으로 형상화되는 것은 일종의 알레고리allegory일 게야. 노만 오스본 ― 그린 고블린의 변신 유형은 이쪽이겠군.

잠정적이고 일시적인 변신은 오히려 둔갑(lycanthropy)이라는 표현이 더욱 적절할 걸세. 둔갑, 일시적 변신, 변장. 스파이더맨처럼 지속적이지 않고 잠시 변장을 하는 것은 둔갑이지. 변장은 자신을 숨기기 위해 적절하게 의상으로 치장하지. 가면은 효율적인 변장의 도구가 아닌가. 가면 쓰기야말로 둔갑의 현실적이고 실질적인 형상화라 하겠네. 가면 속에서는 얼마든지 자유로울 수 있지. 그리고 얼마든지 영웅적이고 말이야. 그것은 나를 숨기는, 이른바 익명성의 속성 때문이지.

익명이라는 속성을 지녔다는 점에서는 사이버 공간에서의 삶과도 꼭 같군. 그 공간에서는 본명을 숨기고 ID라는 가면 하나로 얼마든지 협객이 될 수 있으니 말이야. 사이버 공간이야말로, 그 누구도 감히 어찌하지 못하는 자신만의 공간일세. 종횡무진할 수 있지. 그 순간만은 제인이든 메리(커스틴 던스트)든 또 누구든 얼마든지 사랑할 수 있고 소유할 수 있지. 클레이튼이든 그린 고블린이든 애초부터 적수가 아니질 않는가. 모니터가 어두워지는 그 순간이 가면을 벗는 순간이네. 컴퓨터를 떠나며 이름을 다시 찾는 순간, 제인도 메리도 그저 가슴 한 구석에 담긴 그리움일 뿐, 아무것도 아닌 척 무덤덤한 척, 그렇게 대면할 수밖에 없는 제인이며 메리인 게지.

그러고 보니, 우리는 모두 변장하고 사네 그려. 십 년 무공을 익혀 몸을 감추는 은신술隱身術을 익힌 옛적의 협객도 맞수는 아닐세. 하늘이 내린 징벌을 면하기 위해 밤마다 잠시 사람의 몸을 얻어야 하는 구미호의 둔갑술도 경탄할 일은 아닐세. 이미 우리는 그 모든 것을 힘 안 들이고 터득한 셈이질 않은가.

2002. 5

이름에 관하여 __ '연'에게

영화관에서 재패니메이션을 본 것은 처음입니다. 미야자키 하야오의 〈센과 치히로의 행방불명〉(千と千尋の神隠し, 2001). 제가 본 그의 애니메이션은 〈미래 소년 코난〉과 〈천공의 성 라퓨타〉 정도가 전부입니다. 그의 작품에는 미묘한 메시지가 있습니다.

그가 그려내는 황폐한 세계는 인간의 탐욕 때문에 비롯됩니다. 탐욕의 잉여물로 결국은 더럽혀지고 황량해지는 자연, 탐욕의 경쟁이 만들어내는 벽 때문에 소통이 차단되고 그래서 소외되어 가는 사람들, 더 많은 욕망을 추구하기 위하여 기계처럼 꽉 짜여진 일상에서 벗어나지 못하는 사람들…. 치히로의 아버지는 폐허가 된 테마파크를 보며, 거품 경제 때문에 망했다고 말합니다. 거품은, 포장은 대단하지만 실속은 없지요. 대단한 포장은 과욕이 빚어

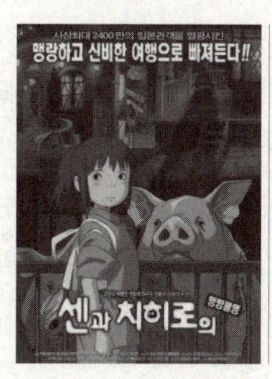

| 센과 치히로의 행방불명 |

千と千尋の神隠し/The Spiriting Away Of Sen And Chihiro
일본/2001
감독 : 미야자키 하야오

내는 과시요, 허세겠습니다. 마치 치히로의 부모가 음식에 대한 탐욕 때문에 돼지로 변하는 것처럼 말입니다. 인간의 탐욕은 스스로를 망치고, 자신을 둘러싼 세상을 망치는 지름길일 터이지요.

탐욕을 버리고 본래의 순연한 삶으로 돌아가는 것이 필요하겠지만 어려운 일이 아닐 수 없습니다. 내가 얼마나 탐욕스러운 존재인가, 나를 둘러싸고 있는 거품의 겹이 얼마나 두터운가, 먼저 냉철하게 살피고 인정할 수 있는 혜안과 양심, 그 거품의 실체를 분명히 알고 그것을 걷어낼 수 있는 용기와 의지가 있어야 할 터입니다. 그것은 우리 자신에 대한 명징明澄한 성찰에서 시작되어야 하겠지요. 아폴론Apollon을 모시는 델포이Delphoe 신전에는 '그노티 세아우톤(너 자신을 알라)'이라는 문구가 새겨 있다지요. '너'는 다름 아닌 우리 '사람'일 터입니다. 우리는 사람이면서 동시에 우리가 살고 있는 세계를 구성하는 한 요소입니다. 이 명백한 진리는 너무나도 쉽고 평범해서 늘 잊고 있습니다. 왠지 진리란 어려운 비유로 표현되어 몇 개의 주석註釋을 동반해야 할 것 같기에, 이 단순하기 이를 데 없는 사실은 진리로 인식되지도 않는 듯합니다. 그래서 너무 쉽게 흘려버리지요. '너 자신을 알라'는 말에는 우리 정체正體에 대한 성찰의 요구가 강하게 담겨 있습니다. 자신이 누구인가를 분명히 아는 것, 그것은 '나'라는 존재에 대한 성찰에서 비롯할 터인데, 우선 '나'를 설명하려면 '나'의 이름 석 자를 분명히 말하는 데서부터 시작하겠지요.

그런 점에서 저는 〈센과 치히로의 행방불명〉에서, 하쿠가 치히로에게 어떤 경우에라도 치히로라는 이름을 빼앗기지 말라는 것, 이름을 빼앗기면 다시 돌아갈 수 없다는 그 말이 인상 깊게 남았습니다.

먼저, 하나의 통과의례에 관한 이야기를 보았습니다. 테마파크는 어둠의 터널 안쪽에 있습니다. 그곳은 사람들이 활동하는 현실의 공간이 아닙니다. 테마파크의 공간은 밤의 세계이며, 정령精靈들의 세상입니다. 마녀 유바바는 그곳 온천장을 경영하는 주인이며, 테마파크의 지배자입니다. 여행을 하다가 우연히 낯선 세계에 발을 디딘 주인공이 사악한 무리들과 싸우고 모험을 겪고 난 후, 귀인을 만나 한층 성숙해지는 이야기는 전형적인 통과의례의 이야기지요. 치히로의 부모는 돼지로 변하고, 치히로는 부모를 구하기 위해 모험을 합니다. 하쿠와 린이라는 도우미를 만나서 사악한 이들을 물리치고 선한 이들을 돕습니다. 그런 과정에서 치히로는 인정人情과 사랑을 알게 되고, 선악善惡과 시비是非를 알게 되며, 가치를 판단할 줄 알게 됩니다. 어긋났던 질서들을 조화롭게 바로잡아 황폐했던 세상을 아름다운 세상으로 바꾸어놓습니다. 치히로의 부모는 주술에서 풀려나고, 투정부리고 부모님에게 의존하던 어린아이 치히로는 어느 틈엔가 훌쩍 성장해 있지요.

소년기에서 청년기로, 청년기에서 장년기로 한 고비씩 넘어갈 때마다, 우리는 인식이라든가 가치관, 거기에서 비롯되는 삶의 여러 양상 등등에서 몹시 혼란함을 겪고 또 고통을 겪게 되지요. 특히 아이의 세상에서 어른의 세상으로 나아가려면 죽음과도 같은 고통을 감내하지 않으면 아니 되었지요. 자신의 삶을 스스로 책임져야 할 독립된 개체로 인정받기 위해서는 혹독한 고통의 과정을 겪지 않을 수 없었지요. 탈출구가 없는 듯 조여지던 10대의 학창 시절, 남성들에게는 세상과 격리된 군대 생활, 수없는 실연의 상처가 남겨지는 이합離合…. 그러한 인생의 축약된 형태를 제의祭儀 형태로 표현하는 것이 통과의례이지요. 아이의 세상과 어른의 세상의 층위를 단절된 다른 세상으로 인식하여, 죽음에 가까운 고통을 가하기도 하고 집단과 격리시키기도 합니다. 아이의 삶을 '죽임'으로서 어른의 삶으로 '재생'하는 것이지요. 마치 뱀이 허물을 벗고 나서야 더욱 커지는 것처럼, 애벌레가 우화羽化의 과정을 통과해야만 엄지벌레가 될 수 있는 것처럼 말입니다. 뱀이 허물을 벗을 때나 애벌레가 우화할 때 가만히 살펴보면 죽은 듯이 정지해 있습니다. 일종의 가사假死 상태인 게지요. 그 죽음 아닌 죽음은 자신의 이전 삶과 이후 삶의 경계를 명확히 하는 것이 아닐 수 없습니다.

우리에게 통과의례에 관한 아주 오래된 이야기는 〈단군신화檀君神話〉입니다. 곰이 웅녀熊女가 되기 위해서는 햇빛이 들지 않는 동굴에서 삼칠일을 기忌해야지요. 햇빛이 들지 않는 동굴은 바로 어둠의 시간 – 밤입니다. 인간은 밤이 되면 모든 활동을 멈추고 잠을 잡니다. 신화에서 또는 문학에서 잠은 죽음의 알레고리입니다. 『춘향전春香傳』에서 춘향이 옥중에서 고초를 겪는 것도 일종의 통과의례겠지요. 옥은 햇빛이 들지 않는 어둠의 세계입니다. 춘향은 옥에 들어가기 이전에는 청순한 여자아이였지만, 옥에 들어간 이후 이몽룡과 결혼하는 여인으로 성숙합니다. 심청沈淸도 인당수에 빠지고서야 남루한 옷을 벗고 한 나라의 황후가 되지 않았습니까.

어두운 터널은 그런 점에서 어둠의 세계 – 잠의 세계로 빠져드는 일종의 통로일 터입니다. 그것은 어쩌면 치히로만이 겪는 꿈이었을 터이지요. 치히로에게는 경험했던 일들이 아주 생생합니다. 그러나 치히로의 부모에게는 아무런 일도 일어나지 않았지요. 말도 없이 잠깐 어디론가 사라졌다 다시 나타난 치히로에 대한 가벼운 꾸지람을 통해 알 수 있는 일입니다.

그런데 여전히 그 '이름'이 가슴에 남아 있습니다. 유바바는 치히로千尋의 이름에서 한 글자를 지우고는 센千이라는 이름을 줍니다. 치히로와 센은 한 사람이지만 동시에 두 사람이지요. 센은 유바바에게 종속된 생활을 합니다. 치히로가 마음을 기울이는 하쿠는 악룡惡龍입니다. 하쿠는 유바바에게 세상을 지배할 수 있는 권력을 이어받으려 하지요. 하쿠는 참으로 묘한 존재입니다. 인간의 형상으로 있을 때와 용의 형상으로 있을 때는 서로 다른 존재로 나타납니다. 치히로에게 다시 돌아가려면 절대로 이름을 빼앗기지 말라는 하쿠의 말은 그 자신에게도 적용되는 말입니다. 그도 이름을 알아야 본연의 모습으로 돌아갈 수 있습니다. 여기서 이름은 '고유한 나'를, '나의 본성'을 의미하겠지요.

치히로에게, 다시 돌아간다는 것은 인간의 세계로 다시 돌아간다는 이야기겠지요. 그런데 왜 이름을 빼앗기지 말아야 할까요? 이름이야말로 우리들의 실체를 명확히 규정짓는 개념이기 때문인가요?

하쿠도 자신의 이름을 찾았을 때 본래의 실체를 찾습니다. 그는 강의 정령, 곧 강입니다. 하쿠의 말을 빌면 아주 오래 전에 치히로가 하쿠의 품에 들었답니다. 다시 말하면, 어린 시절 치히로는 강물에 빠졌다가 살아났다는 것이지요. 이미 치히로는 그때 끔찍한 죽음을 체험한 것입니다. 짐작해보면, 잠시 정신을 잃었을 경우 우리들은 그 사람의 정신을 되돌려놓기 위하여 이름을 계속 부르지요. 하쿠의 말은 이런 비유적인 표현일 것입니다.

그러고 보면, 이름은 살아 있는 존재로서 우리들을 확인시키는 것이겠습니다. 지상에 산다는 것은 하나의 이름으로 발을 굳게 디디고 있다는 것, 제 삶의 뿌리를 내리고 있다는 것 그것이지요. 뿌리가 없어 이리저리 바람결에 부유浮游하고 물결에 휩쓸리는 존재는 명확한 자신의 자리가 없습니다. 엄밀하게 말하면, 그 어디에서도 '부재不在'하는 것이겠지요. 이름을 간직한다는 것은 내 삶의 자리와 내 삶의 길을 인식하는 것과 같은 행위일 것입니다. 그러나 현대를 살아가는 우리들은 이름을 이미 빼앗겼을지도 모릅니다. 이른바 시대의 조류에 부유하고 휩쓸려서는 그 어디에도 부재하고 있겠지요. 서로 부재하기에 소통의 통로는 차단되고, 서로 어깨를 겯고 더불어 생활하기보다는 소외된 '섬'으로서 방황하고 있을 것입니다. 인간의 인간에 대한 신뢰는 사라져버리고, 사람의 자리에는 애완동물이나 화사한 디자인의 상품이 놓여 있을 것입니다. 그러나 사람의 역할까지 대신할 수 있는 것은 아니어서 더더욱 새것에 대한 집착과 향락이라는 소비 행태로 나타나겠지요. 유바바의 온 천장이 그런 세상의 알레고리라면 지나친 해석일까요?

이름이란 무엇일까요. 그것은 존재의 본질을 가장 적확하게 규정하는 것, 아무것도 아닌 것에 의미를 부여해서 하나의 가치로서 존재하게 만드는 것, 그것이 아닌가요. 이름을 부여받음으로써 비로소 정체를 지니게 된다는 것. 문득 학창 시절 되뇌었던 김춘수의 「꽃」이라는 시가 생각납니다.

    내가 그의 이름을 불러주기 전에는
    그는 다만
    하나의 몸짓에 지나지 않았다.
    …

우리들은 모두
무엇이 되고 싶다.
나는 너에게 너는 나에게
잊혀지지 않는 하나의 의미가 되고 싶다.

그 시절에는 마지막 구절이 '의미'가 아니라 '눈짓'이었다는 기억이 납니다. '나는 너에게 너는 나에게 / 잊혀지지 않는 하나의 의미가 되고 싶다'는 구절은 미묘한 울림을 지니고 있습니다. 살아오면서 '하나의 눈짓 – 의미'에는 참으로 많은 의미가 덧칠하여졌지요. 처음 그 말은 단지 누군가와 가까워지고 싶다는 수줍은 표현을 대신해줄 수 있는 말이었습니다. 그러다가 차츰차츰 '잊혀지지 않는 하나의 의미'는 어쩌면 시인이 생각했던 알맹이에 근접해가고 있었을 것입니다. 저는 아직도 '잊혀지지 않는 하나의 의미'가 되고 싶고, '잊혀지지 않는 하나의 의미'가 되어주길 바라고 있습니다.

이름을 불러준다는 것, 이름을 부여해준다는 것, 물론 그것은 신분증에 기재되어 있는 석 자 이름은 아닙니다. 아무것도 아닌 보잘것없는 대상에 이름을 부여해준다는 행위는 어쩌면 신의 창조에 버금가는 행위일 것입니다. 대상만이 간직하고 있는 고유한 '빛깔과 향기'에 꼭 맞는 이름을 만들어준다는 것은 결코 쉬운 일이 아닙니다. 아니, 그보다 먼저 '빛깔과 향기'를 찾아내는 일이 쉽지 않은 일입니다.

세상에 존재하는 많은 사물들이 본래부터 이름과 의미를 지니지는 않았지요. 누군가가 그것들을 접하면서 이름을 주었지요. 거기에는 다른 사물과 구분 짓기의 의미도 있었을 것입니다. 그러면서 사물과 누군가 사이에는 어떤 관계가 생겼을 것이고, 관계는 나름대로의 의미를 지니고 있었겠지요. 이름이 붙여지지 않은 사물은 누군가에게는 아무런 의미도 없는 셈입니다. 단지 그 자체로 존재하는 사물일 뿐입니다. 이름은 하나의 존재에게 어떤 의미를 지니고 있어야 합니다. 그저 존재를 표시하는 기호가 아니라, 서로의 참된 모습과 가치를 이해하면서 서로에게 부여해주는 참다운 의미에서의 이름이어야 하지요. 우리들은 이런 이름들을 이미 가지고 있고, 또 가지고 싶어합니다.

그러나 그 이름들이, 그 의미들이 우리들의 삶을 구속하고 있는 것 또한 부인할 수 없는 사실입니다. 자신에게 부여된 이름이 하나의 고정된 틀이 되어서, 삶을 옥죄고 압박하기 시작하면 그로부터 벗어나고 싶은 강렬한 욕망에 사로잡히게 되지요. 자신의 틀을 벗어난다는 것은 쉬운 일은 아닙니다. 낯선 시간과 공간으로 흘러드는 일은 나이가 하나씩 들어갈 때마다 수없이 망설이게 하고 멈칫거리게 하지요. 답답하지만 그만큼 편리한 일상에 익숙해진 터이라 더 이상 고생하며 모험을 하고 싶지 않은 까닭도 있겠지요.

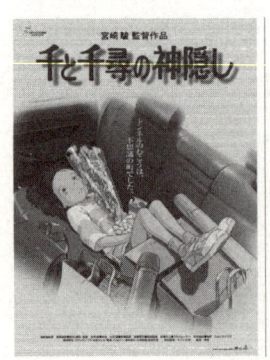

치히로가 센의 삶을 사는 것은 현실에 안주하려는 어른들에게는 새로이 모험을 하고 싶은 욕망을 불러일으킵니다. 아니, 적어도 저는 새로이 낯선 시간과 공간에 제 몸을 던지고 싶은 충동을 느꼈답니다. 한번쯤은 다른 이름으로, 다른 의미를 지닌 존재로 탈바꿈해보기, 다른 시간과 공간으로 탈출해보기. 결국 예전으로 다시 되돌아온다고 하여도,

그것은 우리들 삶의 활력을 위해서라도 필요한 일일 것입니다. 그 꿈이 마냥 행복하거나 마냥 고통스럽지만은 않다는 것을, 길지는 않지만 이제까지 삶의 경험만으로도 충분히 알 수 있습니다. 행복과 고통이 적절히 조화를 이루고 있는 또 다른 세계로 흘러들어 가보는 것은, 잠깐 동안만이라도 나를 변신시켜보는 것은, 스스로를 성숙시키는 일일 것입니다. 그러나 어떤 경우에라도 나의 실체만은 잊지도 말고 거래하지도 말아야 하겠습니다.

2002. 7

길들여진다는 것에 대하여 __ 그리운 이름에게

> 개는 어떤 동물보다도 일찍 인간에게 친화되기 시작하여 인간에게 '충
> 성'을 바치는 대가로 삶의 '안정'을 보급받았다.
>
> – 주강현, 『개고기와 문화제국주의』에서

벌써 석 주가 지나고 있습니다. 석 주 전, 지갑을 송두리째 잃었습니다. 신
분증들도, 현금도, 전화번호를 비롯하여 자잘한 것을 적어놓은 메모지들도, 또
제게는 중요한 것도 모두 한순간에 사라졌습니다. 곧장 신용카드들을 정지시
키니 현금인출카드마저 자동으로 '사용 중지'가 되어, 한동안은 은행 거래가
멈추기도 했습니다. 기억상실증에 걸린 기분이랄까, 마치 인생을 몽땅 도둑맞
은 기분이었습니다. 돈이야 다시 벌면 되지만 손바닥만한 지갑 하나가, 아니

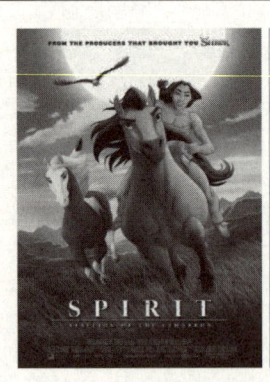

| 스피릿 |

Spirit:Stallion Of The Cimarron
미국/2002
감독 : 켈리 애스버리, 로나 쿡

몇 장의 플라스틱 조각들이 사람을 그렇게 무력하게 만들 수 있다는 것이, 아무것도 아닌 것으로 만들 수 있다는 것이 무서웠습니다. 한편으로는 발가벗겨진 채 낯선 이들에게 샅샅이 탐색당하고 있는 것 같았습니다. 제 울타리가, 그렇게 견고하다고 믿었던 울타리가 느닷없이 허물어져서 모든 것이 태양 아래 낱낱이 공개되고 있다는 느낌이었습니다.

지갑을 마지막으로 확인했던 순간부터 거꾸로 제 행적을 짚어나가다, 어느 틈엔가 제 삶도 하나의 패턴을 가지고 굳어져 있다는 생각이 들었습니다. 사실 지갑을 잃었다는 것을, 지갑이 사라진 지 얼마 지나지 않아 알게 된 것은 아니었습니다. 무려 스무 시간쯤 지나서, 그러니까 이튿날 오후 퇴근 시간을 앞두고 천 원짜리 지폐를 확인하려다 지갑이 있던 주머니가 허전하다는 것을 불현듯 느낀 것입니다.

사실 주변의 것들이란 늘 있기에 대수롭지 않게 생각하고, 그것이 제게 없을 수도 있다는 것은 꿈에도 생각 못하면서 지나치게 마련입니다. 그러다가 정작 소용 닿게 되었을 때 '부재'한다는 사실을 알고 나면 느끼는 그 황당하고 공허함이란, 무엇인가 통째로 빠져나가 빈 껍데기로만 남아 있다는 사실을 확인하고 난 뒤 느끼는 절망감이란 어떻게 표현할 수가 없습니다.

지갑을 잃은 뒤, 하루가 채 지나지 않아 엄청난 불편이 시작되었습니다. 우선 현금을 인출할 수 없다는 것. 카드를 정지시키고 나니까, 24시간 현금을 인출할 수 있는 그 어떤 곳에서도 저는 아무것도 아니었습니다. 현금을 꺼낼 수 없으니 당장 출근이 문제였습니다. 이 미묘한 볼트와 너트처럼 맞물린 일상의 틀, 편리한 문명의 이기利器들에 어느 틈엔가 익숙해져 있는 저를 보고 있었습니다. 지난해에는 휴대폰을 잃었다가 하루 만에 찾은 적이 있었습니다. 특별히 전화를 걸 곳이라고는 없어서, 걸려오는 일이 없으면 늘 잠만 자기 일쑤이던 휴대폰인데도 막상 손에서 사라지니 불안하고 불편하기 이를 데 없었더랬습니다.

모를 일입니다. 문명의 이기에 얽매여 결국 불편해지기보다는 조금 불편하더라도 덜 얽매여서 차라리 자유의 시간과 공간을 확보하자고, 아무리 발버둥치고 애를 써도 이 시대의 삶을 함께 호흡하며 살기 위해서는 휴대폰을 가지고 있어야 합니다. 신용카드를 사용하지 않을 수 없습니다. 저를 객관적으로 증명할 수 있는 플라스틱 조각을 신중하게 간직하고 있어야 합니다. 매일 아침마다 이메일을 점검하고 몇 곳에 메일을 보내야 하며, 웹서핑이라는 것과 무관하게 지낼 수는 없는 일입니다. 항상 반복되는 이러한 일상에 진저리치며 경계하지만, 아무리 버텨도 어느샌가 조금씩 조금씩 잠겨들고 있습니다. 가랑비에 옷을 적신다는 옛말은 생활 속의 진리입니다.

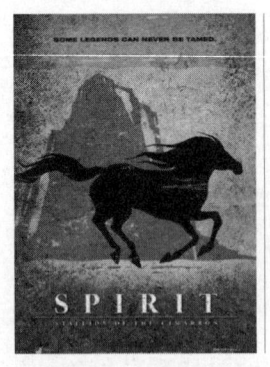

켈리 애스버리와 로나 쿡이 함께 만든 〈스피릿〉 (Spirit : Stallion of the Cimarron, 2002)을 아이들과 함께 본 것이 그 어름입니다. 그 누구도 길들일 수 없다고, 왜냐하면 영원히 자유이기 때문이라고 장면 장면마다 노래가 반복되고 있었습니다. 야생마 스피릿은 인간 - 백인 기병대의 손에 의해 길들여지기를 거부하고 끝까지 야생으로서의 삶을 온전히 지키지요. 인디언 리틀 크리크도 백인 기병대의 속박에 얽매이지 않고 초원에서 자유로운 삶을 살아갑니다. 스피릿과 인디언 리틀 크리크는 서로 같은 존재입니다. 그들의 삶의 공간은 광활한 초원이지요. 그들의 삶은 자연 그 자체이며 곧 자연의 순환과 삶은 하나가 되고 있습니다. 백인은, 적어도 백인들의 관점에서는 문명을 완성한 인간을 말합니다. 그들은 광활한 초원 위에 거대한 철로를 놓습니다. 초원을 가로질러 나누어놓는 철로는 자연과 하나인 삶을 쪼개어놓는 - 파괴해버리는 일을 의미하겠지요. 그러나 이것은 야생마나 인디언, 아니 이미 그들과 하나가 된 우리들의 생각입니다. 백인들은 이것을 개척이며 개발이며 또는 발전이며 진보라고 부를 터이지요. 그들에 의하면, 인간의 위대한 용기와 지혜로 야만의 땅은 문명의 터전으로 바뀌겠지요. 익지 않아 거칠기 짝이 없는 자연의 공백은 위대한 인간의 문명으로 채워지게 될 것입니다. 세상은 다시 거듭나는 것이겠지요. 야생의 종마나 야생의 사람은 모두 위대한 인간 - 백인의 손에 다듬어질 수 있습니다.

공백이 채워진다는 것은 틈새 하나 없이 꼭 막힌다는 것, 숨을 들이쉬고 내쉴 수 있는 여백이 없어진다는 것, 곧 죽음입니다. 다듬어진다는 것은 획일화된다는 것, 밋밋해져서 하나로 고정된다는 것, 곧 죽음입니다. 열린 사회가 아닌 닫힌 사회, 꿈틀대며 움직이지 않고 조용히 멈추어 있는 것, 그것은 곧 삶이 아닌 죽음이 아니겠습니까.

문명을 건설하는 선봉에는 기병대 - 군대가 있지요. 군대는 철저히 규율에 맞추어 일사불란해야 하지요. 물론 〈스피릿〉에서 군대란 하나의 알레고리일 터입니다. 기병대의 획일성에 스피릿은 끝까지 저항합니다. 풍성한 갈기는 매우 짧게 깎여지고 다듬어집니다. 기세를 죽이기 위해 죽음의 고통을 체험하게 하지만 결코 굴하지 않지요. 노래 가사대로 스피릿은, 리틀 크리크는 영원한 자유입니다.

자유에 대한 그들의 의지는, 인간이 지닌 보편적 신념이라고 생각합니다. 저 역시 일찍이 길들여지기를 거부한, 적어도 제 삶에 대해서는 매우 주체적이라고 자부하고 있습니다. 어쩌면 우리 아이들보다도 〈스피릿〉을 더 재미나게 본 것은 그런 때문이었을 것입니다. 그대에게 이야기했더랬지요. 저는 '제멋대로 살아가는 인생'이라구요. 제 삶의 주체는 바로 저라고요. 곁의 사람들도 그 '제멋대로 살아가는 인생'에 대해서는 더러 인정하고 있지 않습니까.

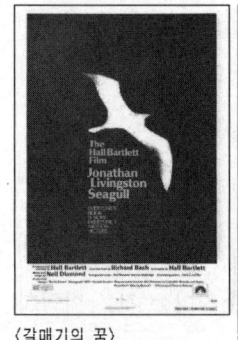

〈갈매기의 꿈〉

그런데 지갑을 잃고 보니, 사실 제 삶이라는 것은 한 번도 '틀'을 벗어난 적이 없었다는 것입니다. '틀' 속에서의 자유로움, 그것 이외에는 아무것도 아닌 것이었습니다. 마치 손오공이 근두운을 타고 십만팔천 리를 날아갔으나 결국은 부처님 손바닥 안이었던 것과 같은 이치일 터이지요.

우리는 영원히 삶의 틀에 묶여서 새의 비상을 꿈꿀 뿐입니다. 끝없이 비상하는 새 – 갈매기 조나단에 대한 인상은 리처드 바크의 책보다는 그 원작을 토대로 만든 〈갈매기의 꿈〉(Jonathan Livingston Seagull, 1973)이라는 영화에서였습니다. 천인단애千仞斷崖를 때리는 장대한 파도와 함께 시작되는 주제곡 닐 다이몬드의 'Be'는 지금도 가슴에 울림을 빚습니다. "Why?"라는 물음과 함께였다고 생각합니다. 조나단은 묻습니다.

왜 보다 넓고 높은 세계로 비상하기를 포기하고 인간의 마을 근처에서 편안하게 포식하려 하냐구요. 그것은 우리 모두에게 던져진 근원적인 삶의 방식 또는 이념의 문제이며, 동시에 현실적으로 소중한 질문이기도 합니다. 삶이란 것은 결국 가슴속에 간직한 절대적인 이상을 향하여 스스로 운영해나가는 것이겠습니다. 그 목표가 어떤 이에게는 고매한 지적인 이념이나 인식 행위일 수 있고, 어떤 이에게는 극히 현실적인 한 조각 빵을 위한 것일 수도 있습니다.

그 어떤 경우에라도 우리는 함부로 손가락질할 수 없겠습니다. 한 조각 빵에서 시작하는 탐욕이 거듭 뱃살을 늘려가는 사람들에게도 말입니다. 어쩌면 그런 이들에게는 빵을 베어먹는 순간의 즐거움과 순간적인 포만감이 가져오는 쾌락이 절대가치일 것입니다. 그러나 저는 안빈낙도安貧樂道나 단사표음單食瓢飮을 군자의 미덕이요 지향해야 할 가치라고 배웠으므로, 그런 이들의 삶을 어느 정도 이해하면서도 제 자신에게는 끝없이 경계를 할 수밖에 없습니다. 몸에 배었다기보다는 의지에 의해서 강제시키는 것이지요. 한때 그대에게는 그러한 제 삶이 일종의 가식이나 과장처럼 보였을 것입니다. 사실 그대가 짜증났거나 불편했던 만큼 제 자신도 마찬가지였습니다. 모순이지요. 저는 머물러 있거나 순응하는 삶이 싫습니다. 배불리 먹거나 따스한 방의 생활도 싫습니다. 제가 지향하는 '가치 있는 삶'이 어느 만큼 타당성과 보편성을 가지고 있는지는 모르겠지만, 삶의 황혼녘에 이르면 윤곽이 드러날 것입니다. 제가 이해하지 못하는 이들 역시 저와 같은 부류의 삶을 이해 못 할 터이지요. 그러나 삶이란 사람들의 다양함만큼이나 다양한 것이어서 우리들이 가진 적은 지식으로는 쉽게 이해되거나 인정될 수 없을 것입니다.

얼마 전에 주강현의 『개고기와 문화제국주의』를 읽었습니다. 이런 구절이 있었습니다. 어쩌면 그것은 인간의 생활 깊숙이 파고든 애완견들만의 이야기가 아니라 우리들 자신에게도 해당되는 이야기일 것입니다.

…이제 야생동물 말고도 가축이라는 '새로운 동물'이 탄생하였다. 개는 이 과정에서 …… 인간 주위를 빙빙 돌면서 배회하다가 인간의 쓰레기에 의지하여 공생공존의 길을 택하였거나, 아니면 아주 교활하게 인간에게 붙어살기로 작정하고 자신의 본디 포악한 성격을 죽이고 '절대순종 우선주의'로 변형시켜 왔을 것이다. 무엇보다 인간이 사냥을 나설 때 공동 전선을 펴준 대가로 잉여물의 일부를 얻어먹는 방식으로 공생을 도모하였으리라. 호랑이 따위의 맹수가 설쳐대는 야생의 삶보다도 주인이 제공하는 안정적인 먹이 공급과 방어망에 내심 감격하면서 아예 인간 밑으로 들어가 살기로 작정하였음직하다. 녀석은 그렇게 '충성'이란 두 글자로 길들여지면서 인간에게 붙어사는 재미를 포기할 수 없게끔 유전인자가 진화했다. 물론 개의 일부 종족들은 길들임을 거부하고 '늑대'로서, 또는 '들개'로서의 '반항적 삶'을 21세기에도 이어가고 있는 중이다. 인간에게 접근하여 인간의 울타리에서 가축이 되어버린 개 종족은 그들 스스로의 선택이었다고 볼 수 있을 것이다.

주어진 조건에 순응한다는 것은 참으로 순편順便하고 안온安穩하게 살아갈 수 있는 지름길이지요. 약간의 굴욕과 모멸을 한순간 참아 넘기면 그 다음부터는 아무것도 아닐 터입니다. 누군가 제게 이야길 했더랬습니다. 지나고 나면 아무것도 아니라구요, 유행가에도 있듯이 세월이 약이라구요. 어떤 이는 이런 이야기도 했더랬습니다. 미친개한테 물렸다고 생각하고 넘어가보라구요. 요즘은 신도 잘 만들어 그런 일이 없지만, 지난 시절 새 운동화를 신으면 발뒤꿈치가 헐어 아팠던 기억이 있지요. 새 구두를 신었을 때의 불편함도 잘 알고 있구요. 얼마간 시간이 흐르면 새 운동화도 새 구두도 아무런 아픔 없이 아무런 불편 없이 내 발에 꼭 맞아 발과 하나가 되었지요. 어쩌면 그 말들은 고통을 이겨내고 길을 가게 하려는 도움의 말이었을 터인데, 그 즈음 그 말은 제게 '타협'이나 '협상'의 의미로 받아들여졌던 것입니다.

길들여지는 삶, 순응하는 삶, 그 어떤 경우에도 그런 삶 자체를 도저히 거부하지 않고는 견디지 못하는 이들이 있습니다. 책에서 또는 영화나 매스미디어에서, 더러는 '가치 있는 삶'의 목표치에 도달한 이들의 이야기를 접하면 그러한 삶의 영예로운 꼭지점을 알 수 있습니다. 그러나 그것은 쉽게 다가오지 못합니다. 삶의 길은 어느 한순간에라도 순편하거나 안온하지 않습니다. 끊임없는 굴욕과 모멸의 삶들이 매 고비마다 기다리고 있습니다. '지향하는 가치'를 담은 삶의 끝이 제게도 있을지 그 누구도 장담하지 못합니다. 결말을 알 수 없습니다. 결말을 알 수 없는 이야기들은 그 결말이 궁금해서 지겹더라도 이야기의 끈을 끝까지 따라가지 않고서는 견디지 못하지요. 이야기가 책이라면 조급증이 일 때 얼른 끝 부분을 확인해볼 수 있지만, 인생이라는 이야기는 얼른 넘길 수 있는 뒷장이 존재하질 않지요. 알 수 없는 길을 가는 궁금함, 호기심 그러한 것들은 삶의 순간순간 다가오는 고통을 차라리 즐거움으로 만들어놓습니다. 모험을 즐기는 이들이나 여행을 즐기는 이들은 그런 삶의 참다운 멋을 알기 때문일 것입니다.

저 역시 여행을 참으로 좋아합니다. 어느 한 공간이나 시간에 묶여 있기보다는 끝없이 유동하면서 삶의 지평을 넓혀나가는 게지요. 그럴 때마다 제가 살아 있는 존재라는 생각이 새삼스럽습니다. 유동하는 삶은 고정되어 있는 삶보다 불완전합니다. 안정적이질 못합니다. 그런 점에서 가족들에게 저라는 존재는 참 불안한 존재일 터입니다. 그러나 유동적이라는 것은 끊임없이 운동한다는 것이지요. 움직인다는 것, 때로는 폭발하기도 하고 때로는 어디론가 튀어나가 붙잡을 수 없는 곳으로 날아가기도 합니다. 그래서 움직이는 입자들은 그 주변에 있는 사람들을 한순간도 마음 편히 쉬지 못하게 하지요. 나태하지 않게 만든다는 점에서, 늘 긴장하고 눈을 뜨고 있게 만든다는 점에서, 비고정적인 불안한 입자들은 세계를 잠들지 않게 하고 멈추지 않게 하는 활력소인 셈입니다. 저는 제가 그런 존재이기를 바라지만 그것은 욕심일 터입니다.

시간과 공간에 얽매여서 또는 어떤 사람이나 법제에 얽매여서 살아간다는 생각을 하면 숨이 막혀옵니다. 한군데 가만히 앉아서 안온한 삶을 추구하지 못하는 제 삶은 그래서 곁의 사람들에게 비판도 많이 받습니다. 더러는 제 삶을 부러워하는 이들도 있지만. 어쩌면 그러한 것들이, 제 자신의 삶이 참으로 자유롭고 그 누구보다도 마음대로 살아가는 멋진 삶이라는 환상을 스스로 조작해내었는지도 모르겠습니다.

적어도 지갑을 잃어버렸다는 것을 알기 전까지 저는 참으로 자유로웠습니다. 그러나 저는 그 누구보다도 결코 자유로운 존재가 아니라는 사실을 알게 된 것입니다. 어느 틈엔가 현대의 메카니즘적인 또는 테크노피아적인 사회의 시스템에 길들여지고 있었던 것입니다. 저를 길들이고 있는 것은 '보이지 않는 손'입니다. 그 손의 위력은 어쩌면 부처님의 손바닥처럼 대단한 것이어서 마음놓고 날아가 보라고 미소짓습니다. 어쩌면 저는 또 한 마리의 손오공이요, 화과산華果山에서 결국은 단 한 걸음도 나서지 못한 존재이지요. 삼장법사나 만나면 돌에서 몸을 빼낼 수 있을까….

2002. 7

눈물에 관하여

봄비다. 오랜만에 봄비가 내리고 있다. 연례행사처럼 봄가뭄은 지난해를 계속 잇고, 때맞춰 더욱 지독해진 황사가 하늘을 가린 나날이었다. 새로운 생명이 태어나는 봄의 소리도 봄의 움직임도 여러 겹 먼지 층 때문인가, 귀에 들리지 않고 눈에 보이지 않는다. 이런 것이 어쩌면 암흑일 게다. 생동하는 봄은 가까운 기억에는 없다. 그런 나날이던 참에 봄비가 내리고 있다. 겹겹이 쌓인 먼지 층도 가라앉고, 산천과 초목이 이제 온전히 그 자태를 보이고 있구나. 기억 속에서처럼, 고스란히 비에 젖어 그 고운 꿈들을, 그 맑은 삶들을 보이고 있구나.

그런데 차츰차츰 눈물겹고 있다. 어느 틈엔지 가슴 저 밑바닥으로부터 울음이 올라오고 있다. 그런데 목울대를 넘지 못하고 다시 속으로 흘러내려서

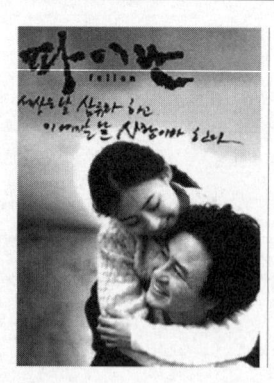

| 파이란 |

Failan/白蘭
한국/2001
감독 : 송해성
출연 : 최민식, 장백지, 손병호, 공형진, 김지영

는 온몸을 적시고는 숨조차 고르지 못하도록 가슴을 메우고, 목을 메우고 그렇게 울렁거리고 있다.

혼자 사는 삶이라서 그러지 싶다가 이내 사래를 친다. 고독하다는 것에는 길들여질 대로 길들여진 몸 아니던가. 누가 굳이 나를 이해해주었으면 하는 바람도 문득 일다가는 자락이 잡히기도 전에 가라앉는 삶이니, 해가 바뀌고 나이 하나 더 든다고 달라질 까닭이란 없을 터이다.

봄비를 보니 슬퍼진다는 것은 어쩌면 핑계일 터이다. 하긴 내리는 빗줄기야 가을비가 봄비보다 더 처량할 터이요, 한여름 천지를 뒤흔드는 우레와 함께 온 땅을 적시는 장대비에서도 울음을 토해내지 못할 일이란 없지 않은가.

비란, 내리는 비란 온갖 때로 가득한 자연을 깨끗하게 정화시켜 주는 존재이다. 그래서 비가 오고 나면 앞산도 더욱 가까이 다가선 느낌이고, 삼라만상 모든 것의 자태가 맑고 고울 수밖에 없는 것. 아침녘에 간 밤 기나긴 꿈으로 젖은 온몸을 씻어내는 행위라든가, 한밤에 하루 일과로 지친 고단한 온몸을 씻어내는 행위는 그래서 더없이 경건하고 신성한 노동이다. 겹겹이 앉은 겉의 때를 씻어내는 그 조그만 시간은 그래서 더없이 진중해질 수 있는 시간이다. 맑은 몸으로 하루를 시작하고 하루를 닫는 우리들. 신성한 의례를 하루도 거르지 않고 치러내는 우리들.

물을 쓰는 일이 겉의 때를 씻어내는 의례라고 한다면, 속의 때를 씻어내는 의례는 '눈물'일지도 모른다. 아리스토텔레스Aristoteles가 『포에티카Poetica』에서 언급한 '카타르시스katharsis'를 굳이 말하지 않아도, 눈물을 흘리고 나면, 그것도 어깨를 들썩이거나 온몸을 떨며 눈물을 쏟아내고 나면 후련해지는 것 또한 익히 알고 있는 사실이 아니던가.

그런데 어쩌자고 나의 눈물은 겉으로 쏟아져 나오질 않고 속으로 속으로만 흘러내리는가. 어렸을 적엔 잘 울던 아이였단다. 내 세례명은 "루쓰Roose"인데, 고모님들은 울음질을 하도 한다고 '루수涙壽' 라 불렀다고 놀리곤 하였다. 그때 눈물샘마저 공중으로 증발해버린 것은 아닌가.

어찌 되었거나, 그렇게 목이 메어서는 창 밖으로 눈을 두고 있다. 봄비가 내리는 창 밖. 속으로 눈물지는 4월의 시간. 크나큰 이별의 슬픔이 굵게 가슴 한가운데 그어진 4월.

4월에, 굵고 깊은 선을 하나 긋고는 곁을 떠난 벗이 생각나고 있다. 고등학교 동창이다. 스물일곱 살 때부터는 한 삼 년 같은 일터에 있었으니, 그제는 서로가 의지받이였다. 그는 유순하고 맑았기에 젊은 나이에도 칭송을 받았다. 적을 둔 일은 없었다. 나보다 먼저 약혼을 했지만, 결혼은 같은 해에 한데다가 큰 아이들도 동갑이다. 그와 나는 십 년을 떨어져 있었다. 일터 탓이었고, 그에 따른 생활 탓이었다. 일 년에 한두 번 볼 수 있으면 다행한 일이었다. 꼭 세 해 전, 그는 불혹不惑을 눈앞에 두고 삶을 다했다. 암이었다. 그 여섯 달 전에 그가 암이라고 얘기했을 때, 나는 초기 암은 요즘 다 치유된다고, 그래서 완쾌된 이들을 이야기하며, 말했다. (나중에 안 일이지만) 그는 초기가 아니었다. 그렇게 이야기를 나눌 때, 그도 나도 그것이 서로 환한 얼굴을 마지막 보는 시간이라는 것을 몰랐다. 그렇게 훌쩍 떠났다. 미소지으며 저녁에 병원으로 간다고, 나중에 다시 연락하자고. 나는 말했다. 괜찮을 거라고, 다 잘될 거라고. 참으로 착하였으므로 그에게 그런 일이 생길 것이라고는 짐작을 못

하였다. 나는 잊었다. 잊고 있었다. 내 생활은 지독히도 숨가빴다. 그 즈음 그
는 구석진 병실에서 온몸을 뒤틀고 있었을 게다. 지겹게 투여되는 항암제와
몸을 갉아먹는 독소들이 고통스럽게 하고 있을 터였다. 고통 속에서 죽어가면
서 그렇게 나를 찾았다고, 그 고통 속에서도 그렇게 나를 보고 싶어했다고, 영
안실 그의 영정 앞에서 분향을 막 끝낸 나에게 그의 아내는 이야기했다. 그리
고 내 아내의 가슴에 얼굴을 묻고 끝내 오열하였다. 나는 한 줄기 눈물도 나오
지 않았다. 그리고 그 말은 그대로 응어리가 되어 가슴 밑바닥에 자리잡았다.
그렇게 가까운 벗이었던 나는, 그가 고통 속에서 처절하게 목숨이 꺼져갈 때,
곁에 없었고 단 한순간의 위안도 주지 못하였고, 그 차가운 어둠의 공간으로
보내고 만 것이다. 한동안 머리는 '텅 비었다.' 폭음暴飮…. 많이 마셨다.

　4월에 떠난 그가 빗속에 묻어나고 있었다. 꽃처럼 환한 웃음을 간직하고
있던 그였다. 막 서른이 되던 해, 그의 부부와 우리 부부는 다정하게 영랑호
수변을 산책하였다. 서둘러서 속초를 이렇게 떠나오고 싶었던 것은 영랑호를
볼 때마다 피어나는 슬픔 때문인지도 모른다. 꽃잎들이 비에 젖어 떨어지고
있었다. 그의 영혼은 4월에 졌다.

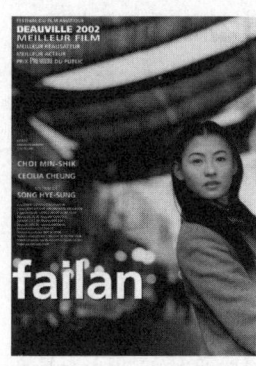

　　　　　　나는 울지 못했다, 오늘처럼. 단 한 방울의 눈물
　　　　　도 떨어지지 않았다, 오늘처럼. 그리고 4월에 비가
　　　　　내리면 이렇게 가슴속에서부터 메어오는 슬픔에
　　　　　숨이 고르지 않는구나.

　　　　　　송해성의 〈파이란〉(Failan, 2001)에서, 고통 속에
　　　　　서 죽어간 한 영혼과 오열하는 사내를 보았다. 비

에 젖어 대지에 달라붙은 꽃잎처럼, 낯선 곳 추운 땅에서 파이란(장백지)은 그렇게 떠났다. "강재씨, 고맙습니다. 덕분에 한국에서 계속 일을 할 수 있습니다. 여기 사람들은 모두 친절합니다. 그치만 가장 친절한 건 당신입니다. 나와 결혼해주셨으니까요." 편지 한 장 남기고. 그녀의 죽음은 한낱, 수많은 그래서 아무것도 아닐 수 있는 존재가 하나 사라진 것일 뿐이다. 결코 하나의 '생명'이 세상을 떠난 것이 아니었다. 마음놓고 우려먹을 수 있는 재원財源 하나가 없어진 것이다. 그녀는 '사람'이 아니었다, 괜찮은 경제적 수입원이었을 뿐. 그녀의 죽음 앞에서 이강재(최민식)는 오열하고 있다. 차가운 바닷바람을 온몸으로 감내하면서, 그녀가 남긴 편지를 읽고 또 읽으면서 오열하고 있었다.

안경 속으로 눈물이 한 줄기 삐죽 흘러나오고 있었다. 아내에게 들킬세라 조심스레 찍어내면서 그 오열에 전염되고 있었다. 나는 속으로 울었다. 많았던 이별 때문이 아니었다. 속초를 떠나는 것이다. 가볍게, 홀가분하게 떠나자고 그렇게 다짐을 두었지만 쉽게 이삿짐을 싸지 못했다. 나는 결코 이삿짐을 꾸리지 못할 것이라는 생각이 들어 춘천에 있는 아내를 짐짓 불렀다. 결코 뒤돌아보지 말자고 다짐을 주었지만, 나는 쉽게 속초를 떠나지 못한다는 것을 알고 있다. 십 년 만에 다시 찾아온 속초에는 내 젊음의 흔적이 화석처럼 남아 있기 때문이다. 그 화석이 풍화되어 흔적을 알 수 없을 때는, 내가 지상에서 마지막 숨을 몰아 쉰 다음에도 얼마쯤 지난 후일 게다.

그 흔적의 한 갈피에, 비에 젖은 꽃잎처럼 먼 곳으로 떠난 그가 있다. 나는 그때 오열했어야 했다. 땅을 치면서 목을 놓아 울었어야 했다. 그러나 눈물은 그렇게 쉽게 흘려지지 않았다. 대신 슬픔이 안으로 덩어리져서는 차곡차곡 쌓였다. 그리고는 어자까지 쳐서 세勢를 불려놓고는 때때로 조금씩 온몸을 흔들어놓고는 속으로 속으로만 곡지통을 쏟아놓는 것이다.

눈물은 도대체 어디서 오는 것일까. 눈물샘이란 땀구멍만큼도 보이지 않는 것인데 어디에 모여 있다가 그렇게 흘러내리는 것일까. 눈물의 근원은 아무래도 눈은 아닐 터였다. 그렇다고 온몸의 물이란 물이 모두 모여서 쏟아지는 것도 아닐 터였다. 눈물을 흘리고서도 몸이 가벼워지거나 수척해지거나 하지 않는 것을 보면, 눈물은 도대체 어디에서 오는 것일까.

눈물의 근원을 알면 관통貫通이라도 해서, 시원하게 속을 풀어버릴 것이언만. 속으로부터 울렁여 목을 메게 하고 가슴을 메게 하는 것을 보면, 아무래도 그 근원은 더욱 깊은 속에 있겠다. 걸어다녀도 출렁이지 않는 것을 보면 오장육부五臟六腑는 아닐 터이요, 필경은 보이지 않는 '감정感情'이라는 것에 담겨 있을 터인데, 감정을 제어하는 것이 뇌腦이고 보면 근원은 머리가 아니겠는가. 감정을 제어하는 것이 이성인가, 이성을 제어하는 것이 감정인가. 선후 관계야 알 길이 없지만, 상황에 대해서 감정이 움직이고 이성적 판단이 작동되어 눈물을 빚어내고 쏟아내는 것이라면, '나'라는 존재는 감정도 이성적 판단도 무디기 그지없는 존재란 말인가.

눈물이란 도대체 무엇일까. 기쁠 때도 슬플 때도 흘리는 것이 눈물이고 보면, 단순한 희노애락喜怒哀樂의 즉각적인 반응은 아닐 것이다. 기뻐도 슬퍼도 흘려지지 않는 것이 또한 눈물이고 보면, 더욱 복잡한, 그래서 단순하게 끄집어 이야기하기 힘든 감정의 심연에 자리잡은 실체가 아닐까. 그 실체는 여러 모습이겠다.

김현승은 그의 시에서 '눈물'을, '옥토沃土에 떨어지는 작은 생명'이기도 하며, '흠도 티도, 금도 가지 않은 오직 하나 남아 있는 나의 전체'라고 말한다. 눈물이란 그렇게 완전하고 순연한 생명의 씨앗이요, 진실 그 자체이겠다. 새벽에 길어오는 첫 샘물처럼, 세속적인 모든 것을 깨끗이 씻어내는 물처럼, 눈물은 마음을 씻어내는 샘물이겠다. 상처 입은 마음들, 때묻은 마음들, 부풀려진 마음들을 치유하고 씻어내고 다독이는 신성한 샘물이겠다.

강재의 눈물은 그것이었을 게다. 파이란은 삶을 마치면서 강재에게 가장 순연한 진실을 하나 주었으니, 비로소 삼류 인생에서 벗어나는 순간이겠다. 따지고 보면 뒷골목 양아치의 삶이나 고급 옷을 입고 고급 승용차를 타고 권좌에 앉아 뒤로 사악한 죄를 짓는 이들의 삶이나 삼류이기는 한가지가 아닌가. 파이란의 말은 뒤집어볼 일이다. 파이란의 한국인은 친절한 사람들이 아니라, 수입재원이 손상될까 저어하는 파수꾼이요 관리인일 뿐이다. '파이란'이란, 잘 보존하여야 바닥까지 우려먹을 수 있는 상품이 아니던가. 하이에나처럼 살점 하나 남김없이 뜯어먹을 먹이를 찾아 헤매는 삼류들에게, 참다운 인간의 실체와 순연한 진실의 정수精髓를 보여준 것은 '파이란'이었다. 어쩌면 강재는 파이란이라는 한 생명의 꺼짐에서 슬픔을 느낀 것이 아니라, 참으로 '사람'이었던, '사람'이라는 존재를 알게 해준 한 '사람'의 앞에서, 회한 가득한 눈물을 터뜨렸을 것이다. 그것은 존재끼리 나누는 이별의 슬픔이 아니라, '사람'의 영역이 아닌 곳과의 결별에서 비로소 얻은, 삶의 진실에 대한 기쁨의 오열이었을지도 모르겠다.

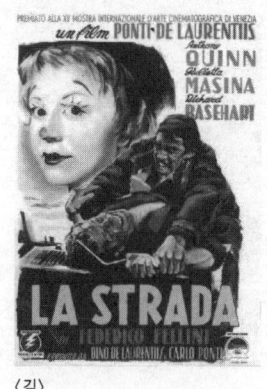

〈길〉

페데리코 펠리니의 〈길〉(La Strada, 1954)에서도 나는 처절한 눈물을 보았다. 젤소미나(줄리에타 마시나)의 죽음 앞에서 오열하는 잠파노(안소니 퀸). 짐승 같은 사내의 통곡은 짐승이 아니라 사람임을 알려 주는 징표였다. 잠파노에게 '사람' 이하였던 젤소미나는, 사실 그가 견뎌내지 못한 '사람' 으로서의 자기 분신이었으며, 학대와 천대는 잠파노의 사랑의 방식이었을 게다. 젤소미나는 상처에 짓이겨져 눈을 감았지만, 그 여인의 죽음 앞에서 봇물처럼 터지는 사내의 눈물은 무엇이었을까.

강재의 눈물과 잠파노의 눈물. 통곡하는 그 눈물.

끝내 터뜨려지지 않고 속으로 내리는 나의 눈물. 그러나 실체를 알 수 없는 나의 눈물.

봄비는 아직도 내리고 있다. 슬픔이나 기쁨은 눈물의 까닭이 아니요, 눈물을 빚어내는 이성적 판단 또는 감정이 지닌 손길이다. 그 손길에 의해서 겉으로 쏟아내고 싶다. 목을 놓아서, 온몸을 떨면서, 쏟아내고 싶다.

2002. 4

진정으로 사랑한다는 것, '사소한 것'이 사실은 '큰 것'임을

눈이 내리는구나, 첫눈이. 비로소 내리는 첫눈. 함박눈이 내리는구나. 눈송이가 큰 것을 보니, 올 겨울은 무언가 풍성할 것 같구나. 일요일 모처럼의 늦잠인데, 아련히 들린다. 작은애가 제 오빠를 깨우는 소리다. 낮은 소리다. 오빠, 오빠, 눈 와! 내 잠을 깨우지 않으려는 배려인지, 아직도 내가 그만큼 먼 거리에 있는 것인지…. 그 소리에 몸을 일으켜 베란다에 선다. 그렇구나. 눈이 오는구나. 아빠, 나 눈사람 만들 거야. 눈이 오면 애나 어른이나 이렇게 즐거운 것은…. 잠시 내일 출근길이 머리를 스친다. 이런, 오늘은 일요일 아닌가. 내일은 내일이지. 핑계삼아 나들이나 해볼까. 애들 데리고 시내 나갔던 일이 아득하다.

가족과 떨어져 홀로 속초에 살았던 두 해가, 작은애에겐 아직도 그림자 짙

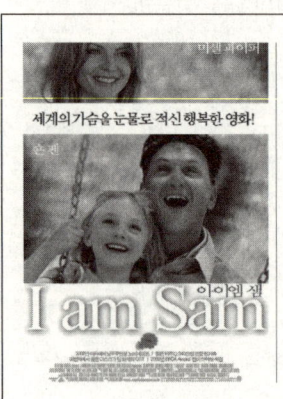

| 아이 엠 샘 |

I Am Sam
미국/2001
감독 : 제시 넬슨
출연 : 숀 펜, 미쉘 파이퍼, 다이안 위스트, 다고타 패닝, 리처드 쉬프

다. 그 애는 일요일 내가 외출만 하면 조바심한다. 지금도 내 일터는 원주라, 매일 집에서 오가는 것이 아니다. 퇴근하면, 내일 원주 가면 언제 집에 오느냐고 묻는 것이 그 애의 질문이다. 어린 시절의 상처는 오래 간다고 들었는데…. 작은애는 커서도 쉽사리 이별하지 못할 거라는 생각이 든다. 큰애는 한번도 나와 함께 일을 논의한 적이 없다. 아내의 귀띔을 짐작컨대, 그 애는 자기가 하고 싶은 일에 대해 내가 무조건 반대한다는 생각을 지닌 것이다. 하긴 시원스레 그애 하고 싶은 대로 내버려둔 적이 없다. 늘 따진 것은, 과연 얼마만한 가치와 필요성을 지닌 것인지 스스로 판단하게 하려던 것이었지만, 그 애에게는 학교처럼 집도 '~하지 마라'만 존재하는 공간이라 생각될 터이다.

솔직히 나는 큰애와 작은애에 대해서 모른다. 애들의 심중心中을 집어내지 못한다. 애들은 한번도 속내를 쉽게 내비친 적이 없다. 나 또한 애들에게 자상한 적은 없다. 애들과 함께할 시간을 직장이 빼앗았다는 망상증에 잡힌 것은 아닌지 모르겠다. 그래서 함께 지낼 수 없는 시간에 대한 보상으로, 한아름씩 애들에게 안겨주고 싶고 '레스토랑'에도 데려가고 싶고 하지만, 지갑에는 냉기冷氣만 서려 있지 않은가. 짐짓 행복의 척도는 물질이 아니라 마음에 있다고, 도덕교과 시간 같은 생각으로 마음을 다잡는 것은 일종의 자기변호이다. 내 삶도 자본주의 사회에서는 어쩌면 그늘을 이웃하고 있을 것이므로, '된 사람'은 '가정교육'에서부터라는 이름 아래 이것저것 선을 긋고 말았을 것이다.

'가정교육'이라고? 가장으로서, 아니 아빠로서 애들에게 어떤 존재일까, 얼마만큼의 자리와 능력을 지니고 있는 것일까. 춘천에서는 전통깨나 있다는 만두집에 들러서, 실컷 먹고 싶은 만큼 먹어보라고 만두를 먹이고 있다. 예전

맛은 아니다. 그 맛은 내 기억 속에 남아 있는 맛이다. 애들은 잘도 먹는다. 어쩌면 애들에게 맛이란 만두에 있는 것이 아닐 게다. 이렇게 눈 내리는 날 만두집에서 아빠 엄마와 함께 있는 데서 오는 맛일 게다. 아직도 자장면이 맛있는 것은, 어렸을 적 아버지가 사주신 자장면 맛이 평생 추억으로 간직되어, 때마다 그 맛이 우러나기 때문이다. 애들에게 자장면을 사주고, 자장면으로 한턱 점심을 사는 나이가 되어서 보니, 자장면의 맛은 결코 자장면에만 있던 것은 아니었다.

아내는 지금 영화 얘기를 하고 싶은 눈치다. 남자 배우는 생소한 듯싶다. 나는, 그가 한때 마돈나의 남편이었다는 것과 대체로 야비한 악역을 많이 하였다는 것을, 이번 연기를 위해서 직접 체험했다는 사실과, 〈레인 맨〉(Rain Man, 1988. 배리 레빈슨 감독)을 의식했던 것인지 발걸음은 영락없는 더스틴 호프만이었다는 등등 곁가지만 죽 늘어놓는다. 영화를 보고 나면, 그 영화에 관한 이런저런 얘기를 하던 나였으니, 이번에는 필시 박자를 맞춰주려 했음이 틀림없다. 그러나 만두집에 들어와서 1인분을 더 주문할 때까지 나는 아무런 얘기도 않고 있다. 이번만큼은 영화 얘기를 하지 않아야겠다고 마음먹고 있었다.

조금 전 제시 넬슨의 〈아이 엠 샘〉(I Am Sam, 2001)을 보고 나온 길이다. 나의 눈물샘은 자극받고 있었다. 나의 이야기였다. 어쩌면 우리 모두의 이야기였다. 어디론가 몸을 숨기고 싶다는 생각이 들었다.

일곱 살 정도의 지능을 가진 샘(숀 펜)이 딸과 함께 살고자, 사회와 벌이는 힘겨운 싸움의 이야기다. 지극히 인간적인 아버지를 '보편普遍'이라는 이름의 잣대로 무능하다고 재단한 '사회보장제도'와, 어린이에 대한 깊은 '사려思

慮'로, 행복하고 아름답게 살 수 있는 사람들을 상처 입히는 이들로부터, 가장 소중한 사랑과 행복을 다시 찾으려는 눈물겨운 투쟁의 이야기다.

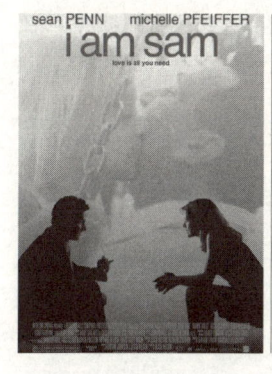

샘에게 이 세상에서 그 무엇과도 바꿀 수 없는 절대적인 사랑이 있다면, 그것은 오직 하나뿐인 그의 가족 – 딸 루시 다이아몬드(다코타 패닝)이다. 샘은 커피점에서 일하면서, 루시에게 아낌없는 사랑을 주고 있다. 그가 할 수 있는 모든 것을. 샘에게 자신의 마음을 정확하게 표현하는 것은 매우 힘들다. 적절한 언어 구사가 어려울 때마다 그는 항상 우회적인 표현 방법을 사용한다. 그의 언어는 일상의 언어가 아니다. 효과적으로 이야기하기 위해서 어떤 사물에 빗대어서 표현하는 것을 '비유比喩'라고 한다면, 샘의 언어는 비유와 유추類推와 상징象徵, 그리고 순간 순간 떠오르는 이미지로 형상화된다. 그가 루시에게 줄 선물이나 루시의 그림에 담긴 색채의 의미를 설명하는 것에 잘 나타나 있다. 샘의 언어는 일상의 언어가 아니라 시의 언어인 셈이다.

그래서 일상의 공간에 있는 보통 사람들에게 샘이 하는 말은 이해될 수가 없다. 같은 장애를 겪는 벗들과 샘은 언제나 즐겁게 이야기를 나누는데, 그 밖의 샘을 대하는 사람들과 샘 사이에는 언제나 소통이 단절되곤 한다. 그것은 공통의 관심사가 없기 때문이다. 그 공통의 관심사는 '비틀즈The Beatles'와, 로버트 벤튼이 1979년에 만든 영화 〈크레이머 대 크레이머〉(Kramer vs. Kramer)이다.

샘이 좋아하는 가수는 비틀즈이다. 적절한 표현이 막히면, 샘은 여지없이 비틀즈 - 존 레논을, 폴 매카트니를 이야기한다. 느닷없이 이야기가 비틀즈로 비약하기 때문에, 그 누구도 그의 말을 이해할 수 없다. 비틀즈라면 매니아까지 생길 정도로 미국에서도 인기가 높았고, (언젠가 들은 바에 의하면) 지금까지 가장 많이 팔린 음반이 비틀즈라고 할 정도로 미국 내에서도 널리 알려져 있는데, 정작 대화의 연결점에서는 그 비틀즈가 소통의 장애가 되고 있다. 사회적 계층이나 연령, 시대 등을 초월해서 회자되는 그룹 비틀즈라면 얼마든지 공통의 관심사가 될 수 있을 터인데도 말이다. 그러나 소통이 차단되는 중요한 원인은 비틀즈가 아니라 그 비틀즈를 말하는 샘에게 있음을 사람들의 표정을 통해서 확인할 수 있다.

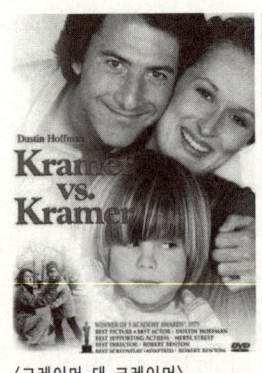

〈크레이머 대 크레이머〉

샘과 그의 벗들이 자주 인용하는 영화 〈크레이머 대 크레이머〉도 마찬가지이다. 테드(더스틴 호프만)와 조안나(메릴 스트립)는 금실 좋은 부부였다. 조안나가 아내와 어머니로서의 생활에 싫증내고, 남겨진 삶은 자신을 위해 쓰겠다며 떠나자, 테드는 아들 빌리를 홀로 키우며 살아간다. 그러한 삶에 어느 정도 익숙해져 있을 때, 조안나는 갑자기 찾아와 자신이 아들을 키우겠다고 한다. 테드도 물러설 수가 없다. 테드는 결국 가정에 쏟아 붓는 시간 때문에 해고되고 치열하게 투쟁했던 법정에서도 패소해서, 조안나가 빌리의 양육권을 갖게 된다. 전통적인 결혼과 가족 개념이 무너지고, 가정에서 남성의 역할이 변화하는 사회적 분위기를 예리하게 포착했던 이 영화의 풍경은 당시로서는 우리 사회에 꽤 낯설었는데, 어느샌가 낯익고 있다.

〈크레이머 대 크레이머〉는, 샘과 그의 친구들이, 루시를 양육하고 루시의 양육권을 정당화하기 위한 표현 도구이다. 〈아이 엠 샘〉은 영화의 결말을 관객들에게 맡겨두었지만, 전체적으로 보면 〈크레이머 대 크레이머〉와 유사한 이야기 전개 구조를 지닌다. 〈크레이머 대 크레이머〉도 비틀즈만큼이나 미국에서는 잘 알려진 영화다. 판사와 변호사를 비롯해 모두들 그 영화를 알고 있음에도, 샘의 처지와 테드의 처지를 하나로 통합하지 못한다. 더 나아가서 샘이 비틀즈를 이야기할 때와 마찬가지 반응을 보이는 것이다.

사실 일상에서 우리는 언어로 표현하려는 모든 것을 다 표현해내지 못한다. 그래서 나름대로 비유를 들기도 하고, 사례를 들기도 하는 것이 아닌가. 그것이 이해되는 차원에서는 함께 소통하고 어울릴 수 있지만, 그렇지 못한 경우는 소통과 교분이 단절되고, 몰이해와 오해도 겪게 되는 것이 항용 있는 일이다. 사실 우리는 저마다의 세계 안에 갇혀 있어서, 자신의 세계가 가장 완전하고 편안하다고 믿는 경우가 많다. 자기 세계 속에 있는 언어가 아니면 관심도 없고, 들으려고 하지도 않으며, 설혹 듣더라도 이해하려 들지 않는다. 어쩌면 이런 자기도취가 자신과 다르거나 다른 곳에 있는 사람들을 배척하려 들고, 자신의 세계에 존재하는 삶의 방식만이 옳다고 고수하게 만드는 것인지도 모른다.

샘에게 많은 도움을 주는 이웃 애니(다이안 위스트)도 자신의 세계 속에 갇혀 있는 인물이다. 지극히 사람을 만나는 것을 싫어해서 집에 틀어박혀 피아노만 연주하는데, 그녀의 이런 대인공포증은 그녀에게 가해진 아버지의 폭력에서 온다. 샘을 도와주는 변호사 리타(미셸 파이퍼)도 자기도취와 자기과시라는 허영심에 갇혔던 인물이다. 자기 가치관의 잣대로 남에게 상처를 입히는, 변호사 터너(리처드 쉬프)도, 자신만이 루시에게 행복을 줄 수 있다고 믿는 랜디(로라 던)도 모두 자기만의 세계에 갇혀 있는 인물들이다. 사회제도도, 그 제도를 운영하는 정부나 사람들도 마찬가지겠다.

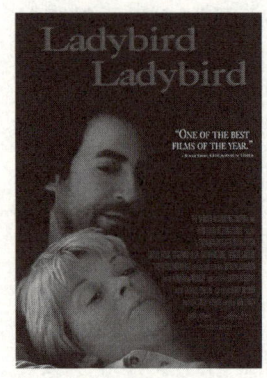
〈레이디버드 레이디버드〉

켄 로치의 〈레이디버드 레이디버드〉(Labybird Ladybird, 1994)가 생각난다. 아이의 양육권을 당국에 빼앗기고 힘겹게 싸우는 중년 여인의 삶을 그린 영화이다. 마기(크리스 록)는 알콜중독자에다, 어린 시절 폭행의 상처로 폭력 성향을 보인다. 아이들을 집에 두고 외출했던 날 아이들이 사고를 당하는데, 지역사회사업과에서는 마기를 부양 능력이 없는 엄마로 판정하고 양육권을 빼앗는다. 파라과이의 정치 망명인 죠지와의 사이에서 낳은 아이마저도…. 물론 마기는 바람직한 엄마는 아니다. 때로 충분히 오해받을 만한 행동도 하고. 그것은 부족한 것이지 무능력한 것은 아니다. 켄 로치는 마기의 그러한 점을 사실적으로 보여줌으로써 형식주의에 치우친 영국 사회보장제도의 허점과 모순을 날카롭게 비판한다.

〈아이 엠 샘〉의 아동복지과도 마찬가지다. 샘은 부족한 것이 많은 아빠이겠다. 부족한 것과 무능력한 것은 다른 개념이다. 터너가 샘에게, 루시가 사춘기가 되었을 때, 방황할지도 모르는 딸을 위해 할 수 있는 일이 무엇이 있겠냐고 묻자, 샘은 이렇게 절규한다. 당신은, 당신의 돈과 지식으로 딸의 고통을 극복해줄 수 있느냐고. 목이 멘다. 나도 글줄깨나 읽었다고 여기저기 뻐기고 다니지만, 사실 애들이 배우는 교과서 내용에도 아둔하고, 경제적으로 풍족하게 해줄 능력도 없고, 나아가서 애들의 관심사나 취향, 고민 등등에 대해서 아는 바가 '전혀' 없다. 나 또한 샘과 다를 바 없는 것이다.

리타는 샘을 거듭 만나면서 결국 자신의 삶이란 것이 샘과 다를 것이 없다는 것을 안다. 가족을 버린 샘의 아내나 리타의 남편은 모두 같은 존재다. 아들 윌리와 같이 산다고 하지만 윌리는 이미 리타와 격절된 사이이다. 리타와 윌리 사이에는 대화가 없다. 리타가 믿었던 사랑. 밤늦게까지 시내를 돌아다니며 퀵보드를 사주는 것이 아들에게 베푸는 헌신적 사랑이라고 믿었던 리타처럼, 우리도 어쩌면 사랑의 겉껍질에 매달려 있는지도 모르겠다. 아무리 벗겨내도 알맹이가 보이지 않는 양파처럼, 영원히 그 껍질에 매달려 있는 것이다.

윌리에게 필요한 것은 '엄마'였고, 루시에게 필요한 것은 '아빠'였다. 정작 아이가 바라는 것은, 진정으로 사랑해주는 것 ─ 아빠와 엄마의 따뜻한 관심과 사랑일 텐데, 그런 '사소한 것'일 텐데…. 그러나 우리는, 너무나 사소해서, 어쩌면 아이들이 아빠와 엄마로서의 자리나 능력을 얕볼지 모른다는 의구심 때문에, '사소한 것'보다는 아이들에게 '위대한', '영웅으로서의' 모습을 보여주려 애쓰는 것이 아닌지 모르겠다. 소원했던 아들 윌리와의 생활을 다시 찾으면서 리타는 비로소 '엄마'가 된다. 랜디도 결국 루시에게 필요한 것이 무엇인지, 루시에게 줄 수 있는 샘만의 것이 무엇인지 알게 된다. 그러나 우리는 랜디도 터너도 미워할 수 없다. 미워해서는 안 되겠다. 결국 우리의 모습이므로.

다산茶山 정약용丁若鏞(1762~1836)이 강진에 유배되었을 무렵, 그의 두 아들들은 한참 감수성이 예민한 십대였다. 집안이 정쟁政爭으로 하루아침에 폐족廢族이 되었기에, 아들들이 마음의 상처를 입고 방황하며 파락호의 삶을 살까 저어한 나머지, 그 먼 거리를 편지로 두 아들을 가르치기 시작한다. 『유배지에서 보낸 편지』라는 이름으로 묶은 편지 모음집을 보면, 얼마나 자식에 대한 애정이 깊었는지를 여실히 알 수 있다. 두 아들의 성격은 물론, 관심사, 능력, 최근의 정황 – 심지어 술 마시는 버릇까지 – 등을 소상히 꿰고는 꼼꼼하게 가르침을 준다. 다산의 격려와 가르침으로, 큰아들 정학연丁學淵과 둘째아들 정학유丁學游는 모두 문인으로서, 학자로서의 삶을 살았다. '사소한 것' 이 사실은 '큰 것' 임을 다산은 실천으로써 보여준 것이다. 나는 그의 글을 다시 읽을 것이다.

2002. 11

책과 영화, 지친 일상의 도피처

밤에도 책상 앞을 떠나지 않고 책을 읽는다. 이를테면 주경야독晝耕夜讀이 렷다. 어찌 보면 참으로 '바른 생활 사나이'라 아니할 수 없겠다. 곁에선 저녁 에 한잔 어떻겠냐고 하지만, 선뜻 그러자고 못한다. 바쁘지도 않으면서 일을 핑계삼아, 언제 시간 나면 그제나 하자고 되풀이해서 대답할 뿐이다. 시간 나 면 한잔하자는 얘기처럼 허망한 것이 또 있을까. 한잔할 시간은 끝내 만들지 아니할 테니, 이것은 정중한 거절이다. 사람 사는 세상에서 사람과 어울릴 수 있는 시간을 저만치 내팽개친 셈이니, 고립된 것이 아니고 무엇이랴. 격절隔 絕. 그래도, 사방을 둘러보아 홀로 있다는 것은 조용히 침잠하기에는 좋다. 스스로 만든 일이다.

사실 마음속에 이는 욕망은, 어디 허름한 술집의 문이라도 밀치고 싶은 심

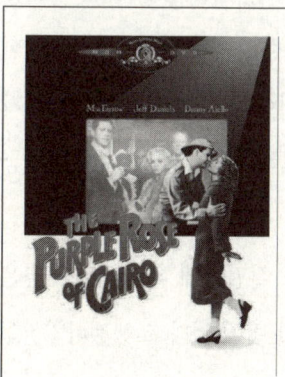

| 카이로의 붉은 장미 |

The Purple Rose Of Cairo
미국/1985
감독 : 우디 알렌
출연 : 미아 패로우, 제프 다니엘스, 대니 앨로

정이다. 네모나게 잘라서 비스듬히 포갠 두부와 숭숭 썬 김치, 그리고 투가리 가득 찰랑이는 탁배기라도 한잔하면, 일만 근심은 물론이요, 차곡차곡 쌓여만 가는 스트레스도 단숨에 저만치 날아갈 것이 아니겠느냐. 마는, 이제 그런 술집일랑 찾아봐도 좀처럼 쉽게 눈에 띄지 않는데다가, 함께 구시렁거릴 벗이 없는 거였다.

본시 육것(肉物)을 좋아하지 않는 터라, 이리 굽고 저리 구우며 불판 앞에 앉아 소주잔을 기울일 제, 고깃점에 젓가락이 가기보다는 그저 깡소주만 입에 털어 넣는 것이다. 이러고서야 어디 몸이 남아나겠느냐. 언제부턴가 이 땅엔 단란주점이 판세를 얻었다. 말이사 '단란' 이지, 어디 얘기라도 정겹게 나눌 수 있는 곳이 되는가. 이른바, '빵빠레' 가 울리던가 분위기를 띄우던가 해야, 있는 대로 값을 친 도우미 여인들의 살결이라도 훔칠 수 있으렷다. 그러지 않고서야 휑뎅그렁해지는 주머니가 허망해서 어찌하겠느냐. 해서, 기계 앞에서 목청껏 소리를 질러대는 것이니, 도도한 취흥醉興에 기대어 시간 속에 노래를 빚어 넣던 시절은 까마득하게 사라진 것이다. 좀 조용히 술을 기울이고자 하면 여지없이 눈에 띄는 곳은 '룸' 이다. 갓 감았는지 샴푸 냄새 상큼한 젊은 여인들이 곁에서 거드니 마음은 흐뭇한데, 이런 데선 대체로 양주洋酒가 세간의 습속이라, 먹을 적엔 호기가 넘치지만, 이튿날부터 한두 달은 족히 궁기窮氣를 감출 길이 없는 것이다.

이러니, 하루의 일과가 끝나 고단한 마음이라도 질펀하게 흘려버리고 싶은들 마땅한 방법이 어디 있겠느냐. 함께 구시렁거릴 벗이 없다고 했겠다? 실인즉, 한잔 걸치고 취흥을 이기지 못하여, 세~월아~ 네~월아~ 가지를 말라고 붙잡으려 해도, 벗은 있건만 주머니가 푼돈을 기억하지 못하는구나. 꼴에 자존심은 알량하게 살아 있어서, 어디 주머니 사정을 말할 수 있겠느냐. 우스운 일이로구나, 셈을 못하여 술자리를 저 건너편으로 두었으니. 그래도 하룻밤 제법 크게 마신 적도 있었다. 자릿셈은 끝냈지만, 돌려 변통한 그 셈은 아직도 끝나지 않았으니, 곁반찬 하나에도 푼돈을 깎고 아끼는 아내 앞에서, 나의 호기는 치기稚氣가 아니던가.

해서, 궁싯거리고 곁눈질하기보다는 차라리 마음을 정돈하고 본연의 자세(?)로 돌아와, 책 속에 푹 파묻혀 사는 것이다. 아직은 책값이 술값보다 싼 것이 다행이다. 미처 읽지 못한 책을 옆에 쌓아두고, 우선 제일 쉽게 읽히는 것에 눈길을 두고 있으니, 일러 독서삼매경讀書三昧境이렷다. 읽고, 읽고, 또 읽으니, 이렇게 바른 생활을 하는 사나이가 천하에 다시없을 터였다.

술의 속성은 불이라, 단번에 확 살라버리는 그 기분은 책에는 없다. 그러나 책 속에도 길은 있다. 불은 폭발성을 가지고 있어서 남김없이 파괴하는 폭력의 스릴이 거기에 담겨 있다. 불씨는 웬만하면 잘 꺼지지 않는 것이어서, 언제라도 다시 댕길 위험성이 항시 도사리고 있다. 술은 곤고困苦한 하루를 한번에 후련하게 하는 데에는 제격이다. 그러나 그 후련함의 바탕에는, 누군가를 도마질하고 씹어대는 욕설이라는, 잔혹한 폭력이 깔려 있는 것이다. 아마도 이튿날 개운하지 않은 마음은, 덜 깬 술 탓도 있겠지만 덜 지워진 욕설의 흔적 때문일 터이다.

책은 밋밋하고 천천히 다듬어지는 것이라, 늘 그대로인 듯싶다. 일상의 삶이란, 변화 없이 평탄한 듯 보여도, 뒤돌아보면 얼마나 많은 곡절이 간직되어 있는가. 책을 통해서 마음을 가라앉히고 정돈하는 일이, 당장의 효과는 없더라도 그런 듯 마는 듯 마음을 다듬어 평상심平常心을 찾을 수 있으니, 술보다는 한층 윗길이다.

소설을 읽다가 여자에게 반한 적이 있었다. 김주영의 『천둥소리』에 나오는 신길녀와, 조정래의 『태백산맥』에 나오는 소화가 그이들이다. 신길녀에게 반했을 적에는, 『천둥소리』가 연재되던 계간지 『세계의 문학』을 열심히 사 보았다. 그러고도 단행본으로 출간되자마자 또 책을 샀다. 표지를 정성껏 싸서 가장 손길이 쉽게 닿고 언제나 눈길이 머무는 자리에 꽂아두었으니, 예사롭지 않은 상사병이었다. 작가 스스로도 신길녀에게 반했다지 않은가. 기실 김주영의 인물을 빚어내는 솜씨는 기막혀서, 『객주客主』라든가 『야정野丁』에 등장하는 여인들에게는 책을 읽는 동안 마음을 어쩌지 못하였다. '그럴 수만 있다면' 책 속으로 뛰어들고 싶었다.

이렇게 쓰고 보니 온전한 정신을 지니지 않은 사람 같구나. 어찌 책 속의 여인에게 마음을 두고 몸살을 앓을 수 있다는 말인가. 요즘은 조선 후기의 산문집에 푹 빠져 있다. 연암燕巖(朴趾源)이나 청장관青莊館(李德懋), 다산茶山(丁若鏞) 등의 글은 묘한 마력을 감춘 거울이다. '그럴 수만 있다면' 그분들을 찾아뵙고 밤새도록 고담준론高談峻論을 나누고 싶다. 소설 속의 여인이나 옛 선인을 만나고 싶은 욕망은, 따지고 보면 결국 같은 것이 아닐까.

얼마 전엔 서양 미술사와 관련된 책을 읽다가, 모딜리아니Amedeo Modigliani의 〈누워 있는 나부裸婦〉를 다시 접하였다. 〈서 있는 나부〉를 보고

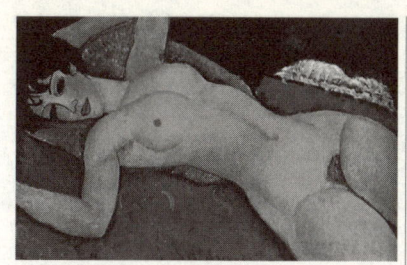

〈누워 있는 나부〉, 모딜리아니

모딜리아니를 열정적으로 좋아하게 된 이후, 되도록 원작에 가까운 빛이 묻어나는, 화질이 좋은 그의 화첩을 손에 넣는 것이 바람이다. 아무래도 국내보다는 외국에서 화첩을 얻어야 할 것 같다. 모딜리아니와 아내 쟌느 에뷔테른의 가슴 저미는 사랑 이야기 때문일까, 그가 그린 여인들의 몸에는 우수가 어려 있다. 손을 대면 슬픔이 묻어날 것 같다. 이즈음엔 살의 질감까지 손끝에 고스란히 살아나는 것 같다. 안개가 깔린 밤, 샹송이 있는 카페에서 그녀와 커피향을 맡을 수 있다면 좋겠다. 말은 통하지 않아도 눈길이 얽히면, 하루의 고단함 따위는 기억나지도 않을 것이다.

어느 시절에나 보통 사람과는 다른 방면에 솜씨를 가진 이가 있게 마련이다. 우리들의 사춘기 때에도 책가방에 몰래 도색잡지桃色雜誌를 넣어 갖고 다니던 녀석이 있었다. 얼굴에 음탕함이 넘쳐흐르던 그는 우리 반의 영웅(?)이었다. 나는 키가 작다는 이유 하나만으로, 표지의 근처에도 가볼 기회가 없었다. 그때마다 선비를 내세워 헛기침을 해대었으니, '여우의 신 포도'였다.

그제나 이제나 온갖 구속으로부터 해방되고 싶은 욕망은 여전하다. 도색잡지가 은밀하게 숨어서 욕망을 표출할 수 있는 거였다면, 화집畫集은 당당하게 내놓고 욕망을 표출할 수 있는 거였다. 미술 시간이면 이따금 '미술 감상'이라는 이름으로 선생님을 종용하였다. 실장은 도서실에서 주로 앵그르J.A. Ingres나 르누아르P.A. Renoir, 로댕A. Rodin 등의 화집을 가지고 왔는데, 한 장씩 넘어가는 속도는 당연히 느렸다. 그럴 즈음 선생님께서는 그림들을 간

략히 설명해주셨는데, 이로써 음험한 세속의 장난은 진중한 학습으로 바뀌었으니, 확실히 외설과 예술은 본래부터 그 경계가 뚜렷한 거였다. 그림을 보는 눈이 열린 것은 그 무렵이었다. 고흐Vincent van Gogh와 모딜리아니에게 마음을 고스란히 빼앗긴 것 또한 그 무렵이었다.

소설이나 화집 속의 여인은 예전에 정을 두었거나 정분났던 사람의 이미지에서 크게 벗어나진 않겠다. 화집과 달라서 소설 속 여인들의 형용은 머릿속으로 그려낸다는 것인데, 꼼꼼히 헤아려보면, 결국 정을 두었던 이의 이미지를 잣대로 삼은 것이다. 고흐와 모딜리아니가 정분보다 앞섰으니, 어쩌면 머릿속에 이미지가 형성된 뒤에, 그와 같은 이미지를 지닌 사람에게 흠뻑 젖어드는 게 아닐까.

중국의 옛이야기일 것이다. 어떤 총각이 미인이 그려진 족자를 하나 샀다. 벽에 걸어두고 매일 쳐다보았겠지. 그런데 아침에 나갔다가 저녁에 돌아오면 집안이 깨끗이 정돈되어 있고, 사람의 손길이 스친 자국이 있는 거였다. 하루는 출타하는 척하고 몰래 숨어서 보았겠지. 이런! 그림 속의 여자가 족자에서 걸어나오는 게 아닌가. 총각은 여자가 족자 속으로 돌아가지 못하도록 둘둘 말았다. 그리고 결혼해서 한동안 잘살았는데, 그만 족자를 펼쳐 보여서 여인은 다시 그 속으로 들어갔다던가 어쨌다던가.

퓌그말리온Pygmalion이 자신이 조각한 갈라테아Galatea에게 푹 빠진 이야기와 다름없다. 아프로디테Aphrodite는 퓌그말리온의 간절한 소망을 들어주었으니, 총각의 경우와는 결말이 사뭇 다르다. 금기禁忌가 있고 없음에서 차이가 생기는 것인데, 특히 동아시아에서 이런 유형의 이야기는 금기를 깨뜨리는 바람에 모두 원점으로 되돌아간다. 아마도 현실적으로 있을 수 없는 이야기라, 마치 한바탕 꿈처럼 욕망을 풀고는 현실로 돌아오게 한 것이리라. 그러나 그때의 현실은 이전보다 더 처창悽愴하고 비참하다. 현실이 팍팍하고 비참할수록, 여인은 더욱 아름답고 총각은 더 절실하며, 아름다운 순간은 짧고 허망하기만 하다. 그럴수록 더욱 그 꿈 같은 일을 현실이라며 손에 움켜쥐고 놓지 않으려 든다.

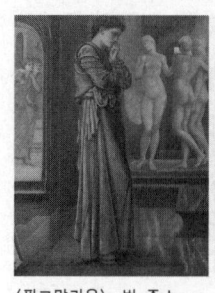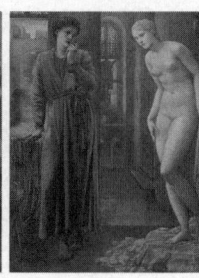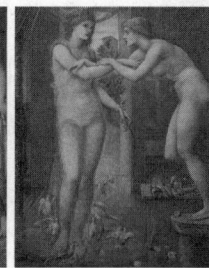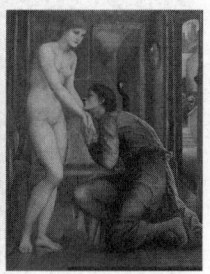

〈퓌그말리온〉, 번 존스

영화를 보고 나서 열병이 지피는 때가 있다. 언젠가 여인의 슬픈 맨몸을 보았다. 한순간에 가슴은 뛰었고 또 저며지고 있었다. 치부를 묘하게 가린 맨몸이었다. 고혹적이었다. 눈으로 보는 것인데, 매끄러운 살결의 질감이 고스란히 전달되어, 손끝으로 어루만지면 슬픔이 덩어리째 묻어날 것 같았다. 오래도록 품고서, 슬픔을 걷어주고 싶었다. 머리카락을 훑는 손길이 저 아래까지 거침없이 내려가리라. 점잖지 못한 생각. 편지라도 써볼까. 말이라도 붙여볼까. 하지만 실재하지 않는 여인이다. 실재하지 않지만, 눈으로 볼 수 있다는 이 기막힌 모순.

안소니 밍겔라의 〈잉글리쉬 페이션트〉(The English Patient, 1996)에는 모래

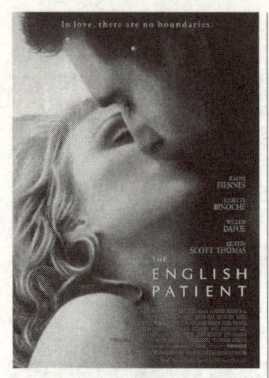

〈잉글리쉬 페이션트〉

폭풍이 이는 광활한 사막이 있다. 살아 있는 생명이 눈에 띄지 않아서, 사막은 종종 불모지 또는 죽음의 공간으로 상징된다. 그 사막에서 꿈틀거리는 생명을, 생명의 덩어리를 느꼈다. 알마시(랄프 파인즈)와 격정을 나누는 캐서린(크리스틴 스콧 토마스), 캐서린의 맨몸 때문이었을 것이다. 그만 사막에 벌거벗은 내 몸을 내던지고 싶었다. 태양의 뜨거운 열기만큼 이글거리는 내 몸뚱이를, 내 욕정을 사막에 던지고는 마음껏 통곡하고 싶었다. 어쩌면 그 동굴에서 격정을 나누고 싶었을 것이다. 그러면 꽁꽁 뭉친 응어리들이 모두 풀려서 모래바람처럼 어디론가 날아가리라. '그럴 수만 있다면' …

'그럴 수만 있다면' 이 만들어내는 상상은 옛이야기처럼 아주 오래 전부터 시작된 것인데, 재스퍼 포드의 『제인에어 납치 사건』은 아주 흥미롭다. 책의 내용에 독자가 어떻게 얼마나 적극적으로 참여할 수 있는가를 다룬 소설이다. 악당 하데스는 『제인에어』 원본 속으로 뛰어들어가 작품의 원안을 교란시킨다. 전 세계의 『제인에어』가 일시에 내용이 뒤죽박죽 된다. 작품의 원안을 바로잡는 특수 요원 서즈데이 넥스트가 『제인에어』 원본으로 들어가 하데스를 제거하고, 소설을 다시 원본 그대로 돌려놓는다. 소설 속의 공간은 시간 이동을 통하여 현실 속에 재현되고, 소설에 열광하는 독자들은 얼마든지 소설의 현장에 뛰어들어 자신이 좋아하는 주인공과 교감한다.

광한루廣寒樓에 춘향의 사당을 짓고 춘향의 초상을 그려둔다든가, 홍길동의 율도국을 찾아 나선다든가, 영화 속 주인공의 흔적을 찾아가는 여행이 호황을 누린다든가 하는 것들은, 모두 '그럴 수만 있다면'이 형상화된 다른 유형들이다. 아, 이것은 나의 변명이다. 신길녀에게 반하고, 모딜리아니의 나부들에게 흠뻑 빠지고, 영화 속의 여인들과 격정을 나누고 싶은, 내 정욕에 대한 변명이다. 그렇게라도 이 지긋지긋하고 지루한 일상에서 도피하고 싶은 나의 궁색한 변명이다.

어쩌면 『제인에어 납치 사건』은, 우디 알렌의 〈카이로의 붉은 장미〉(The Purple Rose Of Cairo, 1985)를 소설로 변형한 것이겠다. 1930년대 경제공황적, 팍팍하고 고단한 일상에 지친 씨실리아(미아 패로우)에게 영화는 유일한 일상의 도피처이다. 거기서 그녀는 모든 것을 다 잊을 수 있다. 그녀는 영화의 주인공 탐(제프 다니엘스)에게 마음을 빼앗겼는데, 어느 날 탐이 화면에서 뛰쳐나와 그녀에게 온다.

삶이 팍팍하고 고단할수록 우리들은 상상이 만든 공간으로 도피한다. 삶과 상상, 현실과 가상은 언제나 반비례한다. 현실이 갖는 정도에 따라 상상도 커지고, 허탈함도 커지게 마련이다. 그러나 어찌하랴. 실재가 아니라는 걸 알면서도 자꾸만 빠져드는 걸….

2004. 7

집은 힘겨운 희망이다

금잔디 사이 할미꽃도 피었고, 삐이 삐이 배, 뱃종! 뱃종! 멧새들도 우는데, 봄볕 포근한 무덤에 주검들이 누웠네.

– 박두진의 「묘지송墓地頌」에서

결국 삶이란, 편안히 누울 한 자리를 얻는 것일까. 「묘지송」의 무덤은 밝기만 하다. '살아서 설던 주검' 죽어 편안한 거처를 마련하였으니, 어찌 환한 삶이 아니랴. 이리저리 부대끼며 팍팍하고 고단한 삶을 살고서야 한 뼘만큼의 편안함을 얻는 것이라면, 편안한 공간이란 살아서는 지닐 수 없는 것이다.

세상에서 가장 편안한 곳은 집이다. 오래도록 집을 떠나본 이는, 집이 얼마

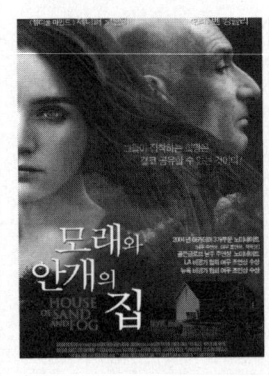

| 모래와 안개의 집 |

House Of Sand And Fog
미국/2003
감독 : 바딤 피얼먼
출연 : 제니퍼 코넬리, 벤 킹슬리

나 포근한 곳인 줄 안다. 그러나 살아서는 손쉽게 얻을 수 없는 집. '집'이란 어쩌면 영원히 가슴속에 간직된 희망인지 모른다.

>   …낫 하나를 들게 갈아 지게에 꽂아 지고, 묵은 밭이라면 쫓아다니며 수숫대 뺑대를 모조리 베어 짊어지고 돌아와서 집을 짓는데, 비스듬한 언덕에다 집터를 괭이로 깎아놓고, 집 한 채를 짓는다. 안방·대청·행랑·몸채를, 말집으로 한나절에 지어, 일을 마치고 돌아보니 수숫대 반짐이 그저 남았구나. 안방을 볼 것 같으면 어찌나 넓던지 누어 발을 뻗으면 발목이 벽 밖으로 나가니 차꼬 찬 놈도 같고, 방에서 멋모르고 일어서면 모가지가 지붕 밖으로 나가니 옥리獄吏에게 잡혀 칼 쓴 놈도 같고, 잠결에 기지개를 켤 양이면 발은 마냥 밖으로 나가고 두 주먹은 두 벽으로 나가고 엉덩이는 울타리 밖으로 나가…

>   — 『흥부전』에서

한데나 다름없는 그것도 집이라고, 쫓겨난 흥부가 제일 먼저 한 것은 수수깡으로 얼기설기 얽어 집을 짓는 일이었다. 이야기의 끝 즈음에 흥부의 박에서는, 목수들이 나와 으리으리한 고대광실을 지어놓는다. 의식주 — 인간의 가장 기본적인 권리요, 삶의 최소한 필요조건일진대, 집 하나 없이 살다가 가는 삶을 어찌 '인간적인 삶'이라 할 수 있으랴.

고금동서를 막론하고, 집이란 가진 자에게는 힘을 행할 수 있는 밑천이요, 없는 이에게는 평생의 희망이었다. 그저 비바람이나 피하고 몸을 누일 수 있으면 족하지 않으랴 하는 이들에게, 나의 바람은 행복에 겨운 투정이요 호사스런 부르주아의 끝 간데없는 욕망일지 모르겠다. 나는 세간에서 풍족하게 살고 싶어 발버둥치는 속물이다. 내게 집은, 가족들의 웃음이 넘치는, 서로의 버팀목이 되어주는, 생활의 원초적인 공간이다. 바깥에서 짓이겨진 삶을 편안히 쉴 수 있고, 마음을 활짝 펴서 힘차게 내일을 디딜 수 있는 곳이다. 질화로를 가운데 두고 매서운 겨울을 이겨냈던, 그런 힘이 간직된 집이다. 그러니 어찌 한 평의 공간만 있으면 족하지 않겠냐는 타박이 가당하랴.

벌써 여섯 해째, 집에서 멀리 떨어져 있다. 일주일의 2/3를 일터에서 먹고 자고 하는 삶이다. 일터가 있는 이곳에서 나는 집이 없는 셈이다. 늦은 밤이면 두 평쯤 되는 방에 들어가 잠을 청하곤 새벽에 일어난다. 잠을 자는 곳이 집이 아닌가 하겠지만, 거긴 글자 그대로 '방' – 숙소宿所일 뿐이다. 숙소, 잠자는 것 이외에 그 방이 가진 기능은 '없다'. 그래도 노숙露宿은 아니니, 이 고단한 세상에 함부로 투정할 일은 아니겠다.

잠자는 것 이외에, 죽는 날까지 읽고 쓸 수 있는, 그런 '방'이 있었으면 좋겠다. 나는 남들보다 먼저 지금의 일에서 벗어나려 한다. 몸을 혹사하는 것도 아니련만, 지친 것이다. 고문古文에 묻힌 삶이어서 그런지, 내 현실 감각은 '영零'이다. 고인古人은 한결같이 일에서 놓이면 강호江湖로 돌아가 읽고 쓰고, 읊조리거나 낚거나 하며 살지 않았던가. 물론 그런 삶의 이면에는 경제적인 바탕이거나, 또는 힘겨운 살이를 견뎌낼 수 있는 신념이 있었겠지만.

그런 삶을 살 수 있는 집을 갖고 싶다. '갖고 싶다'니, 소유하고 싶은 욕망보다 더 큰 것이 있을까. '인생은 공수래공수거空手來空手去'라지만, 손에 가득 채워야 텅 비워 떠날 수 있는 게 아닌가. 어쩌면 지상에 집 한 채 갖기 위해 살아가는 것일 게다. 물리적으로 존재하는 사물로서의 집이든, 어떤 영역에서 이룬 일가—家로서의 집이든, 집이란 존재를 확인할 수 있는 구체적인 형상일 것이다.

멋진 집을 갖고 싶다. 읽고 쓸 수 있는, 서재書齋를 갖춘 집. 그곳은 나의 우주일 것이다. 훗날 존재할 집을 이야기할 적이면, 아내의 견해는 한참 거리를 두고 있다. 아내의 집은 가족이 따뜻하고 편안하게 생활할 수 있는 살림집이다. 나의 집은 책장과 책상이 놓여 있는 책 냄새 가득한 집이다. 주섬주섬 사들인 책들이 엄청나서 서재는 꼭 있어야 하는 것이다. 어차피 저승 갈 적에 다 짊어지고 갈 것도 아니니 이쯤에서 처분해버리고 홀가분하게 살면 얼마나 좋으랴마는, 그게 말처럼 쉽지 않다. 지금까지의 내 삶과 혼이 스며 있기 때문이다. 이렇게 쓰고 보니, 나란 참으로 이기적인 인간이다.

온 가족이 오순도순 정겹게 살아갈 집을 대강 그려본다. 먼저 방을 생각한다. 일곱 식구다. 부모님과 우리 부부가 있어야 할 방이 하나씩 있어야겠다. 아이들이 커가니 심각하다. 딸만 또는 아들만 둘이라면 얼마나 좋을까마는 아들 하나 딸 하나이니, 이제 각각 방을 마련해주어야 한다. 게다가 아직 미혼인 아우가 있으니…. 방만 다섯이다. 서재는 반드시 두어야 하고, 담소라도 나눌 수 있는 거실에다 주방을 딸려놓는다. 일곱 식구이니 화장실은 두 칸 있어야겠다. 마당도 두어야 하고, 텃밭을 가꿀 수 있었으면 더욱 좋겠지.

이런 집은 몇 평이나 될까. 50평 이상을 호화주택으로 규정하는 우리나라에서, 부모님 모시고 서재 하나 갖추고 소요유逍遙遊한다는 것은 꿈같은 일이다. '호화' 란 어떻게 사는 것일까. 보통사람의 깜냥으로는 감히 생각도 못할 금은보화를 지녔어도 50평 미만이면 수수한 집이요, 가래톳이 서도록 뛰어다닌 서동지가 책더미 이외에는 구경조차 못해도 50평 이상이면 여지없이 호화주택이란다. 하긴 책 속에 있는, 헤아릴 수 없는 인류의 삶이 금은보화보다 더욱 값진 것이 아니냐. 이렇게 우격다짐하면 틀림없이 호화주택이렷다.

하다가, 아무래도 조영남의 노래처럼, '앞마당엔 예쁜 꽃 심고, 뒤뜰에다 밭을 갈자던 그 약속'으로만 남을 일임을 뼈에 사무치도록 느낀다. 도대체 이런 집을 한 채 마련하려면…. 내 능력으론 까맣게 먼 일이다.

방이 셋이나 되는 아파트에서 살고 있으니, 지상에 한 칸의 방도 두지 못한 이들에 견준다면, 고대광실의 삶이 아니겠느냐. 마는, 말 타면 경마(牽馬) 잡히고 싶은 법이다. 아파트란 것이 본래 일정한 틀을 만들어놓고 그 틀 속에 자신의 삶을 맞추라는 것이니, 그저 먹고 자고 TV나 보며 살아가는 데에야 아쉬울 것 없겠다. 그런데 나의 삶을 살자니 영 마뜩치 않은 것이다.

집에 대한 욕망이 커질수록 점점 힘겨워지고 있다. 묵직한 돌덩이가 어깨를 짓누르는 것이다. 추하지 않을 삶을 위한 몇 권만 남겨두고 책들을 죄 없앤다면, 아이들이 제 생활을 할 수 있는 방은 마련될 테니, 굳이 이 아파트를 떠날 일이 없겠다. 여태껏 그래왔던 것처럼 그저 일터나 왔다갔다하면서 세월이나 낚는다면…. 어딘지 늙음의 냄새가 풀풀 나는 게 아니냐. 그렇게 산다면 나의 삶은 없는 것이다.

삶이 있는 집은, 그렇다, 힘겨운 짐이다. 평생을 성실하게 봉직해도, 아니 그럴수록 멀어진다. 어찌해서 그런 집을 마련한다 하더라도, 여지없이 법규의 잣대로 세금을 매겨주면, 그 다음부터는 그 집을 끝까지 지키기 위해서 허덕여야 하는 것이다. 이러니 부를 쌓기 위한 수단이라면 모를까, 집은 평생 안온한 삶을 위한 터전은 아닐 게다.

그래도 나는 아름다운 집 한 채를 장만하고 싶다. 사랑하는 가족들의 행복과 아름다운 삶을 지키기 위하여.

이럴 즈음에 가슴을 울린 것이, 바딤 피얼먼의 〈모래와 안개의 집〉(House Of Sand And Fog, 2003)이다. 집을 둘러싼 사람들의 삶과 욕망이 비극 속에 담겨 더욱 인상 깊다.

지붕의 발코니에 서면 아름다운 바다가 보인다. 고향에서도 발코니에 서면 바다가 보였다. 정치적 이유로 이란에서 망명한 베라니 대령(벤 킹슬리)은 아내와 아들에게 고향의 포근함을 주고 싶다. 고국에서는 그 누구도 감히 쳐다볼 수 없던 지위였지만, 아메리카 땅에서 그는 막노동자일 뿐이다. 아들을 명문대학에 보내기 위해서, 아내에게 고국에서의 삶을 되찾아주기 위해서, 그는 집을 좀더 비싼 값에 팔려 한다. 그 집은 한때 캐시(제니퍼 코넬리)의 집이었다. 이혼이 실의와 궁핍으로 이어진 캐시는, 세금을 내지 못해서 집을 빼앗긴다. 그 집은 캐시의 아버지가 30여 년 동안 돈을 모아 마련한, 그녀의 마지막 삶의 터전이었다. 경매에 나온 그 집을 산 사람이 베라니 대령이다. 캐시는 자신의 모든 것인 집을 되찾기 위하여, 베라니 대령은 삶의 바탕인 집을 지키기 위하여, 팽팽하게 맞선다.

집을 둘러싼 공방전처럼 보이는 이 이야기에는 깊이가 있다. '집'의 가치와 '집'의 역할, '집'으로 비유된 아메리칸 드림의 정체, 정착민과 이민자 사이의 갈등, 9·11 이후 미국인과 아랍인 사이의 깊게 패인 골에서부터, 테러에 대한 강박관념까지…. 정착민과 이민자 또는 미국인과 아랍인 사이의 갈등은, '문명'과 '야만'을 바라보는 시각을 열어놓는다. 한 걸음 더 나아가 아메리카 역사의 출발선에 대한 의문 - 아메리카에 첫발을 디딘 미국인들도 유럽에서 여러 가지 이유로 이민, 망명 또는 도주해온 이들이 아니던가 - 을 부여하기도 한다.

베라니 대령도 캐시도 결국 집을 소유하지는 못했다. 집은, 집에 대한 욕망은, 아무리 힘주어 움켜쥐어도 스르르 빠져나가는 모래와 안개 같은 것이다. 영원하지 않고 순간 존재했다가 사라져버리는 환상일 뿐이다. 그렇더라도, 형체는 보이지만 결코 지닐 수 없는 안개 같은 것이라 하더라도 나는 집을 갖고 싶다. 포근하고 편안한 삶의 마지막을 위하여.

2005. 10

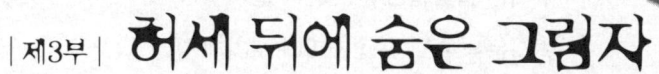

수레는 덜컹덜컹 말은 슬피 울어대며

병사들은 활과 화살 저마다 허리에 찼네.

…

옷 당기고 발 구르며 길 막아 우니

울음소리 곧장 올라 하늘에 닿네.

지나는 길손, 출정 병사에게 물으니

병사는 그저 징병이 잦다 할 뿐.

…

변경에 흘린 피 바닷물 되어도

황제의 국경 넓힐 뜻은 그치질 않네.

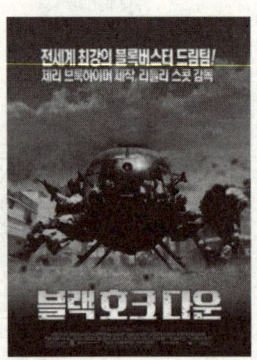

| 블랙 호크 다운 |

Black Hawk Down
미국/2002
감독 : 리들리 스코트
출연 : 조쉬 하트넷, 이완 맥그리거, 톰 시즈모어, 에릭 바나,
　　　 윌리암 피츠너

...

車轔轔馬蕭蕭, 行人弓箭各在腰

牽衣頓足欄道哭, 哭聲直上干雲宵

道旁過者問行人, 行人但云點行頻

邊庭流血成海水, 武皇開邊意未已

－ 두보杜甫, 「병거행兵車行」에서

'나'와 '너'가 존재하는 이상 둘 사이의 갈등과 충돌은 피할 수 없는 문제일 터입니다. 개인이 모여 확대된 집단 사이에서는 더할 나위 없지요. 원인이야 많겠지만, 그것이 자연自然이라는 시스템에서의 생존 또는 존속을 위한 본능에서 비롯된다면 어찌할 수 없겠거니와 이따금 신들린 듯한 재미 때문에 비롯된다면 그것처럼 위험스러운 일은 없습니다. 그 재미는 곧 폭력입니다. 인간이 만들어낸 가장 정교하고 치밀한 폭력은 전쟁이겠습니다. 개인이 개인에게 가하는 주먹다짐이나 발길질, 또는 몇몇의 무리들이 한 개인에게 가하는 위해들은 평생을 두고 지울 수 없는 흔적과 상처를 만들어내기도 하고, 때로는 치명적인 상처를 만들기도 하지요. 그러나 전쟁은 그러한 수준 이상이 아니던가요.

과학의 성과가 한 단계씩 오를 때마다, 문명이 한 걸음씩 앞으로 내디딜 때마다, 이렇게 나아가다 도착하는 끝은 과연 어딜까 생각해보고는 도리질할 때가 있습니다. TV 뉴스의 해외 소식, 특히 제3세계의 혼돈과 소요를 접할 때마다, 그리고 제1세계의 거대한 목청과 우격다짐을 바라볼 때마다 섬뜩해지는 것은 어쩌면 본능일 것입니다. 어쩌면 우리나라의 혼돈스러운 정치와 겹겹 포장된 경제와 물결따라 표박漂迫하는 사회·문화에서 짐짓 멀어지고자, 눈 닫고 귀 막고 움츠려 사는 것도 어쩌면 그 섬뜩한 본능적 공포 때문일 것입니다. 그렇습니다. 본능적 공포. 공포는 바로 본능입니다. 그 공포는 폭력의 공포, 전쟁의 공포입니다.

전쟁은 가끔 편집광이거나 알콜중독자로 비유되는 미치광이들에 의해서 저질러진다는 것을, 세계의 수호천사를 자처하는 이들은 실상 아무런 능력도, 심지어는 위험에 대한 감지 능력조차 없는 이들이라는 것을, 그러나 그들에 의해서 지구는 핵으로 사라질 수 있다는 소름끼치는 전쟁의 공포를 스탠리 큐브릭은 〈닥터 스트레인지러브〉(Dr. Strangelove, 1964)에서 섬뜩할 정도로 잘 보여주고 있습니다. 그 어떤 것보다 가장 무서운 공포영화였다면 지나친 과장일까요.

핵으로 세상이 어떻게 멸망하는가 하는 끔찍한 광경은 제임스 카메론의 〈터미네이터 2〉(Terminator 2 : Judgment Day, 1991) 감독판에 생생하게 묘사되어

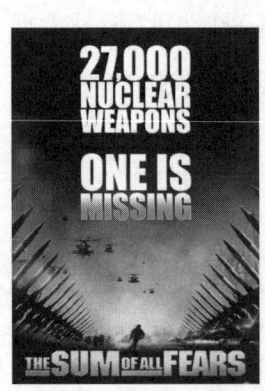
〈썸 오브 올 피어스〉

있습니다. 그 이전에 핵 원자가 융합 반응하여 폭발하는 광경을, 그리고 그 현장에서 처절하게 죽어가는 사람들의 모습을 톰 클랜시의 소설 『모든 공포의 총합(The Sum of All Fears)』에서 생생하게 읽었던 기억이 있습니다. - 10여 년 전 『베카의 전사들』이라는 이름으로 출간되었을 때 읽었는데, 필 알덴 로빈슨 감독에 의해 〈썸 오브 올 피어스〉(The Sum of All Fears, 2002)라는 원작 소설과 같은 이름

으로 얼마 전 개봉했다는군요. – 너댓 페이지에 걸쳐 묘사된 그 부분은 마치 영화의 한 장면을 보는 것처럼 살아 있습니다.

인류가 존속하는 한 전쟁은 절대 피할 수 없는 것인가요. 전쟁이란 세계 평화를 위한 의전儀典인가요. 때로 뉴스의 한 모퉁이를 차지하고 생생하게 중계되는 그 전장戰場을 볼 때마다, 스포츠 중계 방송 앞에서 가슴 졸이며 앉아 있는 제 그림자가 겹쳐집니다.

인류가 사회라는 집단을 형성한 뒤에, '사회'는 그 존재와 유지를 위한 치밀한 법제法制를 만들어냅니다. 그 법제의 대표적인 유형을 하나 든다면 정치일 터이지요. 정치는 언뜻 수평이어야 한다는 생각이 듭니다. 사회를 구성하는 모든 개개인의 행복을 위해서라면, 우리 모두 제각각 조금씩 덜어내서 모든 이의 공통된 소망으로 그 만큼 더 채워가는 수순을 밟아야 하는 것이 진리가 아닌가요. 그런데 정치는 종종 '권력'이라는 것과 밀접한 관련을 갖고 매듭지어져 있음을 봅니다. '정치를 한다'는 것은 '국민 모두에게 복福과 낙樂을 나누어주는 것'이라는 의미보다는, '모든 것의 위에서 힘을 행사하는 것'이라는 의미가 훨씬 강렬하게 자리잡지요. 정치를 한다는 것은 곧 힘을 얻는 것이며 그 힘을 휘두르는 것이요, 정치가는 권력자라는 말과 동일하게 받아들여지지요.

하긴 차를 몰고 네거리에 이르러 보면, 차들이 엉키지 않고 잘 풀려져 움직이게 하는 신호등은 항상 머리 위에 있지요. 질서를 잡는다는 것은 위와 아래라는 수직적 질서 또는 종 구조縱構造의 개념을 불러일으키는군요.

힘이라는 것은 묘한 것이어서 가져도 가져도 항상 빈손이지요. 마치 밑 빠진 독에 물을 붓는 것처럼 욕망은 어딘가 새는 구멍을 가진 주머니라는 생각이 듭니다. 꼭지점에 있는 절대자란 외롭기 짝이 없는 존재이어서, 어쩌면 곁에 누군가를 또는 무언가를 두고 싶은 것인지도 모릅니다. 꼭지점이란 한 존재만을 위한 자리인지라 옆에 공간도 없거니와 놓아두는 순간 이미 흘러내리는 게지요. 어쩌면 그래서 권력은 수평적 확산에 더없이 집착할 터입니다. 천하를 거머쥘 수 있다면, 그래서 자신이 곧 천하가 될 수 있다면 손 안에 가득한 행복을 겨워할 수 있을까요.

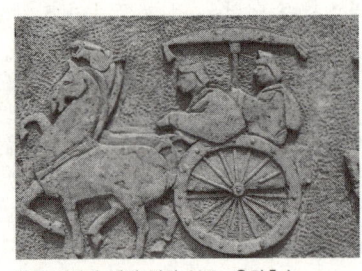
중국 진나라 때의 전차 부조. ©김충수

힘의 무소불위無所不爲를 추구하는 자는 비단 꼭지점에 자리잡은 이만은 아닙니다. 우리들 대부분은 꼭지점이 아닌 빗면이나 밑면에 거처하고 있기 때문에 아닌 듯할 터이지, 사실 권력에 대한 갈망이랄까 힘의 운용에 대한 소망이랄까, 그러한 모든 것들이 꼭지점에 있는 사람이든 빗면이나 밑면에 있는 사람이든 누구나 보편적으로 가지고 있는 생각일 겝니다.

며칠 전 김호동의 『황하에서 천산까지』라는 글을 읽었는데, 머리말에 이런 구절이 있었습니다. "우리는 곧잘 강한 자와 강한 민족의 역사에 매료된다. 위인과 영웅의 생애를 즐겨 읽는 것은 어쩌면 우리 내면에 '권력에의 의지'가 꿈틀거리기 때문일지도 모른다. 그러기에 세계제국을 건설하고 지배했던 파라오나 시이저 혹은 징기스칸을 읽고 싶어한다. 그러나 진정한 강자는 약자의 아픔을 이해하고 어루만져줄 수 있는 사람일 것이다."

그렇습니다. 남녀노소를 불문하고 우리의 내면에는 참을 수 없는 권력에의 의지가 꿈틀거리며 용솟음치고 있습니다. 모든 것의 우위에 절대적으로 존재하고 싶은 욕망. 도덕적으로 재단할 수 있는 선악 시비의 문제는 인간과 인간의 사이에서 존재하는 것일 뿐. 한낱 미물에게 가해지는 어린아이의 장난은 우리들의 눈에는 개구쟁이 같고 담대해 보일지 몰라도, 저들의 관점에서는 처참한 폭력일 뿐입니다. 우리들은 어쩌면 그렇게 폭력에 길들여지고 폭력을 행사하는 나머지, 폭력을 마치 스포츠처럼 생각하고 있는 것은 아니겠는지요.

아니, 스포츠가 '레저 문화'라는 이름으로 다듬어진 폭력이라면 지나친 독설일까요. 권투나 레슬링, 태권도 등의 격투기는 좀 노골적인 폭력이요, 축구나 필드 하키, 농구 등은 사실 정교한 진법陳法을 구사하는 전투놀이지요. 이렇게 말하고 나니 매우 지나치군요. 그러나 스포츠는 전투에서 기원했다는 걸 우리는 이미 잘 알고 있지요. 제 독설도 합리화될 수는 있을 터입니다.

전쟁은 일찍이 시뮬레이션화되었습니다. 장기는 초楚와 한漢의 전쟁을 빌린 게임이요, 바둑도 결국은 영토를 확장해나가는 제국주의적 속성이 반영된 놀이이지요. 그것이 컴퓨터 시대에 들어오면서 더욱 정교하게 다듬어서 이른바 '컴퓨터 게임'이라는 신종 레저 산업으로 번창한 것이 아닌가요.

말판에서 또는 모니터에서 우리는 '즐겁게' 전쟁을 합니다. 그것은 너무나 신나는, 그래서 시간마저 잊어버리는 오락이지요. 나무나 돌로 깎은 말들이기에 생명은 존재하지 않았습니다. 판 위에서 말을 죽이는 것은 예사롭지요. 고도의 수를 구사하면서, 상대방의 속내를 꿰뚫어보지 않으면 이기기 어렵습니다. 두뇌를 개발시키는 데 상당한 의미도 있다고 합니다. 저는 아직 컴퓨터 게임에는 손방이라 해본 적은 없지만, 따지고 보면 장기나 바둑의 개념에서 한 발자국도 벗어난 것은 아니지요. 그래픽으로 정교하게 만들어진 그림들은 실제 현장을 방불케 하고, 여러 신종 무기들과 전략과 전술이 구사됩니다. 그것은 나만의 세계, 내가 구축한 세계에서 내가 만들어가는 새로운 우주의 질서입니다. 어쩌면 우리는 그 순간 신에 버금가는 행위를 하고 있는지 모릅니다. 흙을 빚어 인형을 만들고 거기 생명의 숨을 불어넣은 야훼나 프로메테우스처럼, 모니터 앞에 앉아 있는 순간 우리는 '위대한 손을 지닌 신'이 된 것입니다.

신의 손은 절대적인 것이어서, 그 손끝에서 말이 또는 키보드의 글자판이 어떻게 조작되는가에 따라 엄청난 파급효과를 불러일으키지요. 말은 한 개의 눈금점을 이동하지만, 손가락은 한번 자판을 누르지만, 그 미세한 움직임이 불러일으키는 파장의 효과는 엄청납니다. 신들의 한낱 손장난에 의해서 우롱당하는, 지상의 존재들에 대한 고통은 호메로스Homeros의 『일리아스Ilias』나 『오뒷세이아Odysseia』에 잘 그려져 있지요. 신들은 재미 삼아 말을 두지만, 지상에서는 수천 수만의 아무 죄 없는 병사들이 처절하게 죽어갑니다.

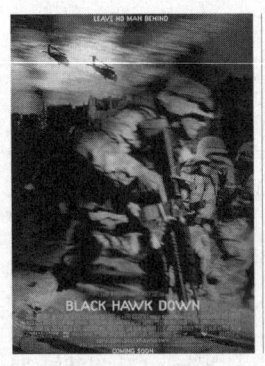

리들리 스코트의 〈블랙 호크 다운〉(Black Hawk Down, 2001)을 보면서 내내 저는 장기판의 말과 시뮬레이션 게임을 떠올렸습니다. 그렇습니다. 〈블랙 호크 다운〉의 전쟁은 한편의 게임이나 스포츠였습니다.

1993년 10월 3일에서 10월 4일, 18시간 동안 소말리아의 수도 모가디슈에 파견된 미군 부대가 겪은 실제 이야기입니다. UN 평화유지작전의 하나로, 미군 최정예 부대가 모가디슈에 파견됩니다. 소말리아의 내란과 기근의 주범인 악독한 민병대장 아이디드의 두 부관을 납치하는 것이 그들의 임무입니다. 동아프리카 전역에 걸친 굶주림으로 무려 30만 명이 죽었는데, 그 배후에는 구호품을 착취하는 민병대가 있었다는군요. 그런데 그 작전은 빗나가게 되고, 한 시간 남짓이면 끝날 것이라는 전투는 무려 하루 낮과 밤을 보내지요. 이 전투는 클린턴 행정부의 대외 정책에 큰 타격을 입혔답니다. 클린턴 행정부의 전철前轍을 지금 부시 행정부도 그대로 밟고 있지 않습니까.

자유와 평화라는 이름보다 더한 명분은 없겠습니다. 늘 미국은 세계 평화를 위한 수호천사를 자임하지만, 어쨌든 전쟁은 폭력일 뿐입니다.

〈블랙 호크 다운〉은 두 시간 남짓 모가디슈 시가전을 생중계합니다. 실제 현장을 방불케 하기 위해 카메라를 들고 찍었다지요. 대한영화 시절 베트남에서 싸우는 한국군의 모습을 취재한 종군기자의 흑백 필름이 생각납니다. 실제 전투 현장을 찍은 것이든 아니든 손에 카메라를 들고 달리는 종군기자 때문에 화면은 매우 심하게 떨리고, 말소리도 멀리서 혹은 가까이서 매우 불분명하게 들리지요.

〈블랙 호크 다운〉이 실제 현장의 생중계 같은 것은 바로 이런 다큐멘터리적 기법과 생중계하는 듯한 촬영 방식에 있지요. 아니, 실제로 그것은 재연된 전투의 중계 방송입니다. 마치 스포츠를 관람하듯이, 명절 때 귀성 차량 행렬을 바라보듯이, 수해 현장의 처참한 모습을 시청하듯이 우리는 걸러지지 않은 화면 속으로 빠져듭니다. 사실의 충실한 객관적 전달에 대한 노력은 소말리아 민병대를 적으로 규정하지도 않고, 미군을 수호천사로 그리지도 않고,

그저 18시간 동안 있었던 전투를 두 시간 정도로 편집해서 중계 방송해줄 뿐입니다.

질릴 정도로 계속되는 전투 장면, 인간이 인간을 살상하는 장면이 중첩되고 반복되는 끔찍한 사파리 현장. 어느덧 침투 목적은 사라지고, 구출되기만을 기다리는 미군병사와 끝없이 공격하는 소말리아 민병대, 작전 본부에 앉아서 모니터를 지켜보며 작전 명령을 내리는 지휘관들의 모습….

묘한 일입니다. 모니터를 보면서 작전을 지휘하는 전투, 그 전투를 모니터를 통해서 꼼짝 않고 바라보는 우리들. 전투는, 전쟁은 스포츠와 다름없습니다. 지난 해 9·11 테러 장면과 아프간 전쟁을 거듭 되풀이해서 보여주던, CNN과 우리나라 TV 방송국들은 전투를 생생한 스포츠 중계의 개념으로 바꾸어버린 듯합니다.

언젠가 우리나라 여성들에게는 인식표認識票가 목걸이로 바뀐 적이 있었습니다. 군번과 혈액형과 이름자 영문 이니셜이 새겨진 인식표. 전시에 시체를 판별(인식)하기 위한 표지標識도 멋진 악세사리로 바뀔 수 있다는 것. 군 전투화도, 군 작업복도 작업모·정글모도 군영 밖에서는 언제나 멋진 의상입니다. 군복을 입은 병사는 어느 틈엔가 터프가이의 대명사로 교체되어가고, 전투의 생생한 장면이 없는 서해 교전 뉴스는 따분하기 그지없습니다.

스포츠가 산업화되는 것처럼 전쟁도 산업화되고 있습니다. 페인트 총알을 날리며 모의 전투를 치르는 서바이벌게임은 벌써 멋진 레저문화로 자리잡고 있습니다. 스트레스를 확 날려버린다는 둥, 팀워크를 확인할 수 있다는 둥…. 사하라 사막을 달리던 지프는 여러 변형을 거쳐 낭만의 오프로드 레저 차량이 되었습니다.

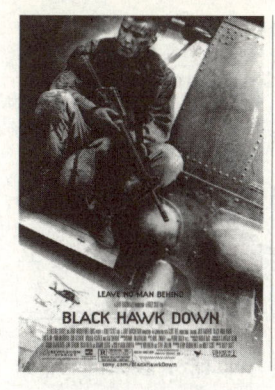

서바이벌게임은 어찌 보면 어린 시절 나무로 만든 총을 가지고 골목골목 산모퉁이 너른 들판에서 동네 아이들끼리 편을 나누어 놀았던 전투놀이의 생생한 어른 버전일 뿐입니다. 그런데 이런 서바이벌게임은 사실 모의훈련 놀이에만 있는 것은 아닙니다. 사실, 더 생생한 서바이벌게임은 우리들의 일터에 있습니다. 남을 앞질러야 내가 살 수 있는 그 일터의 구조야말로 전장입니다. 끊임없이 머릿속으로 생산해내야 하는 새로운 아이템과, 상부에서 만들어 보내는 프로젝트에 길들여져야 하는 우리들은 병사들입니다. 상부의 나직한 말 한마디는 아래로 내려올수록 피땀 흘리며 뛰어야 하는 전쟁터와 다름이 없습니다. 그래서 생존할 수 있다면, 아니 생존해야 하기 때문에 종종 도덕과 신념은 휴지처럼 구겨집니다. 야합과 협상, 모해와 음모를 마다하지 않는, 우리들은 용병입니다. 일터는 전장입니다.

차라리 횡행하는 유탄流彈 빗발 속에 있는 전장이 대의명분을 세우기에는 더없이 좋을 수 있습니다. 그러나 이런 일들이 꼭지점에 자리잡은, 한 권좌의 이익을 위한 것이라면 곧 절망입니다.

〈블랙 호크 다운〉은 이런 현대인의 모든 욕망과 형국을 잘 보여주고 있습니다. 미국이라는 패권주의의 권력이 평화니 자유니 인권이니 이런 이름을 달고 끝없이 달음질쳐 나아갈 때, 그곳에는 아무 죄 없이 희생되는 수많은 영혼들이 있습니다. 그러나 스포츠를 보듯 TV를 통해 전투를 바라보는 우리들은 종종 잊고 있습니다. 내 살갗에 와 닿지 않는 고통은 내 문제가 아닐 터이니까요.

스포츠는 전투에서 비롯되었어도, 스포츠는 전투가 아닙니다. 전투가 스포츠가 되는 일도 없어야 합니다. 전투가 스포츠처럼 보여져서도 안됩니다. 공동체의 행복한 삶을 위해서라면, 증오와 대립을 넘어서 화해로 갈 수 있는 길이라면, 서바이벌게임 같은 인간사냥 놀이보다는 차라리 축구나 농구처럼 고도의 진법과 작전을 구사해야 하는 스포츠를, 전투 개념이 이미 사라진 스포츠를 선택할 일입니다. 어쩌면 스포츠는, 인간의 권력에 대한 의지나, 사냥 또는 전쟁이라는 합목적적 살생에 대한 충동을 잠재우는 수단이 될 수도 있을 것입니다.

2002. 8

그러면 전쟁을 왜 하냐고?

영화가 끝나고 아들이 묻는다, 전쟁을 왜 하냐고.

나의 대답은 궁색하였다. 세계 평화를 위하여, 한때는 공산주의자들과, 지금은 남의 나라를 침략하는 자들을 없애기 위해서라고. 참으로 이 대답은 궁색하다. 어딘지 모르게 학창 시절 도덕 시간 같은 대답이 아니냐. 남의 나라를 침략하는 자들이라고? 미국의 전쟁 영화를 볼 때마다, 미국은 남의 나라에 가서 싸우지 않던가? 나의 대답은 참으로 궁색하기 짝이 없다.

영화가 끝나고 아들이 묻는다, 전쟁을 왜 하냐고.

나는 아이에게 대답해줄 수 없다. 도대체 전쟁을 왜 하는지는 나도 모르기 때문이다.

윤리 시간에 인간은 존엄한 존재라고, 책에 밑줄 그어가며 읽었다. 소크라

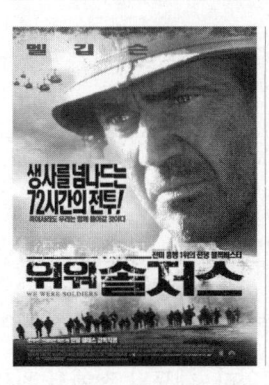

| 위 워 솔저스 |

We Were Soldiers
미국/2002
감독 : 랜달 웰러스
출연 : 멜 깁슨, 매들린 스토우, 그렉 키니어, 샘 엘리어트, 배리 페퍼

테스로부터 데카르트를, 그리고 칸트를 지나서, 니체와 사르트르를 배우면서, 존재한다는 것이 무엇인지, 존엄하다는 것이 무엇인지, 무슨 말인지 확연히는 몰라도 그래서 철학일 것이라며, 열심히 읽고 또 읽고, 더러는 노트에 써가면서, 인간의 존엄함에 대하여, 생명의 고귀함에 대하여 공부하였다. 공맹孔孟과 주자朱子를, 그리고 퇴계退溪와 율곡栗谷을, 동학東學 이념을 배우면서 사람은 본래 선한 존재이므로 수양을 통하여 그 본성을 지키거나 다시 찾아야 한다는 것을, 사람이 곧 하늘이라는 것을 열심히 읽고 또 읽고, 외고 또 외고, 쓰고 또 써가면서 공부하였다. 윤리 시간에, 그리고 한문 시간에.

교련 시간에 적을 죽이지 않으면 내가 죽는다고, 허공에 만든 적에게 목총木銃을 휘두르며 배웠다. 총검술. 착검着劍을 가정해서, 찌르기. 신속, 정확. 올려치기. 낭환囊丸을 향하여 개머리판으로. 힘껏. 쌔캬! 네 적은 항상 너보다 커! 목총은 무거웠다. 언제나 나보다 어깨 하나는 위일 적의 급소를 공격하며, 순식간에 죽였다. 수류탄 투척. 손날로 적의 목을 치기···. 우리는 인간 병기人間兵器였다. 교련 시간에.

윤리 시간에 생명의 존엄함을 배우고, 교련 시간엔 그 생명을 하나 절단 내고···.

우리는 한때 꽃다운 학생이었다. 그리고 우리는 군인이었다.

정말로, 우리는 한때 군인이었다.

정말로, 우리는 그 꽃다운 나이에 군인이었다. 아직도 청춘은 파릇하게 살아 있었고, 그래서 우리들의 옷도 파릇하였다. 교련 시간에 지겹도록 되풀이한 훈련을 다시 받으면서 증오와 분노도 싹트고 있었다. 베트남 전에서 위세

를 떨쳤다던 M16. M16 탄알은 사랑스러웠다. 훗날 만난 예비군 교육장의 카
빈 소총 탄알은 무뚝뚝한 선머슴애였다. M16 소총 탄알은 참으로 고혹적이
었다. 탄알을 만질 때마다, 장탄裝彈할 때마다 가슴이 뛰곤 하였다. 매혹적인
여인을 매만지는 느낌에 젖곤 하였다. M16 탄알은 여인의 둥근 어깨선이며
봉긋한 가슴이었다. 잠시 알았던 여자의 각선미가 생각나곤 하였다. 매끄러
웠다. 미끈했다. 나는 M16 탄알을 사랑하였다. 이따금 교관의 양미간에 탄알
을 박아 넣곤 하였다. 6조 우선右旋. 총신 안을 들여다보며, 목표물을 산산이
찢어놓는, 나선螺線을 빠져나올 때의 회전력을 어림짐작해보았다. 2킬로 남
짓까지 살상이 가능하다는, 460미터 정도에는 살아 있는 생명을 두지 않는다
는, M16. 탄알. 나는 방아쇠를 당겼다. 걷어차던 워커의 주인을, 과녁의 심장
을 비껴간 탄알 덕분에 무수한 '얼 차려'를 욕설로 범벅해주던 교관의 양미간
에 내가 사랑하던 탄알은 여지없이 자국을 남겼다. 묵직한 대검帶劍은 중대장
의 아랫배를 가볍게 긋고 있었다. 그렇게 폭력 충동을, 살상 충동을 느끼며
또 잠재우고 있었다.

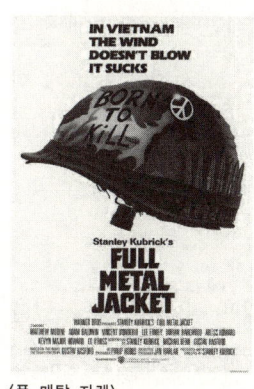

〈풀 메탈 자켓〉

스탠리 큐브릭은 〈풀 메탈 자켓〉(Full Metal
Jacket, 1987)에서, 선량한 한 사람이 어떻게 인간을
잃고 살인 병기로 변해가는지 섬뜩하게 그려내고
있다. 탄알을, 소총을 만지작거리면서, 애인처럼
곁에 두면서, 그렇게 살았던 때가 있었다. 나를 겨
누거나, 나를 공격하는 모든 것들에게, 절규하면서
마음껏 총을 쏘고 싶었던 그러한 때가 있었다.

랜달 월레스의 〈위 워 솔저스〉(We Were Soldiers, 2002)를 보면서 그런 생각을 하고 있었다. 참혹했다. 거실을 울리는 헬기의 굉음, 소총 소리, 사방으로 흩어지는 피와 육신…. 처절했다. 전장戰場의 한가운데 서 있었다. 아군과 적군은 존재하지 않는다. 오직 살기 위해 싸우는 것이다.

세월이 흐르긴 흘렀는가? 북베트남 군은 예전의 북베트남 군과 분명 다르다. 프랑스 군의 패배로부터 할 무어(멜 깁슨)는 '지피지기知彼知己면 백전불패百戰不敗'라는 병법을 얻는데, 그의 치밀한 예상과 전략으로 북베트남 군지휘관의 놀라운 작전은 저지당한다. 그렇지만 북베트남 군을 폄하하는 시선은 보이지 않는다. 참혹하게 죽어가는 북베트남 군이나 미군을 균등하게 다루려 했다는 점에서는 올리버 스톤의 〈플래툰〉(Platoon, 1986)보다 한 걸음 더 나아갔다는 생각이다. 벙커에서 작전 지도를 펼쳐놓고 미군의 허점을 공략하도록 작전 명령하는 북베트남 지휘관은 명장名將이다. 무어 중령에게 돌진해가던 안경 쓴 북베트남 군인은 틀림없이 지식인이다. 수첩에 빼곡이 기록된 일기(?), 애인인 듯한 사진을 갈피에 끼운 그는 분명 인텔리겐차였을 것이다. 부하들의 시

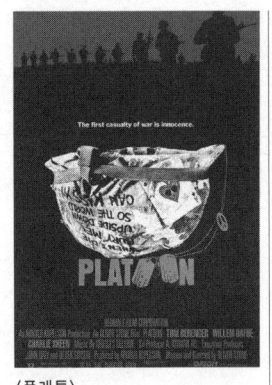

〈플래툰〉

신 더미를 곁에 두고 지휘관은 말한다. "전쟁이 계속된다면 얼마나 많이 죽느냐 하는 문제만 남을 것이다."

무엇 때문에 싸운 것인가. 북베트남 군은 땅을 짓밟은 침략자들과 싸웠을 테지만, 왜 전쟁이 일어났는지 그들은 몰랐을 것이다. 미군 병사들도 모를 것이다. 무엇 때문에 남의 나라에 와서 꽃다운 청춘을 접어야 하는지. 길을 막

지 않으면 죽는 것이요, 길을 뚫지 않으면 죽는 것이다. 무엇 때문에 싸우는 것인가. '평화'를 위해서? '자유'를 위해서? 누구를 위한 평화이며 누구를 위한 자유란 말인가? 무엇이 평화고 무엇이 자유라는 말인가? 종군기자 조 갤러웨이(배리 페퍼)의, "그들은 국가와 성조기를 위해 싸운 것이 아니라 서로를 위해 싸운 것이다" 하는 말이 새삼스럽다.

잘 보거라, 아들아. 전쟁이라는 것이 얼마나 잔인하고 참혹한 것인지. 아이에게는 너무 잔혹한 장면이 많았지만, 아이가 컴퓨터 게임 때문에 전쟁을 단순한 게임이나 스포츠로 인식하지 않기를 바랐다. 저 전투는 파울foul이야. 북베트남 군은 소총과 포로만 싸우는데, 미군은 비행기로 하늘에서 마음껏 공격하잖니. 느닷없이 아들이 묻는다. 아빠, 북베트남 군이 베트콩이예요? 북베트남 군은 정규군이라고, 미군처럼 진짜 군인이라고…. 베트콩은, 영화에서 농라라고 하는 삿갓을 쓴 이들인데, 일종의 게릴라, 말하자면 임진왜란 때 우리나라의 의병 같은 거라고, 프랑스의 레지스탕스 같은 거라고….

그 순간 나는 혼란스러워졌다. 의병이나 레지스탕스는 '좋은 사람'들이지, '나쁜 놈'이 아니질 않나. 아이 입장에서는 그들이 '좋은 사람'이라면 미군이 '나쁜 놈'이 되어야 하는데, 영화뿐만 아니라, 미군은 '좋은 사람'이 아니냐. 아무래도 애가 좀 혼란스러워할 것 같다는 생각이 든다. 더구나 '침략'이 '남의 나라를 쳐들어간다'는 뜻이라고 했을 때, 미국 전쟁 영화는 확실히 대답하기 어렵다. 아이를 위해서라면, 북베트남이 '나쁜 놈'이고, 미국이 '좋은 사람'이어야 할 것 같은데…. 기어코 아들은 묻는다. 그러면 북베트남이 나빠? 이런~! 글쎄다. 그게 뭐 나쁘다고 해야 하나? 거기도 자기네 나라를 지키려고 싸우는 거지. 하여간, 여기서는 누가 나쁘다고 할 수도 없고 좋다고 할 수도 없어. 그냥 싸우는 거야. 살기 위해서….

아들이 또 묻는다. 아빠, 그런데 미국은 왜 베트남에 가서 싸웠어요? 그건 프랑스가 바통을 넘겨줘서 그래. 이거 얘길 해줘야 하나. 아무래도 전쟁 영화란 앞으로 아이하고 함께 볼 일은 정말 아니지 싶다. 베트남이랑 인도네시아랑 그 지역을 인도차이나라고 하잖니? 예전에 거기는 프랑스 식민지였어. 아내가 끼여든다. 베트남도 그거 보면 참 힘들게 살아온 나라죠? 언젠가 보니 기형아가 참 많더구만. 그거 고엽제 피해 때문이야. 저, 봐라. 저게 전쟁이야. 끔찍하지? 아빠, 그런데 미국은 왜 베트남에 가서 싸웠느냐구요? 응, 그거…. 베트남도 중국이나 우리나라만큼 역사가 오래된 나라거든. 베트남 문화도 굉장하지. 그런데 프랑스가 베트남을 식민지로 삼았으니, 베트남이 가만히 있었겠냐? 독립하려고 했지. 그래서 프랑스 군과 싸웠거든. 1946년부터 1954년까지. 제일 처음에 1954년 얘기부터 나오잖아. 그때야. 프랑스는 자기 나라로 돌아갔어. 전쟁에 졌거든. 그런데 베트남이 둘로 갈려. 북베트남과 남베트남으로. 북베트남이 공산주의 국가야. 지금은 안 그런데, 공산주의 국가가 미국의 적이었던 때가 있었어. 미국은 민주주의 국가고. 그때 민주주의 국가에서 제일 쎈 나라가 미국이고, 공산주의 국가에서 제일 쎈 나라가 소련인데, 소련은 지금 없어졌지. 미국은 공산주의 국가가 많아지는 것을 막고, 세계 평화를 지키기 위해서, 베트남에 가서 싸운 거야. 하여간 말로는 '세계 평화' 라고 그러는데, 전쟁하면서, 평화라는 말 하긴 좀 그렇지? 나중에 배우게 될 거야. 지금은 어려운 얘기야.

아빠, 걸프 전은 뭐야? 아무래도 첩첩한 산이다. 그건 미국과 연합군이 이라크와 싸운 전쟁이야. 91년 1월부터 2월까지 전쟁했지. 그럼 베트남 전과는 다른 거야? 당연히 다르지. 이라크가 어디 있냐? 베트남 전은, 미국이 60년에서 75년까지 싸운 건데, 미국이 진 전쟁이야. 미국이 졌어요? 영화에서는 여기저기 많이 이겼는데, 결론적으로 보면, 진짜는 졌어. 걸프 전에서는 이겼고. 왜 싸웠어요? 시작은 석유 때문인데, 다른 문제들이 또 많이 있어. 얘기해도 넌 잘 몰라. 참으로 어렵다. 참으로, 참으로 대답하기 어렵다.

영화가 끝나고 아들이 묻는다. 전쟁을 왜 하냐고.

아, 참으로 어려운 질문이구나, 참으로 어려운 질문이구나, 아들아.

척박한 곳에 사는 이들이 먹고살기 위해 풍요로운 곳을 찾았다면, 그곳에도 이미 삶터를 정한 이들이 있었을 터이니 마땅히 전쟁이 일어날 수밖에 없는 일이지. 아무래도 태초에 인류가 이동하는 루트를 따라가다 보면 이런 일이 한둘이 아니었겠지? 이런 생각을 해볼 수도 있겠구나. 신석기시대 인류 최고의 혁명이 있었지. 농업혁명. 농사를 짓게 되면서 인류는 짐승을 쫓아다니는 수고로움과 그에 따른 생명의 위협에서 벗어나게 되었단다. 떠돌아다니는 불안정한 생활로부터, 한곳에 정착하게 됨으로써 생활의 안정도 얻게 되고. 그러면 문물이 발달하게 되겠지. 인구도 늘고. 이제 생산의 잉여물을 가지고, 부유한 자와 빈천한 자의 구분이 생기게 되겠지. 수렵보다 농산물을 수확하는 것이 훨씬 간편하고 풍요로울 수 있는 길이니. 정착한 이들은 유목하는 이들의 공격으로부터 방어를 할 필요를 느끼게 되고, 군대가 생겼을 거야. 인구도 늘고, 경제 행위라는 것도 생겨났으니, 효율적으로 사회를 존속시키려면,

누구나 지켜야 할 규약 같은 것이 있어야 될 터인데, 그것이 법규와 제도라는 것이지. 이것을 운영하려니 정치라는 것이 생겨나고, 거기서 권력이라는 것이 생겨나지. 권력을 유지하기 위해서, 또는 자꾸 늘어나는 인구를 감당하기 위한 방편으로, 더 많은 생산물이 필요했을 터이니 땅을 확보해야 했겠지? 또는 보다 많은 수확을 위해 노동력이 필요했을 수도 있어. 그러다 보니 전쟁이 일어났겠지.

너무 단순화시켰다. 세계사를 통틀어 보면 크고 작은 여러 전쟁들이 있지만, 결국은 이렇게 요약되지 않을까. 다른 이들의 공격을 막아야 마음 편히 살 수 있을 터이니, 아마도 이것이 '평화'라는 최초의 개념이었겠지. 위험 요소를 미리 제거해버리면 더 마음 편할 것이니, 먼저 공격해서 걸림돌을 없애버리는 것도 좋다고 느꼈을 거야. 그리고 그 대가로 오래도록 권력을 지닐 수 있었을 것이고. 전쟁이라는 것은 결국 정치와 경제의 문제이겠지. 힘이 강한 나라는 전쟁을 일으켜도 항상 '평화'를 유지하기 위한 방편이고, 힘이 약한 나라는 자기 방어를 위해 무기를 만들어도 그것이 언제나 평화를 위협하는 일이겠구나.

그러나 어찌 이런 것들을 네게 이야기해줄 수 있으랴? 어찌 너를 이해시켜줄 수 있으랴?

아직 너에게 얘기할 수 없지만, 요즘 조지 부시를 보아라. 전쟁하지 못해 조바심 내고 안달하는 미국 대통령을. 〈인디펜던스 데이〉를, 〈아마겟돈〉을 보아라. 미국은 지구촌의 평화를 지키는 수호천사가 아니더냐? 세계의 '평화'를 위해서, '정의'라는 이름으로, '적'들에게 경고하고 있잖니? 무장해제 하라고, 그것이 지구촌 모든 이들에게 평화를 주는 지름길이라고. 아프가니

스탄의 교훈을 잊었는가, 이라크여? 그런데 아프가니스탄이 언제 미국을 공격했더냐? 이라크가 언제 미국을 공격했더냐? 미국에 선전포고를 했더냐? 나는 모르겠구나. 정말이지, 나는 모르겠구나.

영화가 끝나고 아들이 묻는다. 아빠, 그러면 전쟁을 왜 해요?

전쟁을 왜 하냐고?

글쎄다. 낸들 아니. 왜 전쟁을 하는지.

글쎄다. 낸들 아니. 누가 좋고 누가 나쁜지를.

하여간 아빠도 한때는, 꽃다운 시절에 한때는, 군인이었던 것을. 인간을 버리고 적을 살상할 수 있는, 그리고 살상하고 싶어했던…. 그러나 그때도 나는 몰랐다, 왜 군인이어야 하는가를. 윤리 시간에 배웠던 그 존엄하다는 생명을 한순간에 절단내야 하는, 군인이 되어야 하는가를. 만약에, 만약에 전쟁이 일어난다면, 왜 싸워야 하는가를, 무엇을 위해 싸워야 하는가를, 정확히 알 수 없었다. 그러나 하나는 확실히 알고 있었다. 내가 살기 위해서는 싸워야 한다는 것을. '존엄한 생명'이 아니라, 나의 '적'을 순식간에 '죽여야 한다'는 것을. 그래야 내가 산다는 것을. 그래야 사랑하는 사람들을 다시 만날 수 있다는 것을. 그리고 지금 분명한 것은, 전선에 군인들이 있기에, 우리가 이렇게 해답도 없는 얘기를 하며, 한바탕 신나게 전쟁 영화를 볼 수 있다는 것.

그러나 제발 부탁인데, '평화'라는 이름으로 전쟁은 없기를…. '정의'라는 이름으로 하루 벌어 하루 먹고사는 이 가련한 목숨들을 날려버리는 일은 없기를…. 힘에 기대어 역사 앞에 만행을 저지르는 일은 않기를….

2002. 11

진정한 우리들의 땅과 자유는 어디에
__ 그리운 이름에게

한때는 아름다웠을, 포연砲煙에 이지러진 바그다드의 하늘. 그 하늘에 휘날리던 이라크의 깃발은 내려졌습니다. 약탈로 얼룩지는 폐허의 바그다드를 보며, 진정 저것이 21세기를 시작하는 역사의 참모습인가, 아연합니다. 진정 저것이, 이 시대 우리들이 소망했던 자유와 정의의 참모습인가, 울컥 치밀어 오르는 분노를 어찌할 수 없습니다.

군이 말하지 않아도, 후세인이 독재자임을 우리는 잘 알고 있습니다. 특별히 독재자의 이미지만을 부각하지 않아도, 그가 이라크인들의 자유를 앗고 억눌러왔음을 잘 알고 있습니다. 중동의 근·현대사에서 그가 차지하고 있는, 일종의 자존적自存的 위치도 그만큼 알고 있습니다. 그러나 어떤 경우에

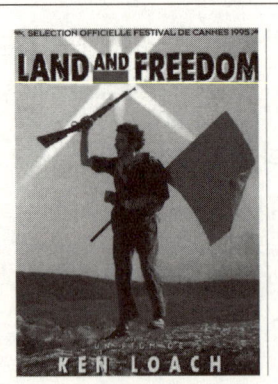

| 랜드 앤 프리덤 |

Land And Freedom
독일 · 스페인 · 영국/1995
감독 : 켄 로치
출연 : 이안 하트, 로사나 파스트로, 이시아 볼레인, 톰 길로
이, 마크 마르티네즈, 프레데릭 피에롯

도 그것들이 서로 상쇄될 수 있는 일이 아니라는 것도 알고 있습니다. 그를 부정하면서도, 자꾸 동정하게 되는 것을 어찌 설명해야 할지 모르겠습니다.

당연한 말이지만, 후세인의 독재를 종식시키는 것은 미국과 영국이 간여할 일이 아닌, 이라크 스스로 했어야 할 일입니다. 요즘 TV는 미국과 영국을, 후세인의 독재로부터 이라크를 해방시킨 이미지로 부각시키고 있더군요. CNN 이야 미국 방송이니까 그렇다 하지만, 이 나라의 TV와 미디어는 양심의 문을 닫았는가 묻고 싶습니다. 하긴, 언제 양심의 문을 열고 세상사 있는 그대로 보여준 적도 없겠지만 말입니다. 통합영수증 때문에 하릴없이 꼬박꼬박 시청료를 내야 하는 입장에서는, 카메라의 틀 안에서 모든 것을 받아들여야 하는 일이 영 씁쓸하기만 합니다. 진실은 화면 너머 다른 곳에 있음을 알고 있습니다. 떠도는 풍문일지라도, 사실은, 풍문이 진실임을 알고 있습니다.

바그다드의 하늘을 포화로 꽃피우고, 거리를 폐허로 만든 미·영 연합군은 해방군이 아니라 점령군일 뿐입니다. 점령군의 이미지를 심어주지 않겠노라고 총구를 아래로 내렸다지요. '점령군의 이미지를 심어주지 않겠다'는 그 말에는 이미 바그다드를, 이라크를 점령한 승리의 군대요, 점령군이라는 말이 내포되어 있습니다. 그들은 점령군입니다. 아무리 총구를 내렸다 해도, 총 끝에, 칼 끝에 서본 사람이라면, 알고 있습니다. 총이, 칼이, 얼마나 마음 밑바닥에 가라앉은 공포를 헤집어 일으키는지 말입니다. 며칠 전, 집 뒤짐을 하며 사람들을 끌어내는 병사들에게서, 베트남 촌락에서 집 뒤짐을 하는 병사들의 모습이 떠올랐습니다. 그들은 해방군이 아닙니다.

'우리는 미국을 좋아한다'고 외치는 바그다드 시민들의 외침과, 실종된 가족들을 찾아달라는 하소연을 봅니다. 연합군에게 약탈과 폭력을 종식시키고 치안을 유지해달라는 시민들의 애원을 봅니다. 후세인의 독재에서 벗어났다 하지만, 이제 그들 앞에는 정치精緻한 법제法制를 지닌 패권국이 기다리고 있습니다. 21세기를 시작하는 역사 앞에서, 슬픔을 넘어 지독한 두려움을 느낍니다. 바그다드는 21세기 새로운 공포의 구체적 모습입니다.

그들은 자유를 말하지만
검은 손들을 갖고 있네

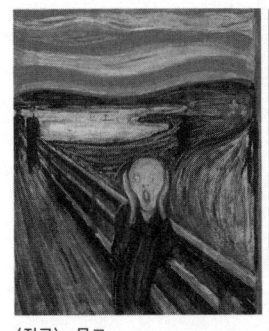
〈절규〉, 뭉크

지금 창으로 볕이 듭니다. 따뜻합니다. 그러나 두렵습니다. 빅토르 하라Victor Jara의 〈민중이 일으키는 바람(Vientos del pueblo)〉의 한 소절을 듣고 있습니다. 미국을 좋아한다는 외침에서, 뭉크 Edvard Munch의, 해골같이 퀭한 사나이를 떠올립니다. 붉은빛과 검은빛이 맴도는 섬뜩한 그림이 빅토르 하라의 노래 위에 덧놓이고 있습니다. 검은 손들, 자유를 말하는 검은 손들…. 빛들이 사라지고 절규하는 사내의 목청만 남습니다. 빛이 사라진 무채색의 세상, 절규하는 얼굴들, 짓밟힌 몸뚱어리들, 조각나는 몸짓들, 고통으로 일그러진 군상들, 조각난 유리창에 붙은 그림들처럼…. 피카소Pablo Picasso의 〈게르니카Guernica〉가 〈절규〉의 자리를 대신합니다. 〈게르니카〉처럼, 21세기 역사의 첫장에서 미·영 연합군은 하나의 역사를, 도시를, 민중들을 무참히 짓밟은 것입니다.

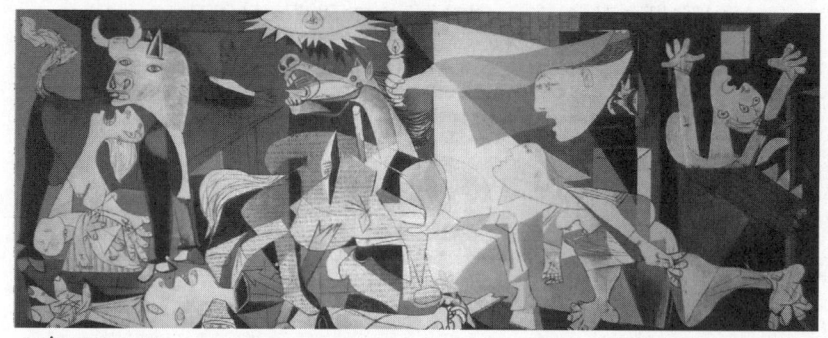

〈게르니카〉, 피카소

이제, 우리 가진 것 없는 이들, 아무런 힘도 없는 이들은 어디에서 어떻게 살아가야 하는 것일까요. 무엇을 이야기하고 무엇을 기다리며 살아야 하는 것일까요. 어느 때 어느 곳에도, 사랑하는 이들과 함께할 보금자리와 자유는 존재하지 않는 것인가요. 불수레에 꽁꽁 묶여 영원한 시간을 맴돌아야 하는 익시온Ixion처럼, 굴레에 묶여 있어야 하는 것인가요.

곧 4월 19일입니다. 이라크의 깃발이 내려진 4월은, 19일의 함성과 묘하게 맞물려 있습니다. 꽹매기 소리에 스크럼 짜고 깃발을 휘날리며 진군하던 하늘에 최루연催淚煙이 자욱하던 때가 있었습니다. 먼발치에 저는 서 있었습니다. 가슴 한 구석에서는 피가 돌건만, 비겁함과 소심함이 이런저런 이유들과 손잡고 멀리 비껴 있게 하였습니다. 그늘진 곳에서 술잔이나 기울이며, 더러 돌아오지 않는 벗들의 이야기이며, 외침들을 한 귀로 흘리고 있었습니다. 지금도 여전합니다. 신문이나 읽다가, TV나 보다가 아무도 들어주는 이 없음을 알면서도, 분노하다가, 육두문자 섞어 욕설이나 내뱉다가, 그러다가 지쳐서 순응하며 살아가는, 저는 소시민입니다.

아무래도 나는 비켜 서 있다 절정絶頂 위에는 서 있지

않고 암만해도 조금은 옆으로 비켜 서 있다

그리고 조금쯤 옆에 서 있는 것이 조금쯤

비겁한 것이라고 알고 있다!

그러니까 이렇게 옹졸하게 반항한다

이발쟁이에게

땅 주인에게는 못하고 이발쟁이에게

구청 직원에게는 못하고 동회 직원에게도 못하고

야경꾼에게 이십 원 때문에 십 원 때문에 일 원 때문에

우습지 않으냐 일 원 때문에

                           —김수영, 「어느 날 고궁古宮을 나오면서」에서

〈게르니카〉 – 슬몃 보더라도 아비규환을 짐작할 수 있습니다. 스페인 내전의 참상이지요. 그대도 잘 알고 있다시피, 1936년 프랑코는 인민전선 좌파정부에 반대하여 쿠데타를 일으켰지요. 유럽을 비롯하여 세계의 반反 파시스트 fascist들은, 프랑코 정권에 맞서기 위하여, 참으로 자유롭고 정의롭고 평화로운 민중의 땅, 소시민의 삶을 지키기 위하여 스페인으로 옵니다. 게르니카를 보면서, 바그다드를 보면서, 켄 로치의 〈랜드 앤 프리덤〉(Land and Freedom, 1995)이 생각났습니다. 혁명을 위해서, 민중의 땅과 자유를 위해서, 순수한 열정 하나를 가지고 살다 간 사람들의 이야기입니다. 오랜만에 〈랜드 앤 프리덤〉을 다시 보았습니다. 옹졸하게 반항하는, 이 작은 소시민에게는 이것이 위안

입니다.

리버풀Liverpool에서, 한 스페인 민병대원의 연설을 들은 데이빗(이안 하트)은 참전을 결심하고 스페인으로 갑니다. 제게 리버풀은 록rock과 저항의 이미지로 다가옵니다. 켄 로치가 〈명멸하는 불빛〉(Flickering Flames, 1997)에서 매끈하게 담아냈듯이, 1995년 9월부터 3년여에 걸쳐, 항만 노동자들이 전 세계의 항만 노동자들과 연대하여 부당 해고에 저항했던 곳입니다. 비틀즈의 고향이기도 하지요. 록에 대해 아는 것은 없지만, 어렴풋하게나마 변두리에서 시작된 음악이라는 것, 기존 체제에 대한 저항을 내포한 음악이라는 것을 알고 있습니다. 음악 사회사적 지식이 없더라도, 기분이 가라앉아 있거나 어딘지 부자유스럽다고 느꼈을 때 록을 들어보면, 흥에 도취되고 가슴 저 밑바닥까지 시원해짐을 알 수 있지요. 록 자체가 미국 남부 흑인들의 블루스에 바탕을 두고, 광부 · 농부 등 백인 육체 노동자들의 통속적 음악과 뒤섞여 만들어졌다니, 처음부터 록은 가진 것 없는 이들의 음악이었습니다. 항만과 공장 – 해운업과 공업의 도시, 노동자들의 도시 리버풀. 비틀즈가 록을 한 것은 어쩌면 리버풀 출신이었기 때문일 테지요.

데이빗은 스페인 민병대 – '품POUM'의 일원이 되어, 순수한 열정으로 프랑코의 파시즘에 맞서는 동지들을 만납니다. 이들은 글자 그대로 순수한 혁명의 꿈을 지니고, 민중들이 주체가 되는 민중들의 땅을 이루려 합니다. 이상理想이지요. 이상은 낭만에 뿌리를 두고 있습니다. 혁명도 낭만에서 출발하지요.

사조思潮의 측면에서, 낭만주의는 고전주의라는 틀을 깨려는 노력에서 생겼지요. 고전주의가 지닌 정형화된 틀 — 규격規格 · 균제均齊 · 법규法規, 이런 것들에서 벗어나 더욱 자유롭고 고유한 아름다움을 찾아내려는 꿈틀거림이 낭만주의지요. 정형화된 틀 너머에 있는 무엇은 실제로 본 것도 확인한 것도 아닌, 상상의 소산이지요. 그렇기에 현실과 거리가 떨어져 있을 수 있습니다. 그러나 이 상상의 산물은 분명하다는 확신을 바탕으로 합니다. 확신 — 신념으로 낭만의 열정은 꺼질 수 없는 횃불이 됩니다. 횃불에 비치는 세상은 우리들이 꿈꾸던 아름다운 세상입니다. 그 세상에 다가가기 위해서라면, 꽃처럼 붉은 피라도 흘릴 수 있습니다. 열정과 신념을 가진 이들에게는, 아름다운 세상을 지상에 구축할 수 있다면, 꽃잎처럼 지는 삶은 가치 있는 아름다움일 수 있습니다. 세간의 범상한 이들에게는 이들의 행동이 쉽게 이해될 수 없습니다. 어쩌면 아름다운 세상은 낭만적인 혁명가의 고독한 투쟁을 통해서 얻어질 것입니다.

> 어째서 자유에는
> 피의 냄새가 섞여 있는가를
> 혁명은
> 왜 고독한 것인가를
>
> 혁명은
> 왜 고독해야 하는 것인가를
>
> — 김수영, 「푸른 하늘을」에서

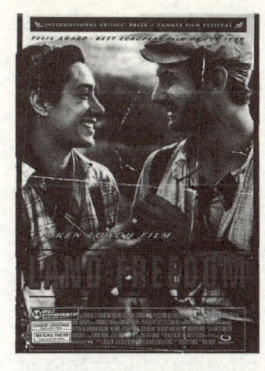

민병대가 고군분투할 즈음에 스탈린주의 공산당이 개입합니다. 그들은 민병대를 인민 군대에 흡수하려고, 무기 공급을 협박의 대상으로 삼습니다. 그러나 민병대원들은 순수한 혁명군으로서의 독립 노선을 유지하기로 결정합니다. 이런 과정에서 데이빗과 블랑카(로사나 파스트로)는 서로 사랑을 느낍니다. 부상으로 후송된 데이빗과 며칠 휴가를 얻은 블랑카는 바르셀로나에서 하룻밤을 보내지만, 데이빗이 공산주의 국제 여단에 가담한 사실을 안 블랑카는 화를 내면서 전선으로 떠납니다. 데이빗은 공산당원이라 가담했지만, 당의 노선이라는 것이 결코 민중에게 있는 것이 아님을 알게 됩니다. 오히려 블랑카와 동지들의 열정이 훨씬 순수하고 진정으로 민중들에게 놓여 있음을 안 게지요. 데이빗은 동지들에게로 돌아갑니다.

스탈린주의 공산당에게는 이제 혁명주의자라든가 아나키스트 등의 세력이 버겁습니다. 권력을 장악한 공산당은 그들을 공격합니다. '품'을 파시스트로 낙인찍고 무장 해제를 강요하는데, 그 와중에서 블랑카는 사살됩니다. 순수한 혁명의 열정은 그렇게 집단적인 권력에 의해 무참히 짓밟힌 게지요. 자본주의든 공산주의든, 이념이라기보다는 노선에 의해 나뉘어진 것일 뿐, 어느 것이나 파시즘에서 한 치의 어긋남도 없습니다. 민병대가 해방시킨 마을에서, 사람들이 원했던 것은 단지 두 가지 – '땅'과 '자유'였습니다. 정치 권력은 그러한 민중들의 소망에는 정작 관심이 우선하지 않습니다. 오직 반대 세력을 없애고 자신들의 권력을 더욱 굳건히 하는 것이 목적이지요.

〈랜드 앤 프리덤〉은 마치 한 편의 다큐멘터리를 보는 것처럼 생생한 현실로 다가옵니다. 데이빗의 손녀 킴은 할아버지의 유품을 정리하다가, 할아버지가 남긴 기록과 사진들을 통해 할아버지의 과거를 알게 됩니다. 오래된 편지 뭉치, 스페인 내란에 관한 신문 스크랩과 삐라들, 청춘 시절 할아버지와 동지들의 사진들, 말라붙은 흙을 싸둔 붉은 수건…. 이런 것들을 연대기적으로 재구성한 이야기인데, 데이빗의 회상이라는 틀을 빌립니다. 회상은 현장에서 어느 정도 시간을 두었기에 주관적인 시점에서 벗어날 수 있습니다. 여러 기록들과 객관적 증거물들 또한 객관적인 시점을 확보하는 좋은 자료입니다. 객관적인 시선을 확보함으로써 우리는 거의 70년 전 이야기를 현실로 받아들일 수 있는 게지요. 파시즘에 대항하는 민중과 민병대와는 달리, 그들을 지원해야 할 자본주의 진영과 스탈린 진영 사이에 오고갔을 정치적 흥정도 어렴풋이 실상을 짐작할 수 있습니다. 역사는 결국 프랑코의 손을 들어주었고, 이후 스페인은 극심한 고통을 치르게 되지요.

우리가 꿈꾸는 것은 오직 정치적으로 자유롭게, 경제적으로 풍족하게 사는 것입니다. 땅은 삶의 터전으로서 자유와 풍요를 창출해줄 수 있는 곳입니다. 땅은 씨 뿌리고 거두는 이들의 것이 되어야 하지만, 어찌된 사연인지 농업혁명과 산업혁명을 지나면서, 권력을 가진 자들과 집단은 그들만의 부를 축적하기 위하여 많은 땅을 독식합니다. 땅에서 사는 이들은 땅이 질곡입니다.

장례식장에서 블랑카의 어머니는 데이빗에게 블랑카가 늘 두르고 있던 붉은 수건을 줍니다. 데이빗은 무덤의 흙 한 줌을 수건에 담습니다. 데이빗의 장례식에서, 킴은 할아버지의 붉은 수건에 싸여 있던 흙을 관 위에 뿌립니다.

데이빗과 블랑카는 살아서는 함께 못했지만, 이제 죽어서 하나가 된 셈이지요. 흙이 됨으로써 그들의 순수한 혁명의 열정 또한 길이 세상에 남겨진 것이구요. 킴은 할아버지의 무덤 앞에서 붉은 수건을 높이 쳐들고, 윌리엄 모리스 William Morris의 시를 낭송합니다.

킴이 붉은 수건을 간직함으로써, 데이빗과 블랑카의 혁명은 대를 이어갑니다. 엄밀한 의미에서, 여전히 민중들의 땅과 자유는 존재하지 않습니다. 킴의 세대에서 자본주의와 공산주의의 이분적 대립 – 냉전은 종식되었지만, 붉은 수건을 두르고 맞서야 할 권력 집단은 여전히 존재합니다. 그들은 아직도 자유와 정의와 평화와 인권을 이야기하며, 가진 것 없는 이들을 위협합니다.

미·영 연합군들에게 과연 누구를 위해, 무엇을 위해 싸웠는가 묻고 싶습니다. 이라크 시민들에게 과연 저들이 해방군인가 묻고 싶습니다. 민중들에게 땅과 자유를 돌려주기 위해 장렬히 산화해가는 순수한 열정을, 반혁명주의자들이라고 몰아세우는 스탈린주의 공산당처럼, 정치 권력의 집단에게는 순수한 의미에서의 민중과 해방과 자유는 없습니다. 자본주의든 사회주의든 또는 어떤 주의든, 이데올로기라는 포장지의 색깔에 따른 구분일 뿐, 사실은 같습니다. ㅎ당이든 ㅅ당이든 ㅁ당이든 ㄱ당이든 무슨 당이든, 결국 그들이 갖고자 하는 것은 권력입니다. 권력은 민중에게서 나왔지만, 권력을 손에 쥐면 그 뿌리를 잊는 것이 또한 가진 이들의 고약한 습성입니다.

민중이 권력을 주었을 때는, 누구나 잘먹고 잘살 수 있도록, 땅 위에 평화와 자유와 정의를 구현시켜보라는 과제였을진대, 권력은 칼이 되어 그것을 준 이들의 심장을 겨냥하고는 복종하기를 강권합니다. 총과 칼이 존재하는 한, 땅과 자유는 어디에도 없을 것입니다. 그러므로 우리는 땅과 자유를 찾기 위한 고난의 여정을 멈추어서는 아니 됩니다. 자유를 간직한 땅, 처음 생명을 준 땅. 그 땅에서 자유롭게 먹고살 수 있는 날이 올 때까지, 순수한 혁명의 열정, 저항의 열정은 스러지지 않을 것입니다. 자본주의니 사회주의니 무슨 주의니 하는 이즘ism들은 파시즘일 뿐입니다. 이즘에 기댄 집단은 또 다른 파시스트일 뿐입니다.

저는 비겁하고 소심합니다. 다만, 이 땅에 바그다드의 비극이 일어나지 않기를 바라며, 빅토르 하라의 노래를 들을 뿐입니다.

> … 축제는 이미 시작되고
> 분위기는 고조됐지만
> 당신은 팔짱만 끼고
> 구경하고 있어
> 춤의 주인이 되어야만 해
> …
>
> – 〈치차도 레모네이드도 아닌(Ni chicha ni limona)〉에서

2003. 4

돌팔매에 담긴 집단 이데올로기

빼앗긴 들에도 봄은 왔느냐 묻던 시인이 있었다. '빼앗긴 들'은 아니건만, TV와 신문과 인터넷에 넘쳐나는 소식들을 접하노라면, 분명 '나의 들' 또한 아니다. 하긴 언제 내 땅인 적이 있었던가. 땅에서 사는 목숨은 분명 나의 목숨이건만, 그 목숨을 내가 오로지 못하는 걸 보면, 도대체 땅에서 사는 목숨은 누구의 목숨이란 말인가. 물어보나마나 대답은 들리겠지. 목숨은 그대들의 것이라고, 그대들이 목숨의 주인인 세상이라고…. 정녕 그러한가. 말이 넘쳐서 세상은 온통 말로 흥건하고 말로 질퍽하지만, 정작 챙길 말은 하나 없고 발에 채이기만 하니, 말 하나 덧보태는 것 또한 세상을 더럽히는 일이로구나.

연일 곤한 몸을 어쩌지 못하는 걸 보면, 먼 산에서부터 봄은 차츰 다가오는 것이 사실인 모양이다. 그제는 아침 기온이 영하 3·4도쯤 내려갔다고 한다.

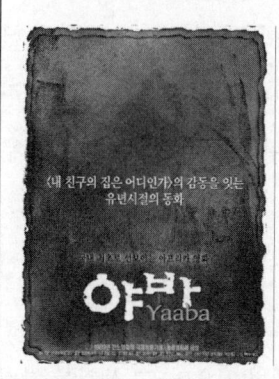

| 야바 |

Yaaba
부르키나파소 · 스위스 · 프랑스/1989
감독 : 이드리사 우에드라고
출연 : 파티마타 산가, 누푸 우에드라고, 루키에투 베리

동트기 전에 또는 동틀 즈음에 일어나거나 새벽 출근하는 생활이 반복되다 보니, 살갗에 시리거나 매운 새벽 공기는 항상 겪는 일이다. 그러니 아침 기온이 영하 얼마로 내려갔다는 것이 추위의 정도를 가늠하는 잣대가 되지 않는다. 먼길을 다니다 보니 일기예보를 챙기지 않을 수 없다. 한파가 불어닥쳤다고 호들갑을 떤다. 한파주의보가 내렸다고 한다. 영하 3·4도라는데…. 하긴 여름에는 덥다고 난리고 겨울에는 춥다고 아우성이다. 여지없이 화면에 비치는 시민들은 당연히 여름에는 덥다고 겨울에는 춥다고, 한술 더 떠서 못 살겠다고 한다. 어쩌란 말이냐. 여름에는 덥고 겨울에는 추운 것이 섭리인 것을. 여름에는 비 많고 겨울에는 눈 많은 것이 자연의 이치인 것을.

참 바보 같지만, 미디어에서 앞장서서 그렇게 이야기하고 나면, 거기에 맞장구치지 않고서는 안 될 것 같은 생각이 드는 것이다. 여름에는 덥고 겨울에는 추운 것이 당연한 일이요, 해마다 이때쯤에는 늘 이렇게 쌀쌀했으니 새삼 춥다 할 필요도 없는 것이니, 이런 말 자체가 하나마나 하지 않겠느냐. 미디어라는 것은 참으로 묘해서 마이크를 들이댄다거나 카메라의 초점을 맞추거나 하는 순간, 무언가 일상사와 다른 이야기를 해야 될 것 같다는 생각이 하릴없이 드는 것이다. 무언가 독특한 사고 방식, 무언가 시비是非를 걸어야 지적知的일 것 같은 예감, 무언가 다른 각도의 시선을 지녀야 할 것 같은 의무감, 이런 생각이 드는 것은 나만의 한심한 작태일까. 미디어뿐만이 아니다. 남들과 이야기하는 과정에서도 당연한 것을 당연하지 않게 바라보는 시각이 제법 지식 정보께나 갖춘 것처럼 인식되니 말이다.

게다가 같은 생각을 가진 이들이 하나둘 곁에 제법 있으면, 그 생각을 가진 이들이 나보다 학벌이 높거나, 또는 저술깨나 남겨서 여기저기 지명도가 높거나, 그도 아니라면 젊은 감각을 가지고 예리하게 세상을 마름질하는 이들이라면, 이쯤에 이르러 나도 왠지 시대의 아픔에 공감하고 시대의 요구에 동참한다고 자부하게 되는.것이다. 내 생각과 다른 이들이 우둔해 보이고, 여전히 예전의 시각을 고수하며 온당하다고 주장하는 이들이 딱해 보인다. 나는 늘 깨어 있고 젊어 있기를 바라기 때문에 저들과 더불어 세상을 사는 일이 내 몸을 더욱 노쇠하게 만드는 일이리라. 이러면서 나는 차츰 저들과 멀어지게 되고 어느 틈에 ○× 퀴즈처럼 가운데 선명한 흰 금을 긋고 마는 것이다.

○× 퀴즈에서는 흰 금을 밟으면 안 된다. ○이든 ×든 어느 하나를 선택해야 되는 것이 그 퀴즈 게임의 규칙이며, 원칙이다. 학창 시절에 가장 어려운 시험은, 주관식 서술형도, 논술형도 아닌 ○× 문제였다(매주 주초고사와 매월 월말고사를 보느라 지겨웠지만, 대신 내신이니 뭐니 야단스럽던 것이 아직 없었던 때였다. 우습지만 ○× 문제가 있었다). 이것 아니면 저것, 둘 중에 하나를 선택해야 하는 일은 둘 중에 하나를 인정해야 하는 것을 의미한다. 문제는 둘 다 인정하고 싶거나 둘 다 인정하기 싫을 때의 갈등이다. 이 갈등을 해결하는 방법을 나는 아직도 찾지 못하고 있다. 둘 다 인정하고 싶을 때와 둘 다 인정하기 싫을 때가 여전히 많은 것이다.

요즘 우리는 이편이거나 저편이어야 하는 시절에 살고 있다. 이편 아니면 저편이 되어야 한다는 것은 서글픈 일이다. 이편이면 저편에게, 저편이면 이편에게 뭇매 맞으면 되지만, 둘 다 아니면 양편 모두에게 짓밟혀야 하니 얼마나 서글픈 현실이냐. 옳아도 옳다고 말 못 하고, 글러도 그르다고 말 못한다.

말에도 흐름의 줄기가 있게 마련이어서 그 물줄기를 잘 헤아리면 순편하게 흘러가지만, 잘못 짐작하면 엄청난 물결이나 소용돌이를 피할 길이 없다. 생각은 나의 것이지만 몸은 나의 것이 아니다. 입은 나의 것이지만 말은 나의 것이 아니다.

말이 말을 만드는 세상이다 보니, 마음 편히 말할 수 없는 세상이 되었다. 한마디 말에도 왼편 오른편 눈치를 살펴야 하고 고개를 뒤로 돌려 사방을 경계해야 한다. 사주경계四周警戒란 위병소 문을 나서면 사라질 줄 알았건만 그게 아니다. 어쩌다 터진 울분이 마음을 제어하지 못했을 적이면, 혹시 어느 귀가 내 말을 담았을까 저어하여 꼼꼼히 되짚어가며 살펴야 한다. 거나하게 마신 중에 울분이 터졌다면, 기억을 거슬러 오르는 중에 꽉 막혀 복원이 안 되는 부분이 있게 마련이어서 돌로 남는 것이니, 영락없이 소댕이만 보아도 놀랄 수밖에 없는 형편이 된다.

자유롭게 말을 못하는 사회, 자유롭게 의사를 표현하지 못하는 사회는 민주사회가 아니다. 물론 되거나 말거나 '자유'를 내세워서 말을 쏟아내는 사회도 민주사회는 아니다. 이편 아니면 저편으로 나누어 말을 하나로 뭉치는 사회는 사고가 하나로 획일화되는 사회다. 전체주의 사회와 다를 바 없다. 사고가 자유롭지 못하고 생각이 다양하지 못한 사회는 건강하지 못하다. 집단의 획일화된 사고는, 집단의 이데올로기는 사회를 쉽게 병들게 하므로 위험하다. 사실 소수가 다수를 지배하는 것도, 다수가 소수를 억누르는 것도 온당한 일은 아니다. 소수의 작은 의견도 크게 듣고 다수의 우렁한 목소리도 다독일 수 있는 데에서 민주주의는 그 모습을 드러내는 것이 아닐까.

며칠 전, 누군가 나에게 물었다. 요즘 정국을 어떻게 생각하느냐고. 투구鬪

狗라고 하였다. 나의 대답은 짧막하였으되, 대답하기까지는 시간이 걸렸다. 망설이다가 이 정도면 어쩌랴 하였기 때문이었다. 그가 말하였다. 이전투구泥田鬪狗라는 말씀이시죠. 나는 끄덕였다. 이어서 어떻게 될 것 같으냐고 물었다. 여하튼 여론과 세간이 그를 지지하니 결론이야 뻔하지 않을까. 대답은 조금 길었으되 그 시간은 아까보다 빨랐다. 한번 터진 말의 힘 때문일 터였다. 세간의 지지가 저들의 짓거리에 진저리났기 때문일 터인데, 이 참에 그가 좀 더 진중하고 겸허하게 다시 태어났으면 싶다 하였다. 그는, 그래도 그의 모습이 상당히 인상적이고 가슴에 와 닿는다고 하였다. 젊은 감각들에게는 그런 모습이 그 자리에 대한 여태까지의 이미지를 불식시켜 주었는지는 모르나, 겉이 변한다고 이면까지 변하는 건 아니라고 하였다.

나는 그가 싫다고 하였다. ㅇ씨를 지지하냐고 물었다. 아니라고 하였다. ㅇ씨도 ㅈ씨와 또 다른 ㅈ씨와 ㅊ씨, ㄱ씨와 그들의 무리, 그러니까 ㅇ당도 ㅎ당도 ㅁ당도 ㅈ당도 모두 싫다고 하였다. 그를 싫어한다고 저들을 좋아하는 건 아니라고 하였다. 저들이 싫다고 그가 좋은 것도 아니라고 하였다. 이편 아니면 저편이라는, 이것 아니면 저것이어야 한다는 흑백의 논리는 사회를 전체주의로 몰아가는 것이 아닐까 하였다. 그것이 파시즘fascism이 아닐까 하였다.

사실 나는 두렵다. 패턴pattern의 전환은 질서정연한 데에서는 이루어지기 힘들다. 패턴이 전환되려면 질서가 어긋나고 흔들려서 기존의 정연했던 질서를 냉혹하게 마름질해보아야 한다. 새로운 질서는 혼돈의 과정을 거칠 수밖에 없는 것이다. 그런 점에서 우리 사회의 혼돈은 어쩌면 변혁의 과정에서 치러야 하는 고통인지도 모른다. 그래도 나는 여전히 두렵다. 다행히 길이 제대로 잡혀 모두가 행복한 사회가 된다면 몰라도, 지난 시절의 우리 역사는 배반의 길로 접어든 것이 대부분이었기 때문이다. 새로운 세상이 오기는커녕 이러다가 파시스트fascist들이 준동하고, 파쇼fascio가 다시 출현하는 건 아닐까. 나란 본디 소심하기 그지없는 인간이니, 이것은 기우일 터였다. 월드컵에 열광하고, 두 편의 영화에 몰려들고, 제국주의의 오만함에 저항하는 일들은 분명 우리가 가진 힘이다. 엄청난 폭발력을 가진 힘이다. 그 힘이, 그 에너지가 천하의 질서를 온당하게 바로잡아서, 참으로 자유롭고 평등한 세상으로 만들어갈 것을 믿는다. 그러나 이따금 이것이 이성의 힘이 아닌 감정의 힘은 아닌가 의심이 드는 것이다. 이것은 나의 병이다. 나서서 행동하지 못하고 저만치 떨어져서 방관하는 이의 몹쓸 병인 것이다.

그렇긴 하여도, 이편 아니면 저편이어야 하는, 그래서 서로 매도하고 삿대질하는 형국은 볼썽사나운 일이다. 흑백의 논리는 진실과 많은 가능성을 가진 수많은 논리들을 저만치 밀쳐낸다. 객관적이고 합리적인 논리들은 절제와 이성에서 나오는 것이다. 진실은 거기서 찾을 수 있다. 그래서 이것 아니면 저것이라는 이분법의 논리는 위험하다. 흑백의 논리는 서로 적이 될 수밖에 없으므로 서로의 가슴에 상처만 남기고, 감정의 골을 더욱 깊게 한다. 서로 상대방의 관점에서 이해하고 한 걸음 물러서서 바라본다면 거기에 진실이 있을 수 있다.

버키나파소가 아프리카의 어디쯤인지는 가늠이 되지 않는다. 세계화를 표방하고 있지만, 우리의 관심사라는 것이 이 정도이다. 정작 세계 여러 나라라

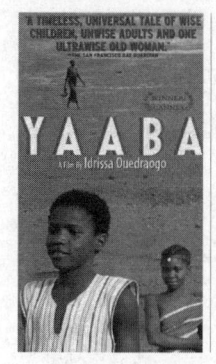

고 했을 때, 그 세계는 아메리카와 서유럽 정도에 국한되어 있는 것은 아닐까. 음악도 미술도 문학도, 백인의 시각으로 규정된 세계 속에서 한 걸음도 나아가지 못하고 있다. 이것이 우리의 시야視野일 터이다. 그 버키나파소의 영화를 본다. 이드리사 우에드라고의 〈야바〉(Yaaba, 1989)이다.

사나(파티마타 산가)는 마을사람들에게 마녀로 취급되는 할머니다. 사람들은 그녀가 모든 병마와 재앙을 몰고 온다고 믿는다. 사나는 마을 밖에 있는 허름한 집에서 외롭게 살고 있다. 소년 빌라(누푸 우에드라고)와 사촌누이 노포코(루키에투 베리)는, 그런 사나를 '야바(할머니)'라고 부른다. 빌라는 마을 사람들이 사나에 대해서 가지고 있는 편견을 불식시키려 하지만 역부족이다. 마을 사람들이 믿고 있는 사나에 대한 평가는 아이들에게도 이어져, 결국 빌라와 노포코도 따돌림을 받게 된다. 노포코가 녹슨 칼에 찔려 시름시름 앓자, 마을 사람들은 사나가 노포코의 영혼을 앗아갔다고 믿고는 그녀의 집을 불태운다. 빌라에게 저간의 사정을 들은 사나는 노포코가 파상풍에 걸렸음을 알고 의사를 불러 낫게 한다. 마을에서 사나의 진실과 의사의 정체를 아는 건 술주정뱅이뿐인데, 그는 늘 온전치 못한 사람으로 취급받는다. 사나에게 가해지는 돌팔매질과, 술주정뱅이와 빌라에게 가해지는 폭력은 곧 집단의 이데올로기이다.

사나가 따돌림을 받는 이유는, 태어날 때부터 고아였기 때문이다. 그녀에게는 가족도 친척도 없으므로, 마을 사람들과 어우러질 수 있는 어떤 인연의 끈도 없다. 그녀는 낯선 이방인이며, 모든 이들과는 '다르게' 탄생하였으므로 저주받은 영혼이다. 여기에는 그 어떤 논리성이나 객관적인 타당성도 없다. 단지 오래된 마을의 관습일 뿐이고, 그들은 충실하게 그 관습을 따라서 생활할 뿐이다. 사나를 적대시하고 마녀로 규정하여 멀찍이 두는 것만이 마을이 평안할 수 있는 방편이다. 누구도 이 규율은 깰 수가 없다. 규율을 깨는 것은 곧 마을에 대한 적대 행위인 것이다. 어른들과 달리 아이들의 세계란 고정된 세계가 아니다. 호기심으로 똘똘 뭉쳐 있기에 세계는 늘 신기하고 궁금한 대상이다. 아이들의 세계는 닫혀 있지 않고 열려 있는 세계이다. 아이들에게는 사나에게 접근하는 일이 얼마든지 가능하다. 남정네들은 집안의 중심이므로 쉽게 자신을 허물지 못한다. 상대적으로 빌라의 엄마가 사나의 도움을 받아들이는 것은 그런 까닭이다.

옳은지 그른지 꼼꼼하게 이성적으로 분석하기 이전의, 불문율로 내려오는 집단의 사고는 무섭다. 위험하다. 다수가 선택했다고 해서 항상 옳은 것은 아니다. 다수결의 원칙이 그른 것은 아니지만, 자칫 잘못하면 그 원칙이 본디부터 갖는 한계점을 고스란히 드러낼 수 있는 것이다. 소수가 결정하여 다수를 지배하는 것만큼이나, 다수가 선택했다고 해서 소수를 무시하고 진리라고 받아들이는 것도 위험하다. 개인은 미약하지만 집단이 되면 그 힘은 엄청난 폭발력을 지닌다. 집단의 이데올로기는 그래서 집단 내부에서 늘 새롭게 성찰되고 검증되어야 한다. 집단 외부의 곱지 않은 눈길도 겸허하고 냉혹하게 받아들여야 한다.

2004. 3

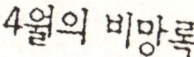

4월의 비망록

귀를 어지럽히는 건 정치요, 마음을 어지럽히는 건 꽃이로구나.

난니 모레티와 실비아 노노 사이에서 피에트로가 태어난다. 4월이다. 그
즈음에 이탈리아에서는 총선이 있었단다. 〈4월〉(Aprile, 1997)은 난니 모레티
가 영화로 표현한 또 하나의 그의 일기장이다. 난니 모레티가 첫아들을 얻은
날은, 이탈리아 역사상 최초로 선거에서, 중앙 집권당이었던 우익을 제치고
좌익 정당이 승리를 거둔 날이라고 한다.

〈4월〉은 난니 모레티가, 그의 가정사家庭事와 그가 관찰한 정치 풍경을 직
조織造한 이야기이다. 이탈리아 사회와 문화에 대한 애정 어린 비판도 곳곳에
삽입되어 있다. 아버지가 된 그는 이제 비로소 성인이 되었음을 인식한다. 그

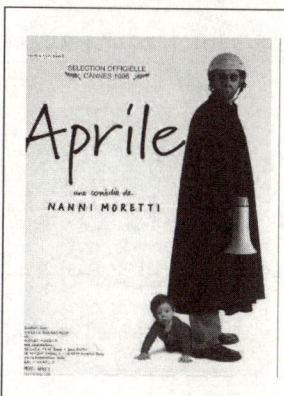

| 4월 |

Aprile
프랑스 · 이탈리아/1997
감독 : 난니 모레티
출연 : 난니 모레티, 실비오 올랜도

인식에는 성인이 되어야 할 필요가 있겠느냐는 반문을 통해 제법 예리한 성찰이 담겨 있다. 이러한 개인적 성찰은, 좌익 정당이 집권한 이탈리아가 비로소 성인으로 성숙했음을 인정하고 싶은 것으로 확장된다. 이탈리아의 정치가 성인으로 성숙하기를 요구하는 것이다. 그러나 개인이 어린아이에서 어른으로 성장하는 속도보다, 국가 또는 사회가 어린아이에서 어른으로 성장하는 속도는 매우 더디다.

　난니 모레티의 〈4월〉은 우리들의 4월이다. 4·19의 역사적 의미랄까 또는 내포하고 있는 상징적인 의미랄까, 우리들의 4월은 어쩌면 인류의 영원한 소망일, 자유와 평등 그리고 민주라는 색채가 짙게 배어 있는 달이라 하겠다. 4년마다 찾아오는 선거도 19일 직전에 일정을 잡는 것을 보면 필시 4·19를 염두에 둔 것이렷다. 언제나 그래왔듯이 말은 말로만 존재할 뿐이겠다. 말은 저만큼 앞서 치달리는 것이어서, 행동은 말을 뒤쫓지 못하고 주저앉기 마련이었다. 말들이 솔깃한 걸 보면, 여전히 귀만 한바탕 어지럽힘이 적실하겠다. 이렇게 단정짓는 것은, 아예 희망을 지워서 실망하지 않으려는 나름의 처세술이다. 마음에 씨앗을 두지 않으면 틔워낼 싹도 없을 것이니, 이제나 저제나 움틀 일을 기다리다 좌절하지 않아도 될 일이다.
　그런데 어디 사람 사는 일이 뜻대로 돼야 말이지. 아무리 귀 닫고 눈 감고 입 다물고 있으려 해도, 자발 없이 내 귀를 헤집고 지긋지긋하게 묻고 또 물어대는 것이다. 아무리 관심 없다고 손사래치면 무엇하랴. 그럴 즈음이면 나를 무관심의 늪에서 구해주는 것을 크나큰 사명으로 여기고서는, 그예 애기판으로 불러내는 것이 아니냐.

매양 그러했듯이 선거를 앞두고 나면 사람들은 저마다 지지하는 이와 정당이 있게 마련이어서 서로 편가름되기 일쑤이니, 여기 외진 곳에 자리한 일터에도 의견이 분분하다. 올해처럼 '정치' 얘기를 많이 해본 적이 또 있었을까. 본디 이런 얘기를 즐겨 않는 내게는, 얘기 끝만 스쳐도 짜증을 내거나 노골적으로 싫은 표정을 드러내는 내게는, 이것은 스트레스를 수반하는 엄청난 고통이다.

저와 같은 성향의 정당이나 사람들을 지지하게 되면, 온갖 장밋빛 미래와 지난날의 험하고 거칠기 짝이 없던 시절에 관한 이야기가 쭉 흘러나오는 것인데, 그 이야기란 것의 실상은 사실 의심스럽다. 그러나 이야기하는 당사자들의 입장에서 보면, 지금의 팍팍하고 고단한 삶이 개선될 것이라는 내일에 대한 희망이 다분히 담겨 있는 것이다. 저와 다른 성향의 정당이나 사람들을 지지하게 되면 온갖 장밋빛 미래의 걸림돌이었던 것들에 대한 비난('비판'이라기보다는 '비난'이라는 개념이 타당하겠다)과 더불어 지난날의 험하고 거칠기 짝이 없던 시절에 관한 이야기가 또 쭉 흘러나오는 것이니, 어느 쪽을 선택해도 이야기의 주제는 결국 하나인 것이다. 다만 이 경우, 상대방은 끊임없는 해명을 강요하고 설득하려 하니, 정말이지 귀찮을 뿐이다.

어느 누구도 지지하지 않는 나의 입장에서는 더욱 당혹스런 것이어서, 아무개와 아무개 중 누구를 좋아하느냐는 질문은 가히 풀 수 없는 난공불락의 성과 같다. 둘 다 싫다고 하면 그런 대답이 어디 있느냐고 한다. 그래서 아무개가 더 좋다고 하면, 그 다음부터는 싫은 '정치' 이야기판에 끌려 들어가는 것이니, 이런 험악한 일이 어디 있겠느냐.

선거가 끝나자 '승리'라는 거대한 타이틀이 미디어를 장악하였다. 나는 무덤덤할 뿐이었다. 아직 무엇이 승리했다는 것인지 알 길이 없다. 얼마나 성숙해질 것인지, 얼마나 살기 좋은 세상이 될 것인지, 기대도 없다. 다수가 다른 축들로 바뀌었을 뿐이겠다. 얼마 전까지만 해도 보수와 진보라는 말에 대해 이러저러하게 말할 수 있었는데, 이제는 그것도 모르겠다. 뉴스에서 보수당과 진보당과 중도당의 구도가 되었다고 도식화하는 걸 보았는데, 의문스러울 뿐이다. 세간에서는 여당이 진보 성향을 갖고 있다 하고, 야당 하나가 원내 진출함에 따라 이제 왼쪽의 시대가 왔다고들 염려가 대단하다. 정말 그럴까. 탄핵을 지지하면 보수고 반대하면 진보인가. 파병을 지지하면 보수고 반대하면 진보, 민중의 삶을 이야기하면 진보고 그렇지 않으면 보수, 북을 긍정적으로 이야기하면 진보고 아니면 보수…, 이러한 도식은 정당한 개념인가. 모르겠다, 정말이지 모르겠다. 이제는 모든 개념들이 혼란할 뿐이다.

실상 정치란 것이 민중의 삶을 윤택하게 하는 데에 초점을 맞추었다면, 모든 정치는 진보라는 이름을 지녀야 할 것이다. 처음은 아니었을지라도 결국 권력을 얻기 위한 방편이요, 그것을 영속하기 위하여 안간힘을 쓴다면 정치는 보수라는 이름을 지녀야 할 것이다. 어쩌면 보수와 진보로 편가름하는 일은 성급하겠다. 진지하게 성찰하고 거듭 생각할 일이다. 민중을 일깨우고 역사를 이끌어가야 할 횃불의 역할이 지식인의 몫이어야 하므로, 진보의 강박관념에 시달려온 까닭은 아닐까. 진보적 성향은 진보가 아닐 터이며, 보수적 성향은 보수가 아닐 터이다. 어쩌면 부르주아적 성향, 또는 프롤레타리아적 성향이라는 말이 맞지 않을까 하지만, 이도 명확한 개념이 전제되지 않고서는 한낱 말치레일 뿐이다.

먼저 제 자신의 틀을 깨뜨릴 수 없다면, 그 누구도 보수가 아닌가. 한 걸음 나서려면 한 걸음 물러나서 앞길을 볼 수 있어야 한다. 부르주아적이든 프롤레타리아적이든, 보수적이든 진보적이든, 일단 하나의 관념으로 고정되어서 절대화된 논리를 지니는 순간 변화는 없다. 서로 다른 이념을 지닌 이들을 적으로 규정하여 두텁게 벽을 쌓는다면, 이것은 다양화와 변화를 근원적으로 거부하는 것이니, 어찌 진보라 할 수 있으랴. 왼쪽에 가깝다고 해서, 민중에 가깝다 해서, 프롤레타리아 성향이라 해서 진보는 아니다. 오른쪽에 가깝다 해서, 지배층에 가깝다 해서, 부르주아 성향이라 해서 보수는 아니다. 이런 단순한 경계선의 나눔이, 오히려 사상의 자유로운 성숙과 활성화, 서로 다른 이데올로기의 상충을 통하여 역사를 한 걸음 더 바람직한 쪽으로 발전시켜 나갈 수 있는 길을 가로막는다면, 그것은 어떤 경우에도 보수이며 반역사적이고 반인류적인 행위가 아닐 수 없겠다.

나는 우리 사회의 진보에 대해 의심하고 있다. 백범白凡(金九)의 표현을 빌자면 '네오 내오 없이 사해동포' 라는 생각을 가지고, 한 걸음 뒤로 물러서서 서로 반성하고 손잡을 일이다. 그리고 멀리 내다보고, 제 한 몸의 이득을 먼저 포기할 줄 알 일이다. 다같이 행복해지기 위해서는 다같이 고통을 나누어야 할 것이다.

그래도 눈길을 돌리면 어김없이 봄이 찾아와 있다. 활짝 핀 목련을 보는 것이 바람이었는데, 뿌리 아래 양분이 그득하지 않아서인가, 잠시 찾아온 한기寒氣 때문이었는가, 피는 듯이 말라붙어 지는 꽃잎을 허망하게 바라볼 뿐이었다.

저 꽃이 망울을 다는 걸 보니, 4월이군. 목련꽃 그늘 아래서 베르테르의 편지를 읽노라던 시절이 아마득하게 느껴지는 걸 보니, 세월이 가긴 간 모양이야. 달 아래 활짝 핀 목련처럼 아름다운 것이 또 있을까. 하늘에 달은 밝은데, 그 달빛 아래 하얗게 피는 목련을 보고 있노라면 절로 술이 한 동이지. 꽃이 활짝 피어 있으니 안주가 무슨 필요가 있겠나. 그저 입에 나오는 대로 웅얼거림이 있다면 이게 바로 풍류렸다. 마치 '이화梨花에 월백月白하고 은한銀漢이 삼경三更인 제…' 하는 이조년李兆年(1269~1343) 씨의 마음이 바로 이것이었을 테지. 봄비가 내릴 적에 저 목련꽃이 뚝뚝 떨어지는 걸 보게나. 가슴속에서 미어터지는 슬픔의 덩어리를 가늠할 수 있을까. 또 술이 한 동이지.

벗에게 한 말이었다. 꽃이 피기 전에 술을 얘기해서일까. 허망하게 시든 목련이 애잔할 따름이었는데, 곁에 진달래가 맵시를 낸다. 예전엔 지천이었건만, 바깥 나들이가 뜸해서인가, 진달래가 점점 적어지고 있는 듯싶다. 대신 산벚꽃이 온 산에 흐드러진데다가 복사꽃이며 조팝나무, 영산홍, 철쭉꽃 등이 지천이니, 닫혀가던 마음을 이렇게 꽃이 열어주는 것이다.

며칠 전, 봄볕이 하도 따뜻하기에 해바라기를 하자고 건물 밖을 나섰다. 주차장까지 이르는 진입로 길섶에 늘어선 벚나무 꽃이 한창이었다. 벚꽃의 계절이 왔구나. 경포에도 진해에도 또 어디 어디에도 벚꽃이 양편에 늘어선 길

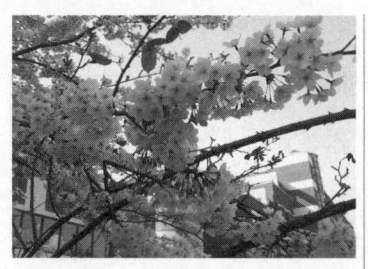

벚꽃. ⓒ김충수

에는 유객遊客이 넘칠 것이다. 한바탕 피었다가는 순식간에 지는 것이 벚꽃이라, 일본 사무라이 문화의 특성이 거기 잘 나타나 있단다. 그에 대하여 피고 또 피고 하는 무궁화는 한민족의 끈기를 나타낸다나. 식민지 시대에 일인들이 벚꽃을 심었다 하고, 벚꽃의 아름다움을 완상하는 일은 마치 반민족적인 양하던 때가 엊그제 같다. 벚꽃에 대한 강박관념은 대단한 것이어서, 사무라이들의 사쿠라 문화에서 벗어나고 싶어하는 이들은 본디 벚나무가 우리나라 자생종이라 강변한다. 언젠가는 무궁화가 자생종인가 아닌가로 쟁론도 있었다. 그러더니 이제 벚꽃 축제는 자연스런 연례행사가 된 것이다. 꽃이야 제게 맞는 곳에 뿌리를 내리고 살아가는 것이요, 종의 번식을 위하여 고운 빛깔을 내는 것이 아닌가. 꽃의 생김이나 피었다 지는 형용을 가지고, 의미를 부여하고 삶을 논하는 일은 인간의 일일뿐이다. 어떻든 벚꽃은 피어서 한창 흐드러질 때보다, 질 때 눈처럼 난분분 떨어지는 것이 아름답다.

먼 산에만 꽃이 흐드러진 것이 아니라 어느 새 내 곁에도 성큼 다가와 있다. 발밑이 화사하였는데, 노란 민들레들이었다. 비 끝 청명한 햇살 아래 노란빛은 형용할 수 없는 아름다움을 간직하고 있었다. 땅에 붙박여 엔간히 몸을 굽히지 않고는 그 존재를 지나치기 십상인 작은 들꽃들 중에서 제비꽃과 민들레의 빛깔처럼 아름다운 것이 또 있을까. 홀로 존재할 적에는 텁텁하던 노란빛도 태양을 담뿍 받는 초록빛을 곁에 두니 그렇게 고울 수가 없다. 보랏빛을 홀로 보면 눈에 차지 않는다. 그것과 어울릴 수 있는 적당한 색 또한 없다. 그것이 저 들판의 길섶에서 초록과 어울릴 제 거기에 햇볕이 있으면 그처럼 고운 빛깔이 없는 것이다. 월초 행주산성幸州山城에 갔다가, 토성土城의 빗면에 피어 있는 제비꽃들을 보았다. 바람 거친 토성의 빗면에서 그것들은 잘도 견디고 있었다.

　이제사 꽃이 눈에 보이기 시작한다. 지금껏 꽃이 아름답다던 이야기는 귀동냥이었을 뿐이다. 해마다 봄이면 눈에 꽃이 가득 찼건만, 따지고 보면 꽃을 본 것은 아니었다. 꽃이 아름답다는 언어의 주술 때문에 생긴 선입견이리라. 이 봄에 꽃은 내 곁에 가까이 고운 자태를 흘리고 있었다.

　봄비가 내린다. 빗물 방울진 꽃잎과, 빗방울 듣는 꽃을 바라보고 있을라치면 은근하게 파장이 인다. 파장은 끊어질 듯 끊어질 듯 흘러서 밑바닥에 잠자고 있는 욕정을 교묘히 건드리고 있다. 문득 꽃잎에 구르는 빗방울을 머금고 싶다. 입술에, 손가락이 아닌 입술에, 꽃잎의 감촉을 느끼고 싶은 충동이 인다. 꽃과 비. 꽃은 사랑의 표상이요, 비는 남녀의 정욕을 담고 있지 않은가.

　조지아 오키프Geogia O'Keeffe(1886~1986)의 붉은 칸나를 비롯한 꽃잎들에는 여인의 생명이 있다. 패랭이꽃과 칸나와 어울린 이브의 맨몸들(이숙자의 그림들)에서, 꽃잎은 여인으로 환생하고 있다. 꽃잎에서 정욕을 느끼는 건, 여인을 보는 건, 보고 싶은 이가 있기 때문이다.

　못다 한 '4월'의 함성도 꽃처럼 활짝 피어났으면….

2004. 4

사랑, 한 줌 재 속에서 꺼내는 하얀 뼈

타고 남은 재가 다시 기름이 됩니다.

그칠 줄을 모르고 타는 나의 가슴은 누구의 밤을 지키는 약한 등불입니까?

—한용운, 「알 수 없어요」에서

한겨울에 비가 내린다. 가을처럼 비가 온다. 새벽에 일어나서 창으로 보는 뜰은 젖어 있다. 그러다가 개고 있다. 화사한 날씨. 이왕이면 청명한 하늘이었으면 한다. 가을처럼 비가 내리고 가을처럼 공기가 차도 겨울은 하늘을 보면 금새 안다. 겨울에도 때때로 청명한 하늘이 있다. 하늘빛이 청명하면 물빛도 청명하다. 물빛에 대한 광학적 탐구가 아니더라도 물은 하늘을 머금고

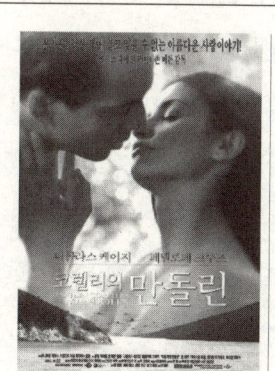

| 코렐리의 만돌린 |

Captain Corelli's Mandolin
미국 · 프랑스 · 영국/2001
감독 : 존 매든
출연 : 니콜라스 케이지, 페넬로페 크루즈, 존 허트,
      크리스찬 베일, 데이비드 모리시

그 빛을 뿜어낸다는 것쯤은 저절로 안다. 그것이 연륜年輪이라는 것이다. 지난해 이맘때쯤에는 코발트빛 바다가 보이는 창가에서 카푸치노를 마시고 있었다. 내 고향 춘천의 강변에서도 하늘빛을 닮은 호수를, 강을 보면서 차 한 잔 마실 수 있다. 여기 원주는 물이 없다. 출근길에도 물을 볼 수가 없다. 물가에서 태어난 이에게는 물이 없다는 것은 참으로 미칠 일이다.

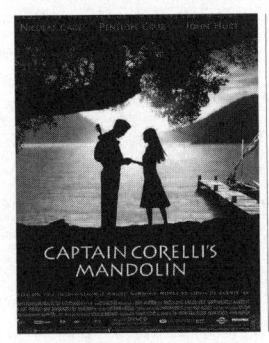

물 맑은 바다가 있다. 너무나 맑아서 바다 밑까지 보이는, 옥빛의 바다. 일렁일 때마다 동그라미들의 파장이 여러 겹 이는, 물 맑은 바다. 그리고 섬세하게 울리는 만돌린 소리와, 고통으로 찢긴 뒤에, 상처 위에서 이루어진 사랑을 알고 있다. 비가 그치고, 잎 떨군 산록에 미끄러지는 적은 햇볕을 보며 떠올리고 있다. 존 매든의 〈코렐리의 만돌린〉(Captain Corelli's Mandolin, 2001).

미치도록 아름다운 바다에 푹 빠져서 지금 열병을 앓고 있다. 며칠 휴가라도 내서는 훌쩍 떠나고 싶은 것이다. 내내 지중해를, 에게해를 꿈꾸고 있다. 초등학교 때부터 지겹도록 머릿속을 떠나지 않는, 그리스와 이탈리아의 바다와 하늘. 신문에서 옛 도시의 폐허 사진을 오려가면서, 그리스 신화를 읽고 또 읽어가면서, 나는 꿈꾸었다, 고대 문명을, 인류의 역사를 공부하리라고. 꿈으로 끝났다. 아니다. 아직 나는 포기하지 못하고 있다. 이제 그 탐방의 길은, 고대 문명이니 인류의 역사니 하는 광대한 포부는 아니지만, 그렇다고 사진이나 찍고 어디어디를 다녔노라는 이력이나 덧붙이는 한낱 관광 또한 아닐 것이다. 아니다. 어쩌면 꿈으로 끝날지도 모른다. 아직 내게는, 지중해란 갈 수 없는 곳이다. 아니다. 언젠가는 그 옥빛의, 코발트빛의 맑은 바다를 보러 가겠다.

그리스의 케팔로니아는 평화로운 섬이다. 하늘과 바다의 빛이 하나인 그곳에는 미움도 사랑 속에 녹아버린다. 초록빛 잎이 하늘하늘 나부끼는 언덕에 서면, 세계로 열린 바다가 있지만, 어느 틈에 섬 하나가 눈에 들어와 망망한 대해는 아니다. 동해에서 가로질리는 것이 없는 바다를 보다가, 남해를 가면 바다라기보다 차라리 호수처럼 생각되는 것과 같다. 그래도 바다라는 것은 세계로 열린 길이어서, 마음 또한 닫혀 있기보다는 세계를 향하여 열려 있다. 닫히지 않은 마음들은 굳이 '너' 라는 존재와 '나' 라는 존재 사이에 벽을 두지 않는다. 그만큼 개방적이랄 수도 있겠지만, 왠지 그것은 절제되지 않은 욕망을 뜻하는 것 같아, 이 경우 적절하지 않다.

마을사람들은 모두 한가족과 다름없다. 그런 것이다. 케팔로니아 섬 사람들에게 '사람' 이란 가족과도 같은 정겨운 존재들, 그러니까 '이웃사촌', 아니 그 이상이다. 때로 이런 정겨움은 한번 비틀리거나 틈새가 벌어지면 말할 수 없는 고통을 수반한다. 정겨움은 어쩌면 지독한 고통을 안겨줄 독을 내포하고 있을지도 모른다. 그 독은, 정겨움 또는 사랑스러움을 고통스럽게 만드는 독은 증오이며 질투일지도 모른다. 질투와 증오는 본래 사랑과 한 뿌리인지라, 사실 사랑의 다른 이름이다. 그 독은 어쩌면 별리別離 또는 상실喪失일지도 모른다. 증오와 질투는 삭혀질 수 있지만, 별리와 상실은 엔간해서는 치유되지 않는 상처이다. 그것처럼 지독한 고통은 없다. 그러나 비 온 뒤에 땅이 더욱 굳어지는 것처럼 온몸에 퍼져 갉아대고 빈 자루처럼 허물어 내리는 치명적인 독 – 아픔을, 고통을 견뎌내야 삶은 더욱 당차지는 것이다. 이전보다 더욱 견고해져서 가슴속에 오롯한 심지로 남는 것이다.

별리와 상실을 가능하게 만드는, 가장 끄트머리는 죽음이다. 어찌할 수 없는 병에 의한 죽음은 차라리 낫다. 그러나 전쟁이라는 폭력은, 소수가 소수의 권력과 이익을 위해, 불특정 다수에게 가하는 전쟁이라는 가장 정교하고 치밀한 폭력은, 억울하다. 알지 못하는 그 누군가에 의해서 자행되는 그 폭력에 의해서, 아무런 잘못도 없이, 삶이 찢겨지는 아픔은, 그래서 문학으로 영화로 거듭나는지도 모른다.

케팔로니아의 평화는 전쟁에 의해서 산산이 부서진다. 섬에서, 전쟁이란 라디오나 풍문으로만 접하는 것이어서 그 실체와 정도를 알지 못한다. 젊은 이들이 전장으로 떠나고, 더러는 돌아오고 더러는 만신창이가 되고, 더러는 아직 소식을 모르고…. 섬사람들에게 전쟁의 참혹함이란, 사랑하는 이들이 떠나서는 오지 않는 것. 별리와 같은 의미인 셈이다.

〈코넬리의 만돌린〉은 사랑하는 이들의 이별, 그리고 이별 뒤의 사랑 이야기이다. 섬은 하나의 축약된 사회이다. 쥬세페 토르나토레의 〈말레나〉(Malena, 2000)처럼. 섬은 닫혀 있으면서 동시에 열린 공간이라, 사람 사는 모습을 총체적으로 조망하기 알맞다. 사람 사는 마을에는 사람 사이의 문제를 중재하거나 해결해줄 수 있는 사람이 있게 마련인데, 그런 이들을 현자賢者라고 한다. 케팔로니아 섬에서 현자는, 사람들에게 더 나은 삶을 베풀어주는 의사 라니스(존 허트)이다. 그는 섬사람들의 존경을 받고 있다. 백발과 하얀 수

염, 주름 깊은 얼굴…. 거기서 세월의 나이테를 본다. 나이테란 본래, 햇볕과 달빛과 비바람과 눈보라를 체험한 이들이 갖게 되는 하나의 훈장이다. 나이테의 권위란 것은 대단한 것이어서, 뼈 빠지게 노력한다고, 몇 푼을 던져놓고 도박한다고 벌 수 있는 그런 것이 아니다. 바삐 걷는다고 얻어질 수 있는 것도, 느리게 걷는다고 비껴갈 수 있는 것도 아니다.

담금질. 세월에 의해 온갖 신산辛酸한 고통에 의해 담금질되면서 얻을 수 있는 것이다. 나이테의 개수가 많아진다는 것은 제법 어느 정도의 위치에서 널리 내려다볼 수 있다는 것이요, 멀리 바라다볼 수 있다는 것이요, 깊이 들여다볼 수 있다는 것이다. 하물며 그는 의사가 아닌가. 사소하게는 겉에 드러난 상처의 치유로부터, 평생을 두고도 몰랐던 귀에 박힌 콩알을 꺼내는 것처럼 인간의 내면에 담긴 깊은 병까지 고쳐줄 수 있는 존재이다. 그러니 눈에 보이지 않는 마음쯤이야, 나이테의 심안心眼으로 어찌 아니 볼 수 있으랴.

처음 그를 보았을 때, 중절모를 쓰고 천천히 황톳길을 걷는 그를 보았을 때, 우리는 얼른 어떻게 말로 표현할 수는 없지만, 달려가면 무언가 시원히 해결해줄 수 있을 것 같은 현명함을 금새 감지하게 된다. 저주받은 켄타우로스Kentauros 족의 이방인 케이론Chiron이나 그의 제자 아스클레피오스Asclepios와 같은 신묘함을 그에게서 본다. 케이론은 의술뿐 아니라 예언의 능력도 가지고 있었다 하니, 곧 삶에 대한 통찰력을 가진 존재가 아닌가.

이렇게 적고 보니 묘한 대응 관계를 지니고 있다. 케이론은 펠리온 산에 산다. 그는 켄타우로스이다. 익시온Ixion은 헤라Hera를 연모한다. 황망하기 그지없는 제우스Zeus가 구름으로 헤라를 빚는다. 제우스는 인간의 여자를 관계할 수 있어도 인간의 남자는 헤라를 관계할 수 없다. 어불성설語不成說. 헤라는 순결한 결혼의 여신이다. 헤라를 마음속으로 범하는 순간 익시온은 이미 저주받는다. 익시온과 구름과의 사이에서 낳았다는, 절반의 사람 절반의 말이 켄타우로스다. 그들은 포악하다. 그러나 케이론은 그들과 다르다. 그는 현자이다. 의술과 예언의 능력을 지녔으므로, 아폴론Apollon은 자신의 아들 아스클레피오스를 맡긴다. 아스클레피오스는, 아폴론이 차가운 이성의 물줄기를 뚫고 솟구친 사랑의 열정으로, 인간의 여자 코로니스Coronis에게 잉태시켜 얻은 아들이다. 언제나 그렇듯 열정적인 사랑의 대가는 참혹한 고통을 동반한다. 코로니스가 다른 남자를 좋아하자, 질투에 눈 먼 아폴론은 그녀를 증오의 불길로 태워 죽인다. 주검 속에서 꺼낸 아이가 아스클레피오스이다. 그에게는 두 아들과 네 딸이 있었는데 모두 아버지 뒤를 잇는다. 그 중 막내딸 휘게이아Hygeia(위생)는 아버지와 함께 신의 자리를 잡는다. 부녀가 나란히 새겨진 부조들이 발견되는 것을 보면, 휘게이아는 오늘날 간호사의 원조쯤이다(다른 딸들 : 이아소 – 의료, 판아케아 – 만병통치, 아이글레 – 광명). 아스클레피오스의 학교를 졸업한 이가 히포크라테스Hippocrates이다.

라니스에게도 펠라기아(페넬로페 크루즈)라는 외동딸이 있다. 그녀는 의사가 되고 싶어한다. 어미에 대한 정을 모르고 아버지의 손에 의해서 그녀는 자라난다. 아스클레피오스는 죽은 어미에게서 태어났으니 어미의 정을 알 까닭이 없다. 아폴론은 신이었으므로, 케이론이 아버지를 대신한다. 아스클레피오스의 곁에는 휘게이아가 있다. 아폴론의 불길과도 같은 열정이 라니스에게도 있었다. 그 열정이 한 남자의 아내가 될 여인을 자신의 아내로 맞는다. 그는 추방된다. 케이론이 아스클레피오스에게, 아스클레피오스가 휘게이아에게 그랬던 것처럼, 그는 아내에게 다 못한 사랑은 펠라기아에게 베푼다. 그의 가슴은 아내에 대한 사랑으로 이미 재가 되었고, 그의 머리는 아내의 죽음에 대한 고통으로 보풀이 되었을 것이다. 다 타고 남은 재, 다 바스러져서 남은 보풀, 그리고 거기서 영원히 우뚝 설 뼈마디로 태어났을 것이다. 그는 예지와 통찰과 포용을 지닌 사람이다.

지금 펠라기아는 사랑에 빠져 있다. 바다를 벗삼은 사나이, 어부 만데라스(크리스찬 베일)와 사랑에 빠져 있다. 라니스는 탐탁하지 않다. 펠라기아가 좀더 넓은 세상에서, 좀더 열린 세상에서 살아가기를 바란다. 너의 식견이 만데라스보다 더 높기 때문에, 그 사랑이 염려된다고 펠라기아에게 이야기한다. 펠라기아와 만네라스에게 그것은 장애도 못 된다. 둘은 약혼하고, 만네라스는 곧 전쟁터로 나간다.

전쟁이 사랑하는 이들을 갈라놓는 것은, 신의 장난이 아니라는 점에서 더욱 고통스러운 것이다. 소수가 다수에게 가하는 횡포. 그 횡포가 아무런 상관없는 사람들의 삶을 어떻게 파괴하고 찢어놓는가. 전쟁뿐만이 아니다. 한 사람의 개인적인 이해득실과 관련된 일에 의해서 고통의 눈물과 이별을 맛보는 일은 지금도 비일비재하다. 전쟁으로 만데라스와 펠리기아는 남남이 된다. 어쩌면 전쟁이라는 장애는 삶을 좀더 크게 만들어주려는 역할을 한다. 고통이 크면 클수록 그 크기만큼 성숙하질 않던가.

전쟁의 본질은 살상이므로, 전쟁은 상실과 죽음이라는 크나큰 고통의 알레고리일 수도 있겠다. 겨울이 지나야 봄이 오듯이, 어둠이 지나고야 아침이 오듯이, 아이 적을 벗어버려야 어른으로 태어나듯이, 다 사라지고 난 뒤에, 다

비우고 난 뒤에, 비로소 새로운 사랑이, 새로운 삶이 다시 싹이 터서 가득하게 담기는 것이다.

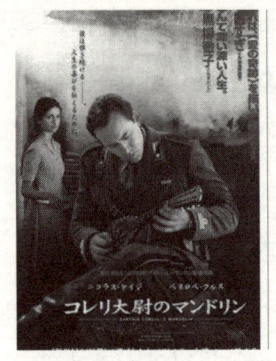

전쟁이란 것이 어떤 것인지 미처 알기도 전에, 그리스는 점령국에게 분할 통치된다. 케팔로니아 섬에도 이탈리아 군이 주둔한다. 섬사람들에게 전쟁은 아직 피부에 와 닿지 않는다. 안토니오 코렐리(니콜라스 케이지) 대위는, 한번도 실전 경험이 없다. 그는 만돌린을 연주하고 노래 부르는 것을 좋아한다. 그의 부대원들 모두 노래하고 악기 연주하는 것을 좋아한다. 코렐리는 사람이 사람을 살상하는 것을 증오한다. 그는 점령군이지만, 그의 부대원들은 늘 섬사람들에게 아름다운 연주를 베풀어준다. 이른바 주둔군과 점령지 사람들의 상호 이해와 화합이라는 명분 아래, 통치의 효율성을 노린 것이지만, 그런 정치적인 문제는 소수인 권력자들의 문제이지, 섬사람들이나 코렐리 부대원들의 문제가 아니다. 그런 점에서 섬사람들과 코렐리 부대원들은 똑같다.

정황에 대한 이러한 무지는 뼈아픈 고통의 상처로 남는다. 만데라스의 자리에 펠라기아는 코렐리를 받아들인다. 차츰차츰 깊어가던 사랑이 걷잡을 수 없는 열정이 된다. 라니스는 처음부터 그 과정을 알고 있다. 그도 그와 같은 사랑의 광기와 열병과 고통을 충분히 겪었으므로.

영화를 본 지 한참이나 지났음에도, 지중해의 아름다움과 더불어 가슴에 남아 있는 것은 라니스가 펠라기아에게 해준 말이다. '사랑은 한순간의 광기

狂氣와도 같다'는 것. 광기 어린 사랑은 한여름의 폭우와도 같다. 천지를 뒤흔드는 우레와 함께, 땅이 꺼지도록 두들겨대고 휩쓸어버리는, 그래도 여전히 땅의 열기는 가라앉히지 못하는, 장대비와도 같다. 광기 어린 사랑은 불길이다. 가슴 깊숙한 곳에서 솟구쳐 올라와, 온 세상을 휩싸 태워버리는 불길. 그 무엇으로도 끌 수 없는 불길. 선덕여왕善德女王을 사랑했던 지귀志鬼의 불길. 내게도 그 광기 어린 사랑의 열정이 있었다.

라니스는 펠라기아에게 말한다. '그 일시적 광기 – 열정이 지나간 후에도 가슴에 아직 남아 있다면 그것은 사랑이'라고. 그것은 사랑을 해본, 사랑을 하고 있는, 삶을 아는 현자의 통찰이며 예지이다. 나는 그의 말을 이해한다. 그의 말은 '옳다'. 그의 말은 '진리'이다. 정신없이 타오를 때는 제 풀의 열기에 아무것도 보지 못한다. 다 타서, 한 줌의 재가 되어 바람에 날려가서, 그래서 텅 빈 가슴으로 눈을 씻고 세상을 다시 보았을 때, 한 줌의 재 속에 하얗게 빛나는 뼈가 있었다. 그것은 마음이었다. 결코 그 무엇으로도 굽히지 못하는, 결코 그 무엇으로도 소멸시키지 못하는, 그것은 사랑이었다. 이것 하나만은, 누가 사랑이 무엇이냐고 묻는다면 나는 단호하게 대답할 수 있다. 사랑은 '사랑'이라고. 한 줌 재 속에서 꺼내 간직할 수 있는, 그 하얀 뼈마디라고. 그것이 '사랑'이라고.

정작으로 소중한 것들은 곁에 있을 때는 모른다. 늘 곁에 있기 때문에. 막상 사라지거나 잃고 나면, 그제야 그 넓이와 높이와 깊이를 알게 된다. 사랑도 열병에 휩싸여 앓을 때는, 아니, 사랑의 열병이라는 것은 누구나 감지하고 있는 것이니 논외로 하자. 정작 곁에 있는 사랑은, 그것이 사랑인지 잘 모른다. 언제나 우리는 잃고서야, 보내고서야, 그 넓이와 높이와 깊이만큼의 자리

를 확인한 뒤에야, 안다. '사랑'이었다는 것을. 놓친 열차가 아름답다는 여항
閭巷의 말처럼, 항상 떠나고 난 뒤에 아름다운 것이 된다. 아련하게 흘러가,
그래서 다시 돌아올 수 없는 시간이기 때문이다.

　김용옥의 『도올 논어』 1권에서 인용한 「악기樂記」의 구절.

　　"악樂이란 같아짐을 위한 것이요 예禮란 달라짐을 위한 것이다. 같아지
　면 친해지고 달라지면 공경하게 된다(樂者爲同, 禮者爲異, 同則相親, 異則相
　敬). 선생과 제자, 임금과 신하, 아버지와 아들, 남편과 아내, 이 모든 관계에
　존재하는 예禮란 이들 사이의 마땅한 바를 분별키 위함이요, 이들의 다름
　을 확실케 하고자 함이다. 그러나 인간은 다름과 공경으로만 살 수 없다. 그
　러면 인간은 소원해지고 고독해지고 엄숙해지기만 하는 것이다. 바로 음
　악, 예술이란 이러한 이화異化의 방향을 동화同化의 방향으로 전화轉化시
　키는 것이다. 그것이 곧 화和요 동同이다. 악樂 속에선, 우리가 같이 노래 부
　르고 춤추는 가운데선… 우리는 하나됨을 체험한다."

　코렐리의 음악은, 자꾸 어긋나고 왜곡되고, 억압하고 종속하려는, 사람들
의 사이를 바로잡아, 따뜻하게 만들고 화합하게 하여, 조화로운 세상을 만들
어가려는 것인지도 모른다. 국경과 대립을 넘어선, 한 줌 재 속에서 건져낸
그 하얀 뼈마디로, 진정으로 사랑이 충만한 세상을…

2002. 12

허세 뒤에 숨은 그림자, 아버지의 눈물

세상이 시끄러우면

줄에 앉은 참새의 마음으로

아버지는 어린 것들의 앞날을 생각한다.

어린 것들은 아버지의 나라다 — 아버지의 동포同胞다.

– 김현승, 「아버지의 마음」에서

춥다. 요 며칠 참으로 춥다. 마땅히 추운 것이, 추워야 하는 것이 겨울이건만. 영하 5·6도 떨어지는 것에도 호들갑들이다. 날씨가 궂다. 금방이라도 눈을 흩뿌릴 듯 흐린 하늘인데, 황사가 겹쳤단다. 스산하다. 난로의 심지를 올려보지만, 마음이 한자리에 머물지 않는다.

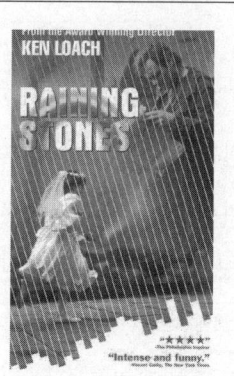

| 레이닝 스톤 |

Raining Stones
영국/1993
감독 : 켄 로치
출연 : 브루스 존스, 줄리 브라운, 릭키 톰린슨, 톰 힉키,
　　　제마 피닉스

어쩌면 영하 5 · 6도 때문도, 궂은 날씨 때문도 아니다. 보름 남짓 되었건 만 남아 있다. 잊혀지지 않는다. 귀에 쟁쟁하다. '10만 원도 없어요?' 10만 원 도. 10만 원도 라니. '-도' 라니. 아, 세상은 벌써 그러한 세상이 되었구나.

'-도' 는 매우 미묘한 말이다. 대학 때 들었던 말 중에 아직도 생생한 것 하나. '어제 보니, 너도 데이트를 하더라.' 이 경우, 이전까지 나는 평범한 사 람의 바깥에 존재하고 있었던 것인데, 이제사 저들과 같은 부류의 사람이었 다는 것을 알았다는 뉘앙스가 풍긴다. 종종 사용하는 말 중에 하나. '그것도 몰라.' 이 경우는 상대방에 대한 폄하가 암암리에 자리잡고 있다. 이때 '그 것' 은 '극히 사소해서 보잘것없음' 의 의미를 지닌다.

대폿집에서 텁텁한 한 사발의 막걸리와 김치 한 보시기로 고단한 하루를 마무리하는 이들에게는 큰돈이겠지만, 어디 맥주잔이라도 기울이고 노래라 도 한 곡조 뽑을 자리라면 10만 원은 적은 돈이겠다. 하긴 어디 가서 사내라 고 '폼' 이라도 잡기에는 10만 원은 보잘것없다. 그러나 그 10만 원을 번다는 것이 그렇게 쉬운 일은 아니다. 벌기는 어려우면서 쓰기는 쉬운 10만 원. '그 까짓' 10만 원. 벌써 그렇게 되었구나, 우리 사회는. 10만 원 정도는 가볍게 여길 수 있을 만큼 풍족해졌구나.

나는 무참히 구겨졌다. 그 10만 원 때문에. 나는 '완전히' 구겨졌다, 이틀 동안. 휴지처럼, 여기저기 찢겨지고 밟힌 신문지처럼…. 보수 산정報酬算定이 잘못 되었단다. 몇 개월 간 얼마 더 지급되었는데, 여차여차하니 10만여 원을 내놓으란다. 조심스럽게 얘기하지만 사과는 없고, 영 불쾌하다. 당장은 돈이 없으니 좀 기다려 달라고, 아니면 다음 월급에서 공제해 달라고…. 얘기가 진 행될수록 나는 구차하였다. 잘못은 저쪽에서 했는데 사정은 내가 하고 있다.

이런, 우라질!

이야기하길 꺼리는 것 중의 하나가 '돈'과 관련된 것이다. 사내란 허장성세虛張聲勢를 지녀야 한다고 생각한다. 어쩌면 스스로를 합리화시키려는 게다. 요즘 같은 세상에 허세마저 없다면, 어찌 가장으로서 체면치레를 할 수 있으랴. 비록 가진 것은 없어도, 기둥뿌리가 가라앉는 것을 몸으로 느낀다 해도, 걱정할 것 없노라고, 나만 믿으라고, 다 잘될 것이라고, 한 걸음 물러서야 멀리 내뛸 수 있지 않냐고, 별빛은 어둠 속에서 환하지 않더냐고 큰소리라도 쳐야지, 집안에 궁색이라도 옅을 것이 아닌가. 가장이 힘을 내야 집안도 활기찰 것을. 그러나 현실은 현실이다. 아무리 허세를 부린다고 현실이 바뀌는 것은 아니다. 나는 현실을 본 것이다. 보름 남짓 잊혀지지 않는 것은, 그것이 '현실'이기 때문이다.

몇천 원을, 몇만 원을 벌기 위해 고군분투하던 사내의 이야기를 알고 있다. 그는 실직중이다. 실직 수당은 쥐꼬리만큼도 되지 않는다. 그에게는 일곱 살이 되는 딸이 있다. 성찬식聖餐式에 그 애는 눈처럼 하얀 드레스를 입어야 한

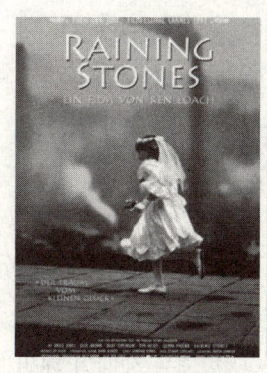

다. 비록 가진 것 없고, 작은 집에서 살지만, 그는 딸애만큼은 그 누구보다도 밝고 맑게 자라기를 소망한다. 그 애만큼은 그와 그의 아내처럼 궁색 없이, 곤궁함을 모르도록 자라게 하고 싶다. 성찬식 날만큼은 딸애의 삶에 있어서 가장 아름다운 추억의 시간을 만들어주고 싶다. 눈처럼 하얀 드레스와 모자와 구두를 딸에게 선사해주고 싶다. 이것저것

200파운드는 족히 나간다. 어림짐작에 우리 돈 약 5·60만 원 정도 되리라. 그에게는 시간 안에 벌 수도, 변통할 수도 없는 돈이지만, 그래도 그는 아내를 설득하고 열심히 뛴다. 아내는 잠깐만의 예복이니 빌려 입히자고 하지만, 그는 막무가내다. 아내는 그런 그를 도저히 이해할 수 없다. 어쩌면 맹목적인 집착이요, 사치일 터이지만, 그날만큼은 딸애에게 가장 소중하고 아름다운 날이 될 것이라, 그는 믿는다. 그것은 아버지의 마음이다. 나는 그런 그를 이해할 수 있다.

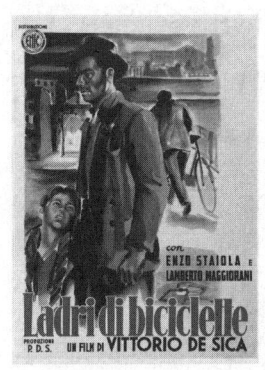

〈자전거 도둑〉

물론 내게 그처럼 절박한 적은 없었다. 그러나 그 - 밥(브루스 존스)의 마음을 충분히 알 수 있다. 그에게는 친구 토미(릭키 톰린슨)가 있다. 그도 실직한 상태이다. 그의 딸은 클럽에서 마약을 밀매하지만, 그는 모른다. 딸이 주는 용돈을 움켜쥐고는 혼자서 통곡하는 사내이다. 밥과 토미는 양을 훔친다. 양고기를 파는 일은 쉽지 않다. 게다가 밥은 생계수단인 트럭마저 도난당한다. 다 삭은 차, 그것마저도 그에게는 절망, 거듭되는 절망의 상처를 남기는 것이다. 비토리아 데 시카의 〈자전거 도둑〉(Ladri di biciclette, 1948)이 순간 겹친다. 그는 결코 아내에게 힘들다는 얘기를 않는다. 그것은 허세이지만, 가족들에게 줄 수 있는 유일한 희망의 샘물이기도 하다.

켄 로치의 〈레이닝 스톤〉(Raining Stones, 1993)은 밥이라는 한 사내를 통해 영국의 또 다른 모습을 보여준다. 해가 지지 않는 나라, 한때는 세계의 패권을 거머쥐었던 나라, 사회보장제도가 잘 되었다는 나라, 신사의 나라…. 그러나 켄 로치가 그려내는 영국이 어쩌면 실체에 훨씬 가까울 수도 있다. 언젠가 들은 바로는 '영어' 하나로 아직 버티는 나라란다. 사실 여부를 떠나서, 세계사 시간에 들었던 영국보다는 켄 로치의 영국이 더욱 가슴에 와 닿는다. 살아 숨쉬는 사람들이 있기 때문일 것이다. 언제부터인지 TV 드라마에 소개되는 중산층이나 서민들은 실제보다 과장되거나 왜곡되어 그려지고 있다. 저들이 말하는 서민층은, 적어도 우리네 서민층보다는 훨씬 부유하고, 세상살이 또한 참으로 순편하다. 저들이 말하는 삶의 고단함과 팍팍함은 입으로 짓는 말일 뿐, 손길과 발품으로 만들어지는 수고로움은 아닌 것이다.

'레이닝 스톤'은 '비처럼 내리는 돌'이란 뜻으로 아주 살기 힘든 환경을 의미하는 영국인들의 속어란다. 지금 밥에게 되는 일은 하나도 없다. 그가 뛰면 뛸수록 삶은 그에게 더욱 커다란 장애를 안긴다. 그는 닥치는 대로 이것저것 일을 해보지만, 단 하나도 순조롭지 않다. 참 무섭고 냉혹하다. 이것은 영화가 아니다. 한편의 다큐 드라마처럼, 감독의 연민은 추호도 없다. 그러나 그것이 우리들의 일상이다. 현실이다. 현실에는 연민이나 동정이 끼여들 틈새가 없다. 무서울 정도로 냉혹하다. 차갑다. 차가우면 차가울수록 움츠러들어서는 안 된다. 추울수록, 근육의 경직을 막으려면 움직여야 한다. 그것이 삶이다. 근육이 부드럽게 움직일 수 있도록 적절한 윤활유가 필요하다. 삶에서 그것은 욕설이며 재담이다. 욕설과 재담은 서로 상반되어 있지만, 일종의 자기방어이며 동시에 자기과시이다. 어느 쪽이든 그것은 허세일 텐데, 그 허세는 단순한 허풍, 시쳇말로 '뻥'이라고 해서는 안될 성질의 것이다.

밥의 아내 앤(줄리 브라운)은 현실적이다. 그의 허세와 견주었을 때 현실적이다. 이 경우 밥에게 현실의 냉혹함을 상기시켜주는 몫을 한다는 것인데, 앤에 의해서 밥의 현실은 더욱 냉혹해지고 있다. 그는 이제 아내와 다툼질을 한다. 성깔 내고 욕설도 퍼붓지만, 그가 어찌 아내의 마음을 모르리. 현진건의 소설 「운수 좋은 날」의 김 첨지가 겹친다. 아내의 어린 시절을 상기시키며 딸 ― 콜린(제마 피닉스)에게 베풀어주고 싶은 자신의 마음을 변해辨解한다. 아내는 그의 망상적 태도에 대해서 강하게 반발하지만, 그녀인들 어찌 남편의 마음을 모르리. 딱한 사정을 알기는 배리 신부(톰 힉키)도 마찬가지여서, 예복을 빌려 입도록 권하지만 그의 대답은 오직 하나. 도리질.

단지 한 벌의 드레스를 위해서, 절대적이지도 않을, 하루도 아닌 몇 시간만의 행복을 위해서 자신의 모든 것을 건 밥. 그 누구도 이해하지 않는다 해도, 내일을 열어갈 아이들에게 무한한 행복을 주고 싶은 것이 아버지들의 마음이다. 내일로 활짝 열려진 아이들의 창이야말로 곧 아버지들의 창이며, 판도라의 상자이므로.

그러나 혹독하게 추운 세상에서 내일을 여는 창틀을 만들어낸다는 것은 쉽지 않다. 궁색한 이들은 아무리 뛰어다니며 발품을 팔아도 궁색하다. 밥처럼. 뛰면 뛸수록 창틀은 아득해질 뿐이다. 자본주의가 발달할수록, 있는 이들은 늘 넘치고, 없는 이들은 늘 비어 있다. 그래서 세상은 늘 형평衡平하다. 많은 것에서 덜어내는, 절장보단絶長補短의 형평이 아닌데도 형평하다. 「박타령」에도 궁색을 떨치려는 아버지가 있다. 그에게도 창틀은 아득하다.

… 흥보가 품을 팔 제, 매우 부지런히 서둘러, 상평 하평上平下平 김매

기, 원산 근산遠山近山 시초 베기, 먹고 닷 돈 받고 장 서두리, 십리에 돈 반 승교 메기, 신산新産 석어石漁 밤짐 지기, 시매긴 공사 급주 가기, 방 뜨는 데 조역꾼, 담 쌓는 데 자갈 줍기, 봉산 가서 모내기 품팔기, 대구령大邱令에 약태전, 초상 난 집 부고 전키, 출상할 제 명정銘旌 들기, 공관 되면 상직하기, 대장간에 풀무 불기, 멋있는 기생 아씨 타관애부他官愛夫 편지 전키, 부잣집 어린 신랑 장가들 제 안부雁夫 서기, 들병장수 술짐 지기, 초라니 판에 무투(나무) 놓기, 아무리 벌어도 시골서는 할 수 없다. 서울로 올라가서, 군치리집 종노릇하다가, 소주 가마 눌려놓고 뺨 맞고 쫓겨와서, 매품 팔러 병영에 갔다가는 비교(차례) 밀리어서 태장 한 개 못 맞고서 빈손 쥐고 돌아오니, 흥보 아내가 품을 판다. 오뉴월 밭매기와 구시월 김장하기, 한 말 받고 벼 훑기와 입만 먹고 방아찧기, 삼 삶기, 보 막기와 물레질, 베짜기와 머슴의 헌옷 짓기, 상고에 빨래하기, 혼장가에 진일하기, 채소밭에 오줌주기, 소주 고고장 달이기, 물방아에 쌀 까불기, 밀 맷돌 갈 제 집어넣기, 보리 갈제 망웃 놓기, 못자리 때 망초 뜯기, 아이 낳고 첫국밥을 제 손으로 해 먹고, 운기運氣를 방통放通하되 절구질로 땀을 내니, 한때도 쉬지 않고 밤낮으로 벌어도 늘 굶는구나. …

　　조선 후기 일용노동의 종류가 질펀하게 펼쳐진다. 진일 마른 일 가리지 않고 부부가 품일하여도 늘 굶주리는 것은, 일의 종류가 많다 하여도 그것이 생계와 직결될 수 있는 일자리가 아니기 때문이다. 어느 한곳에 자릴 묶어두어도 먹고사는 것이 팍팍한 마당에, 구직 광고를 볼 적마다 신청하여 얻는 일자리가 평생 일자리일 수는 없다. 밥의 삶은 흥부의 삶과 다르지 않다. 그것은 화폐경제사회의 그늘에 살고 있는 수많은 이들의 모습이겠다.

켄 로치의 〈명멸하는 불빛〉(Flickering Flames, 1997)에는 밥과 토미, 우리 시대의 아버지들이 고스란히 담겨 있다. 1995년 9월 영국 리버풀에서 머시 항구회사로부터 부당 해고된 500명(?)의 항만노동자들은 이후 3년여에 걸친 투쟁을 한다. 1주년이 되는 1996년 9월에는 프랑스 · 스웨덴 · 일본 · 캐나다 · 덴마크 등의 항만노동자들이 함께 연대한다. 임시고용제 거부. 누구도 주목하지 않은 그늘진 자리에서 그들은 생존을 위한 힘겨운 싸움을 하고 있었다. 먹고사는 것. 안정된 자리에서 일하여 먹고사는 것. 세상의 그 어떤 논리나 이념의 포장도 겹겹이 벗겨보면, 알맹이는 그것이다. 문화 생활도, 도덕적 가치도 그것이 해결되었을 때 가능한 일이다. 그런 점에서 딸에게 받은 돈을 움켜쥐고 흘리는 토미의 눈물은 참으로 슬프고 깨끗한 눈물이다. 욕설과 웃음으로 버무려진 허세 뒤에 흐르는 눈물. 그러나 그 눈물은 사랑스런 아이들이 있는 한, 언제나 고단한 삶을 씻겨주는 약수이기도 하다.

아버지의 눈에는 눈물이 보이지 않으나
아버지가 마시는 술에는 항상
보이지 않는 눈물이 절반이다.
아버지는 가장 외로운 사람이다.
아버지는 비록 영웅英雄이 될 수도 있지만….
…
집에 돌아오면 아버지가 된다.

아버지의 때는 항상 씻김을 받는다.

어린 것들이 간직한 그 깨끗한 피로….

- 김현승, 「아버지의 마음」에서

어느 사회에나 고단한 삶을 사는 이들의 틈새를 파고들어 이득을 노리는 자들이 있다. 대출 기한을 넘긴 밥에게 악덕 고리대금업자가 끼여든다. 밥은, 가족의 안위를 저당잡으려는 그와 싸우다가, 자동차 사고로 죽게 만든다. 고해하는 밥에게 신부는, '신의 정의로운 심판'이라며 사건을 덮는다. 종종 감내하기 힘든 짐들에 눌려 있는 이들에게는, 법보다 주먹이 곁에 있는 것이어서, 그런 만큼 신의 손길 또한 절실하겠다. 그러나 아무리 소리쳐 불러도 보이지 않고 곁에 없는 것이 신이요, 그것이 현실이다. 도덕적으로 문제될 수 있겠지만, 배리 신부의 행위는 현실과 영화의 갈림길이다. 지금까지 냉혹하게 그려지던 일상의 삶들이 일순 따뜻해지면서 급한 포물선을 그리며 떨어진다.

그러나 경찰의 그림자에도 불안해하는 밥의 얼굴에서 양심과 진실을 간직하고 사는 소시민의 고통과 아름다움을 본다. 어쩌면 그는 평생 고통 가득한 삶에서 벗어나지 못할 것이다. 신이 직접 행하지 않은 '정의로운 심판'은 더욱 인간을 고통스럽게 한다. 가진 것 없는 소시민의 삶이란, 아무리 신의 베풂을 얻더라도 질곡의 연속이다. 그것은 또 하나의 삶의 모진 현실이요, 냉혹함이다. 그렇기에, 하얀 드레스를 날리며 뛰어가는 콜린 - 미래를 향한 길이 아이들에게 열려 있는 한, 밥 - 아버지들은 파란 하늘을 향하여 언제나 열려 있을 창틀을 짤 것이다. 고통으로 눈물을 흘려도 웃으면서 짤 것이다.

2002. 12

세상을 맑게 하는 지혜의 샘, 화이트데이의 초콜릿

　요 며칠 『잊을 수 없는 밥 한 그릇』이라는 책을 읽었다. '밥 한 그릇' 이라는 말이 애잔하게 그리고 소중하게 다가왔다. '밥 한 그릇' 은 그리움의 언어이며, 희망의 언어이다. '밥 한 그릇' 은 걸어가야 할 길이었고, 지상에서 이룰 수 있는 가장 커다란 소망이었다. '밥 한 그릇' 은 생명이었다. '-이었다' 라니, 여전히 생명 아닌가. 이럴 즈음에, 부엌에서 어머니가 처음 솥을 열었을 때 아련히 퍼지던 밥 냄새가 코밑을 스치는가 싶더니 온몸으로 스며든다. 내 주먹만큼 뭉쳐서 주시던, 솥 밑에 눌어붙은 누룽지의 맛. 솥의 바닥에서 걸어 낸 누룽지보다 더 맛있던 것이 또 있었을까.

　한 그릇의 밥이 무척 소중했던 시절이 있었다. 한 그릇의 밥을 먹는 것이 지상의 과제였던 시절이 있었다. '있었다' 라고 과거형의 표현을 쓰는 사실에

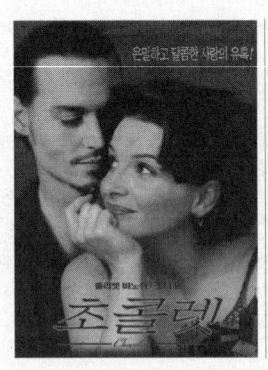

| 초콜렛 |

Chocolat
영국 · 미국/2000
감독: 라세 할스트롬
출연: 줄리엣 비노쉬, 빅끄와르 띠비졸, 주디 덴치,
　　　알프리드 몰리나, 레나 올린, 조니 뎁

새삼 놀란다. 이제는 한 그릇의 밥은커녕, 밥 냄새가 온몸을 자극하는 시절은 아니질 않나. 밥보다 더 맛있는 먹거리들이 많은 세상이 되었다. 먹거리들은 본래 그것들이 가지고 있는 맛 이외에도 다른 것들을 더 얹어서 우리들을 유혹하고 있다. 먹거리들이 간직한 빛깔은 그것만으로도 맛의 있고 없음을 짐작하게 한다. 그 빛깔들은 그것들을 매만지는 불빛과 어우러지기도 하고, 또는 그것들이 담긴 그릇이나 상자와 어울리기도 한다. 더러는 화사한 포장지 속으로 깊이 숨어 들어가 제 정체를 종내 알아채지 않고는 눈길을 거둘 수 없게도 한다. 또 제가 지닌 색깔을 어떻게 배열하였는가에 의해서도 우리들을 유혹하고 있으니, 시각과 후각은 밥에 미치지 못한다.

'윈저 12'라는 양주가 있다. 양주를 좋아하질 않아서, 서양인들의 술에 대한 관습이라든가 술의 종류라든가 하는 것을 알지 못한다. 위스키와 보드카, 꼬냑 정도가 알고 있는 주종酒種의 전부요, 어쩌다 곁귀로 들은 시바스리갈이라든가 썸싱스페셜, 발렌타인, 딤플의 차이를 알지 못한다. 불어처럼 발음되면 꼬냑일 터이고, 영어처럼 발음되면 위스키 아니겠나. 하긴 무엇이 어떻든지 간에 박봉薄俸에 양주란 격에 맞지 않는 것이어서, 어쩌다 술기운에 한껏 폼을 잡고선 가자고 외치며 양주를 비우는 날이면, 이후 한두 달은 거의 술 근처에 가지 못할 치명적 출혈出血을 감내해야 하는 것이다.

'윈저 12'라는 양주는 사실 먹어본 적이 없다. 내게 '윈저 12'는 '은밀한 손짓'으로 다가왔는데, 그 광고를 기획한 이들의 의도는 그런 점에서 적중한 거였다. '은밀한 유혹'이 그 컨셉이었다니 말이다. 매혹적인 자태를 지닌 여인이 등장하는데, 뒷모습이거나 옆모습이므로 그녀의 얼굴은 알 수 없다. 그녀의 옷자락에 '윈저 12'의 병 모양을 오려내어, 병이 있어야 할 자리에 매끈한 질감이 느껴지는 등과 젖가슴, 허벅다리 등의 살결이 드러나 있으니, 어찌 미혹되지 않을 것인가.

광고의 먹거리들은 그것들과 다른 영역인, 여인들의 살빛과 목소리, 몸의 움직임과 미묘하게 맞물리는 음악, 그리고 교묘한 시각적 이미지를 가지고 더욱 손짓한다. 이제 맛도 세련된 디자인과 이미지에 의해 선택되고, 경쟁하는 시절이 되었다. 거기에는 언제나 철저한 손익 계산과 이문을 얻기 위한 전략과 전술이 있게 마련이다. 뜸들이는 동안 인내하고 기다리며, 그 과정에서 물씬 배어나는 정성과 사랑의 흔적은 점차 사라지고 있는 것이다.

아랫목에 이불을 씌워놓았던 한 그릇의 밥, 귀퉁이가 떨어져나간 밥상 위에 짠지나 깍두기와 함께 어울릴 수만 있다면, 세상의 그 무엇도 부러울 것이 없던 밥. 밥이 모자라도, 찬이 없어도, 온 가족들이 둘러앉은 밥상에는 넉넉한 미소가 있었던 시절이었다. 비록 오늘은 궁핍할지라도 내일은 마음껏 이 밥을 먹고 고깃국을 먹을 수 있으리라는 희망이 있었던 시절이었다. '오순도순' 이라는 말이 참 잘 어울리던 시절이었다.

함께 나눌 수 있는 밥, 함께 나눌 수 있는 찬과 국. 밥상 위의 그릇들은 듬성듬성 놓였어도 그 빈 공간 사이는 정으로 가득 채워지곤 하였다. 숟가락이 부딪고 젓가락이 엉키던 풍경, 생선살은 어른께 먼저 올리고, 어쩌다 오른 고기 한 점은 어린것의 밥알 위에 얹히던 풍경, 콩 한 알도 나누어 먹던 풍경. 그러면서 삶을 이끌어가는 흐름을 배우고, 서로 이해하고 배려하는 삶을 익혔다. 말은 많지 않았어도, 거기서 간혹 있었던 가족간의 틈새들이 좁혀질 수 있었다.

그 시절 가장 먹고 싶었던 것은 무엇이었을까. 언뜻 생각나는 것이, 이른바 '아이스께끼' 라고 부르던 빙과, 바나나, 귤, 초콜릿이다. 지금은 지천으로 널린 그것들은 함부로 입에 가까이할 수 없었던 것들이었다. 바나나는 먼발치로 한 번 보았고, 귤은 이름은 들어봤지만 그 생긴 형용은 도저히 가늠이 되지 않았다. 80년대 초에 이르러서야, 귤을 처음 먹어보았으니 스스로 생각하여도 믿을 수 없는 말이다. 바나나는 그보다 나중이어서 80년대 후반은 되었던 것 같다. 둘 다 남국의 과일이어서, 어린 시절에 그 존재에 대한 개념은 없었다. 수업중에 배우고 난 뒤에야 궁금했던 것이니, 사실 둘을 가장 먹고 싶었던 것의 반열에 올리기에는 좀 그렇겠다. 둘이 남는구나. 아이스께끼야 팥물을 들인 푸석한 얼음 막대에 불과했지만, 지금 다양하게 쏟아져 나오는 고급한 빙과류의 맛도 감히 견줄 바가 아니었다.

그것만큼이나 입맛을 유혹하던 것이 초콜릿이었다. 초콜릿은 어쩌면 남국의 과일보다도 더 먼 이방의 과자일 터인데, 그것이 유독 입을 먼저 찾은 것은 6·25 전쟁 탓이다. 전쟁이 끝난 지 아직 십 년도 못 지나서 태어난데다 초등학교 때까지 미군 구호물품을 배급받은 세대이니, 초콜릿과의 만남은 사실 민족의 서글픈 역사와 함께한 것이겠다. 전란으로 폐허가 된 여느 나라의 아이들에게도 항용 그러하듯이, 츄잉껌과 초콜릿은 미군이 악다구니와 패악질로 유년을 시작하는 서글픈 영혼들에게 던져주는 일종의 개먹이였겠다. 어찌되었거나 미군에게서 흘러나오던 초콜릿의 맛은 마술과도 같은 것이었다. 어쩌다 입에 접한 초콜릿 맛은 알게 모르게 깊이 새겨졌으니, 맛 또한 얼마나 강력한 힘을 가진 것인가. 세간에서 평하기를, 팍스 아메리카나Pax Americana는 코카콜라와 맥도널드로부터 시작되었다고 하나, 하나를 더 붙인다면 초콜릿이라 할 수 있겠다.

오늘이 화이트데이라고 한다. 나는 아직도 발렌타인데이와 화이트데이를 구별하지 못한다. 남자든 여자든 누가 먼저 초콜릿을 주는 것이 무슨 상관 있을까마는, 세간의 습속은 그것이 아닌 모양이다. 날이 되어서야 오늘이 남자가 선물하는 날이군 알게 되지만, 한 해가 가고 나면 또 잊고 마는 것이다. 하긴 이 나이에 초콜릿을 선물하는 것 자체가 남부끄러운 일이 아니고 무엇이랴.

이렇게 쓰고 보니, 어느 틈에 발렌타인데이니 화이트데이니 하는 걸 자연스럽게 받아들이고 있질 않나. 어지간해서는 이런저런 세태에 휩쓸리지 않는다고 자부하고 있었는데, 이런 글을 쓰고 있는 걸 보면 미디어의 힘이란 보통이 아니다. 어렸을 적 몹시 먹고 싶었던 것임에도 초콜릿을 썩 좋아하질 않는다. 한때는 코카콜라를 거부하는 것과 같은 이유가 포함되기도 하였으나, 무엇보다도 단 것을 좋아하지 않는 것이 까닭의 우선이다. 그래도 칼로리가 높다는 얘기를 귀동냥한 뒤로는 출출할 제 한두 개 먹기도 하는 것이니, 허기를 그치게 하는 데는 초콜릿이 제격이다. 딴에는 뇌의 발달에도 상당한 영향을 미친다는 연구 결과에 혹하기도 하였다.

초콜릿에는 묘한 마력이 있다. '초콜릿'이라는 말이 지닌 울림은 참으로 오묘하여, 내게 '초콜릿'은, 실제 발음과는 달리, '콜'과 '릿' 사이의 발음이 '초'와 '콜'의 사이보다 얼마간은 길어서 급하다가 느려지는 리듬이 있는 것이다. 마지막 'ㅅ'은 급하게 끝나는 발음이니, 느릿하던 삶이 느닷없는 장애물을 만난 형국이어서 긴장감도 갖추고 있다. 이것은 모두 'ㅊ'과 'ㅋ'이라는 안울림소리 사이에 한 박자를 건너뛴 울림소리 'ㄴ'의 배열, 계속해서 그 울림소리를 이어받은 울림소리 'ㄹ'의 연속, 다시 'ㅣ'라는 울림소리로 길게 끌다가 'ㅅ'이라는 안울림소리로 급히 끝막음하는 데에서 생겨난 음의 파장 때문이 아닌가 한다. '초콜릿'이라는 말이 나름대로 음악성을 갖추고 있기 때문이라, 딴에는 언어학자인 양 얕은 지식으로 요량해본 것이지, 어찌 그러하겠나.

내친 김에…. '초콜릿'의 원료인 '카카오' 콩도 마찬가지여서, '카카오'가 지닌 안울림소리 'ㅋ'과 울림소리 'ㅏ'와 'ㅗ'도 묘한 배열이다. 언어라는 것이 닿소리(자음)과 홀소리(모음)가 서로 어우러져서 소리가 나는 것이고 보면, 사람 사는 이치나 발음 나는 이치나, 그 어울림이 빚어내는 리드미컬한 파장은 하늘이 지상에 부여한 섭리가 아니겠는가. 흐름이 있으면 막힘이 있고 막힘이 있으면 흐름이 있고, 닫힌 것은 열린 것과 부딪고, 열린 것은 닫힌 것을 통해 거듭나는 것을.

처음 멕시코 원주민들은 카카오나무 열매를 '신이 내린 선물'이라 하였단다. 그들은 깃과 털이 달린 뱀인 케찰코아틀을 신으로 모셨는데, 케찰코아틀은 인간에게 지혜와 힘을 주기 위해서 하늘의 카카오를 지상으로 옮겼다는 것이다. 그들은 신의 선물로 병마를 물리치고자 하였고, 원기를 회복하고자 음료로 마셨다. 황금과 함께 화폐로도 사용되었다니 그들에게 카카오는 '잊을 수 없는 밥 한 그릇'이 아니었겠는가.

유럽인들에게 동방이나 중남미는 신비한 세상이었는데, 카카오의 마력도 그 중 하나였다. 1522년 코르테스는 아스텍 문명을 무너뜨린다. 한 인간의 야망에 의해 천년의 문명은 흔적만 몇 점 남기고 지상에서 사라졌다. 사람과 건물은 오간 데 없지만, '신의 선물'은 꿋꿋하게 살아남아 대륙을 건넜다. 병사들이 카카오 음료를 피로회복제로 이용하는 것을 본 코르테스는 막대한 이문을 헤아렸을 것이다. 수평선 너머 황금의 땅만큼이나 신이 베푼 열매도 신비한 것이 되었다. 그 열매가 낳은 음료 한 잔이면 정신이 맑아지고 힘이 솟구치니 수요가 공급을 앞질렀을 것이다. 예나 이제나 이런 것들은 그 값이 천정부지여서, 서민들에게는 그림의 떡일 수밖에 없다. 초기 카카오 음료는 귀족들만의 것이었고, 그 독특한 맛도 비밀스럽게 전승되었다. 한때 사회지도층들은 풍속을 어지럽힌다는 둥 위험한 마약이라는 둥 했다지만, 1828년에 네덜란드의 반 호우텐이 초콜릿에서 지방을 분리하여 코코아 음료를, 1876년에는 스위스에서 밀크초콜릿을 만들었단다. 초콜릿의 역사는 고작 120년 남짓인 것이다.

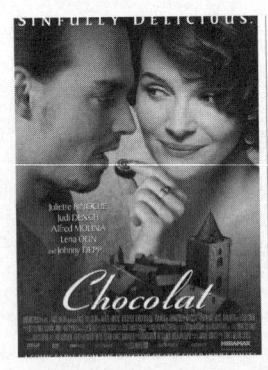

라세 할스트롬의 〈초콜렛〉(Chocolat, 2000)은 이러한 초콜릿의 역사를 교묘하게 현대의 공간에 풀어놓은 맛깔스런 동화이다. 프랑스의 조그만 시골 마을. 사나운 바람과 함께 낯선 여인 비앙(줄리엣 비노쉬)이 딸 아눅(빅끄와르 띠비졸)을 데리고 나타나 초콜릿 가게를 연다. 그것도 금식 기간인 사순절에. 그러니까 이 동화는, 완고함 또는 보수성을 내포한 시골 사람과 이방인 사이의, 먹어야 하는 일과 먹지 말아야 하는 일의 갈등으로 시작되는 것이다. 중세도 아니건만, 오래도록 이 지역을 다스렸던 레너드

가문의 레너드 백작(알프리드 몰리나)은 시장의 신분으로 여전히 영주처럼 행세한다. 마을은 그의 신앙, 그의 사상, 그의 가치관, 그의 시비 판단에 의하여 질서정연하게 움직인다. 그리고 이것은 바뀌면 안 되는 원칙이다.

〈초콜렛〉이 동화인 까닭은 전형적인 이야기의 정석을 따르기 때문이다. 이런 이야기들은 대부분, 마을 사람들은 폐쇄적이어서 낯선 이들을 경계하고 멀리하는데, 이 낯선 이들이 폐쇄적인 삶을 열어주는 견인차의 역할을 한다. 낯선 이들엔 비앙 모녀 이외에 삶의 저 끄트머리에 있는 아망드(주디 덴치) 할머니, 로우(조니 뎁)가 이끄는 집시들이 있다. 폐쇄적인 마을 사람들이 언제나 중심에 정착해 있는 사람들이라면, 낯선 이들은 변방에서 중심으로 이동하는 사람들이다. 정착한 이들에게 세계란 붙박여서 보는 시선의 틀에 제한되므로 멀리 내다보지도 못하며, 굳어진 관념의 틀에 얽매여 있으므로 변화하지 못한다. 이동하는 이들에게 세계란 한없이 넓고 다양한 형태를 지닌 것이라 관념은 자유롭고, 그래서 언제나 새롭게 변모한다. 모험과 도전은 이들에게 가능한 것이다.

고정된 체제가 내부로부터 변화하는 것은 명확한 자기 인식과 해체, 통합에서 가능하므로 쉽지 않다. 대부분의 변화가 외부의 자극에서 비롯되는 것은 이러한 까닭일 터이다. 비앙을 비롯한 낯선 이들로부터 시작된 변화의 바람은 갈등을 낳고 갈등의 고조는 방화放火로 비유되어 나타난다. 불은 거세게 타올라 모든 것을 소멸시키는데, 불을 다스릴 수 있는 것은 물이다. 신화학에서 물이란 생명을 낳는 모태母胎이니, 이제 갈등이 소멸한 자리에서 새로운 삶이 자리잡을 것이다. 이것이 동화 – 이야기의 정석이다.

〈초콜렛〉의 초콜릿은 마을 사람들에게 사랑과 정열을 되찾게 만드는 힘이다. 죽어가는 생명들(노인)에게 삶의 활력을 주고, 반목하는 이들에게 화해의 손길을 내어주는 명약이다. 서로를 사랑하게 되니 서로를 존중하게 되고, '낯선 것'들은 '다른 것'이라는 차별적인 경멸이 '다른 것'들의 존재를 인정하게 되니, 거기서 공존한다는 것에 대한 진지한 성찰이 시작된다. 함께 살아가는 이들은, 아니 세상살이란 함께 살아가는 것이라는 걸 아는 이들은, 흑백의 논리와 격앙된 감정과, 모두 나와 같아야 한다는 아집과 독선과 편견으로부터 자유로울 수 있다.

이 어지러운 세상에, 하나의 초콜릿이 〈초콜렛〉에서처럼, 서로 감싸주고 다독이고 사랑하며 함께 살아가는 지혜를 주었으면 싶다. 이왕이면 화이트데이가 혼탁한 잿빛 세상을 하얗게 만드는 날이 되었으면 얼마나 좋으리. 발렌타인데이의, 화이트데이의 초콜릿이 상술에서 해방되어 세상을 맑게 하는 샘이 된다면 무엇을 바라리.

2004.3

'절대반지'에 관한 4개의 작은 생각

1. 물질에 대한 집착

어느 날 문득 평화로운 세상에 던져진 반지 하나. 색상이 뛰어나다거나, 디자인이 산뜻하다거나, 꾸밈새가 화사하다거나 하는 것도 아니다. 그러나 묘하게 마음을 끄는 것이어서, 반지를 보는 순간 그것을 손에 넣고 싶어 견딜 수 없는 것이다. 반지에 대한 이끌림, 소유욕, 집착…. 그 집착이 불러일으킨 회禍는 불신과 반목, 예사롭게 생각하는 살인이며, 전쟁이라는 정치精緻한 폭력을 낳았다.

색깔이나 디자인이나 꾸밈새가 전적으로 사물의 아름다움을 결정하는 것은 아니다. 저마다 가지고 있는 아름다움의 기준이란 것은 다르지만, 아름다

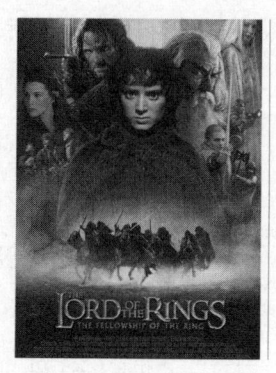

| 반지의 제왕 | The Lord Of The Rings

반지의 제왕 1-반지 원정대 The Fellowship Of The Ring(2001)
반지의 제왕 2-두 개의 탑 The Two Towers(2002)
반지의 제왕 3-왕의 귀환 The Return Of The King(2003)
뉴질랜드 · 미국
감독 : 피터 잭슨
출연 : 일라이저 우드, 이안 맥켈런, 리브 타일러, 비고 모텐슨,
　　　숀 애스틴

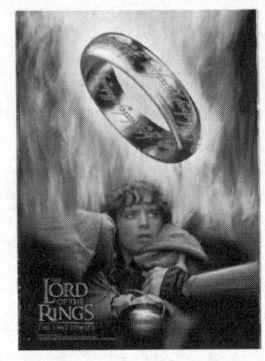

운 사물에 마음이 끌리는 것은, 정도의 차이는 있어도, 누구에게나 같겠다.

사물에 끌리는 마음이 집요해지면 탐욕이 되어서, 반드시 손에 넣고야 말겠다는 집착을 낳기도 한다. 이쯤 되면 도덕이니 윤리니 하는 것들은 어느 틈에 슬그머니 꼬리를 감추게 마련이다. 평소에는 무심히 무소유無所有를 이야기하다가도, 어느새 말과 행동을 단칼로 두 동강 내어버린다. 욕망을 달성하기 위하여 눈에 불을 켜고는, 눈곱만큼이라도 이득이 된다면 쏜살같이 달려들어 맨 앞에 서는 것이다. 이러니 남에게 미루는 일(양보)이 어디 있겠으며, 마음을 끊어 평안히 함께 사는 일(예절)이 또한 어디 있으랴.

'절대반지'는 트로이 전쟁의 실마리가 된 '황금사과'와 어딘지 닮아 있다. 영웅 아킬레우스Achilleus의 부모인, 바다의 여신 테티스Thetis와 인간의 남자 펠레우스Peleus가 결혼할 적에 모든 신들이 찾아와서 축복하였다. 그런데 그만 불화의 여신 에리스Eris를 미처 초대하지 못했으니, 에리스는 분풀이로 '가장 아름다운 여인에게'라고 적은 황금사과를 결혼식장에 보낸다. 헤라Hera · 아테나Athena · 아프로디테Aphrodite, 세 여신이 서로 아름다움을 겨루다가 제우스Zeus에게 판단을 내려달라 했다. 골치 아픈 싸움에 말려들기 싫은 제우스는 자신의 심판권을 트로이 왕자인 파리스Paris에게 넘긴다. 황금사과는, 일세의 미녀를 선물하겠다는 아프로디테에게 선사되었는데, 이를 어쩌랴, 하필이면 절세 미녀 헬레네Helene는 유부녀, 그것도 스파르타의 왕 메넬라오스Menelaos의 왕비인 것을.

헬레네를 훔쳐간 파리스를 응징하려는 그리스 연합군과 이에 대응하는 트로이의 오랜 전쟁은 이렇게 해서 시작된다. 우스우면서도 섬뜩한 일이다. 단지 사과 하나 – 아름다운 얼굴에 대한 집착이 전쟁을 낳다니. 천하를 오로지 하려는 권력에 대한 집착이 '절대반지'이다. 단지 손가락에 끼울 만큼의 크기인 반지 하나. 그 반지 하나가 천하를 혼돈 속에 넣었다.

사물 – 물질에 대한 욕망이야 어느 시대에나 있었겠지만, 저 높은 곳까지 올라 물신物神으로 자리잡는 것은 산업혁명 이후이겠다. 급속도로 팽창해나 간 자본주의 사회에서 그 가치를 소중하게 평가받는 것은, 비가시적非可視的 인 정신이 아니라, 가시적可視的인 물질이 될 수밖에 없겠다. 대량생산에 의 해 살림과 문명의 이기利器들이 속출하게 되고, 이제 전에 없이 생활은 편리 하게 바뀌기 시작한 것이다.

그러다 보니 예술성보다 실용성이 강조되기 마련이겠다. 도구는 항상 간편 하고 쉽게 사용할 수 있는 데에 초점을 맞추어 발전해가는 것이다. 요즘 들어 디자인이 어쩌니 색상이 어쩌니 운운하지만, 그것도 얼마나 실용적인가와 맞 물려 있을 때 온전한 가치를 지닐 수 있는 것이다. 이런 사고 방식은 사람에 게도 미쳐서, 정으로 뭉쳐진 전통 사회와 견주었을 때, 현대 사회가 이해득실 을 따지고 저마다 파편화된 삶으로 귀결되는 것은 어쩔 수 없는 일이다.

대량생산된 도구에 의해서 생활이 편안하게 되었다 하더라도 누구에게나 그런 것은 아니다. 화폐 – 돈으로 그것을 얻을 수 있는 이들에게만 유용한 것 이니, 물질을 더욱 가치 있게 만드는 것은 돈일 수밖에 없는 것이다. 현대 사회에서 얼마나 편안하고 행복하게 살 수 있느냐 하는 문제는, 아무리 정신적인 삶을 운운한다 하더라도, 당장 돈과 직결되게 마련이다. 이는 자명한 사실이다. 따지고 보면 우리들 일상의 대부분을 지배하는 것은 돈일 수밖에 없다. 돈이 지배하는 사회에서 대부분 중요하게 생각하는 것은 얼마나 많은 부를 축적하는가이겠다. 부의 축적은 과정이든 결과든 필연 권력을 동반하게 마련이다. 그러니까 자본주의 사회에서 권력과 재력은 동전의 양면이며, 그 어느 것도 손에 넣지 못하는 이들은 사회의 소외 계층이 될 수밖에 없는 것이다.

정도의 차이겠지만, 휴대폰을 어린아이까지도 갖고 다닌다든가, 홈쇼핑에 기대어 충동 구매를 한다든가, 얼짱 · 몸짱 운운하는 일 등도 우리 곁에서 흔히 볼 수 있는 물질에 대한 집착이며 그 변용이다. 물질에 대한 집착은 광포한 폭력을 낳기도 하니, 사회 범죄가 끊일 수가 없는 것이다. 따지고 보면, 걸프 전도 이라크 전도 본질적인 원인은 석유 확보라는 재화에 대한 탐욕이 아닌가. 인류사에 존재했던 모든 전쟁은 결국 재화의 축적과 권력의 확장에 대한 집착이며 탐욕, 그 이상도 그 이하도 아니겠다.

개인적인 것이든 국가적인 것이든 결국은 재화에 대한 탐욕이 집착을 낳고, 집착은 폭력으로 이어져 파멸을 일으키는 것이니, 이는 역사와 주변에서 쉽게 근거를 찾을 수 있겠다.

2. 익명성이 지닌 거대한 힘

몸을 감출 수 있다는 것은 상대에게 자신을 전혀 짐작하거나 가늠하지 못하도록 한다. 존재하는지조차 판단할 수 없으므로, 보이지 않는 존재가 행하는 힘이란, 상상이 덧보태져서 더욱 가공할 공포로 다가온다. 몸을 감출 수 있다는 것은 거대한 힘이다. 쉽게 자신의 정체를 드러내지 않는 이는 그래서 무섭다. 침묵하는 이는 입을 여는 법이 없으므로, 그가 무슨 생각을 하는지 알 길이 없다. 그가 입을 연 적이 없으니, 그의 도량이 얼마나 넓고 깊은지, 그가 지닌 힘이 얼마나 큰지 도저히 알 길이 없다. 침묵하는 이는 그래서 무섭다. 몸을 감추는 것과 침묵하는 것은, 나타난 형태는 다를지라도 결국은 같은 일이다.

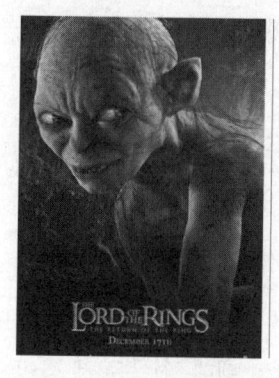

몸을 감출 수 있는 '절대반지' 는 그래서 무섭다. 그런 점에서 '절대반지' 는 '도깨비감투' 이다. 한 사내가 여우에게서 제 몸을 능히 감출 수 있는 감투를 얻었다. 옛이야기의 여우는 사악한 기운을 가지고 있어서, 사람을 유혹하거나 홀려서 사람으로 하여금 파멸에 이르도록 만드는 존재이다. 여우가 지닌 물건은 사람의 호기심을 충동질하여, 그로 하여금 인간의 도리로부터 멀찍이 떨어져가게 한다. 사내도 감투를 얻자, 제 몸을 숨기고는 저잣거리를 활보하며 남의 물건을 훔친다. 어느 날 감투에 담배 불똥이 튀어 구멍이 나자 그의 아내는 붉은 실로 짜깁기하였다. 저잣거리를 지키던 '눈' 들은 물건이 사라질 적마다 나타나는 붉은 점을 몽둥이찜질하여 결국 그는 패가망신하였다.

어렸을 적에 나는 몹시 병약하였다. 혼자 제 몸 하나 추스르는 것도 몹시 힘겨운 일이었다. 늘 힘(육체적인 힘)이 없어서 또래들의 중심에는 끼지 못하고 변두리에서 서성였다. 또래들과 어울릴 수 없었던 내가 선택할 수 있는 일은, 책을 읽어 지식을 쌓아두는 것뿐이었는데, 이것은 또래들과 어울릴 수 있는 어떤 매개물도 되지 못했다. 당연히 나의 거처는 언제나 변방이었을 게다.

사회인이 된 지금도 마찬가지다. 이제는 근력이 뒷받침되었지만, 나의 자리를 튼튼히 하는 데에는 육체적인 힘이 별로 소용되지 않는 것이다. 전혀 쓸모 없는 것은 아니지만, 일찍부터 쌓아둔 지식이라는 것은 한계가 있기 마련이다. 우리 사회에서 가치 평가를 받는 힘이란, '지위'라는 권력과 '경제'라는 재력, 그리고 '서울'에서 얻은 '최종 학력'이게 마련이니, 그 어느 것도 내게는 손 안 닿는 먼 곳에 있는 것들이다. 그러니 '초야草野'를 핑계삼아 '강호한정가江湖閑情歌'를 부를 수밖에.

도깨비감투를 그토록 얻고 싶었던 것은 아마도 그 때문이었을 게다. '힘' 없는 이가 어디 나만 있으랴. '투명인간'과, 마법의 망토를 지닌 '해리 포터'에 대한 사랑은, 힘 없는 이가 꿈꾸는 절대 권력의 세계와 그 크기가 정비례한다. 그런 점에서 보면 우리는 무한한 절대 권력의 세상을 꿈꾸고 있겠다. 힘 없는 이들이 가질 수 있는 힘은 침묵과 은신隱身일 텐데, 침묵은 제 몸이 노출되어 강한 자를 만나면 속수무책이기 십상이다. '은신'은, 세상의 머리 위에 군림하면서 모든 것들을 제 손에 넣고 오로지 할 수 있다는 점에서 더할 나위 없겠다. 보이지 않는 곳에서, 모든 것을 오로지 한다는 것이야말로 신의 권능, 그것이 아닐까.

우리가 사는 세상은 허구의 공간도 아니요, 무협의 공간도 아니어서, '은

신술'을 행할 수는 없다. 현실에서 자신을 감출 수 있다는 것은 제 정체를 드러내지 않는 것이겠다. 정체를 감추고 ID나 닉네임으로만 통용되는 익명의 공간, 인터넷의 사이버 세상. 익명성이 지닌 힘이 얼마나 폭력적이고 파괴적이며 막강한지는 오늘날 인터넷의 공간이 자명하게 증명해준다. 습관처럼 내뱉는 욕설, 인격 모독, 저급한 표현들, 부서져서 조각조각 존재하는 낱말들과 문장들, 무례함….

익명이 주는 자유로움과 절대적인 힘은 순기능보다 역기능을 위해 존재하는 듯싶다. '도깨비감투'와 '투명인간'처럼, 제 몸을 감추는 순간 인간의 내면 속에 잠재되어 있던 폭력성은 여지없이 정체를 드러내어 끊임없이 자기 복제를 하면서 더욱 흉패(凶悖)한 폭력을 낳고 또 낳는 것이다. 어쩌면 절대 권력을 꿈꾸는 이들이 항용 갖게 마련인 본성이 아닐까. 모든 것을 파괴해버리고 그곳에 자신의 세계만을 만들어, 신이 되고 싶다는….

맹종과 복종만이 있는 세계를 만들기 위해서는, 신비감이 필연적인 요소이겠다. 맹종과 복종에는 시비를 판별하는 일이 애초부터 존재하지 않는다. 그것은 무조건 옳은 것이며, 왜 옳은가를 따지는 일 자체가 무의미하다. 그것은 우리의 인식 너머에 있는 존재만의 몫이다. 그가 있는 세계의 신비함은 상상 속에서 여러 가지 빛깔과 형태로 빚어지게 되는데, 상상은 구체적인 실상이 감추어진 곳에서 시작된다. 실상이 드러나 정체를 알게 되면 신비함이 사라져, 맹종이나 복종은 발붙이지 못할 터이니, 절대 권력은 튼실한 기반을 잃고 허물어질 수밖에 없다.

정체를 탐색하여 밝혀내는 일은 절대 권력이 자행하는 폭력으로부터 세계

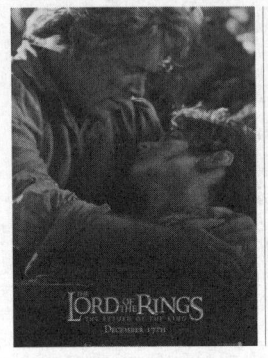

를 지키는 일이기도 하다. 끊임없이 프로도(일라이저 우드)에게 골룸의 정체를 간언하는 샘(숀 애스틴)이야말로, 보이지 않는 손의 폭력으로부터 이 세상을 구원하려는 한 줄기 빛이 아닐 수 없다. 아라곤(비고 모텐슨)에게 그의 소명을 알려주는 간달프(이안 맥켈런) 역시 세상의 빛이겠다.

3. 과학이라는 독선

신의 권능은 종교의 영역이다. 종교에서 신비함과 복종은 중요한 요소가 아닐 수 없다. 종교가 갖는 인간 인식 너머의 것들은 감히 말할 수 없는 것들이었다. 그 자체가 완전하고 절대적인 것이기 때문이다. 수많은 굴곡의 여정을 거쳐서 종교적 진리의 진실 여부와 합리성 여부가 어느 정도 판가름나기 시작했을 때, 진실로 인간의 세상이 펼쳐지게 되었다.

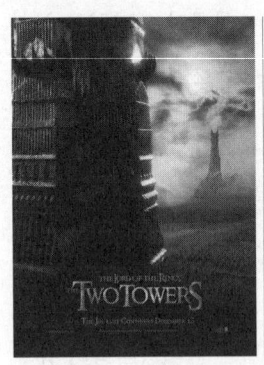

거기에는 과학이 우뚝 자리잡게 되었는데, 이 과학이란 것은 산업혁명과 맞물리면서 절대적인 힘을 얻게 되었다. 절대적인 힘이 순기능으로 흐르지 않음은 이미 앞서 말하였다. 현대의 과학은 제가 헤치고 나온 종교와 다시 결합하여, 인류 역사에 돌이킬 수 없는 엄청난 폭력을 자행하고 있다. 어찌 과학이 폭력적일 수 있으랴. 과학이란 본시 아무런 가치도 없는 중립적인 것이니, 그것을 부리는 이의 손에 좌우되는 것이다.

정보산업화 사회에서 우선 중요시되는 것은 과학이다. 산업혁명 이후 인간의 삶을 보다 윤택한 쪽으로 발전시켜나가고자 하는 데에 과학은 탁월한 공헌을 하였다. 과학은 궁핍과 질병과 노쇠의 공포로부터 벗어날 수 있게 하였다. 해양과 극지방과 우주의 영역까지 삶의 영역을 넓혀나가고자 노력하고 있는 것 또한 과학의 영역이다.

20세기 이후 문명의 발전을 가속화하면서 과학은 국가 발전의 원동력이요, 세계 속에 일정한 자리를 점유할 수 있는 중요한 열쇠가 되었다. 우리나라도 60년대 초부터 '경제개발 5개년 계획'을 단계별로 실시하면서, 과학 인재를 양성하기 위한 물꼬를 트지 않았던가. 우리 세대가 바로 과학 인재 양성의 첫 세대이다. 40년이 훨씬 지난 지금까지도, 정부는 '이공계 위기' 운운하면서, 이 땅의 인재들을 과학 분야로 몰아가기 위해 안간힘을 쓰고 있다. 장밋빛 미래의 발판이 오직 과학인 양, 과학만이 살길인 양, 쏟아붓는 호들갑의 저편에 인문학은 상대적으로 과소 평가되고 있는 듯하여 씁쓸하다. 세상에 중요하지 않은 것이 어디 있으랴. 두 축이 균형 잡혔을 때, 세상을 온전히 지탱할 수 있다는 인식이 있었으면 싶다.

여하튼 현대 사회에서 과학이 차지하는 자리는, 국가의 절대적인 생명줄이라고 과장하더라도, 손사래칠 수 없는 위치임은 분명하다. 이 절대적인 위치는 유일신의 자리와 같겠다. 어쩌면 현대 사회의 과학은, 유일신을 신봉하는 또 하나의 종교인 셈이겠다. '유일'은 '독선'이요, '편견'이다. 이런 절대주의적인 사고방식의 틀은 사실 서양의 사고 논리이다. 흑백은 분명해서 좋지만, 가운데에 있는 회색을 설명하지 못한다. 회색은 흑색과 백색의 어디에서도 환영받지 못한다. 우리 사회야말로, 회색이 아닌 어느 한편을 분명히 요구하는 사회가 아닌가. 그리고는 제 편이 아니면 무자비하게 상처 내고 짓밟는 것이다.

　오직 하나의 가치에 대한 집착은 맹목적인 추종을 낳고, 추종은 절대 진리를 만들어낸다. 절대 진리는 세상의 모든 것 위에 군림하며, 자신과 다른 이념과 사상과 생각과 형태 등 모든 것들을 적으로 규정하고 파괴시키려 한다. 오직 내가 신봉하는 것, 내가 지닌 것, 내가 속해 있는 것만이 옳을 뿐이다. 다른 것은 검토해야 할 필요도, 이해해야 할 필요도 없다.

　'독선'과 '편견'이 형성하는 이데올로기는 위험하다. 그것이 왼쪽이든 오른쪽이든, 진보든 보수든, 부르주아든 프롤레타리아든, 절대와 유일, 독선과 편견이 만들어내는 이데올로기는 근본적으로 전체주의다. 배타주의며, 파시즘이다.

　독일이 주도하였든, 러시아가 주도하였든, 미국이 주도하였든 그것은 중요하지 않다. 세계의 패권을 잡기 위하여 자신의 반대편을 '세상의 적'으로 몰아가는 논리가 위험하고, 세상을 둘로 나누어 제 편이 아니라고 생각되면 무자비하게 난도질하는 논리가 섬뜩한 것이다. '적'에게 가하는 무자비한 폭력에 '과학의 힘'이 있다.

　기계로 대량의 군대를 양산해내는 사우론은, 인간의 문명을 위협하는 기계 문명, 다시 말하면 과학 문명이 아닐까. 산꼭대기에서 이글거리며 타는 '눈'

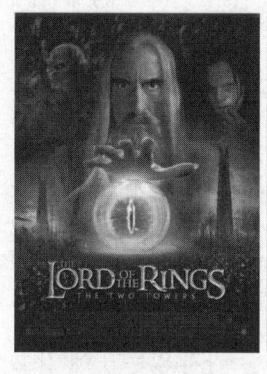으로 온 세상을 감시하는 사우론. 그의 눈길에서 자유로울 수 있는 것은 아무도 없다. 인간이 아닌 그의 군대, 동원할 수 있는 모든 전쟁의 기기들 - 익룡을 닮은 날것은 비행기요, 거대한 코끼리는 탱크를, 늑대를 닮은 괴물은 지프를 빗댄 게 아닌가. 남녀노소를 가리지 않는 잔학한 살육, 철저하게 파괴하는 도시…. 미국의 이라크 공격이 끝없이 떠오른다. 사우론은 미국을, 그의 눈은 전 세계의 모든 정보망을 거머쥔 CIA를, 사루만(크리스토퍼 리)은 영국이나 이스라엘을, 그리고 사우론에게 동조한 모든 인간의 종족은 미국의 우방이 아닐까.

나무 수염 엔트는, 자신의 숲을 파괴하는 사루만을 응징하기 위하여 헬름 협곡의 전투에 참가하게 된다. 엔트의 말을 빌지 않아도, 과학 문명의 폐해가 자연을 파괴하였음은 자명한 사실이다. '절대반지'를 파괴함으로써 사우론을 파멸시키는 프로도와 샘 - 호비트 족의 마을은 온통 초록색 싱그럽고 평화로운 정경이다. 거기가 동서고금을 막론하고 누구나 그렸음직한 이상향의 세계이겠다.

4. 그리고, 통과의례

질서는 혼돈으로부터 온다. 조물주가 세상을 창조하기 전엔 세상에는 오직 혼돈이 가득하였다. 그리스 신화, 성경, 중국의 신화를 비롯하여 동서고금의 모든 천지창조는 혼돈의 세상으로부터 하나의 질서를 세우는 일이었다. 질서 있는 체계에 균열이 생기면 또 흐트러지는 것이니, 혼돈과 질서는 어찌 보면 순환 고리이며 우주의 섭리이겠다.

김소운金素雲의 「특급품特級品」이라는 수필은 비자나무 바둑판에 관한 글이다. 연하고 부드러운 탄력성을 지니고 있어, 비자나무로 만든 바둑판을 일본에서는 고급으로 꼽는 모양이다. 비자나무 바둑판 중 최상급은 반면盤面에 머리카락 만한 가느다란 흉터가 보이는 것이란다. 나무가 갈라져서 금이 가면 그것을 버리는 것이 아니라, 헝겊으로 고이 싸서 손 가지 않는 곳에 간수해둔단다. 그러면 습기濕氣와 건조乾燥가 여러 차례 반복되면서, 금갔던 자리가 저절로 붙게 되어, 머리카락 같은 흔적만을 남기는 바둑판이, 열에 하나 정도 있단다. 그 바둑판처럼 실패와 성공을 거듭하면서 쓴맛 단맛을 겪으면서 살아갈 적에 거기 한결 더 깊어지는 인생이 있고 정화淨化되는 사랑이 있다는 것이다.

고통을 감내했을 때, 한층 더 성숙해지는 것이 인생이다. 한 인간이 성인이 되어 사회에 합류하려면 그 사회에 적응하기 위한 일정한 과정을 거쳐야 된다. 그 과정은 때로 죽음과도 같은 고통으로 나타나기도 하는데, 이런 과정 – 통과제의通過祭儀를 거치면 이전보다 훨씬 생각이 깊어지고 한층 어른스러워진다. 어두운 혼돈이 끝나고 햇빛 찬란한 세상이 열리는 일 또한 일종의 통과제의겠다. 역사도 결국 개인의 삶이 합쳐진 것이요, 개인이 모여 이룬 집단이 형성해나가는 것이다. 그렇다면 좀더 성숙한 사회 또는 역사로 발전하기 위해서는 이런 과정을 겪을 수밖에 없겠다.

'절대반지'를 둘러싼 여정은 세 개의 통과제의를 보여준다. 프로도와 아라곤의 여정, 간달프의 변신이 그것이겠다.

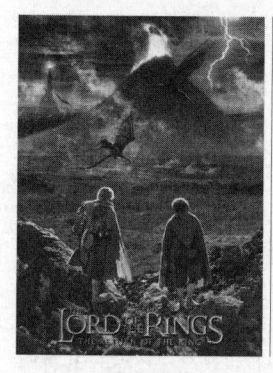

프로도와 샘은 무사히 절대반지를 파괴한다. 그 과정에서, 유혹과의 싸움, 외부적인 압력과의 싸움, 불신 등 인간이 경험할 수 있는 모든 종류의 갈등과 고통을 감내한다. 프로도에게 샘은 끊임없이 절제시키는 곧은 소리이다. 샘의 직업은 꽃을 가꾸는 정원사이다. 꽃은 생명이며, 재생이고, 고귀한 가치라는 의미를 지닌다. 어쩌면 샘은 프로도보다도 더 뛰어난 통찰력과 절제력을 가진 인물이겠다. 아라곤과 간달프 역시 통찰력과 절제력을 지닌 지혜로운 인물이다.

프로도와 샘이 절대반지를 파괴하러 가는 과정에서 수많은 사람들과 요정들, 괴물들을 만나는 일은, 옛이야기에서 주인공이 위기를 극복하고 문제를 해결하며, 이전보다 더 나은 삶을 살게 되는 과정과 똑같다. 그들을 도와주는 이들은 모든 것을 다 해결해주는 것이 아니라, 해결의 실마리를 제공하거나 해결할 수 있는 조건만 구성해준다. 과제를 해결하는 것은 전적으로 프로도의 몫이다.

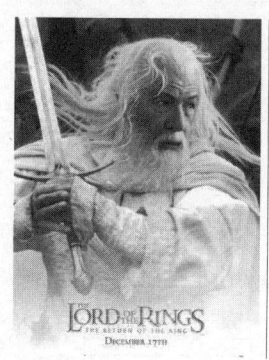

여행이 끝났을 때, 샘은 결혼하여 아이를 낳는다. 비로소 사회를 구성하는 성인이 된 것이다. 프로도는 긴 여정을 마무리하는 책을 쓰는데, 이는 지나온 과정을 진지하게 성찰하고 조망할 수 있는, 성숙한 이의 행위이다.

간달프는 지옥의 나락으로 떨어졌다가 다시 지

상으로 돌아온 인물이다. 치열하게 괴물과 사투를 벌여 물리친 끝에, 그는 회색 마법사에서 백색 마법사로 다시 태어나, 사악한 마법사 사루만을 퇴치한다. 백색은 가장 순수한 빛으로서 태양을 상징하며 모든 힘의 원천이기도 하다. 그는 백마를 타고 달리며, 그의 하얀 지팡이에서 뿜어져 나오는 빛은 어둠의 망령인 나즈굴을 물리친다. 죽음과 재생은 이전의 삶과 이후의 삶을 정확하게 구분하는 경계인데, 어둠의 터널이라든가, 동굴·감옥처럼 외부와 차단된 공간, 가사假死 상태, 잠 등은 모두 통과제의에서 새로운 삶으로 바뀌는 중요한 단계를 상징한다.

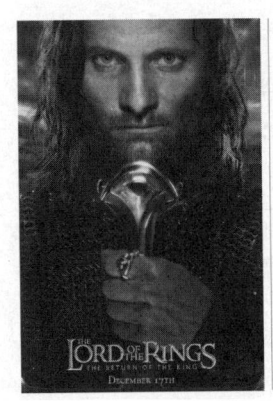

　　이실두르의 후손인 아라곤이 다시 곤도르의 왕위를 되찾게 되는 과정은, 진 문공晉文公 중이重耳의 여정을 생각나게 한다. 진 헌공晉獻公은 총애하던 여비驪妃의 소생인 해제奚齊를 후계자로 삼고자 태자 신생申生을 죽이고, 중이와 그의 아우 이오夷吾를 추방하였다. 중이는 무려 19년이나 방랑하다가, 진 목공秦穆公의 도움으로 돌아와 62세에 즉위한다. 그는 오랫동안 함께 방랑하며 고초를 겪었던 현사賢士들을 중용하였고, 그들의 의견에 귀를 기울여 제 환공齊桓公에 이어, 춘추시대 두 번째 패자覇者가 된다.

　아라곤이 지닌 예지는 진 문공보다 뛰어나다. 그에게는 무엇보다도 절제하고 인내하며 기다릴 줄 아는 덕이 있다. 그는 패도覇道가 아닌 왕도王道로 세상을 통치할 것이다. '덕불고필유린德不孤必有隣'이라는 말이 있듯이, 덕이 있는 이에게는 도움을 주는 이들이 곁에 있기 마련이다. 아라곤에게도 엘프 족인 레골라스(올랜도 블룸), 난쟁이 족 김리(존 라이스-데이비스), 간달프가 있다. 괴물들과의 사투는 서양 영웅 서사시의 구조와 똑같다.

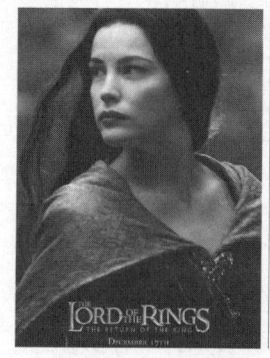

아라곤과 사랑에 빠지는 요정 아르웬(리브 타일러)의 이야기는 〈반지의 제왕〉 전체에서 가장 부드럽고 애잔한 이야기이다. 결국 둘은 결혼하게 되지만, 불멸의 삶을 포기하면서 인간을 선택하는 요정 아르웬의 이야기는 아라곤의 덕성에 대한 예찬이며, 동시에 아르웬의 통과제의이기도 하다. 아르웬의 아버지 엘론드(휴고 위빙)는 미래의 삶을 알고 있다. 어찌할 수 없는 운명이란 것을 알고, 딸이 걷고자 하는 길을 담담히 받아들인다. 딸의 삶을 위하여, 산산이 조각난 칼을 다시 이어 붙여 아라곤에게 준다. 깨어졌다 다시 이어진 칼은 전보다 더 견고할 수밖에 없다. 고통에서 얻어지는 삶이 더욱 깊고 넓으며 견고한 것이기 때문이다. 신화에서 칼은 왕의 권력을 뜻한다. 지혜로운 요정의 손끝에서 다시 이어진 칼이기에 그 칼은 세상을 혼돈에서 구하여 왕도로 걷게 만들 지혜의 칼일 것이다.

아라곤의 여정은 동서양의 신화에 고스란히 반영되어 있는 영웅의 이야기와 꼭 같다. 대체로 처음에 나라를 이루거나 잃었던 나라를 되찾는 이들은 모두 덕을 갖춘 이들인데, 그것은 모든 사람들의 가슴속에 잠재된 소망을 반영한 것이기 때문일 것이다.

어둠이 끝났을 때, 세상은 빛을 얻는다. 그 빛은 예전의 빛보다 더 따뜻하고 더 찬란하다. 세상의 어둠이 걷힐 때, 우리는 그 빛을 얻게 되리라. 지금 우리들 삶의 고통이란, 빛을 얻기 위해서 감내해야 할 필연적인 과정이겠지만, 때때로 힘겹고 버거울수록 빛이 찾아올 것인지 의심스럽다.

2004. 7